CORES, FORMA, LUZ, MOVIMENTO
A POESIA DE
CESÁRIO VERDE

MUSA
EDITORA

Dados Internacionais de Catalogação na Publicação (CIP)
(Câmara Brasileira do Livro, SP, Brasil)

Antonio, Jorge Luiz
Cores, Forma, Luz, Movimento: A Poesia de Cesário Verde / Jorge Luiz Antonio, — São Paulo : Musa Editora / FAPESP, 2002, —. (Coleção Musa infopoesia ; 2)

ISBN 85-85653-58-2

1. Poesia portuguesa — História e crítica 2. Verde, Cesário, 1855-1886 — Crítica e interpretação I. Título. II. Série.

02-5067 CDD–869.109

Índices para catálogo sistemático:

1. Poesia : Literatura Portuguesa : História e crítica 869.109

Jorge Luiz Antonio

CORES, FORMA, LUZ, MOVIMENTO
A POESIA DE
CESÁRIO VERDE

FAPESP

Capa: *Sobre infopoema do autor, Daniel Barone*
Editoração eletrônica: *Set-up Time Artes Gráficas*

MUSA
EDITORA

Musa Editora Ltda.
Rua Cardoso de Almeida, 2025
01251-001 – São Paulo, SP
Telefax: (011) 3862-2586
e-mail: musaeditora@uol.com.br
www.editora.com/musa

Impresso no Brasil • 2002

Sumário

Jorge Luiz Antonio Prefácio Verde

E. M. Melo e Castro

Uma espécie de paixão percorre este livro de Jorge Luiz Antonio. Na verdade uma paixão dupla, ou seja, pela poesia de Cesário Verde e pela infopoesia, o que à primeira vista pode parecer insólito!

Não se pode dizer que Cesário tenha sido um poeta afortunado. Silêncio e uma indiferença desconfiada foi tudo o que logrou do meio cultural português, com algumas raras exceções, durante a sua vida. E, mesmo hoje, não se pode dizer que a sua bibliografia crítica seja vasta, quando comparada por exemplo com a de... Fernando Pessoa! Mas pode dizer-se porque é verdade, que dispomos hoje de alguns estudos críticos da obra de Cesário, altamente qualificados e sob diversos pontos de vista. Estudos estes que, quer sejam de índole realista, pós-simbolista, pré-modernista ou só unicamente histórico-biográficos, não deixam de enfocar a decisiva importância da percepção visual do poeta e das imagens visuais na tecitura textual dos poemas.

Creio que foi por aí, pela extensa e intensa visualidade que a poesia de Cesário Verde pegou o infopoeta que é Jorge Luiz Antonio, dando um salto de 100 anos que se não pode medir em simples unidades de tempo, visto que em recursos tecnológicos, principalmente no que diz respeito aos fatores transformadores e aceleradores da percepção visual, é praticamente incomensurável a diferença entre o final do século XIX e o começo do século XXI!

Mas, é precisamente aí que reside o fascínio próprio da poesia de Cesário, aos olhos do infopoeta de hoje! É que para a visão de Cesário o mundo é um mundo em transformação e é rigorosamente pelo modo de olhar que o poeta se apercebe dessas transformações. E mais, é pelo olhar que o mundo se revela e se transforma. Torna-se agora clara a desconfiança que tal poesia gerou no seu tempo, em que a poesia se ligava preferencialmente aos conteúdos emocionais, em imagens carregadas de *vago simbolismo*. O que Cesário nos dava era, pelo contrário, o rigor das imagens perceptivas produzidas por uma visão em transformação. Mas o rigor de Cesário, e aí a sua grande novidade, não era o rigor dos realistas (das aparências ditas realistas) mas o rigor das percepções visuais modeladas pela luz e pelo movimento das personagens e até da própria luz. E, nisso, ele estava a mais de 100 anos de distância dos seus contemporâneos!

Caberia agora citar alguns poemas e recortar alguns versos de Cesário para documentar as afirmações críticas que acabo de fazer. Mas esse trabalho foi muito competentemente feito por Jorge Luiz António no exemplar trabalho que tenho agora o prazer de prefaciar. Por isso ao leitor só resta um caminho: ler a obra de Jorge Luiz António e nela fruir o prazer dos comparatismos inesperados mas pertinentes e inovadores.

É que a infopoesia atual resulta da utilização inventiva de tecnologias que têm como caracterização estética precisamente a luz e a transformação, encontrando na poesia de Cesário Verde um talvez inesperado antecedente arqueológico, principalmente na construção de quadros de estímulos visuais precisos e dinâmicos, como nenhum realismo seria capaz de nos dar.

Não resisto, no entanto, a notar que a aproximação comparatista entre a poesia de Cesário e a pintura impressionista sua contemporânea é um caminho muito válido, sabido como é que o impressionismo se baseou nas teorias científicas de Newton sobre análise e a síntese da luz solar, tendo tirado partido das novas tintas sintéticas que a tecnologia pôs ao dispor dos artistas. Estava-se portanto na aurora de uma arte tecnológica! A percepção das formas e das cores estava começando a mudar e foi isso que Cesário captou e escreveu! A velha acepção "UT PICTURA POESIS" será a partir de então muito mais a aproximação entre os processos de percepção e fabricação da pintura e da poesia (a *poiesis*) do que uma identificação improvavelmente consubstancial entre pintura e poesia e entre quadro e poema.

Daqui resulta que, quando Cesário escreve, por exemplo, o famoso verso "*Pinto quadros por letras por sinais*" ele está não só a alertar-nos para a natureza semiótica da sua poesia como a anotar a profunda sinestesia *visual / simbólica / representativa* que com o verbo escrito realizava!

É de fato através de uma intensa e inovadora poética do verso preciso que Cesário Verde trabalha em três níveis distintos, mas coerentes:

- Na construção estrófica
- Na métrica e no ritmo
- Na sintaxe

Na construção estrófica refira-se à observação de Jacinto do Prado Coelho de que em Cesário quase sempre "a frase coincide com o verso" não havendo por isso *enjembement.* Essa talvez a razão porque alguma crítica achou que os versos de Cesário entram prosaicos... Mas , efetivamente esse fato aponta para uma estética da fragmentação, sendo cada verso uma unidade de percepção que se vai juntar a outras unidades, formando por justaposição uma estrofe, sendo o poema o resultado *holográfico* da aglutinação sensitiva de todas as estrofes que o compõem, numa antevisão (talvez?) do *Interseccionismo* de Fernando Pessoa! Isto é muito nítido em *Cristalizações* e em *O Sentimento de um Ocidental* em que o movimento do enunciante (a sua deslocação passeando pelas ruas de Lisboa) é diegético, enquanto as suas sensações o não são. São fragmentárias e interseccionistas!

Quanto à regularidade métrica, quase sempre sujeita a sutis variações, ela aponta-nos, hoje, para um fenômeno de *auto semelhança* entre os versos ou linossignos, que denuncia (ou anuncia?) uma estrutura a que somos agora tentados a chamar de pré-fractal, visto que tal princípio (*autossemelhança*) é característico da atual geometria fractal... procedimento estético que encontraremos também nalguns poemas de Camilo Pessanha.

Por tudo isto a sintaxe de Cesário Verde vai no sentido da *parataxe,* o que é uma verdadeira novidade na poesia da época, fato que ninguém, ao tempo, teve olhos para ver.

Assim a poesia de Cesário é uma verdadeira ponte virtual pela qual um infopoeta como Jorge Luiz António se pode passear, impressionisticamente – interseccionisticamente – fractalmente – neste início de século, como um senhor no seu jardim virtual de imagens holográficas em quantas dimensões quiser! E com ele, nós, seus leitores, se assim o desejarmos fazer...

Lisboa, março de 2002

Considerações Iniciais e Agradecimentos

Este livro é o resultado de uma caminhada que passou pelo Curso de Letras na graduação, avançou nas atividades docentes e estudos autodidáticos e teve uma iniciação científica no Curso de Pós-Graduação Lato Sensu de Literatura da PUC–SP/COGEAE (1995), quando elaborei a monografia *Ler–ver–er: a poesia de Cesário Verde*, e chegou a uma dissertação de mestrado (1999). Nesse percurso, todas as disciplinas do COGEAE e do Programa de Comunicação e Semiótica iluminaram meu objeto de estudo nos mais diferentes ângulos. A relação entre as artes, que eu vislumbrava quando elaborei o livro *Almeida Júnior através dos tempos* (1983), tornou-se mais palpável e me fez pensar na relação entre poesia e pintura.

Como eu sempre me lembro das pessoas que me ajudaram para agradecê-las ou para convidá-las a participar de eventos que lhes digam respeito, mas raramente ocorre o inverso, agradecer é demonstrar que o resultado obtido é fruto de um esforço que dependeu também de outrem. Dessa forma, em nome das pessoas e instituições citadas, expresso os meus mais enternecidos agradecimentos a todos aqueles que contribuíram para que eu pudesse realizar este livro:

Ana Cândida Costa

Profa. Dra. Ana Cláudia Mei Alves de Oliveira

Antonio Manuel Couto Viana (Lisboa)

Biblioteca Central da PUC-SP

Biblioteca Nacional de Lisboa

Ciberkiosk – revista on-line (Lisboa)

Coordenadores e professores da COGEAE e do COS
Prof. Dr. E. M. de Melo e Castro (Lisboa)
Eugênio de Andrade (Porto)
Prof. Dr. Fernando Segolim
Francisco Luís Amaro (Lisboa)
Fundação de Amparo à Pesquisa do Estado de São Paulo – FAPESP
Fundação Eugênio de Andrade (Porto)
Henrique Segurado (Lisboa)
Profa. Dra. Irene de Araújo Machado
José Leon Machado (Braga)
Livraria Hai Kai
Senhora Maria da Saudade Cortesão Mendes (Lisboa)
Senhora Maria Filipe Rosa (Lisboa)
Profa. Dra. Maria Virgília Frota Guariglia
Profa. Míriam Maria Lares
Musa Editora
Nelson Ascher
Prof. Dr. Omar Khouri
Paulo Reis (Lisboa)
Pedro Tamen (Lisboa)
Projecto Vercial de Literatura Portuguesa (Braga)
Revista Colóquio-Letras (Lisboa)
Sociedade Portuguesa de Autores (Lisboa)
Sophia de Mello Breyner Andresen (Lisboa)

A Poesia que se Mostra como Pintura

Figura 1[1] – Um tributo a Cesário Verde, de certa forma procurando mostrar a pintura que surge da poesia, numa recriação através do *software* Adobe Photoshop. O ontem que se une ao hoje: a poesia pré-modernista de Cesário Verde que se alia ao computador, criação da segunda metade do século XX, uma poesia pós-moderna.

---

[1] A imagem acima, da mesma forma que a da capa, é o resultado do Curso de Infopoesia, ministrado pelos Prof. Dr. Ernesto Manuel de Melo e Castro e Fernando Segolim, na PUC–SP, no 2º semestre de 1997. Dentre as infopoesias que o Curso teórico-prático nos estimulou a elaborar, as infoimagens que aparecem neste estudo é um tributo a Cesário Verde e, por extensão e justiça, passa a ser uma homenagem e um agradecimento às grandes lições que o Prof. Melo e Castro, poeta português experimental, nos transmitiu.
A poesia transcrita é *Sardenta*.

Introdução

Cores, forma, luz, movimento: o pictórico na poesia de Cesário Verde representa a síntese de uma leitura da poesia de Cesário Verde, uma linguagem poética que se mostra como pintura, isto é, um mundo ficcional de palavras que aborda o cotidiano, o simples, o não filosófico, e mostra esses aspectos da realidade por meio de uma configuração visual, pictórica. É uma poesia que precisa ser mais do que palavras, ela necessita do visual para mostrar-se mais "real", mais próxima das imagens da realidade que pretende apresentar.

De todas as maneiras que lemos Cesário Verde, a imagem visual salta-nos aos olhos nas poesias e até nas cartas. A grande maioria dos seus textos parece apresentar um olho que analisa a realidade em todas as direções, em todos os sentidos, de todas as formas possíveis, com todos os órgãos dos sentidos.

A obra poética de Cesário Verde é um olho que caminha pelas ruas de Lisboa ou pelos campos de Linda-a-Pastora. Um olho que se constrói pela descrição (objetiva *versus* subjetiva), pela visualidade, pelos enquadramentos à semelhança da moldura para a fotografia, para o cinema e para a pintura (quadros fixos ou em movimento), numa relação poesia + pintura ou poesia = pintura, ou mesmo poesia-pintura, desenho, fotografia, cinema, etc.

Cesário Verde, dentre outros escritores e poetas realistas, resgatou o pictórico, o impressionismo em especial, que a pintura não alcançou, mercê, talvez, da forte tradição verbal do país. Ou seja, na falta de pintores impressionistas, os poetas tornaram-se poetas-pintores impressionistas.

Ludwig Dietz afirmou que Georg Trakl "é, em primeiro lugar, um poeta que olha, não um poeta que pensa" (Carone Neto 1974: 69). A afirmação pode ser aplicada perfeitamente na obra de Cesário Verde.

A empatia que temos pela poesia de Cesário Verde nos condiciona a ver a nossa realidade de forma semelhante. É que todos nós gostaríamos de escrever um passeio pela nossa cidade com a mesma propriedade com que ele imortalizou a sua Lisboa com tão poucos versos.

Um olhar tão abrangente que se mostra semelhante ao cine-olho de Dziga Vertov (Vertov 1983: 255). É um olhar a cidade com os olhos das palavras. Com olhos que são palavras. Com olhos-palavras, enfim. É dessa forma que a poesia de Cesário Verde se configura, em quase sua totalidade.

Parece que a sua preocupação é somente registrar o que vê. Desse registrar o que vê, surge o registro do que ele sente, das impressões que lhe causam o que ele vê, das associações com o presente, com o passado e com o futuro que o que ele vê lhe provoca.

Quer ser um olho objetivo, um câmara cinematográfica que registra imagens pura e simplesmente. Ou, mesmo, uma máquina fotográfica.

Mas, no meio desse registro de imagens, surge um pensamento, um Cesário Verde que pensa, que tira conclusões, que sonha, que cria, que revisa o que foi registrado. Mesmo que o seu olho se pareça com uma lente de uma máquina fotográfica, há um recorte, um enquadramento, um limite, uma escolha que é de Cesário Verde, e de mais ninguém. E aí reside a linguagem poética única, singular, especial, do poeta que escreveu e viveu pouco, mas apresentou "não muito mas muito da poesia em língua portuguesa" (Khouri 1992).

É desse ponto de vista que gostaríamos de analisar a poesia de Cesário e suas relações com a pintura, de um modo geral, e com a pintura impressionista, de um modo particular. E essa relação se mostra na linguagem poética de modo dialógico, uma vez que contém uma tessitura verbal, em cujo fundo se mostra pictórica, fotográfica, cinematográfica, imagética, fanopaica.

Teremos de pensar por imagens, à semelhança de Eisenstein e a sua montagem cinematográfica. Teremos de ser chineses e adotar uma escrita ideogramática. Teremos de ser analógicos ou poetas tanto quanto Cesário. Se a inspiração não for suficiente, que sejamos argutos na análise tanto quanto ele o é em seus poemas.

É por esse ângulo que julgamos que este estudo tem qualquer coisa de impressionista também. Se, para o Impressionismo, o momento era o mais importante, para o nosso estudo o importante são as impressões isoladas, frases nominais, parataxes e sinestesias.

Nossa maior dificuldade foi encontrar a conjunção (coordenada ou subordinada) que ligasse todos os nossos períodos simples e compostos (por coordenação e subordinação). Coordenação e subordinação de frases e de idéias e, também, de sentido. Apelamos, como o próprio Cesário Verde, para a visualidade, buscando alcançar o que pretendíamos.

Esperamos que o resultado não seja apenas fragmentos e mais fragmentos que buscamos juntar num todo organizado e lógico.

Nesse sentido, o presente trabalho é o estudo da linguagem poética da *Obra Completa de Cesário Verde*[2], de autoria do poeta português Joaquim José Cesário Verde (1855-1886), com o objetivo de estabelecer relações com a poesia e a pintura impressionistas.

Trata-se, pois, das relações entre poesia e pintura na linguagem poética, com rápidas incursões pela montagem cinematográfica eisensteiniana e pela fotografia.

Por estudo da linguagem poética, pretendemos observar a linguagem de Cesário enquanto construção de um mundo-em-palavras. A vida do poeta nos interessa como biografia intelectual, somente naqueles aspectos em que os dados biográficos se fazem necessários para compreensão da linguagem poética, como é o caso de algumas cartas em que se configura, de forma indireta, um projeto poético, ou seja, uma semelhança entre poesia e forma pessoal de ver a realidade ambiente.

O desenvolvimento deste estudo obedece a uma ordem necessária. Cesário Verde é um poeta português do final do século XIX, que se vincula à estética realista-naturalista, que opta por escrever poesia numa época em que a prosa de ficção toma novos rumos na Literatura. Cesário Verde está vinculado, portanto, a uma poesia com características bastante diferenciadas dos outros poetas do seu tempo. Sua linguagem poética se apresenta como uma seleção e combinação de signos lingüísticos que se mostram interdisciplinares, dentro do conceito de Roland Barthes:

> *O interdisciplinar, de que se fala muito, não consiste em confrontar disciplinas já constituídas (nenhuma delas, com efeito, consente em* entregar-se*). Para praticar o interdisciplinar, não basta escolher um "assunto" (um tema) e convocar à sua volta duas ou três ciências. O interdisciplinar consiste em criar um objecto novo, que não pertence a ninguém. O Texto é, creio, um desses objectos.* (Barthes 1987: 81)

O *objeto novo*, para Barthes e para nós, é o texto poético de Cesário Verde, que se mostra como linguagem poética e apresenta elos entre a

[2] Adotamos, para análise, o livro organizado por Joel Serrão.

linguagem verbal e a linguagem visual (pictórica e cinematográfica, por exemplo).

Trata-se de um signo lingüístico que se mostra interdisciplinar. Isto quer dizer que ele é construído de tal forma que aponta para o signo visual, pictórico, e, por conseqüência, para o signo cinematográfico, com o qual se parece. Há, igualmente, uma fusão singular entre o signo da prosa e o signo da poesia.

Uma construção assim concebida pressupõe um projeto poético específico e singular de Cesário Verde, que o coloca, a um só tempo, como um dos representantes do Realismo-Naturalismo Português e como um poeta que apresenta características especiais: um precursor do Modernismo.

Por projeto poético entende-se normas da estética literária utilizadas nas poesias de Cesário Verde, que podem ser denominadas de estilo individual de uma época.

Para dar conta desse projeto, faremos uma apresentação do poeta, através de uma rápida biografia, acompanhada de uma fortuna crítica que busca entender em que sentido esses aspectos foram estudados e qual foi a contribuição dos críticos ao assunto. Segue-se a análise de alguns poemas de Cesário, como *Cristalizações, Num Bairro Moderno, Contrariedades, O Sentimento dum Ocidental, Contrariedades, Manhãs Brumosas*, etc.

Biografia intelectual de Cesário Verde

José Joaquim Cesário Verde nasceu na freguesia lisboeta de Santa Maria Madalena a 25 de fevereiro de 1855. Era filho de José Anastácio Verde e D. Maria da Piedade dos Santos Verde.

Filho de lavrador e comerciante, teve de dedicar-se às atividades práticas, que desde cedo não estavam de acordo com seu temperamento voltado para as letras.

Sobre esse aspecto afirmou Eugênio de Castro[3] : "De dia mantinha a contabilidade de seu pai, proprietario duma loja de ferragens, e pesava a mercadoria numa balança monumental quando o empregado estava ausente. Pela manhã, antes de baixar à loja, vestia-se com elegância e punha

[3] Trata-se de um relato da entrevista que um escritor francês fez a Eugênio de Castro. Esse escritor conhecia a obra de Cesário Verde.

flor ao peito, como se houvesse sido convidado para almoçar por gente de alta roda!" (Castro em Monsaraz 1956: 23)

Dedicou-se bastante à vida comercial e, segundo depoimentos de contemporâneos, era um bom conhecedor de sua especialidade.

Em 24 de abril de 1865, Cesário requereu admissão ao exame de instrução primária, e, morador que era na freguesia do Sagrado Coração de Jesus, coube-lhe ser examinado por uma das mesas na Academia das Ciências, entre 1º de Maio e 3 Junho. Tal como se desconhece o colégio onde o poeta fez os estudos das primeiras letras, também não há notícia daquele em que depois aprendeu o francês e o inglês e outras disciplinas do secundário.

Desde 1865, trabalha na loja paterna, mas, somente em 1872 é que começa a ocupar-se da correspondência comercial.

A sua vocação parece começar a surgir e, a muito custo, impõe-se, o que o leva a matricular-se no Curso Superior de Letras (1873). No curto período em que assistiu às aulas, fez amizade com Antonio da Silva Pinto e começou a publicar poemas no *Diário de Notícias* e, depois, em outros periódicos.

Vale registrar que Cesário era também partícipe nos serões e ágapes da Travessa da Assunção[4], com seu traje, a um tempo de boêmio e de *dandy*: calça aos quadrados, jaquetão azul-marinho, *lavallière* vermelha de protesto contra o empacotado e ridículo aprumo da monarquia liberal, com uma rosa entreaberta na botoeira da lapela. Eis como ele foi visto numa sátira no jornal *Diário Ilustrado*, de 13-5-1874, na seção "Gazetilha":

O sr. Cesário Verde,
Que usa barrete encarnado,
Escreve em estilo negro,
Num papel amarelado[5],
Que vê tudo cor-de-rosa
Nos horizontes futuros.

---

[4] Na Travessa da Assunção, nº 52, 3º, hoje Rua da Assunção, viveu Antonio de Macedo Papança, Conde de Monsarás, amigo de Cesário Verde.

[5] A revista *A Tribuna*, na qual Cesário colaborou, tinha uma capa amarela, daí a referência ao papel amarelado.

E que os frutos da república
Ontem inda esverdeados
Estão já hoje maduros. (Silveira 1966: 399)

No *Diário Ilustrado*, no número de Entrudo, de 13-11-1877, saiu a seguinte sátira a Cesário: O grande Cesário Verde / Poeta famoso ... Hom'essa! / Mas num futuro distante / Caindo já da tripeça! // Metido em cavalarias / E vestido de ché-ché / Namorando a Ideia Nova / Faz-lhe muito rapapé! / / Queira Deus que a tal Ideia, / De que ele é tão lambareiro, / Não faça que um belo dia / Lhe cheguem ao galinheiro! (Silveira 1966: 400)

Em 1879, a poesia *Num Álbum* é publicada no livro *Cancioneiro Portuguez – coleção de poesias inéditas dos principais poetas portuguezes – primeiro anno – 1879-1880*. Trata-se de uma edição do Porto, datada de 1880, e é tida como a primeira participação da poesia de Cesário em um livro (Serrão 1992: 16).

Em 1881, forma-se o denominado "Grupo do Leão", tertúlia de pintores e alguns literatos que, tendo como figura central Silva Porto, se reunem pelo começo da noite na Cervejaria do Leão d'Ouro. Cesário também ali aparecerá de vez em quando – com Monteiro Ramalho, o amigo e vizinho Alberto de Oliveira[6], Fernando Leal, Fialho de Almeida, o brasileiro Silva Ramos[7], Mariano Pina, etc.

Suas atividades profissionais continuam: embora em escala menor do que no ano anterior, a empresa do pai de Cesário exporta frutas para a Inglaterra. É o período, também, que Cesário começa a escrever *Nós*. (Silveira 1986: 18)

Cesário Verde faleceu, vítima de tuberculose, em 19 de julho de 1886, às cinco horas da manhã, com 31 anos, numa casa do Lumiar, no Largo de São Sebastião, 64 (antes estivera em Caneças, na esperança de cura). As suas últimas palavras, recolhidas por Jorge Verde, único sobrevivente dos filhos do Sr. Anastácio Verde, foram: "Não quero nada, deixa-me dormir." (Oliveira 1944: 33) (Serrão 1992: 19).

---

[6] Ao que tudo indica, o Alberto de Oliveira aí citado é o autor de um estudo equivocado sobre Cesário Verde em 1892.

[7] José Júlio da Silva Ramos (1853-1930), pernambucano do Recife (PE), formado em Direito pela Universidade de Coimbra, escreveu, no livro *Pela Vida Fora* (RJ, 1922), um capítulo em que fala do momento em que Cesário Verde declamou para ele o poema *Num bairro Moderno*. (Ramos 1986: 139)

A sua obra literária, aliada à sua biografia, e aquilo que conhecemos de suas correspondências, mostra um embate entre as coisas práticas e as atividades literárias.

Em vida, Cesário publicou poemas em jornais portugueses. Tinha projeto de publicar um livro, mas não o fez. Um ano após a sua morte, graças aos esforços do seu amigo Antonio da Silva Pinto, sai publicado *O livro de Cesário Verde*.

Embora tenha sido pouco valorizado em vida, o poeta recebeu muitas homenagens póstumas, dentre as quais destacamos as do centenário do seu nascimento e da sua morte. Suas poesias, total ou parcialmente, foram traduzidas para o espanhol, francês, italiano, inglês e checo. Sua obra faz parte de antologias portuguesas, brasileiras, francesas, italianas, espanholas.

Cesário Verde na literatura portuguesa

Em toda a vida de Cesário, parece existir uma necessidade de se firmar como poeta e ser aceito pelos jornais. Em face dos aspectos biográficos, julgamos necessário mostrar a posição que Cesário passou a ocupar, com o passar do tempo, na Literatura Portuguesa no seu país e no Brasil.

Cesário Verde iniciou-se literariamente sob influência do Parnasianismo, mas evoluiu rapidamente para um realismo de caráter dialético, onde registra imagens do cotidiano citadino, contraposto ao do campo (Abdala Jr. e Paschoalin 1985: 114). Marca o instante transitório entre o Romantismo, com suas multiformes expressões, e o Realismo, com seus paradoxos, recuos e incertezas. (Moisés 1984: 180). Inverte, pela primeira vez na história dos ciclos poéticos portugueses, a relação poeta *versus* mundo. Poeta "realista", seu realismo só é fotográfico na aparência, porque, ao invés de exterior, tendo seu objeto fora da consciência e da sensibilidade do poeta, é profunda e exclusivamente interior, por identificar-se com a consciência e a sensibilidade. O objetivo e o subjetivo fundem-se numa só entidade (idem: 181).

Sua posição na literatura portuguesa é a de precursor. Registra as tensões sociais do processo de urbanização em Portugal (Serrão 1957: 13-85). Sua escrita poética é o ponto de partida de várias tendências de vanguarda e do modernismo de seu país, como o tratamento estilístico do decadentismo-simbolismo ou o sensacionismo de Fernando Pessoa. A consciência artesanal do poema, visto como objeto estético construído a partir de uma multiplicidade de perspectivas, aproxima-o igualmente da modernidade dos movimentos de vanguarda e da literatura contemporânea. (Abdala Jr. e Paschoalin 1985: 114).

Cesário tematizou com grande força poética o operariado lisboeta, com uma produção que o singulariza no conjunto da Literatura Portuguesa. É precursor, dentro de uma ótica pequeno-burguesa, das preocupações do movimento neo-realista que viria a se firmar depois da Segunda Guerra Mundial (idem: ibidem).

A população da cidade é fixada em *processo*, como acontece com a pintura impressionista. Os seus procedimentos estilísticos apresentam semelhança com o decadentismo-simbolismo francês, especialmente os do poeta Charles Baudelaire (idem: 115), diferenciando-se, contudo, pelas dimensões históricas (Saraiva e Lopes 1989: 991). Expressa o conflito entre a simpatia pelo povo urbano ou rural explorado e o ditame naturalista de impassibilidade descritiva, reforçado pela idéia darwinista de que os fracos (inaptos ou decadentes) estão condenados a perecer (idem: 990).

A metáfora básica dos seus poemas é a cidade-mulher: "O poeta busca nas imagens concretas da cidade a dimensão humana, o sensualismo que ela perdeu, devido ao grosseiro desenvolvimento capitalista. A fria cidade-mulher o subjuga, como ao operário. Ela é dominadora, falta-lhe a naturalidade que é própria do amor. Nas relações amorosas entre o poeta e a cidade-mulher, falta igualmente a vitalidade biológica, inerente ao amor realista" (Abdala Jr. e Paschoalin 1985: 115). Esta cidade-mulher é montada por *flashes*, uma forma de composição similar às montagens cinematográficas. Esse processo evoluiu para a justaposição de imagens fragmentárias e múltiplas.

Introduziu no verso o processo queirosiano de suprir pelo adjetivo ou pelo advérbio uma relação lógica extensa, de imediatizar, pela surpresa da relação verbal, uma sugestão que morreria se fraseologicamente se desdobrasse: "quando passas, aromática e normal"; "cheiro salutar e honesto ao pão no forno"; "pés decentes, verdadeiros"; "eu tudo encontro alegremente exacto"; "amareladamente, os cães parecem lobos"; etc. (Saraiva e Lopes 1989: 990).

Realiza, de forma original, aquilo que Umberto Eco define como *constrições expressivas*:

O poeta escolhe uma série de constrições expressivas, e depois aposta que o conteúdo, seja ele qual for, e por mais que possa preceder a escritura, se adequará às constrições expressivas, e melhor ainda se disso sair modificado. O poeta olha o mundo tal como as constrições do verso lhe impõem. Não só, mas olha também a língua do mesmo modo (Eco 1989: 242-243).

Essas constrições expressivas, que na verdade são características de toda linguagem poética, uma variação ornamental da prosa, o fruto de uma *arte* (ou seja, de uma técnica) (Barthes 1974: 140), são trabalhadas num nível que faz-nos considerar que Cesário Verde trabalha a forma da poesia (a expressão correta, a construção das frases), mas sabe aliá-las ao conteúdo. Essa preocupação formal, esse apego ao descritivo lembra a poesia parnasiana, mas o subjetivo domina o poeta e ele expressa sentimentos por contraste ao objetivo, ao descritivo, ao observado no mundo exterior.

A par disto, Cesário consegue valorizar poeticamente o vocabulário e o tom de fala mais correntios na linguagem coloquial urbana embalando o leitor num ritmo que ondula entre a atenção ao pormenor e um abrir de horizontes, entre a sátira ou a degradação, que nos oprimem, e um relance de beleza real, que nos expande. (Saraiva e Lopes 1989: 990).

O lirismo de Cesário é visto como não-amoroso, não panfletário, não metafísico. Lirismo dum repórter, mas dum repórter atraído pela cidade, sensível a todas as suas pulsações, inclusive as nauseantes, disformes ou repugnantes. Ou, por outra, lirismo "realista", porém não-fotográfico, nem frio: o poeta emociona-se, e muito, e é sua emoção perante o real cotidiano que procura transmitir ao leitor (Moisés 1989: 303-4).

Cesário é também visto como poeta do cotidiano, com preocupação não-consciente nem programática de infringir as tradicionais regras do jogo estético e, na sua última fase, depois de 1881, no contato com o ar livre, encontrava o *habitat* próprio para o seu visceral impressionismo (Moisés 1972: 215,220-221).

Os momentos da poesia de Cesário

Poucos autores classificaram a obra de Cesário Verde em partes, embora todos apresentem uma nítida distinção entre as poesias com elementos parcialmente românticos das que são efetivamente realistas.

Preferimos apresentar as diversas classificações de que tomamos conhecimento, com o objetivo de propor, também, a nossa classificação, que se baseia no seguinte aspecto: como e quando o realismo impressionista, a relação com a pintura e a modernidade começam a surgir em seus poemas.

O livro de Cesário Verde, para Antonio da Silva Pinto, é composto de duas partes:

I Crise romanesca – Deslumbramentos, Setentrional, Meridional – Cabelos, Ironias do Desgosto, Humilhações, Responso.

II Naturais – Contrariedades, A débil, Num bairro moderno, Cristalizações, Noites gélidas – Merina, Sardenta, Flores Velhas, Noite fechada, Manhãs brumosas, Frígida, De verão, O sentimento dum ocidental, De tarde, Em petiz, Nós, Provincianas.

É polêmica a divisão feita por Silva Pinto, inclusive no que se refere à exclusão de poemas, que depois foram resgatados pela pesquisa de Joel Serrão.

Joel Serrão (1957: 49-85) busca compreender a poesia cesarina através de uma ordem cronológica, que o estudioso supõe evolutiva:

1873-1874 – Os poemas deste período têm a mulher por objeto e o amor por tema. Poemas: A forca, Num tripúdio de corte rigoroso, Ó áridas Messalinas, Eu e ela, Lúbrica, Impossível, Lágrimas, Pró pudor, Manias, Heroísmos, Cinismos, Cantos da tristeza, Fantasias do impossível – Caprichos, Esplêndida, Arrojos, Flores venenosas – I, Cabelos, Vaidosa, Cadências tristes, Melodias vulgares.

1875-1876 – Representa os anos de amadurecimento, embora precoce, que evidenciam que Cesário caminha no sentido de integração citadina[8]. Poesias: Deslumbramento, Frígida, A Débil, Ironias do desgosto, Deslumbramentos, Humorismos do Amor, A débil, Desastre, Nevroses – Contrariedades.

1877-1880 – É a época em que readquiriu confiança em si mesmo, está na plena posse dos seus dons expressionais da estesia poética. Poemas: Num bairro moderno, Merina, Sardenta, Cristalizações, Noitada, Num álbum, Em petiz, Manhãs brumosas (versos de um inglês), O sentimento dum ocidental, De tarde, De verão.

---

[8] A leitura de Joel Serrão tem por base o campo e a cidade na poesia de Cesário.

1881-1886 – A partir de 1880, depois da experiência crucial (em toda a acepção da palavra), que é o *Sentimento dum Ocidental*, o poeta silencia. Só passados quatro anos publicará novo poema – *Nós*. Dir-se-ia que esses anos de silêncio poético corresponderam a um período de intensos afazeres, à medida que ia substituindo gradualmente o pai no negócio das ferramentas da Rua dos Fanqueiros e na exportação das frutas de Linda-a-Pastora. Poemas: Nós, Provincianas (incompleto).

Serrão rastreou o título das poesias e mostrou as variantes encontradas, o local e a data da primeira publicação de cada poesia, o local e a data da feitura quando possível e se foi ou não incluída no *Livro de Cesário Verde*.

A antologia feita por Osmar Barbosa, para a Ediouro, apresenta três divisões:

1 Poemas de aparência romântica – Deslumbramentos, Setentrional, Noites gélidas, Sardenta, Meridional, Responso, Noite fechada, Manhãs brumosas, Flores velhas, Cadências tristes, Num álbum, Loura

2 Poemas de presença realista – Contrariedades, Humilhações, A débil, Ironias do desgosto, Num bairro moderno, Cristalizações, Frígidas, De verão, O sentimento dum ocidental, Em petiz, Nós, Esplêndida, Provincianas, Desastre.

3 Poemas de tons satíricos – Ele, Impossível, Lágrimas, Pró pudor, Manias, De tarde, A forca, Num tripúdio de corte rigoroso, Ó áridas Messalinas, Eu e ela, Lúbrica, Heroísmos, Cinismos, Arrojos, Vaidosa.

Essa classificação acrescenta uma seleção da poesia de tom satírico, que é uma veia bem desenvolvida em Cesário. Além disso, não divulga todas as poesias do poeta português, embora o título do livro seja *Poesias completas de Cesário Verde*.

Uma outra classificação é feita por Antonio Salgado Júnior, que procura fazer a história da comunicação de Cesário com o público (Salgado Júnior [1958]: 387-391):

a) Desde o dia 12 de Novembro de 1873, em que se estréia no *Diário de Notícias*, até 22 de Março de 1874, denominado "o tempo das publicações dos *dispersos condenados*".

b) Terminado o entusiasmo publicitário do momento precedente, esperar-se-á quase um ano por nova comunicação, pois apenas surgirá em Dezembro de 1874. Contrastando com o anteriormente sucedido, a sua comunicação passa agora a ser rara e espaçadíssima.

c) Nesse ano de 1878 sucede, porém, que Cesário, convidado para colaborador dos *Brindes*, aí publica o *Num Bairro Moderno*. Sabe o que faz e sabe que vai impôr-se. Faz-se cada vez mais rogado. Durante seis anos, até ao da sua morte, comunica-se com o público umas quatro vezes. Mas é o tempo da sua atividade triunfal: a seguir ao *Bairro Moderno*, publica sucessivamente as *Cristalizações*, o *Em Petiz*, o *Sentimento dum Ocidental*, o *Nós*. Neste momento, a hora do triunfo confunde-se com a da morte.

Antonio Salgado Júnior faz uma análise de forma singular, considerando a comunicação de Cesário com o seu público, o que demonstra uma atitude de procura de uma finalidade claramente definida pelo poeta. É o que podemos observar nas suas cartas a amigos.

De um modo geral, os quatro estudiosos – Silva Pinto, Joel Serrão, Osmar Barbosa e Salgado Júnior – procuram observar a evolução da poesia de Cesário nos mais diferentes ângulos.

Os momentos da poesia de Cesário, para nós, é a maneira como a visualidade, e por conseguinte o pictórico, toma conta da sua linguagem poética e o faz poeta-pintor. Com base na classificação cronológica de Joel Serrão, apontamos a poesia-pintura de Cesário a partir dos seguintes poemas: Eu e ela, Ele, Cantos da Tristeza / Setentrional, Caprichos / Responso, Esplêndida, Flores Venenosas – I – Cabelos, Deslumbramentos, Humorismos de Amor, além das poesias consideradas como obras-primas (Num Bairro Moderno, Cristalizações, O Sentimento dum Ocidental, Nós, etc.).

Síntese

Um sumário por capítulos foi a solução encontrada para apresentar ao leitor um panorama dos conceitos, teorias e abordagens com que estamos construindo a análise de uma poesia que foi criada com um procedimento pictórico.

Neste capítulo introdutório foi apresentado um panorama das mais variadas leituras pictóricas da obra de Joaquim José Cesário Verde (1855-1886), junto com um esboço biográfico, sua posição na Literatura Portuguesa e um pequeno estudo sobre os momentos de sua obra poética.

Realismo, Impressionismo e Modernidade

Figura 2 – Claude Monet (1840-1926) – Rua Montorgueil embandeirada (62 × 35 cm; 1878). Museu de Belas-Artes, Rouen.

Por que é que Cesário Verde consegue nos seus versos dar tal realidade à realidade, transformá-la tantas vezes numa cópia mais autêntica que o original? Talvez porque acredita nela, porque adere às coisas da vida quotidiana, porque, no próprio acto de os distinguir do fundo da banalidade, a sua receptividade individualiza patèticamente os objectos.

Andrée Crabbé Rocha[1]

1 Rocha [1958]: 396-398.

Considerações Iniciais

Um grupo de manchas e cores. Um olhar do alto. Pinceladas rápidas, nervosas. Um esboço para mostrar o panorama. Uma rua em movimento, em festa. O dia. O momento. As impressões das cores e de um estado de espírito. Assim o quadro de Monet nos transmite o movimento da rua Montorgueil.

É a mesma "rapidez" de parataxes, frases nominais, e de frases curtas que um poema de Cesário nos apresenta o vivo das ruas de Lisboa:

Dez horas da manhã; os transparentes
Matizam uma casa apalaçada;
Pelos jardins estacam-se as nascentes,
E fere a vista, com brancuras quentes,
A larga rua macadamizada.
(Num Bairro Moderno, *E1)*

Cesário Verde segundo os críticos

Quem analisou o que na obra de Cesário Verde: o Realismo, o Impressionismo, a Modernidade, a visualidade, a relação entre a poesia e a pintura, a linguagem poética?

Na leitura da grande parte da fortuna crítica, questões como as apontadas acima se juntam para mostrar o que há de inovador na obra do poeta, fazendo com que esses conceitos se mostrem como elementos em comum.

O Realismo em Cesário se faz, principalmente, através do Impressionismo. A relação entre Realismo e Impressionismo se apresenta de tal forma que as vinculações com a pintura se mostram implícitas. A descritividade, na grande maioria dos seus poemas, se mostra numa atitude que registra imagens visuais do real, que tanto se assemelham com a pintura, o desenho, a fotografia, a imagem, quanto com um procedimento que traz semelhança com a montagem cinematográfica. A narratividade se aproxima de uma montagem ou técnica que se parece com a cinematográfica, apesar de ser *avant la lettre*.

A Modernidade que os críticos apontam se dá porque a obra de Cesário criou uma linguagem poética capaz de relacionar Realismo, Impressionismo e usar uma expressão poética bastante singular para a sua época e, com isso, antecipar atitudes estéticas até então não praticadas. É o procedimento de um poeta do fim do século, em que os "ismos" determinavam diferentes rumos para a literatura e para as outras artes.

A descrição indica uma relação em que a poesia adota procedimentos da pintura e do cinema. A narração também indica procedimentos semelhantes ao do cinema, enquanto montagem. Uma espécie de ideograma chinês, não lógico também, mas por meio da verbalidade, se faz através da linguagem seca, angulosa, geometrizante de Cesário.

A crítica, muitas vezes, observou e ressaltou vários desses aspectos, mas os considerou defeitos. Muitos autores, em diferentes momentos, estudaram a obra de Cesário sob os mais diversos ângulos. Esta resenha bibliográfica e crítica pretende resgatar o Realismo, o Impressionismo, a pintura e a Modernidade na linguagem poética de Cesário Verde, sob os seguintes aspectos: o que diferencia Cesário dos poetas do seu tempo de acordo com a crítica literária; o Realismo Impressionista; o fato de ser um poeta precursor da Modernidade; a relação com a pintura; e como a linguagem poética foi estudada pelos críticos (desvinculada da biografia, relacionada à vida do poeta, do ponto de vista temático, formalista, estruturalista, etc.).

O fato de representar uma literatura de fim de século indica uma atitude de ruptura, que faz com que o poeta seja visto como alguém que rompe com o Romantismo, que adere ao Realismo ou que indica uma postura precursora da Modernidade. É o que Saraiva denomina de "a esquina do século", um período que vai de 1890 até cerca de 1930, em que ocorre uma espécie de desintegração e de tentativas de criação de uma nova prosa e de uma nova poesia a partir do estilo literário que atingira a sua forma clássica na geração de 70 (Saraiva 1994: 133).

A linguagem da crítica literária merece algumas considerações. De uma forma geral, as apreciações do século XIX e do início do século XX mostram-se com uma linguagem imprecisa por vezes mercê, talvez, da crítica impressionista que até então predominava. Mesmo assim, é possível detectar uma observação mais sagaz que aponta procedimentos estéticos incomuns (para a época) na poesia objeto de estudo.

Um rastreamento do que foi publicado sobre Cesário no século XIX foi necessário e um ponto de partida. O resgate desses dados serviu para verificar como a obra do poeta foi vista no seu tempo, quanto aos fatores aqui abordados. Dentre os aspectos acima considerados, três pontos parecem essenciais na leitura da obra de Cesário Verde: como a Estética Realista se apresenta, como esse Realismo tem ligações com o Impressionismo Literário, e como a sua poesia, por ser realista e impressionista, tem íntima relação com a pintura. Foi isso que procuramos resgatar neste panorama crítico.

ESTUDOS SOBRE A VIDA E A OBRA

Muitos autores trouxeram contribuições valiosas ao estudo da vida e a obra de Joaquim José Cesário Verde (1855-1886): António da Silva Pinto, Luís Amaro de Oliveira, Joel Serrão, João Pinto de Figueiredo e Pedro da Silveira.

Cesário Verde: novos subsídios para o estudo da sua personalidade (1944), de Luís Amaro de Oliveira, aborda a personalidade do poeta, o caráter das novas poesias, subsídios para uma edição crítica e alguns elementos bibliográficos. Embora tenha por objetivo o estudo biográfico, representa um esforço no sentido de compreender a obra de Cesário, que, ainda hoje, continua a inquietar os críticos pelo seu caráter inovador.

Oliveira, em cujo estudo procurou estabelecer uma relação entre o homem e o poeta, afirma que Cesário, vivendo "em contacto com a natureza, a sua visão do campo não se materializou em falsos bucolismos de selecta" (Oliveira [1958]: 382), mas caminhou "para além da intensa sinfonia das cores naturais que ferem a retina do visual que foi em grande parte a sua obra poética" (idem: 383).

Em *Três sentidos fundamentais na poesia de Cesário* (1949), Oliveira estuda o sentido do mundo, o sentido da arte e o sentido da morte. Esse livro aponta inúmeros caminhos para a análise da obra do poeta.

No periódico *Távola Redonda*, David Mourão-Ferreira (1952: 7-8) traz um panorama dos estudos críticos sobre Cesário Verde o que é uma tentativa de juntar material publicado e fazer uma apreciação geral.

Procurando trazer novos subsídios para a vida e a obra, Alberto de Monsaraz (1956) relata a amizade do poeta com Antonio de Macedo Papança, algumas cartas, iconografias, bem como poemas em homenagem a Cesário.

Um trabalho que demandou muita pesquisa, e se mostra como uma espécie de continuação da obra de Oliveira (a de 1944, principalmente), foi *Cesário Verde: interpretação, poesias dispersas e cartas coligidas e anotadas* (1957), de Joel Serrão, que é composto de um estudo sobre o campo e a cidade na poesia de Cesário, elementos para uma edição crítica da obra, publicação de poesias não incluídas ou publicadas incompletas no *Livro de Cesário Verde*, cartas de Cesário a várias pessoas, além de uma bibliografia farta.

Em 1963 (1ª edição), Serrão organiza *A obra completa de Cesário Verde*[2], que contém: uma tábua biobibliográfica bastante extensa, os fundamentos e critérios da edição, a poesia de Cesário de *O livro* mais as poesias dispersas, e as cartas de Cesário a inúmeros amigos. A poesia é apresentada nas mais variadas versões (de acordo com *O livro de Cesário*, em confronto com as revistas e os jornais onde foram originariamente publicados). Trata-se de um livro de consulta e de ponto de partida para os estudos atuais de Cesário Verde.

Joel Serrão é um dos grandes e pacientes estudiosos da obra do poeta, no que diz respeito à pesquisa de novos poemas publicados em jornais, na catalogação pacienciosa das inúmeras variantes dos poemas publicados e na busca de uma cronologia bem documentada da vida e da obra do poeta:

a) o sentido da morte (Serrão [1958]: 403-407)

b) o campo e a cidade na poesia de Cesário Verde (Serrão 1957: 15-85)

c) elementos para uma edição crítica das poesias de Cesário Verde (idem: 89-118)

d) poesias não incluídas ou publicadas incompletas no *Livro de Cesário Verde* (idem: 135-169)

e) cartas de Cesário a várias pessoas (Serrão 1957: 175-214) (idem 1992: 189-250)

f) tábua biobibliográfica de Cesário Verde (Serrão 1992: 11-21)

g) fundamentos e critério de uma edição da obra completa de Cesário (idem: 23-40)

[2] Consultamos a 6ª edição, de 1992.

h) edição de uma obra completa de Cesário, com as variantes dos poemas publicados por Silva Pinto e nos jornais e revistas dos século XIX (idem: 41-188)

i) Uma biobibliografia respeitante a Cesário Verde bastante significativa (idem: 251-258)

j) o sentido do tempo na poesia de Cesário Verde (idem 1980: 155-160)

Diversas abordagens da obra de Cesário foram apresentadas num volume denominado *Estrada Larga: antologia dos números especiais relativos a um lustro do suplemento Cultura e Arte de "O Comércio do Porto"*, sob a orientação e organização de Costa Barreto, em 1958: transcrição da nota apresentatória de Silva Pinto ao *Livro de Cesário Verde*, um estudo biográfico (Luiz Amaro de Oliveira), introdução ao estudo de Cesário (António Salgado Júnior), sobre o realismo do poeta (José Régio), a presença do real na poesia de Cesário (Andrée Crabbé Rocha), Cesário e Baudelaire (Jacinto do Prado Coelho), sobre o sentido da morte na poesia de Cesário Verde (Joel Serrão), a linguagem de Cesário Verde (Jorge de Sena), Tolentino e Cesário (Óscar Lopes).

Estrada larga representa o reavivamento de estudos, até pela proximidade da data do centenário de nascimento do poeta (1955) e, também, pela publicação de um único volume, uma tentativa de manter reunido um material para estudo.

Nós: uma leitura de Cesário Verde (1ª edição em 1975), de Helder Macedo, tese de doutoramento na Universidade de Londres em 1974, é uma das obras basilares para a compreensão de toda a obra poética de Cesário. Trata-se de uma análise de todos os poemas de Cesário em dez capítulos: coordenadas ideológicas, o mar sem praias, os povos humilhados, desesperos mudos, a musa que anima, os fracos e os tolhidos, a cidade e a noite, nós, praças de gentes e uma bibliografia farta.

João Pinto de Figueiredo contribuiu com três livros biográficos e iconográficos: *Álbum de Cesário Verde*, (1979), *Cesário Verde, a Obra e o Homem* (1981) e *A vida de Cesário Verde* (1986). Este último aborda os seguintes temas: a família; a infância; a empresa J. A. Verde, Lda.; o Curso Superior de Letras; vida literária; entre a poesia e a "justiça"; 1876: o ano da maioridade; Num bairro moderno; Noitada, Cristalizações, Em petiz;

polêmicas jornalísticas, O Sentimento dum Ocidental; o Grupo do Leão; Paris, Nós; O Fim; uma cronologia e uma antologia. Parece-nos a biografia mais completa do poeta.

Lirismo e realidade social é o tema de Maria Aparecida Paschoalin para a dissertação de mestrado (1980) na Universidade de São Paulo, que apresenta as seguintes partes: a relação "eu" poético e realidade social, o "eu" poético e figura feminina: metáfora das relações sociais; o "eu" poético e "O sentimento dum Ocidental", e uma bibliografia significativa. É o estudo da questão do Impressionismo Literário de Cesário Verde, enquadrando-o como representante do Realismo Impressionista.

A revista *Prelo*, da Imprensa Nacional – Casa da Moeda, em julho/setembro 1986, sob a direção de Diogo Pires Aurélio, apresentou os seguintes artigos:

a) Diogo Pires Aurélio – Editorial;

b) Maria Filomena Mónica – O dia em que Cesário Verde morreu;

c) José Carlos Seabra Pereira – Em demanda da perfeição das Coisas;

d) Clara Rocha – O boi e a cabra: para uma análise de "Cristalizações";

e) Silvina Rodrigues Lopes – Como quem escreve com sentimentos;

f) Isabel Oliveira e Silva – Cesário Verde, "o esteta da translúcida mudança";

g) Júlio Brandão – Anedota sentimental; e

h) Jorge Custódio – A indústria fabril em Portugal e em Lisboa na época de Cesário.

A revista *Colóquio/Letras*, em seu número de setembro de 1986, com ilustrações de vários artistas, faz uma homenagem a Cesário:

a) Joel Serrão – uma tábua biobibliográfica;

b) Helder Macedo – o bucolista do realismo, comparação de Cesário e Sá de Miranda;

c) Georg Rudolf Lind – "o real e a análise" no mundo poético;

d) Stephen Reckert – o mistério da Rua das Trinas;

e) John Laidlar – análise do poema *Desastre*;

f) Alfredo Margarido – a dicotomia branco-negro na poesia;

g) Helena Carvalhão Buescu – a relação entre poesia e a pintura;

h) David Mourão-Ferreira – o decassílabo e o alexandrino;

i) José Carlos Seabra Pereira – análise do livro de João Pinto de Figueiredo (1917-1984).

j) Poesias dedicadas a Cesário e escritas por Sophia de Mello Breyner Andresen, Salette Tavares, Eugénio de Andrade, António Manuel Couto Viana, António Ramos Rosa, Henrique Segurado, Pedro Tamen.

l) Inquérito sobre Cesário, com opiniões de Albano Martins, Alexandre Pinheiro Torres, António Barahona, António Gedeão, Armando Silva Carvalho, Armindo Rodrigues, Fernando Echevarria, Fernando J. B. Martinho, Luís Miguel Nava, Nuno Júdice, e Pedro da Silveira.

m) Carta inédita de Cesário a Silva Pinto, sem data.

n) Helena Carvalhão Buescu faz uma recensão de *O essencial de Cesário Verde*, obra de Joel Serrão, publicada em 1986.

o) Na parte "Recensões críticas", há uma outra recensão de Helena Carvalhão Buescu sobre a terceira edição (1986) de *Nós: uma leitura de Cesário Verde*, de Helder Macedo.

O volume *Cesário Verde: catálogo da exposição comemorativa do primeiro centenário da sua morte* (1986), da Biblioteca Nacional de Lisboa, organizado por *Pedro da Silveira*, apresenta uma cronologia da vida e da obra do poeta; uma bibliografia que abrange quatro partes: a poesia de Cesário Verde (as primeiras publicações em jornais e revistas, as edições de *O livro de Cesário Verde*, algumas antologias, traduções; dedicatórias e homenagens; bibliografia sobre a obra e a vida de Cesário; adenda, com outra bibliografia sobre a vida e a obra do poeta; uma coleção de alguns textos de Cesário: o poema *Ele* - ao *Diário Ilustrado*, uma carta de Cesário a Bettencourt Rodrigues; uma parte denominada "Na memória dos amigos", com textos de Henrique Lopes de Mendonça ("Quando se soube em Lisboa da morte de Victor Hugo"), de Silva Pinto ("Recordando...") e de Silva Ramos ("Tempos de Lisboa).

Uma obra bastante ilustrada é *O livro de Cesário Verde*, organizado por Maria Ema Tarracha Ferreira (1983), que dedica, na introdução, um estudo interessante sobre o poeta. Com ilustrações de Lima de Freitas, a obra reproduz as duas partes (crise romanesca e naturais) da edição de 1887 de *O livro de Cesário Verde*, o posfácio de Silva Pinto, da 1ª edição, além de um grande número de poesias dispersas.

Cesário Verde: um trapeiro nos caminhos do mundo é o título da tese de doutorado que Ricardo Gumbleton Daunt Neto apresentou, em 1992, na Universidade de São Paulo. A obra é composta das seguintes partes: introdução (a lírica de passagem, o método de abordagem, transformações urbanas: as novas veias do mundo, a moda das fisiologias; o trapeiro), o sujeito lírico em *Num Bairro Moderno*, o trapeiro e a condição afetiva, o trapeiro e a condição social, o trapeiro e o tempo, o trapeiro e o imaginário: um projeto de transmigrar, no meio-fio do paraíso. O enfoque é singular e a bibliografia é uma das mais vastas sobre o poeta e sua obra.

O estilo irônico na obra de Cesário Verde é o tema de Thais Maria Vinci Mendonça Chaves em sua dissertação de mestrado de 1993, na Universidade Estadual de Campinas – Unicamp. A obra está dividida nas seguintes partes: sobre estilo e ironia, sobre a noção de ironia, Cesário e as vozes de seu tempo, mulheres fatais, "contrariedades": coloquialismo e intimidade, cidade e imagem, no campo: bucolismo e a recomposição lírica.

Fátima Rodrigues, em *Cesário Verde: recepção oitocentista e poética* (1999), resgata a crítica literária sobre o poeta nos seguintes aspectos:

a) Introdução: O enigma Cesário e os limites deste estudo; Breve conspecto sobre a leitura crítica de Cesário no século XX; O presente estudo e o seu objecto;

b) Recepção de Cesário no século XIX: A estrela literária: duas apresentações; O escândalo de "Esplêndida"; A propósito de "Num Bairro Moderno": três leitores; Junqueiro e a primeira leitura de "Cesário, poeta do campo"; Recepção Ideológica; Leituras globais da obra de Cesário; Cesário e o cânone do século XIX; Sintetizando

c) Poética: estudo do discurso metapoético: O lugar da escrita; O lugar do sujeito poético; Conceitos fundamentais da *poiesis* cesárica.

d) Conclusão.

e) Notas.

f) Bibliografia.

g) Apêndice. Textos oitocentistas.

Os aspecto inovador e fundamental da obra de Rodrigues é o resgate da fortuna crítica portuguesa, que foi pouco estudada antes dela (Mourão-Ferreira 1952 e França 1976 estão entre os que tomamos conhecimento).

Roberto Daud é autor de *O Livro de Cesário Verde: leituras e comparações*, tese de doutorado na Universidade de São Paulo em 1999, que, através da análise dos poemas, aborda o lirismo pictórico e a modernidade poética em Cesário.

Há referências a outros estudos acadêmicos de outros países, a cujas obras não tivemos acesso:

> *1960, Coimbra, dissertação de licenciatura em Filologia Românica – Berta Henriques Brás – Alguns aspectos estilísticos no "Livro de Cesário Verde" (Serrão 1992: 251)*
>
> *1962, Roma, tese universitária de licenciatura – Maria Libera di Girolamo – "La poesie di Cesario Verde". (idem: 253)*
>
> *1980, Faculty of Arts, University of Witwatersrand, Joanesburgo, tese de doutoramento – Janet E. Carter – "O universo humano na obra poética de Cesário Verde"*[3].

CESÁRIO VERDE PARA O SÉCULO XIX

Listamos alguns comentários feitos sobre as poesias de Cesário que foram publicadas nos jornais (fins do século XIX e início do século XX).

Em 12 de novembro de 1873, as primeiras poesias de Cesário – *A força*, *Num tripúdio de corte rigoroso* e *Ó áridas Messalinas* – são publicadas no folhetim do *Diário de Notícias*. Elas têm a apresentação de Eduardo Coelho[4], que o chama de "Um poeta negociante"; nesse artigo, não é revelado nenhum aspecto especial dessas poesias.

---

[3] Obtivemos informação de que essa tese foi publicada sob o título de *Cadências tristes: o universo humano na obra poética de Cesário Verde* (Lisboa, Cosmos, Temas Portugueses, 1990).

[4] Eduardo Coelho, até 1864 caixeiro de J. A. Verde, lança, de sociedade com o tipógrafo Tomás Quintino Antunes, o *Diário de Notícias*, em cujas páginas Cesário, pela sua mão, se estreará. O jornalista manteve sempre relações com o antigo patrão, apesar da aversão deste às letras, que o desaconselhava de cultura. (Silveira 1986: 13)

Quando a poesia *Flores Venenosas – I – Cabelos*[5] foi publicada no jornal *A Tribuna*, de Lisboa, em 18 de outubro de 1874, Guimarães Fonseca saudou a estréia de Cesário, com expressões como "estâncias harmoniosas e ardentes, um tanto sensuais e arrojadas, mas que denunciam um grande talento, uma privilegiada vocação para o ideal da poesia moderna" (Silveira 1967: 271). O articulista mostrou interesse para "que o ilustre moço continue o caminho brilhante, que se lhe rasga na vanguarda dos eleitos para derramar o sagrado fogo do céu nas pálidas cabeças da mocidade hodierna" (idem: ibidem).

Flores venenosas – Cabelos ainda não é a poesia que vai incluir Cesário dentre os mestres da modernidade e pouco apresenta de sua inventividade especial, como o caráter realista impressionista, a relação com a pintura ou a linguagem poética marcadamente pessoal. Contudo, as expressões *um tanto sensuais e arrojadas* e *uma privilegiada vocação para o ideal da poesia moderna* podem indicar a observação de uma poesia que se mostra diferente da dos seus contemporâneos.

A denominação *poesia moderna* denota sutilmente que o articulista não concorda com esse tipo de poesia, mas prefere manter-se comedido e usar de uma expressão, de certo modo, um pouco vaga.

O poema *Esplêndida*[6], publicado no *Diário de Notícias* de Lisboa, em 22 de março de 1874 (Serrão 1992: 71-72), recebeu uma crítica de Ramalho Ortigão em *As farpas* (Ortigão 1890: 226-233), no que se refere à imitação de Baudelaire, cujo realismo estava "fazendo mais numerosas e mais lastimaveis victimas do que o velho romantismo de Byron, de Lamartine e de Musset." (idem: 227)

Ortigão aponta "a tendência poética da nova eschola portugueza" (idem: 229) na pessoa do "sr. Cesario Verde, o qual achou interessante communicar-nos, por meio do referido *Diario de Noticias*, um dos casos verdadeiramente mais extraordinarios que podem assignalar a vida de um homem, a saber: ir um sujeito pela rua do Alecrim e passar uma carruagem com uma senhora dentro." (idem: 229-230)

A crítica de Ramalho aponta a questão do andar na poesia de Cesário, que está ligada a um olhar deambulatório, semelhante ao olhar de

[5] Em *O livro de Cesário Verde* o poema passou a chamar-se *Meridional – Cabelos*.
[6] *Capricho, Esplêndida e Arrojos* foram publicadas no mesmo jornal, sob o título geral de *Fantasias do Impossível*.

Baudelaire, que caminha pelas ruas de Paris. Esse aspecto é ironizado pelo articulista, que julga Portugal muito inocente e pura para ter os elementos da luminosa Paris.

A crítica quanto ao exagero dos adornos deixa-nos a impressão de que Ramalho gostaria que Cesário descrevesse a mulher portuguesa que ele via na rua do Alecrim. Chegamos a ter a impressão que o crítico desconhece a linguagem figurada de *Os esplendores / Do lubrico Versailles do Rei-Sol*, o *azul celeste do seu* ***landau*** *torrado de setim*, *velozes como a peste*, que representa uma forma de realçar a beleza da mulher. O "realismo" de Ortigão se prende a uma linguagem cotidiana, como se a poesia procurasse ser um texto jornalístico vinculado a fatos reais.

A outra questão é quanto à linguagem: "Aqui reprehende-se em primeiro logar a comparação da alvura com os *pós á marechala*, os quaes podem ser pardos, louros, encarnados, ou castanhos; em segundo logar a escolha do balsamo *Jock*, que temos por suspeito: e por ultimo o mau gôsto do amante que em vez de lhe dar um *manchon* de marta zibelina ou de raposa azul, lhe deu uma pelle de tigre, que não serve senão para capachos, obrigando a altiva bella a *regalar* as mãos na mesma cousa em que a gente embrulha os pés." (idem: 231-232)

Também um outro aspecto da linguagem figurada é igualmente visto em tom satírico:

"Quando um poeta é de natureza tal que ao passar por senhoras de carruagem se vê obrigado, pelo seu temperamento, pela sua veia poetica ou pelos seus principios politicos, a corcovar, a endoidecer, a ter convulsões e febre e a amarrotar os collarinhos, esse poeta é perigoso na rua do Alecrim, e deverá ir, "sinistro e mal trajado", desejar o logar dos truões e amarrotar a roupa branca para a Circumvallação[7]" (idem: 232).

De uma forma geral, a crítica parece exagerar o que há de resquício romântico na poesia analisada.

Uma valoração negativa à poesia de Cesário Verde evidencia os critérios do crítico e mostra, com clareza, o que ele julga como positivo em poesia. É o que podemos perceber no juízo crítico apresentado logo após a publicação do poema *A débil* (novembro de 1876) na revista *Evolução:*

[7] Trata-se da região onde estava instalado o hospital de alienados.

revista quinzenal de literatura, de crítica e de vulgarização científica, em artigo não assinado[8], que também saiu no jornal *A Correspondência de Coimbra*:

A poesia do sr. Cesário Verde é aberração monstruosa dum poeta que pode ter talento, mas que não possui gosto, nem senso, nem arte, nem escola. Ninguém nos dirá o que é existência de cristal. *O poeta pode dar-lhe significação muito sublime, mas para nós representa uma originalidade sem merecimento.*

É necessário ter bom senso, como regra suprema, e o sr. Cesário pode demonstrar que na escola moderna dos bons poetas franceses que julga seguir e imita, existem destes nadas, que em última análise dão o ridículo. (...)

Eis, como amostra, um verso com todos os acentos e sílabas requeridas:
Adorável! Tu muito natural (Silveira 1967: 273)

O poema *A débil*, embora não acentuadamente inovador, já apresenta uma linguagem caracteristicamente cesarina, como o contraste entre o objetivo e o subjetivo, a deambulação pela cidade à semelhança de *Num bairro moderno*, as constrições expressivas próprias do poeta, etc.

O texto demonstra que o articulista, mesmo não se tratando provavelmente de um crítico literário, considera as inovações de Cesário sob o prisma da poesia vigente, que é a romântica, o que o leva a não aceitar o que já demonstra ser um estilo individualíssimo[9].

A resposta à crítica de Sérgio de Castro é um texto de Alexandre da Conceição, publicado na revista *A Evolução* em 28 de novembro de 1876:

Por mais que atentemos neste verso[10] *não podemos descobrir-lhe nem monstruosidades, nem falta de gosto, nem falta de senso, nem falta de arte, nem falta de escola. Parece-nos simplesmente um verso como qualquer outro regularmente metrificado, um verso constitucional, um verso ordeiro e fazendo até parte duma quadra que se nos antolha aceitável. É*

---

[8] Pedro da Silveira afirma que o autor da crítica é Sérgio de Castro, "ex-poeta realista". (Silveira 1967: 272-273).

[9] Incluímos o poema *A Débil* na antologia de Cesário Verde em *Anexos*.

[10] O articulista se reporta ao verso *Adorável! Tu muito natural* do poema *A débil*, de Cesário Verde.

esta pelo menos a nossa opinião tanto acerca do verso em questão, como de toda a poesia em geral.

O nosso inteligente colega da Correspondência de Coimbra *aponta também como absurda a expressão* existência de cristal, *que nos parece tão absurda como* existência luminosa, existência doce, olhar brando, sorriso claro, estilo alto, expressões duras, luz crua, olhar de fogo, *e mil outras que seria fastidioso enumerar e que andam por aí já em prosa chã, e sem levantar reparos de ninguém. Não nos parece metódica a crítica, que tomando do produto literário que se aprecia uma expressão isolada, que por si só pode não dizer nada ou tornar-se mesmo absurda sob um certo ponto de vista, firma sobre ela observações, que se perdem às vezes muito do seu valor, logo que se apliquem a toda a composição. Em literatura não se conhecem os gigantes pelos dedos, e nem a crítica literária é trabalho de anatomia comparada, que permita a reconstituição de todo um ser pela análise de uma só das suas partes."* (idem: 274-275)

Embora o crítico defenda, não há, em momento algum, a valorização do que poderíamos chamar de aspecto inovador em sua poesia, o que se apresenta, de certa forma, como um equívoco do articulista, pois a normalidade não é a regra em literatura. O articulista demonstra ter compreendido a sua poesia, julga que ela não foge aos padrões estéticos da época, e que, de certa forma, não foi mal elaborada.

O que se criticou em Cesário no século XIX não foi claramente definido. É o que vemos também no texto de Affonso Vargas, publicado no dia da morte do poeta, no jornal *A Imprensa*:

Para ahi censuraram-te em tempo umas originalidades da tua lyra em que as ousadias do talento, as mais sympathicas de todas as ousadias, queriam saltar por cima de umas certas leis estabelecidas, mas não só isso não apoucou em nada o teu valor real, como até um dos que mais espirituosamente brincára com as tuas extravagancias de bohemio litterario, se fez depois teu amigo. (...)

E era realmente um eleito esse organismo que escreveu aquelle delicioso e inimitavel poema que se chama Nós, *e tantas outras poesias de primeira grandeza, que estavam a denunciar as lucillações brilhantissimas do seu espírito e até do seu caracter."* (Vargas 1886: 147)

A escolha do poema *Nós* indica um certo cuidado do articulista, para não ferir suscetibilidades, já que esse texto não representa tantas inovações poéticas como *Num bairro moderno*, *Cristalizações*, etc. Podemos deduzir o que Vargas quis dizer com *originalidades da tua lyra* (ou seja, a materialidade da linguagem, a parataxe, a descritividade, a visualidade, etc.) e com *ousadias do talento* (a abordagem de temas cotidianos, atuais, presentes, cotidianos), especialmente ao se referir, de forma polida, a *saltar por cima de umas certas leis estabelecidas* (os cânones do Romantismo).

Fica subentendida uma falta de aceitação de algum aspecto do estilo de Cesário, aspecto esse não claro para o articulista, ou, ao menos, visto como indelicadeza para uma abordagem num necrológico.

Mesmo de forma indireta, o valor do poeta é sugerido em notícias de seu falecimento, como é o caso do jornal *O Comércio do Porto*[11], em 1886[12], que afirmou que "o que dele fica basta para revelar uma decidida vocação poética, original e independente como poucas." (Ferreira 1983: 10)

Com um pouco de perspectiva histórica e muita valoração crítica é o comentário de Alberto de Oliveira[13], de 1892:

Um admiravel temperamento litterario, uma intensa imaginação physica, muitos nervos, alma pequena e doce encolhida dentro d'uma vontade saudavel e robusta, visões frescas, e coloridas do campo, fórma secca e dura mas amoldando-se ao poeta: tal me parece Cesario Verde, atravez do seu livro. (Oliveira 1892: 3)

Intensa imaginação physica, muitos nervos, visões frescas e coloridas do campo, fórma secca e dura, são expressões que procuram definir características de linguagem que não são aceitas pelo articulista. A clareza e a perspicácia do crítico de certa forma antevê aspectos da obra de Cesário que, no futuro, serão observadas como qualidade estética:

---

[11] Joel Serrão apresenta a mesma transcrição, mas informa que é do *Jornal do Comércio*.

[12] A data completa (dia, mês e ano) não é fornecida por Pedro da Silveira, Joel Serrão ou Maria Ema Tarracha Ferreira.

[13] Alberto de Oliveira (1873-1940) fêz parte do grupo da *Boêmia Nova* (1889). Em 1891, publica *Poesias*, dentro do espírito decadente e simbolista introduzido por Eugênio de Castro com *Oaristos* (1890). Em 1894, dá a público as *Palavras Loucas*, com que preconiza o retorno a uma tradição folclórica e nacionalista que, encontrando na ação e na obra de Garrett seu modelo maior, acaba inaugurando o chamado neogarrettismo da geração de 90. Amigo e admirador de Antonio Nobre, ao menos numa fase de sua vida, representou um papel importante dentro do Simbolismo, muito mais por suas idéias literárias, politicamente passadistas, que por sua poesia. (Moisés 1972: 264)

"As qualidades litterarias, observação, impressão, comprehensão das nuanças, riqueza de episodios, tem-nos n'um alto grau e são caracteristicas e excepcionaes; as qualidades poeticas faltam-lhe todas."[14]

Cesário não tem *qualidades poeticas*, o que significa que ele não faz uso das convenções literárias da poesia vigente, ou seja, das convenções do Simbolismo, a que Alberto de Oliveira aderiu e foi um dos líderes. Vale ressaltar que o equívoco de Oliveira indica uma agudeza crítica singular, pois aponta para o aspecto inovador da obra de Cesário, embora isso não seja visto como qualidade poética:

> *era mais um pintor impressionista, que um poeta, os seus poemas mais quadros de genero, miudas folhas seccas de suggestão, pormenores interminaveis de paysagem rural ou urbana, do que poderosos estados e monologos de alma.*[15]

Pintor impressionista pode não significar uma poesia feita de impressões, à maneira do movimento literário de mesmo nome. Mesmo parecendo ser uma metáfora, a expressão *mais um pintor impressionista, que um poeta* indica que Cesário apresenta um estilo individualíssimo, que estabelece um realismo impressionista através da descritividade, da relação com a pintura. Já em fins do século XIX, é possível perceber com clareza a influência impressionista que permeia os seus poemas da fase realista.

Oliveira olha a poesia de Cesário pelo prisma simbolista e parece-nos que ele gostaria que o poeta fosse simbolista *avant la lettre*, uma vez que o Simbolismo em Portugal começou a surgir a partir de 1890, com *Oaristos* de Eugênio de Castro, e com *Os Simples* (1893), de Guerra Junqueiro.

Oliveira também compara a poesia de Cesário com "um trecho de Goncourt em verso, subtilsinho e fraco, com um pouco mais de meiguice portugueza. As suas preocupações da vida são todas mesquinhas, com o universo não se importa, as suas dôres são todas breves como picadas de alfinete" (idem: ibidem). De certa também aponta para o impressionismo que aproxima Cesário dos Irmãos Goncourt.

---

[14] idem: ibidem

[15] idem: ibidem

Quanto à sua linguagem poética, assim o crítico afirma:

Foi talvez o mesmo feitio extravagante de Cesario que desnorteou os seus criticos. No poeta ha uma affectação e um partido feito de impressionar pelo estranho das coisas que conta, das côres que emprega, e não pelo sincero e humano das suas emoções e dôres. Tendo uma intelligencia critica e pittoresca, admiraveis qualidades de colorista, um grande amor da verdade, enojou-o de morte o assucar lyrico, precioso e banal dos poetas medíocres que via brotar de todos os lados. Se fosse um poeta, teria protestado enchendo os seus versos da alma que faltava nas dos outros: como era quasi apenas um litterato, suppoz que na simples mudança de scenàrio estava o remedio, e que, desde que em vez de mar fallasse da lavoira, e em vez da anemia e do romantismo choroso cantasse a saude, a alegria, a plenitude das seivas, teria trazido para a poesia uma emoção nova.[16]

A condicional *se fosse um poeta* determina uma convenção literária simbolista que se opõe ao realismo impressionista. Dessa forma, o que há de pictórico na poesia cesarina tem uma valoração negativa ou se mostra metafórico para Oliveira, pois Cesário "via a paysagem como um paysagista de imaginação exterior, e da sua vida cerebral, das suas fundas torturas da alma o livro diz-nos muito pouco, signal de que havia muito pouco a dizer"[17] .

A expressão – *uma affectação e um partido feito de impressionar pelo estranho das coisas que conta, das côres que emprega, e não pelo sincero e humano das suas emoções e dôres* – denota claramente uma escolha do realismo impressionista, fato que não é a preferência de Oliveira.

A linguagem poética de Cesário foi bem observada pelo crítico e poeta simbolista:

Vejamos primeiro a forma, que é caracteristica. Secca, angulosa, quebrada, lembra o proprio retrato do poeta que acompanha o livro. Os hendecasyllabos[18]*, forma metrica dominante, teem todos um rythmo*

[16] idem: ibidem

[17] idem: ibidem

[18] Há um equívoco de Alberto de Oliveira, pois os versos de Cesário são decassílabos, em sua maioria.

> *antipathico, sem doçura, e ou a recital-os*[19] *com uma toada morta de ladainha, ou com uma voz sonora e cheia de apotheose, de qualquer dos modos soam falso. Lembram-me fatos à ingleza, caindo sem uma ruga. Os adjectivos veem constantemente em fileiras rigidas, separados por virgulas, sem uma copulativa para adoçar a transição; os finaes de estrophe são verdadeiramente pontos finaes, na pontuação não encontraes*[20] *uma reticencia, nem na pintura um tom ambiguo a diluir-se n'outro. As composições estão cheias de mobilia e de pormenores, que cada um não tem muito logar onde se acoite: assim uma imagem, ou uma evocação, ou um sentimento, nunca occupam mais de dois versos, e por grande excepção uma quadra inteira.*[21]

Algumas expressões do texto acima são reveladoras da linguagem inovadora de Cesário: *forma secca, angulosa, quebrada* indica a "palavra fragmentária e geometrizante" (Segolim 1992: 147), os *adjectivos em fileiras rígidas, separados por vírgulas, sem uma copulativa para adoçar a transição* é o uso da parataxe como elemento descritivo-narrativo e encadeador de imagens sucessivas à semelhança de um ideograma chinês; *composições cheias de mobilia e de pormenores – uma imagem, uma evocação, ou um sentimento, nunca occupam mais de dois versos* – isso mostra uma linguagem realista que adota um procedimento científico – uma série de imagens levam o leitor a um conceito, a uma idéia, a um sentimento, ou a uma emoção. Contudo, se não fosse o equívoco de Alberto de Oliveira, que considerou os aspectos apontados antipoéticos, seu artigo poderia ser considerado o primeiro grande estudo da obra de Cesário.

Vejamos a conclusão do trecho transcrito acima:

> *Esta forma é toda inventada por Cesario, e documenta rigorosamente o seu temperamento. Não conheço em poeta nenhum, maneira equivalente. É difficilima de usar: por isso afugenta seguidores, e o proprio auctor*

---

[19] *... e ou a recital-os* – A expressão indica erro de ortografia: "Os hendecasyllabos, forma metrica dominante, teem todos um rythmo antipathico, sem doçura, *que, ao* recital-os com uma toada morta de ladainha, ou com uma voz sonora e cheia de apotheose, de qualquer dos modos soam falso.

[20] Ao invés de *encontraes*, como consta no jornal, parece-nos que o termo correto é *encontra-se*. Pode ter ocorrido um erro de impressão.

[21] idem: ibidem

d'ella algumas vezes se vê forçado a lançar mão de cunhas *para acabar de encher a estrophe (...)*[22]

Por várias vezes, Oliveira chama a poesia cesarina de *secca, angulosa, quebrada*. O que ele vê como defeito é a característica inovadora de sua linguagem, fato esse que pode ser chamado como *constrições expressivas*, conforme conceito de Umberto Eco. Trata-se do aspecto inovador na linguagem poética de Cesário, fato que não passa desapercebido por alguns de seus contemporâneos, e é o que Oliveira também foi capaz de detectar. Eis outra observação singular, embora equivocada:

> *Mas será uma forma natural, humana, vale a pena o trabalho enorme de realisal-a? De modo algum. É toda de esforço, toda em difficuldades e em equilibrios perigosos. Incommoda e irrita os nervos como as partes d'um funambulo. Ao fim de se ler uma poesia fica-se cansado e sem emoção, a propria belleza de certas imagens e o imprevisto de algumas impressões desmaia. Depois, como os episodios são aos rosarios, como o poeta não pode conversar comnosco sem citar, citar, citar aspectos, como fazendo sequito a um caso suggestivo e livido veem cardumes de impressões seccas e litterarias, a alma não chega a prender-se, desgosta-se d'um verso por causa de todos os outros, e a unica emoção que a leitura deixa, ainda diminuida pela hostilidade da forma, é a das finas* trouvailles[23] *artisticas, para alguns gulosos educados. Se Cesário escrevesse em prosa devia conseguir effeitos admiraveis, e a mesma regidez lhe forneceria tintas de crueldade e de frio desespero, impressionantes. Pois não é Fialho um poeta sublime (e o seu conto, posto em verso, seria insignificante) na* Madona de Campo Santo*? Quem tem a visão tão complexa e miuda não pode aspirar à synthese empolgadora e superior dos versos.*[24]

Felizmente essa crítica não interferiu nas atividades de António da Silva Pinto, que, nessa época, já tinha feito duas edições de *O Livro de Cesário Verde* (1887 e 1889/1890).

Para Oliveira, as melhores poesias de Cesário são *Humilhações*, *O Sentimento dum Ocidental*, *Nós* e *Provincianas*.

---

[22] idem: ibidem

[23] Do francês *trouvaille*: achado, idéia feliz.

[24] idem: ibidem

Outro aspecto a ressaltar é a maneira com que Cesário olha para a realidade: "a de alguem, com as mãos cheias de estrellas e pyrilampos, com umas e outras brincando da mesma forma. Se tivesse estrellas, um grande Poeta lembrar-se-ia logo de fazer um ceu; pois Cesario toma de cada estrella e espeta-as na gravata, em alfinete."[25]

A opinião de Mendes dos Remédios (1902), o primeiro a colocar o poeta na História da Literatura Portuguesa, também aponta uma novidade que não parece resolvida ou aceita. Ele está incluído em "Outros poetas", no capítulo relativo à Escola Romântica, ao lado de Guilherme de Azevedo, Guilherme Braga, Gonçalves Crespo, Francisco Palha e Fernando Caldeira, com a seguinte justificativa: "Resta-nos mencionar outros poëtas de talento, cada qual conservando a sua individualidade caracteristica, mas todos obedecendo ao influxo das novas ideas" (Remédios 1902: 474). O termo *resta-nos* já parece significar uma conclusão ainda não desejada do assunto, pois a matéria é polêmica e atual (para o livro, é claro), enquanto que *novas ideas* também aponta inovações que o enquadramento de Remédios não permite alcançar a contento. No trecho, Cesário é visto como um "malogrado poeta, sincero, verdadeiro e original. "Evocar o seu nome, diz um ilustre crítico, é um tributo a algumas sinceridades que nos domínios da nossa poesia vêem nelle o inspirador e o guia na interpretação poética da Natureza universal e da Dôr Humana"[26] . As composições poéticas, que nos deixou a sua forte inspiração, accentuam um grande espírito de verdade e de naturalidade (...)" (idem: 474-475).

Transcrever crítica alheia pode ser uma forma de assegurar uma opinião – *inspirador* e *guia na interpretação poética da Natureza universal e da Dôr Humana* – da qual não se tem muita certeza. A expressão *grande espírito de verdade e de naturalidade*, embora extremamente genérica, indica uma das características da poesia cesarina, que é a capacidade de procurar registrar o real, o que é visto, o que é contemporâneo, o que pode, hoje, ser identificado como uma característica do Realismo.

Guerra Junqueiro é um dos poucos poetas contemporâneos a apontar como qualidade o caráter pictórico na obra de Cesário:

---

[25] idem: ibidem.

[26] Trata-se uma opinião crítica de Silva Pinto em *Noites de Vigília*.

Ele reproduz a paisagem do natural com um lance de olhos instantâneo, um pincel por vezes maravilhoso, e uma alma sempre adorável e sonhadora, ao mesmo tempo graciosa e melancólica, altiva e feminina, cândida e sorridente (Junqueiro em Moreira 1952: 3).

As primeiras edições de *O livro de Cesário Verde* (1887, 1889/1890[27] e 1901) representam um esforço individual de Antonio da Silva Pinto para buscar a afirmação da obra de Cesário no panorama da literatura portuguesa. Grande amigo do poeta desde 1873, Silva Pinto se propôs a divulgar-lhe a obra, porque viu nela qualidades, como a "estesia, o processo artístico e a individualidade deste admirável e originalíssimo poeta" (Silva Pinto 1983: 186), e, dessa forma, rendeu um tributo à sua obra. Se observarmos tudo o que ele publicou de e sobre Cesário Verde (depoimentos pessoais, cartas, poesias, comentários), o que mais ressalta é o mérito de apostar num livro de poesias que, de certa forma, viu nascer e que, para ele, lhe pareceu ser uma obra-prima. Há valores morais e afetivos que soprepujam os valores estéticos, ou é isso que parece ser o trabalho de Silva Pinto, uma vez que sua crítica traz poucos elementos elucidadores de seu interesse literário e artístico por Cesário. Ou, por outro lado, Silva Pinto não foi, de fato, um crítico literário, ou, mesmo, não teve as qualidades de uma analista arguto.

Os termos *estesia, processo artístico* e *individualidade deste admirável e originalíssimo poeta* mostram que Silva Pinto vislumbrava, talvez não muito claramente, que a obra de Cesário Verde representava novos rumos para a poesia portuguesa.

Ao falar da moderna poesia portuguesa, no começo do século XX, Fernando Pessoa, em textos esparsos, indica três poetas do século XIX como os mestres da modernidade: Antero de Quental, Camilo Pessanha e Cesário Verde. Cesário é aquele que "fundou entre nós a poesia objectiva" (Pessoa em Guimarães 1994: 89), e, nessa linha de pensamento, o inclui num panorama da moderna Literatura Portuguesa:

27 No período de 28 de dezembro de 1889 a 25 de maio de 1890, o semanário *O Novo Tempo*, de Mangualde, redigido por Alberto Osório de Castro, reedita em folhetins paginados de modo a cada um dar quatro páginas de livro, *O Livro de Cesário Verde*, para o que tinha recebido autorização de Silva Pinto, seu colaborador. (Silveira 1986: 21)

> *Da transformação literária, representada por um rompimento definitivo com as tradições literárias portuguesas, pode-se considerar ponto de partida Antero de Quental e a Escola de Coimbra, embora necessariamente precedida de prenúncios e tentativas de tal modificação remontando até 1770 (...) Os Românticos levaram avante esta obra à sua maneira lânguida e morna (...) cujo império nefasto abrange com a sua influência plúmbea, alguns trinta anos da literatura portuguesa, (...) se não fosse a existência paralela de autênticas forças renovadoras subindo de Garrett a Guilherme Braga, a Antero de Quental, Guerra Junqueiro (primeira fase) (maneira) e Cesário Verde, que foi o primeiro a* ver *na poesia portuguesa, a visão mais clara das coisas e da sua autêntica presença que é possível encontrar na literatura moderna.* (Pessoa 1974: 419-420).

Eis uma análise do aspecto psicológico da poesia portuguesa:

> *O segundo característico da objetividade poética é aquilo a que podemos chamar a* plasticidade; *e entendemos por plasticidade a fixação expressiva do visto ou ouvido* como exterior, *não como sensação, mas como visão ou audição. Plástica neste sentido, foi toda a poesia grega e romana, plástica a poesia dos parnasianos, plástica (além de epigramática e mais) a de Victor Hugo, plástica, de novo modo, a de Cesário Verde. A perfeição da poesia plástica consiste em dar a impressão exata e nítida (sem ser exatamente epigramática) do exterior como exterior, o que não impede de, ao mesmo tempo, o dar como interior, como emocionado* (Pessoa 1974: 384-385).

Fernando Pessoa, em ensaios literários e através dos seus heterônimos, dedica uma atenção especial a Cesário Verde. Consta, em algumas biografias, que Pessoa conheceu a obra de Cesário em 1905 (Pessoa 1980: 140), ocasião em que deixa Durban, na África do Sul, e muda-se para Lisboa.

Em *Ficções de interlúdio*, Alberto Caeiro/Fernando Pessoa dedica-lhe o poema "Ao entardecer, debruçado pela janela" (idem: 36) [28], no qual chama Cesário de "um camponês que andava preso em liberdade pela cidade" (idem: ibidem).

28 O poema está incluído em *Anexos*.

Em *Livro do Desassossego*, Fernando Pessoa/Bernardo Soares afirma:

Se houvesse de inscrever, no lugar sem letras de resposta a um questionário, a que influências literárias estava grata a formação do meu espírito, abriria o espaço ponteado com o nome de Cesário Verde, mas não o fecharia sem nele inscrever os nomes do patrão Vasques, do guarda-livros Moreira, do Vieira caixeiro de praça e do Antônio moço do escritório. E a todos poria, em letras magnas, o endereço-chave LISBOA.

Vendo bem, tanto o Cesário Verde como estes foram para a minha visão de mundo coeficiente de correção. (Pessoa 1986: 81-82)

Em outro trecho, o narrador-personagem afirma: "Vivo uma era anterior àquela em que vivo: gozo de sentir-me coevo de Cesário Verde, e tenho em mim, não outros versos como os dele, mas a substância igual à dos versos que foram dele." (idem: 121)

Fernando Pessoa/Álvaro de Campos dedica uma estrofe da segunda parte de "Dois excertos de odes (Fins de duas odes, naturalmente)" (Pessoa 1983: 36), em que se refere ao *O Sentimento de um Ocidental* e ao mistério do "fundo unânime das ruas, das ruas ao cair da noite" (idem: ibidem).

O REALISMO NA POESIA DE CESÁRIO

O Realismo da poesia de Cesário Verde é compreendido pelos críticos de diversas maneiras: uns o aliam ao impressionismo, outros apenas o diferenciam do Romantismo. Em todos, de uma forma geral, predomina a opinião de que Cesário Verde é um dos poucos poetas portugueses genuinamente realistas, pelos seguintes aspectos: a escolha dos temas do presente, do cotidiano e de aspectos comuns da realidade para transformá-los em assunto poético, um olhar agudo para a cidade e para o campo, uma procura intencional de separar o que vê do que julga, e assim por diante.

José Régio (José Maria dos Reis Pereira), ao analisar "as concorrentes e as individualidades na moderna poesia portuguesa", em sua dissertação para licenciatura na Faculdade de Letras da Universidade de Coimbra, em 1925, aborda Cesário de forma especial:

Um dos principais encantos do pequeno mas complexo ***Livro de Cesário Verde*** *é a concorrência, nele, de qualidades que raro se conjugam numa*

> *artista. Sendo um poeta pessoal, Cesário Verde toma ares de o não sêr: Isto porque para êle o* mundo exterior existe *– na já cansada frase de Gautier; mas existe atravez dêle, como determinante, como resultante e como comentário do seu modo de ser. É assim que temos primeiramente na Obra de Cesário duas personagens: O mundo exterior do Poeta; o mundo interior do Poeta. Mas como Cesário Verde é um descritivo – tanto do mundo exterior que os seus sentidos apreendem como do mundo interior de que a sua consciência se apossa – temos ainda na obra de Cesário uma terceira personagem: E esta é o Cesário que observa, analisa e descreve: é o realista e o psicólogo. E é o Cesário que ordena, escolhe e decora: é o intelectual e o esteta.* (Régio 1925: 37)

Discorrendo sobre a contradição entre realismo e criação artística, de um modo geral, e sobre o realismo de Cesário, em particular, Régio considera que parece "mais justa, mais viva, mais constante, a apreensão das aparências do real. Certa acumulação, nos mais característicos dos seus poemas, daqueles pormenores e apontamentos que somos tentados a classificar de *flagrantes*, e que sem dúvida revelam no poeta uma aguda atenção ao mundo exterior – às formas, aos movimentos, às luzes, às atitudes, às cores num grau menor – tal acumulação, dizia, decerto, não pode ser alheia ao quer que em Arte se chame realismo. Eis o que nos permitirá considerarmos Cesário o maior realista da nossa poesia moderna." (Régio [1958]: 393)

Na análise dos mundos exterior e interior, Régio denomina de "frequentissimos relâmpagos, intervenções, confissões, gritos, que entrecortam os mais "*naturais*" ou realistas" (idem: 395) a uma espécie de "luta amorosa" (idem: ibidem), que ora "continuamente faz alternarem-se as anotações do mundo interior e do mundo exterior; ora parece voltar costas a um deles para, súbito, mais fulgurante ou sòlidamente afirmar a sua presença: ora penetra qualquer dos contendores do espírito adverso; etc. E, no fim e ao cabo, a conclusão a que temos de chegar impõe-se: O realismo não se revela tão fecundo na obra de Cesário, senão porque em luta amorosa com a sua subjectividade profundamente poética." [29]

Uma opinião bastante embasada é a de Feliciano Ramos: "Em toda a história da literatura realista não é possível encontrar poeta que mais persis-

---

29 (Régio [1958]: ibidem)

tentemente se incline para as realidades práticas. Cesário ficou sendo o lírico do *realismo* e o mais naturalista dos parnasianos." (Ramos 1940: 14)

Adolfo Casais Monteiro analisa o realismo de Cesário pela deformação: "A descrição de tipo efectivamente naturalista é coisa que na sua poesia não se encontra, se, reparando bem, soubermos dar conta de que o natural só como tal nos aparece pelo facto de ser uma deformação. (...) Nos seus poemas, cada pormenor, que seja, digamos, fotográfico, só vem a tornar-se real com a presença de outros elementos, as imagens, que estão longe de *reproduzir* seja o que for." (Monteiro 1948: 337-338).

Para Fidelino de Figueiredo, Cesário "representa a adaptação do realismo à poesia, entendendo por realismo a preferência por temas até então relegados por banais ou de mau gosto e a adaptação audaciosa do metro às necessidades expressivas dessa matéria nova. É particularmente feliz na pintura da monotonia burguesa da vida urbana." (Figueiredo 1960: 425)

Apesar dessa opinião que pouco valoriza a obra de Cesário, Fidelino argumenta que *O Livro de Cesário Verde* "tem subido sempre na estima das gerações novas, ao contrário do que se verifica com os poetas mais identificados com a estética da época realista." (Figueiredo 1960: 425). Isso prova que Cesário Verde é mais do que realista, ou seja, sua poesia tem características que a diferenciam de Antero de Quental, Guerra Junqueiro, entre outros.

Joel Serrão aborda um paralelo entre o campo e cidade na poesia para chegar ao Realismo (1957: 15-85). O autor apresenta os indícios de uma pré-industrialização como elemento inovador na linguagem poética de Cesário. No panorama histórico, o autor refere-se à "revolução do vapor, dos transportes e das comunicações" (idem: 17), compreendida entre 1815 a 1890: a instalação da máquina a vapor para transportes fluviais e marítimos (a partir de 1820), a construção de estradas, a instalação de uma rede ferroviária nacional e internacional (1853), a presença do telégrafo elétrico (1857), a criação de indústrias, a presença de operários de fábricas (cerca de 1881), o surgimento da profissão de engenheiro civil (de 1864 em diante), a exploração do subsolo, as transformações e o crescimento urbanos (cerca de 1890), os transportes coletivos, a instalação de candeeiros a gás nas grandes cidades portuguesas (por volta de 1848).

Essas inovações vão compor o aspecto contemporâneo da poesia de Cesário, o que faz dele um representante da estética realista. A realidade urbana que se modifica gradualmente é registrada no olhar de um poeta que vê "a noite "técnica", sem mistérios, prolongando o dia"[30]. "A insistência com que Cesário se refere à luz e ao cheiro do gás, que por vezes o perturba ("o gás extravasado enjoa-nos, perturba), além de outros possíveis significados, mostra como esse "sinal de civilização" entrara na vida corrente, se tornara numa presença quotidiana." [31]

Para responder a uma indagação – "Ora como é que a realidade lisboeta da década de 70 era percepcionada pelos homens que a viveram e que problemas de natureza psicológica suscitava a vida urbana de uma cidade que se *civilizava?*" –, Serrão faz uma breve análise das obras de Júlio César Machado, Eça de Queirós e Cesário Verde.

Júlio César Machado – em seus livros *A vida em Lisboa* (1861), *Lisboa na Rua* (1874), *Os teatros de Lisboa* (1875) e *Lisboa de Hontem* (1877) – vê as transformações, mas se detém no ontem, valorizando o passado: "o folhetinista não pôde ou não quis compreender a série de fenômenos que se processavam na Lisboa do seu tempo. Prendendo-se com aspectos anedóticos - tais como as touradas ou a extinção dos pretos nas ruas lisboetas -, a sua obra só revela aspectos importantes da vida do seu tempo na medida em que parece *reagir* afectivamente às inovações que perturbam o letargo da boa vida de antanho. Revela então aspectos de *superfície*, índices, acaso, de transformações mais profundas."[32]

Eça de Queirós, em *A Capital* (obra póstuma), através de sua "autocaricatura, que é o poeta Artur Curvelo, boticário e poeta em Oliveira de Azeméis, (...) sonha com a conquista de Lisboa, imagina-a de harmonia com a visão que os escritores franceses, principalmente Balzac, lhe tinham insinuado de uma cidade *civilizada.*"[33]

A cidade em transformação é vista e é registrada na sua poesia num ritmo semelhante ao que ocorre na segunda metade do século XIX. Esse ritmo acelerado se reflete numa poesia descritiva, deambulatória, uma poesia que caminha com os olhos do poeta.

---

[30] (idem: 38)
[31] (idem: 40)
[32] (idem: 42-43)
[33] (idem: 44-45)

Para Jorge de Sena, foi a ironia peculiar do seu carácter que fez de Cesário um dos únicos realistas a superar a herança romântica[34] " na poesia" (Sena [1958]: 412):

> *(...) é um grande poeta europeu, um daqueles grandes que viveram por sua conta a lição de Baudelaire. Herdeiro, entre nós, de Garção, de Jazente, de Tolentino, Cesário retoma nas suas mãos a herança filintista traída pelo elmanismo romântico e pelo Garrett sexualmente ofendido das* Folhas Caídas, *para restituir à poesia portuguesa a dignidade lingüística que um Pessoa restabelecerá por completo.*[35]

Luís Amaro de Oliveira, que trata do paralelo entre vida e obra, explica o realismo de um ângulo diferente:

> *Êste contacto com as realidades da vida quotidiana, longe, portanto, dos prazeres subjectivos da arte poética, criou nêle uma maneira positiva de encarar a existência e um sentido prático que tem largo reflexo na sua vida e na sua obra" (Oliveira 1944: 16) (...): vivendo "em contacto com a natureza, a sua visão de campo não se materializou em falsos bucolismos de selecta" (Oliveira [1958]: 382), mas caminhou "para além da intensa sinfonia das cores naturais que ferem a retina do visual que foi em grande parte da sua obra poética, (razão por que) ele fixa de preferência os quadros tocados de humanidade e comoção* (idem: 383).

Cidade e campo, Arcadismo e Realismo, formas de observar a realidade social e com ela conviver proximamente ou à distância, no campo – esse é o enfoque de Óscar Lopes, ao estabelecer um paralelo entre Nicolau Tolentino e Cesário:

> *"Enquanto Tolentino passeava (por) Lisboa pelo braço de D. Martinho de Almeida, ridicularizando o seu próprio ambiente, a que não aderia, Cesário, ao calcorrear Lisboa, sozinho ou com o namoro, descobre toda a beleza meridional e marinha de uma cidade em que "o sol estende pelas frontarias / seus raios de laranja destilada" ou em que, ao luar, "toda a*

---

[34] Sena (Sena [1958]: 412) compartilha nesse trecho da opinião de Saraiva e Lopes (1989: 989).

[35] (idem: 413)

> *maré luzia como escamas": Cesário identifica-se, não apenas com a sua cidade presente, senão que revive todo um longo drama medieval e contra-reformista do povo lisboeta (...)* (Lopes [1958]: 416)

A análise de Lopes retoma o conceito de *flâneur* numa perspectiva portuguesa: são dois poetas, em tempos distintos, que circulam por Lisboa:

> *Cesário não trai o* natural, *o* exacto, *o* sadio, *o* enérgico *que se afirmam logo ao nível das suas predilecções vocabulares: a sua atitude é sempre de intensa generosidade viril para com as mulheres e o povo. O seu campo também nada tem de convencionalmente idílico: o seu campo são pomares de Linda-a-Pastora onde a sua família passa os estios desde a época do Cólera e onde não há 'nem uma planta só de mero ornato': são as canseiras de uma família burguesa contra as más colheitas, as jornas altas, a concorrência espanhola no mercado inglês, as doenças e a morte; são uns mendigos que nada tem da transcendência dos* pobrezinhos *de Junqueiro, nem do pitoresco puramente etnográfico dos de Nobre.* (idem: 417)

O realismo, para Hernâni Cidade, se resume numa "atenção à realidade exterior" (Cidade 1957: 248), é uma "questão de ter na alma a capacidade para intuir, quando não a beleza, ao menos a graça, o lado simpático, tocante das coisas humildes, quotidianas, desencantar o poético das aparências banais em que às vezes se oculta". (idem: ibidem).

Jacinto do Prado Coelho afirma que Cesário

> *tem o culto da discrição, da contenção. A sensibilidade e a fantasia são nele dominadas pela estética anti-romântica, pela reserva irónica, pela sábia composição (dum fragmentarismo só aparentemente espontâneo), pelo gosto de polir a frio os seus versos.* (Coelho 1961: 221)

Para João Gaspar Simões[36] , Cesário Verde "é o poeta mais extraordinariamente dotado de qualidades de prosador da literatura portuguesa

---

[36] A primeira edição de *O mistério da poesia: ensaios de interpretação da génese poética* é de 1931 e a segunda, que consultamos, é de 1971. Essas datas objetivam observar qual a crítica predominante em uma determinada década.

(...), o nosso primeiro poeta com faculdades de análise (...), o introdutor do naturalismo (...[37]), "naturalista e visionário"[38].

Cesário "só podia ter sido o que foi, independentemente da existência ou inexistência duma escola realista (idem: 80)". Ou seja: "um realista tipo Cesário Verde é-o apenas por *nada* poder ser desamparado do estímulo ou da provocação do mundo real." (idem: ibidem)

Simões analisa a influência de João Penha em Cesário, e também em Eça: "Mas, assim como João Penha provocou o grotesco plàsticamente elegante dos primeiros sonetos do poeta, Eça de Queirós, sob o disfarce de Carlos Fradique Mendes, conduziu-o ao realismo que logo se manifesta na segunda fase, algo romanesca ainda (*Crise romanesca*), da sua obra." (Simões 1964: 205)[39]

Simões atribui méritos literários a Cesário que se equiparam a Eça:

> *Em 1873 publicava o* Brinde aos senhores assinantes do "Diário de Notícias" *uma das peças mais originais da nossa literatura novelística: as* Singularidades duma Rapariga Loira, *de Eça de Queirós, e quatro anos depois, aí aparecia* Num bairro moderno, *de Cesário Verde, uma das poesias mais singulares da nossa literatura poética. Cesário Verde, em 1877, dava a réplica, em poesia, ao "naturalismo" que Eça de Queirós exprimiria na sua novela magistral.* (idem: 206)

A tese principal de Simões, a "naturalidade", está calcada no poema *Num bairro moderno*, que "rompia inteiramente com o convencionalismo poético tradicional. Cesário (...) dava à poesia o tom da sua própria voz: a voz de um homem que fala do que vê ou do que sente, sem mudar de tom, sem afectar de poeta, sem excluir do vocabulário as palavras comuns, sem renunciar de modo algum à condição trivial de toda a existência humana que vê decorrer a vida quotidianamente. (...) Cesário (...) atingira um tal à-vontade que estava apto a exprimir todas as vulgaridades do quotidiano." (idem: 207-208)

---

37 Simões 1971: 79

38 (idem: 90)

39 A relação entre Carlos Fradique Mendes, Eça de Queiroz, Antero de Quental e Baudelaire merece um estudo mais profundo, o que nossas pesquisas não encontraram. Parece-nos que a relação é apenas temática, uma espécie de mímese formal.

A presença do real na poesia é estudada por Andrée Crabbé Rocha, principalmente a partir da breve leitura de *Contrariedades*[40] :

> *Por quê é que Cesário Verde consegue nos seus versos dar tal realidade à realidade, transformá-la tantas vezes numa cópia mais autêntica que o original? Talvez porque acredita nela, porque adere às coisas da vida quotidiana, porque, no próprio acto de os distinguir do fundo da banalidade, a sua receptividade individualiza patèticamente os objectos. (...) Ele impõe o real concreto à sua poesia. Por isso é que a frase de Novalis que encabeça os volumes da coleção* Ática *(A POESIA É O REAL ABSOLUTO), tão pertinente quando se trata de Sá – Carneiro e sobretudo de Fernando Pessoa, para se aplicar ao nosso poeta, é necessário inverter-lhe os termos; o real absoluto é que é poesia.* (Rocha [1958]: 396)

"O realismo chão ou piegas que informa - agradável por vezes, insuportável, na maior parte dos casos - a poesia de João de Deus (por quem Cesário teve, aliás, admiração e carinho), está ausente dos seus poemas, verdadeiramente significativos. Muito depressa deixou de vestir o real com ouropéis de mau gosto, para o depurar, o descarnar até ao essencial, sem contudo lhe tirar a polpa, que está inteira nos "versos de fibra suculenta" que tanto ambicionava escrever [41]. (...) Com uma aplicação tenaz, quase metódica, concentra-se no seu mundo humano de varinas, calceteiros ou vendedeiras das ruas.[42]

Lirismo e realidade social é o tema de Maria Aparecida Paschoalin. *Realidade social* é um pouco mais do que estética realista, já que aborda a sociedade portuguesa no momento histórico em que Cesário viveu, o que de certa forma não é o que pretendemos resgatar, mas, de uma forma geral, esse estudo também mostra-se delineador da estética realista impressionista. Para a autora, na

> *ação do poeta (...), não há a reprodução da realidade, pois o artista não é um simples fotógrafo do mundo objetivo, mas um criador de seres e*

---

[40] Adotamos o uso do itálico para os títulos dos poemas de Cesário, citações de suas poesias, bem como, por extensão, a quaisquer outros títulos de livros ou de artigos cujas citações se façam necessárias.
[41] (idem: 397)
[42] (idem: 398)

objetos que constituem um universo possuidor de sua própria lógica interna, semelhante ao da vida cotidiana". (Paschoalin 1980: 16). (...) Cesário "expressa um realismo que advém de uma sensibilidade propensa a captar e reunir as aparências do real.[43]

Um exemplo da exclusão do eu (imparcialidade, impassibilidade, objetividade) da linguagem realista é parte da análise do poema *Desastre*": " "*E conta-se o que foi na loja dum barbeiro*" tal como na cervejaria, "conta-se", anonimamente, sobre o homem anônimo, não mais do que isso. E esta estrofe insiste, subliminarmente, no sentido alienado e alienante da figura do "poeta". Ele é igual a todos, ele não representa outra perspectiva, a não ser a de reiterar os fatos: a sua conivência com o "desastre" revela-se na atitude de mero espectador da tragédia humana e social". (idem: 22)

Para Carlos Cunha, que compara Cesário com Antonio Nobre, o realismo se manifesta de forma diferente: "um choupo pode muito bem ser a imagem do avô, velho e curvado. Para Cesário, não. E esta *desaliteraturação* da poesia, este respeito pela individualidade das coisas, ¿ não será, na verdade, uma das suas maiores conquistas?" (Cunha 1955: 12).

> *A poesia que melhor documenta esta faceta do génio de Cesário é, sem dúvida, aquela em que prousteanamente evoca, no pátio da herdade, os pobres que lá iam pedir. Aos três* ismos *em que poderíamos sintetizar as três melhores interpretações de pobres da nossa literatura – o folclorismo de Nobre, o transcedentalismo de Junqueiro e o fatalismo de Raúl Brandão –, sobrepõe-se o realismo espontâneo e audacioso dos seus tipos. Pormenores que são outros tantos aspectos, traços, tiques focando de vários ângulos a fisionomia dessa fauna esfarrapada e fétida" (refere-se ao poema* Em petiz*)* (idem: 16)

Cesário está na "esquina do século" para António José Saraiva, pois surge no período de 1890 a 1930, "uma espécie de desintegração e de tentativas de criação de uma nova prosa e de uma nova poesia a partir do estilo literário que atingira a sua forma clássica na geração de 70." (Saraiva 1994: 133)

43 (idem: 55)

Do conto rústico português, a partir de Herculano, Trindade Coelho, Fialho de Almeida, Eça de Queirós e Raul Brandão, chegamos ao tema dos simples, com Guerra Junqueiro, Gomes Leal, para se chegar a Cesário Verde que "partilhando os ideais da "escola nova" e da agitação republicana, é, todavia, um poeta singular e sem precedentes, cuja influência só se fará sentir muito mais tarde" (idem: 135-136)

Para o autor, Cesário "conseguiu dar expressão poética à realidade objectiva e quotidiana. Na sua obra ganham beleza e sentido o cabaz da hortaliceira, os melões, as maçãs, a madeira das árvores, os instrumentos dos carpinteiros, as ruas de Lisboa, as vitrinas das lojas, as manhãs de trabalho e as noites alumiadas a candeeiros a gás. Tudo isto é dado de forma impressionantemente exacta, numa linguagem que consegue ser corrente e comum. O poeta detesta as abstracções e sente-se feliz quando encontra "materiais", formas que os seus olhos, o seu olfato ou as suas mãos palpam, que "tangem" os seus sentidos (idem: 136)".

Quanto ao aspecto realista, o autor afirma que o poeta "foi o único que conseguiu cortar com a retórica romântica, criando uma expressão inteiramente nova, ajustada à expressão directa de um novo conteúdo. É o único verdadeiro poeta "realista" do nosso século XIX, tanto mais singular e genial quanto trabalha sem modelos, nacionais ou estrangeiros." (idem: 137)

A relação da poesia com a pintura

Desde Guerra Junqueiro[44], passando por Alberto de Oliveira, muitos autores abordaram a realização da poesia com a pintura na obra de Cesário. Muitas das análises estão vinculadas às expressões pictóricas que o próprio poeta usa. Outros estudos observam que a construção dos seus poemas obedece a um olhar para o exterior que se mostra pictórico, isto é, composto por palavras, mas que se configura como se fosse pintura.

Alguns autores (Oliveira, Serrão e Figueiredo) vinculam essa relação a partir da própria biografia do poeta, que, em 1881, teve uma "convivên-

[44] Alberto Moreira, que transcreveu um trecho de Guerra Junqueiro, informa: "Aí por 1880, o poeta da "Morte de D. João" fez um estudo crítico, da mentalidade poética da época". (Moreira 1952: 3). Para o articulista, a "maior consagração que em sua vida teve Cesário Verde dimanou de Guerra Junqueiro." (idem: ibidem).

cia com os artistas e os literatos constituídos em tertúlia sob a designação de "Grupo do Leão", reunidos no Leão de Ouro, na Rua do Príncipe." (Serrão 1986: 14). Alguns dos participantes do *Grupo* foram: os escritores Abel Botelho, Alberto de Oliveira[45] , Mariano Pina, Fialho de Almeida, Gualdino, D. João da Câmara; os pintores Silva Porto, Antonio Ramalho, João Vaz, Cipriano Martins, Rodrigues, Vieira, Ribeiro Cristino, Henrique Pinto, Rafael Bordalo, Girão, Columbano, etc.

Quase todos os críticos abordam esse aspecto a partir da descritividade característica dos seus poemas. Nessa descritividade está implícita uma estética realista ou impressionista.

Muitas vezes a abordagem "pictórica" se faz de maneira metafórica, mas, de qualquer forma, sempre se refere a um fazer poético que se mostra como se utilizasse a maneira pictórica. Há igualmente a própria referência de Cesário, que considera a si mesmo como poeta-pintor: ele se refere a si mesmo como pintor, metaforiza com os elementos da pintura.

A relação da poesia com a pintura, que é o tema central deste estudo, está diretamente vinculada com o Realismo e o Impressionismo e, de forma mais genérica, ao Modernismo. O Realismo tem como recurso de linguagem a descrição e a narração. Esses dois tipos de textos envolvem a utilização dos cinco sentidos. Como o Realismo está diretamente vinculado a um procedimento científico, há a busca de um universalismo, que, para a obra literária, representa um olhar que procura abranger toda a realidade perceptível pelos cinco sentidos. Logo, as sinestesias vão dar o tom à literatura realista.

Olhar a realidade e descrevê-la como o poeta a vê representa uma atitude que se assemelha a um procedimento de um pintor. Apresentar uma série de aspectos da realidade de forma até exaustiva é buscar, é mostrar uma observação singular e, ao mesmo tempo, permitir ao leitor que ele forme um panorama, um quadro, um flagrante.

A sucessão de imagens descritas e de ações narradas permite uma análise que nos leva a utilizar o conceito de montagem eisensteiniana para explicar o procedimento poético. É o que podemos ver na poesia de Cesário e é o que os críticos, de certa forma, procuraram analisar.

---

[45] Vale registrar que, em 1892, o mesmo Alberto de Oliveira, numa crítica equivocada, chama Cesário Verde de *mais pintor do que poeta* e de *impressionista.*

Adolfo Casais Monteiro observa a visualidade através do vocabulário:

"Amarga e sarcástica embora, a sua poesia não deixa por isso de ser supremamente bela. E nessa magnífica "exactidão" do seu vocabulário, na crueza que ele não teme, está sem dúvida muito do que o faz sobressair extraordinariamente entre os poetas seus contemporâneos (...): a imagem alucinadamente visual, e com sentido orquestral inigualável" (Monteiro 1948: 340).

Para José Régio, o poeta expressa "as chamadas realidades dum ponto de partida, – ou dum ponto de contacto e contraste. Como ponto de partida as toma Cesário, sobre elas desenvolvendo admiràvelmente as suas poderosas faculdades de *relevar* e interpretar. Na memória de todos os seus leitores vivem esses versos verdadeiramente magistrais em que o poeta não descreve mas quase literalmente desenha, grava, esculpe." (Régio [1958]: 394)

Serrão, que aborda os progressos urbanos e a relação entre a cidade e o campo, considera a poesia de Cesário como uma "paleta de coleccionador de imagens" (idem 1957: 30).

Cesário é visto como poeta barroco por Andrée Crabbé Rocha, a partir da análise de *Num bairro moderno*. O autor se detém numa palavra do verso 4 e 5 da estrofe 6: (O criado) *Atira um cobre lívido, oxidado* (em direção da vendedeira) / *Que vem bater nas faces duns alperces*. Para Rocha, a palavra *faces* é o início de um procedimento poético barroco: "Não é inverosímil pensar que essa metonímia original tivesse desencadeado no poeta, numa generalização do processo, a transfiguração fantasmagórica dos repolhos, melancias, melões e cachos num ser carnal." (Rocha 1971: 31):

Não é difícil visionarmos plàsticamente a singular amálgama fantasiada pelo artista. Cada elemento que a constitui – frutas, hortaliças – é tomado por aquilo que parece, e não por aquilo que é, mas com pertinência, coerência e não-forçada inventiva. Até os nabos, a ginja e o tomate, que prefiguram realidades internas do organismo ("ossos brancos", "sangue" e "coração"), completam por assim dizer o retrato com uma precisão de tábua anatómica. Note-se ainda que a figura evocada é ambígua, feminina nos seios e nas tranças, masculina nas pernas atléticas de gigante. Mas até esse hermafroditismo, tão do agrado dos autores seiscentistas de

> ballets *ou de tragicomédias, contribui para dar ao poema de Cesário um clima barroco.*[46]

A comparação de Cesário com o estilo barroco se faz por meio da pintura de Giuseppe Arcimboldo (1527-1593), que junta frutas e legumes na composição dos seus retratos. Cesário chega a um "paroxismo de irrealidade – espécie de Ilusão visual a que se abandona por momentos a sua invenção sempre centrada no concreto e no tangível. Só assim se explica que esse artista com pupila de pintor organize um dia quimèricamente esses materiais, fugindo por assim dizer da realidade no próprio momento em que a possui." (idem: 33)

Numa direta relação entre poesia e pintura, com base em *O Sentimento dum Ocidental*, João Gaspar Simões ressalta que os "quadros de Lisboa podiam ter sido pintados por Chagall. A sua alucinação lírica, a sucessão mágica das cenas em que os pormenores caem como grandes planos, as transfigurações súbitas da realidade e a luz, a luz que nos fustiga os olhos de mistura com o som dos sinos, o ruído dos parafusos caindo nas calçadas, o tinir das loiças e dos talheres nas mesas dos restaurantes, a fala dos caixeiros nas lojas, e os passos das burguesinhas que r*esvalam pelo chão minado pelos canos*, todo esse conjunto de notas nítidas, vulgares, angustiosas, líricas, fantásticas (...)" (Simões 1971: 89-90).

Jacinto do Prado Coelho considera que, na "história da poesia da cidade os poemas típicos de Cesário são algo inteiramente novo, pelo amor juvenil e constante à realidade concreta, vista com olhos de artista plástico, transposta em séries de instantâneos claros, exactos, flagrantes." (Coelho 1961: 219)

Em uma análise do geral e do particular com o objetivo de estabelecer uma relação entre a poesia e a pintura, ao considerá-lo como "poeta do espaço e da memória", Coelho afirma que Cesário é "um poeta-pintor, e aos seus quadros não falta perspectiva, as coisas vão-se distribuindo por planos sucessivos" (Coelho 1976: 195). Exemplifica seu conceito a partir dos poemas *Nós, O Sentimento dum Ocidental, Cristalizações, De verão.*

> *Os quadros são por vezes dinâmicos, quer pelo movimento da "câmara" do poeta, que se desloca (por isso, impressionistamente, surgem "ventres de*

---

[46] (idem: 32)

> *tabernas" em "nebulosos corredores"), quer por que há figuras que perpassam (...) ou, avançando, entram subitamente no campo de visão (...), quando não é o caso de se distanciarem do observador (...).*[47]

Eis como o autor exemplifica a partir de um trecho de *O Sentimento dum Ocidental*:

> *Ah! Ninguém entender que ao meu olhar / Tudo tem certo espírito secreto! Com folhas de saudade um objecto / Deita raízes duras de arrancar!*
>
> *O passado configura-se como espaço em que, ainda aí, o poeta deambula,* viaja; *e, pela memória afectiva, a* impressão *renasce com tal força que dinamiza o passado:* A impressão doutros tempos, sempre viva, / Dá estremeções no meu passado morto, / E inda viajo, muita vez, absorto, / Pelas várzeas da minha retentiva.
>
> *Se a palavra* várzea *sugere a frescura da evocação (e não é só o poeta antibucólico da ruralidade),* retentiva *alude ao visualismo de Cesário.* (idem: 197)

O estudo do verso e da frase, que Coelho faz em *O Sentimento dum Ocidental*, indica que a escolha de uma estância constituída por um decassílabo e três alexandrinos "corresponde ao teor descritivo, ao modo analítico da visão do circunstante e também ao gosto do exacto, a certo geometrismo de "engenheiro" da poesia. Percepções, esbocetos, flagrantes, que um ou dois versos longos podem conter, ir-se-ão justapondo com relativa autonomia, à medida que o poeta for evocando experiências de repetidas deambulações pela "velha cidade" que simultaneamente o cativa e deprime e nauseia." (Coelho 1969: 195)

Através de uma análise detalhada, Coelho afirma que "acontece ter a sintaxe um cunho puramente objectivo, de registro neutro, e ser apenas o ponto de exclamação que discretamente traduz aquela surpresa ou prazer ou espanto: "Às portas, em cabelo, enfadam-se os lojistas!" ou "Vêm sacudindo as ancas opulentas!" ou "Longas descidas!" Se, como sagazmente pondera Roland Barthes, a "conotação" do literário já é dada pela simples "notação", porque registar, notar, descrever, seja um cabaz de hortaliça ou um parafuso que cai, já implica um "espanto" perante o real e o sentir-se

[47] (idem: 195)

que vale a pena exprimir pela palavra escrita a frescura da sensação recebida – em Cesário a exclamação vem sublinhar, por vezes, esse "espanto" implícito no simples registro." (idem: 201)

David Mourão-Ferreira observa que a poesia de Cesário, "por ser essencialmente pictórica, nutre-se de imediatez: "as telas da memória retocadas" perdem, com o retoque, a graça e a naturalidade – ou o vigor e o dramatismo – dos quadros pintados sobre modelos relativamente próximos." (Mourão-Ferreira em Coelho 1976: 198).

Maria Aparecida Paschoalin faz uma associação entre imagem literária[48] e visualidade, o que aponta uma relação com a pintura:

> *A imagem, sem disfarces, dos homens "em linha", "de cócoras", "de lado a lado" nos remete à própria disposição do revestimento de pedra, como se o agente e a ação do trabalho fossem o próprio produto, isto é, os "calceteiros" são a própria pavimentação.* (Paschoalin 1980: 31)

Da imagem literária, passando pela imagem visual, Paschoalin chega à relação entre poesia e pintura através da descritividade exemplificada em *Cristalizações*: "A descrição do poeta, que também se integra na rua, é a descrição de uma rua pobre. O "movimento" de percorrê-la é exigência de "frialdade" táctil e visual: a "frialdade", contextualizada pela "imensa claridade crua", pelo dia "frio" e pela realidade dos homens inseridos no ambiente. Ou, invertendo, o "movimento" de percorrer a rua pobre exige a frieza, que fará do poeta o pintor sem expansões intimistas, pintor sem lirismo contemplativo. Observa-se que, aqui, o antagonismo entre contemplar e participar não existe. O poeta vê e o que ele vê exige o movimento, da mesma forma que o movimento exige a inclusão do que vê." (idem: 31-32)

Segundo Maria Ema Tarracha Ferreira, "o autêntico Cesário, aquele que todos hoje recordamos, não fantasia, evoca raramente e, quando imagina, recria a realidade, transfigurando-a para a tornar mais real; por outras palavras, a transfiguração da realidade não é um pretexto para fugir ao

[48] Para a autora, imagem "é qualquer recurso de expressão de contextura metafórica, comparativa, associativa, analógica, através do qual se representa a realidade de maneira transfigurada." (Paschoalin 1980: 2)

concreto, mas o único processo de captar a essência da própria representação do real. Por isso, Cesário, o poeta-pintor, ("pinto quadros por letras, por sinais"), aquele que foi simultaneamente considerado um realista ou um parnasiano, é também reivindicado pelos surrealistas como seu antecessor, como já se referiu, pois foi o primeiro a tentar deliberadamente traduzir nos seus versos "certo espírito secreto", corrigindo, assim, pela visão transfiguradora, a objectividade de naturalista, e reconstituindo, por meio de imagens e de analogias audaciosas, que dão um sentido profundo ao mundo concreto, uma super-realidade. Por isso, as ruas de Lisboa que ele cantou aparecem já iluminadas do Sol pintado por Van Gogh, mestre de impressionistas: "E o sol estende, pelas frontarias, / Seus raios de laranja destilada." (Ferreira 1983: 36)

De Helena de Carvalhão Buescu é o ensaio "Pinceladas: a propósito de Cesário Verde" (Buescu 1986: 69-73), no qual a autora estuda a espacialização, a visualidade, a pintura como atitude, como metáfora e como processo na poesia[49].

João Gaspar Simões apresenta a forma de composição poética como pictórica: o poeta "aguarda a sua inspiração deixando absorver-se pelo real, pela vida das formas materiais e concretas. De aí a grande maioria dos seus poemas serem de "ar livre". Os mais belos parecem escritos num ritmo de quem caminha." (Simões 1971: 90)[50]

Para Stephen Reckert, Cesário, como poeta

> *agudamente sensível ao estímulo visual, acumula repetidas impressões visuais idênticas ou parecidas, vindas de diversos quadrantes (da literatura, da pintura, da experiência pessoal vivida), até que acabam por cristalizar, sob o peso mesmo da reiteração, em poesia. Recorrendo a um termo próprio da pintura, poderíamos dizer que com esta imposição de sucessivas camadas de imagens superpostas ou imbricadas, tornando cada vez mais espessa a textura do seu quadro poético, Cesário está a praticar a técnica do* impasto. (Reckert in Rodrigues 1999: 12)

---

[49] Esse estudo de Buescu, o de Vasco Graça Moura, e o de B. A. Uspênski, serão a mola mestra, isto é, o instrumental teórico da nossa análise da poesia de Cesário Verde.

[50] A afirmação de João Gaspar Simões nos apresenta a possibilidade de uma análise do movimento das imagens e do eu-poético na poesia de Cesário Verde. Com o auxílio de B. A. Uspênski, especialmente com os pontos de vista, uma leitura interessante pode ser feita, à semelhança de *Cristais-textos em ações*, com base no poema *Cristalizações*.

Cabral do Nascimento considera a forma de Cesário "escultórica, perfeitíssima" (Nascimento 1947: 4): "Como bom naturalista que era, faz ele a notação quase fotográfica das cenas a que assiste, o que o torna poeta descritivo com pendor didáctico." (idem: 5)

Ao abordar a paródia intertextual entre Mário Cesariny de Vasconcelos e Cesário Verde, através do poema *homenagem a cesário verde*, que é uma paródia do poema *De Tarde*, J. Candido Martins afirma: "Assim, em Cesário, a beleza luminosa e sensual causada pela *impressão* de semelhante quadro, origina a vontade de o eternizar numa "aguarela". Pouco falta para este "Dejéneur sur l'herbe" resultar num poema pictórico." (Martins 1999: 4)

O impressionismo literário

O impressionismo e o uso da sinestesias são vistos em Cesário por muitos críticos. O uso das técnicas impressionistas pictóricas na literatura foi um momento que surgiu no período compreendido entre o fim do século XIX e o início do século XX, fronteiriço com as estéticas do Realismo, Parnasianismo, Naturalismo e Simbolismo. Nos estudos que conhecemos, há sempre uma tênue diferença, muitas vezes não percebida, entre o Impressionismo e o Simbolismo. Para o poeta objeto de estudo, essa diferença não ocorre, uma vez que Cesário não é simbolista, pois ele se enquadra dentro do que poderíamos chamar de Realismo Impressionista.

Há, até, razões biográficas para enquadrá-lo nessa estética. Todos os seus biógrafos (Oliveira, Serrão, Silveira e Figueiredo) assinalam que, no ano de 1881, Cesário passa a conviver com os artistas e os literatos constituídos em tertúlia sob a designação de "Grupo do Leão", reunidos no *Leão de Ouro*, na Rua do Príncipe. (Serrão 1992: 17). Outro biógrafo afirma que, "enquanto Silva Porto e os seus acólitos se haviam limitado a aprender a lição de Barbizon, ele, sem nunca ter saído de Portugal, soubera ser impressionista em *Num bairro moderno* e em *Manhãs brumosas* e voltará a sê-lo em *De Verão* e *De Tarde*, duas poesias provavelmente escritas por esta altura." (Figueiredo 1986: 141).[51] Figueiredo compara o poeta com Renoir.

[51] Eis algumas considerações sobre o assunto: a) faltou a inclusão de outros poemas impressionistas, dentre eles, *O Sentimento dum Ocidental*; b) *De tarde* parece mais pictórico, mais visual e anti-romântico do que impressionista; c) a escolha de *Manhãs brumosas*, que é sempre tida como pré-romântica, foi bastante acertada.

Não há elementos históricos, biográficos ou documentais que provem seu conhecimento da técnica realista impressionista de pintura. Contudo, a referência, mesmo que metafórica, à pintura, e a postura estética de registrar a realidade em seus mais diferentes momentos, tudo isso indica uma postura pictórica na feitura da poesia, postura essa que passa pelo Realismo e pelo Impressionismo.

Os críticos também abordaram aspectos do impressionismo literário na poesia de Cesário Verde, de forma diferente da abordagem histórica e biográfica de Figueiredo. Seguem alguns dos aspectos resgatados na leitura da fortuna crítica.

Jorge de Sena, num estudo da linguagem poética de Cesário, analisa a sua "peculiar concentração expressiva", isto é, "uma concentração dos meios da expressão levados ao apuramento exaustivo que possibilita as ressonâncias e a sugestão que os seus versos evocam" (Sena [1958]: 410).

Sobre as concentrações expressivas, Sena afirma que

> *(...) esta sujeição existe e, fortemente vinculada, (...) pois que é mesmo a motivação estrutural de alguns dos seus mais belos poemas. Efectivamente, os seus poemas,* como poemas, *não são impressionistas, segundo é costume considerar-se que o seja qualquer notação, subjectivamente adjectivadas, de um pormenor ou de um aspecto da realidade objectiva. Impressionistas são (numa acepção distinta, ainda que paralela, da que se aplica ao impressionismo-escola-de-pintura) as suas imagens, ou mais exactamente, a descrição sintética dos "instantâneos" que ele distribui pela composição rigorosamente parnasiana dos seus quadros.*[52]

A *sujeição* a que se refere Jorge de Sena é o que foi afirmado na frase anterior do seu texto: "De que maneira exerce então Cesário a sua peculiar concentração expressiva? Ao contrário do que entendeu um crítico, que viu em Cesário Verde uma típica dispersão impressionista, "uma mistura aparentemente desarmónica das impressões e das coisas", oposta revolucionàriamente à tradicional sujeição a "um tema, uma ideia, um centro afectivo" [53], esta sujeição existe e, fortemente vinculada, em Cesário

[52] (idem: ibidem)
[53] Ramos 1940: 5-25

Verde, pois que é mesmo a motivação estrutural de alguns dos seus mais belos poemas." (idem: 410)

Óscar Lopes chama de "realismo de intenção bàsicamente naturalista" (Lopes 1967: 258) e indica dois aspectos:

> *(1) a contigüidade entre as suas imagens flagrantes, identificáveis na realidade senso comum, e as suas metáforas transfiguradoras; (2) a crítica, implícita no seu melhor poema, às próprias categorias desse senso comum. A primeira faceta pode já verificar-se na adjectivação e adverbialização exemplificada. Assim, em* cheiro salutar e honesto *o adjectivo* honesto *é uma simples hipálage*[54] *de tipo queirosiano, que sobrepõe à imagem visual e olfactiva do pão a ideia do padeiro como símbolo patriarcal do trabalho santificado; mas em* Dezembro enérgico, sucinto *a hipálage, bruscamente assindética, é psicològicamente mais complexa, pois tanto sugere a acção dinamizante do frio sobre os organismos de sangue quente, como a linearização da paisagem arbórea desfolhada, ou a contracção dos corpos minerais sob a descida da temperatura. Quanto às duas frases adverbializadas, o que o poeta obtém é (resumamos) a alternância e final fusão entre uma imagem analiticamente desenhada (*um forjador maneja um malho, os cães parecem lobos*) e outra imagem, de simples mancha global, sincrética, de cor rubra ou amarela, numa espécie de impressionismo que, em vez de proceder por justaposição de cores simples, se atrevesse já à incoincidência do desenho e da cor, como mais tarde farão os cubistas (e os nossos "interseccionistas" literários).* (idem: 258)

Há um "realismo naturalista de imagens" (idem: 259), numa "precisão com que o poeta alude a coisas como as castas de uvas"[55], metáforas com "uma impressão de justeza inexcedível" (idem: 260), etc.

Para Feliciano Ramos, o impressionismo é visto da seguinte forma:

> *Visto que o inspira o que é animado, a natureza e a vida humana estampam-se na sua obra sob o ângulo da multiplicidade. São os* sentidos *de Cesário, fantàsticamente impressionáveis, que regulam e provocam essa*

---

[54] "Figura pela qual se atribui a certas palavras de uma frase o que convém logicamente a outras da mesma frase, claras ou subentendidas." (Cherubim 1989: 38)

[55] (idem: ibidem)

provecta representação do múltiplo e do diverso. O som e a côr avivam encantadoramente o verso do poeta, onde também se inserem as estridências mais silenciosas do gôsto, do olfacto e do tacto. (Ramos 1940: 11)

Através da "queda para a diversidade, motivada pela associação de ideas e pela constante mobilidade da consciência" (idem: 20-21), há uma preferência pela "*dispersão* e a mistura aparentemente desharmónica das impressões e das coisas, à *unidade de conteúdo* e à perfeita ordenação do conjunto, como, ordinàriamente se usava na poética tradicional." (idem: ibidem)

A posição de José Régio baseia-se num outro ponto de vista:

Vivendo a vida numa alternativa de atenção pelo seu mundo interior e de distracção dêle pelo mundo exterior, Cesário Verde cria essa Poesia que parece flutuar sôbre êstes dois mundos sem chegar a relaciona-los, e deles transmitindo principalmente os pormenores, os momentos fugitivos, as nuances *destacadas. É uma poesia essencialmente impressionista. Mas a técnica do artista é poderosa – desenhando nitidamente em linhas rectas ou quebradas: As imagens são ousadas e raras, o relêvo é crú e sóbrio, o vocábulo é rebuscado a ponto de o não parecer.* (Régio 1925: 38)

De forma semelhante a Jacinto do Prado Coelho e a Jorge de Sena, Dorothy M. Atkinson analisa as inovações poéticas da linguagem: "embora não fujindo à expressão aberta da emoção, não vacila em encarar os aspectos desagradáveis da vida, introduzindo uma nota adstringente que serve como antídoto ao transbordamento do romanticismo" (Atkinson 1968: 202). A autora estabelece, do ponto de vista estilístico, uma comparação entre Eça de Queirós e Cesário, para estudar alguns efeitos rítmicos e impressionísticos e audácias do vocabulário poético:

a) dotar de características humanas objetos inanimados
b) combinação de um substantivo com dois adjetivos, dos quais um é abstracto, subjectivo, e o outro físico, objectivo: *Entre um saudoso gás amarelado ...*
c) "O poeta emprega juntos um substantivo e uma adjectivo que distam tanto um do outro sob o ponto de vista semântico que a sua associação cria um efeito surpreendente. (...) Esta técnica

impressionista que comprime em só duas palavras um conceito bastante complexo é muito do gosto de Eça" (idem: 203).

d) Cesário agrupa freqüentemente três ou quatro palavras da mesma categoria gramática, adjectivos, substantivos e ainda verbos.

e) emprego de construções paralelas

f) combinação de adjetivos e frase preposicional

g) "Qualquer coisa que lhe faz impressão é capaz de lhe arrancar uma frase exclamativa" (idem: 205)

h) a Autora apresenta um estudo comparativo entre o poema *Meridional (Cabelos),* de Cesário, e *La Chevelure (A Cabeleira)*, de Baudelaire, quanto à coincidência na escolha de conceitos e imagens. (idem: 205-208)

i) "Cesário é um poeta de impressões sensoriais, e sobretudo de impressões visuais. Descreve o que vê ou o que já viu. Quando narra acontecimentos, são os aspectos visuais que predominam, e as suas imagens são pela grande maioria visuais." (idem: 208)

j) "Tem um vivo sentido da forma externa das coisas, e não as vê de perto. Certo pendor para a abstracção leva-o a encarar as coisas em termos dos seus contornos geométricos (idem: 209)".

l) Com bastante freqüência descreve os objectos e os lugares em termos do corpo humano, às vezes com efeito irônico.

m) São numerosas as imagens tiradas da natureza e da vida do campo.

n) A título de conclusão, a Autora afirma: "um poeta de fortes impressões visuais, que sabia 'ver verdadeiro', como dizia Eça de Queiroz, e que nos deixou uma visão lúcida e aguda numa época de transição da sociedade portuguesa." (idem: 208)

A análise de Maria Aparecida Paschoalin é feita a partir das relações entre lirismo e realidade social:

> *As impressões e sensações que o real promove são a sua matéria poética e por isso o Poeta extrapola aquela postura simplista de fotógrafo da realidade. São impressões e sensações que se misturam, confundem-se, provocando uma poesia complexa que leva o Autor para (...) a zona limítrofe de estradas que conduzem ao Impressionismo e Expressionismo* (Paschoalin 1980: 56).

Maria Ema Tarracha Ferreira considera que "o conhecimento das "poesias dispersas" não só testemunha a preferência de Cesário pelo verso decassílabo, antes que cultive o alexandrino, o qual se distingue pelo rigor geométrico e pela preocupação de sobriedade, como o próprio poeta reconhece (...), mas também evidencia a predilecção pela quadra, estrofe que se adapta à notação impressionista, esquemática, e ao ritmo digressivo dos seus poemas." (Ferreira 1983: 35-36)

A modernidade

A modernidade de Cesário Verde apontada por Fernando Pessoa vai ser objeto de interesse de muitos estudiosos. Ela é vista pelo inusitado das construções verbais do poeta, pela influência de Baudelaire, pelo fato de se encontrar alguma dificuldade em enquadrá-lo dentro do Realismo de Antero de Quental ou de Guerra Junqueiro, pelo registro das coisas do cotidiano, pela presença da ironia, pela relação entre a poesia e a pintura, a poesia e o cinema, a poesia e a fotografia, e assim por diante.

É considerado como o precursor do moderno lirismo português por João de Barros:

> *estranho inventor de imagens e ritmos cativantes" (Barros s.d.: 65), (...) um poeta que pertence a essa pleiada generosa dos semeadores de emoções novas" (idem: 67). (...) As suas poesias* naturais *(assim se intitulam no seu livro), são aquelas em que a profundeza da emoção, da angústia, da melancolia, ou a visão da alegria ou da tristeza do mundo, vêm coadas através duma forma serena, duma distinção desdenhosa um pouco, mas secretamente tumultuosa de desejo ou de desesperança* (idem: 71).

Barros observa uma semelhança entre Cesário e Walt Whitman: "a plena afirmação duma alma que se alimentava da alma do mundo exterior, que em si próprio resumia e condensava, e, de si próprio, de novo, a fazia irradiar em claridade madrugadora, em formas fascinantes, em músicas inefáveis." (idem: 80)

A modernidade para Adolfo Casais Monteiro passa pelo olhar do poeta, que é "de dentro para fora' (Monteiro 1948: 334): Cesário é surrealista, da mesma forma que é barroco para Andrée Crabbé Rocha.

Óscar Lopes aborda o percurso do naturalismo ao modernismo (Lopes 1967: 257-265). Dentro desse enfoque, são apontados alguns aspectos da poesia de Cesário: "um certo jeito convencionalmente realista de enumerar" (idem: 257), "o verso anima-se com novidades como a evidência de advérbios em *-mente* no lugar da rima ou espreguiçando-se a toda a largura de um hexassílabo" (idem: ibidem), texto "mosqueado de palavras francesas em tipo gráfico diferente, sugerindo uma petulância literária, mas Cesário assimila certa arte queirosiana de adjectivar, adverbiar, circunstancializar significativamente e leva-a até a descobertas já "interseccionistas" (idem: 257-258)".

A respeito de *O Sentimento dum Ocidental*, Lopes afirma que "o que mais impressiona neste poema (...) é o facto de se não ficar em tais sugestões, o que poderia insinuar uma simples metafísica irracionalista, de gosto *fin-de-siècle*: William James, Bergson, etc. Cesário não se desprende da imanência dos dados da percepção sensível, mas articula-os de um modo inteiramente novo, precursor do Cubismo ou Interseccionismo." (Lopes 1967: 262) A afirmação é exemplificada da seguinte forma:

> *Assim, lembremo-nos, antes de mais nada, de que o anoitecer lisboeta, sua soturnidade, suas sombras, bulício e maresia "despertam um desejo absurdo de sofrer", verso depois personalizado por um reflexo na edição do livro : "despertam-me [...]". Deve ter sido o redactor deste estudo presente quem, pelos menos pùblicamente, se interrogou primeiro sobre o alcance de um tal "desejo absurdo de sofrer", que em nós instala, de chofre, uma elevada tensão afectiva. Seria decerto excessiva e inadequada qualquer interpretação exaustiva, mas o que não virá fora de propósito é lembrar algumas coisas importantes como são as seguintes. Mais adiante, ao referir-se ao tocar das grades nas cadeias, esse acto parece como um* Som / que mortifica e deixa umas loucuras mansas. *A última estância do poema reza assim:* E, enorme, nesta massa irregular / de prédios sepulcrais, com dimensões de montes, / a Dor humana busca os amplos horizontes, / e tem marés, de fel, como um sinistro mar! *Será, ou não, justificado pensar-se que o tal "desejo absurdo de sofrer" é, de facto, social e pessoal, é a intersecção, num estado singular de unanimidade poética, em Cesário Verde, de muitas outras subjectividades humanas vagamente incluídas por simpatia, empatia, compreensão (no sentido diltheyano do termo), ou seja, como for, sentimento certamente vago, mas de qualquer modo precursor daquele Unanimismo que Walt Whitman transmitiu, no século XX, a Jules Romains, Duhamel e, muito particularmente, a um certo "Sensacionismo" de Álvaro de Campos?"* (idem: 262-263)

Sobre o modernismo de Cesário, comparado ao de Fernando Pessoa, Lopes afirma: "Para Cesário, como depois para Pessoa, o eu, o tu, o nós, o tempo irreversível e as dimensões do espaço, as coisas mais simples constituem problemas e despertam ânsias que a poesia apreende antes mesmo de se formularem em teoria. A diferença consiste em que Pessoa equacionará tais problemas em termos lapidarmente discursivos e comunicativos, mas dentro de uma aura geral irracionalista. Cesário, cujo *ânimo verga na abstracção / com a espinha dobrada ao meio*, e que apenas se sentia Sansão com os dedos mergulhados em *materiais* de trabalho, ignora as subtilezas de dialética discursiva, mas retém uma vantagem relativa sobre o sucessor: os seus sonhos, as suas aspirações não perdem nunca o contacto desse mesmo senso comum a que reagem por vezes corpo a corpo. Eis a razão por que o seu *modernismo* mantém uma exemplaridade certamente parcelar, mas ainda única." (idem: 264)

Em semelhante linha de leitura (o modo de ver na poesia de Cesário) de Fernando Pessoa, Fernando Guimarães assinala o

> *facto de seu visualismo se aproximar de uma deformação que se diria barroca, interseccionista ou surrealista; no entanto, o que sobretudo interessa pôr em relevo é a maneira como nesta poesia ocorre uma* verdadeira *deformação verbal, marcada pela ironia, pela inesperada justaposição vocabular, por uma linguagem que não nos sugere "quase nenhuma emoção psicológica ou íntima"*[56] *devido à desfocagem que por vezes estabelece entre essa intimidade do autor e o próprio* eu, *ou, alargadamente, o* nós *que assume a narratividade do poema, pela maneira como, metonimicamente, resolve o descritivismo que nele se instala, pela segurança que há no próprio desenvolvimento rítmico ou no modo como ficam esplendidamente facetados versos seus. Afinal, neste último caso, a disposição que tinha para neles reconhecer, como diz numa carta que dirigiu a Silva Pinto, um "poliedro de cristal"* [57] (Guimarães 1994: 90)

Essa mesma modernidade é vista por E. M. de Melo e Castro a partir de Fernando Pessoa/Bernardo Soares: "um outro projeto (poético), de Cesário Verde a Ramos Rosa e à Poesia-61, a que o *Livro do Desassossego*

[56] O autor se refere a um trecho da carta de Cesário Verde a António da Silva Pinto, no momento em que o remetente fala de *Cristalizações*.

[57] Trata-se de um trecho da mesma carta citada no item anterior.

vem dar uma coerência textual que até agora parecia faltar" (entre outras, fragmento prosaico, tom lírico e cotidiano, pequenas ações, etc.) (Castro 1984: 54-55).

Em outra análise, Melo e Castro afirma que Cesário, como "uma mescla de otimismo progressista, ruralismo bucólico entendido em termos rigorosos e positivos de trabalho e planeamento) dá-nos todo um clima moderno de fim do Século (Exemplo: o poema "De Verão".)" (Castro 1973: 46)

Também como precursor do modernismo, Reis Brasil analisa Cesário por três fatores: poetização ou sublimação do cotidiano, poder de sugestão e o dom da naturalidade (Brasil 1972: 8). Para defender esse ponto de vista, o crítico foca sua atenção em *De Tarde*, que lhe parece "um autêntico quadro policromático" (idem: ibidem).

Cesário, poeta moderno é o ponto de vista de Carlos Cunha: "A-par (ou mercê) da originalidade do símbolo como meio de relacionação e integração das percepções no vislumbre sensorial ou intuitivo das imagens, dois aspectos particularmente definem a poesia moderna: a libertação da imagem das analogias racionais e o hermetismo." (Cunha [1955]: 7). A *libertação da imagem das analogias racionais* é uma característica bastante significativa na poesia cesarina, fato esse que pode ocasionar o hermetismo. Dessa forma, a compreensão da poesia de Cesário se mostra numa imagem singular:

> *Como criança que sonhasse pintar com cores e sons o perfil dum pássaro para o* ver *cantar, o processo imagético de Cesário acusa realmente algo dessa inocência e frescura das coisas que ainda não sairam do natural: a arte infantil, a poesia popular e a pintura pré-histórica das grutas.* (Cunha [1955]: 10) [58]

A modernidade para Maria Aparecida Paschoalin é estudada através de alguns poemas e da obra como um todo. Em *Num Bairro Moderno*, ela se faz através do "feio de uma realidade social – seres e objetos com essência objetivamente humana; é a visão estética do artista moderno que compreende que a essência dos barracões não é sua pobreza econômica, mas o

[58] A análise de Carlos Cunha nos remete à primeiridade de Peirce.

sentido humano que o homem pode conferir a esses barracões. E o artista faz dessa essência sua matéria poética, o que implica fazer da poesia o "sentimento do mundo" (Paschoalin 1980: 33)".

A partir da análise de *Setentrional*, Paschoalin aponta outro aspecto: "Tal desfecho, anti-sentimental, encerra a poesia, indicando aí outras das características predominantes nas poesias de Cesário Verde, ou seja, a quebra do lirismo por expressões diretamente antilíricas, como se quisesse evitar o derramamento emotivo, estratégia que viria a ser adotada pelo Modernismo.

Uma opinião geral e conclusiva de Paschoalin sobre a modernidade de Cesário é a seguinte: o poeta, na

> *sua capacidade de ser, em um só, uma multiplicidade de experiências, prenunciou o mundo moderno-atual, porque vivenciou uma época de rupturas, quando o estilo capitalista e burguês começa mais fortemente a impregnar a civilização ocidental de um modo de vida e de pensamento, que fazia os seres humanos e os objetos ganharem interesse em função da sua produtividade e em função da sua classe social, hierarquicamente superior ou não. (idem : 138) (...) Foi o criador de "um universo de seres concretos que expressa uma original maneira de ver e sentir a realidade objetiva, sua obra reflete"(...) a passagem de uma época para outra, um mundo no qual a universalidade dos antigos valores desapareceu e onde outros valores, novos, estão em curso de nascimento"* [59]*. É obra que revela a ânsia de " (...) reencontrar, aceitando e assimilando os novos valores, a universalidade perdida com a ruína do mundo antigo"* (idem: 139).

Duas cartas como projeto poético

As cartas do poeta aos amigos apresentam elementos que indicam, além de fatos biográficos, as relações de Cesário com a realidade portuguesa, a maneira de ver as coisas ao seu redor, e a sua prosa familiar. É o ser humano despojado de pose ou afastado de preocupações estéticas.

Como este capítulo trata da fortuna crítica que abrange realismo, impressionismo e modernidade, o olhar cotidiano de Cesário parece ser um dado que ajuda a elucidar a sua construção poética.

---

[59] A autor cita um trecho de Lucien Goldman, do livro *Dialética e Cultura*.

Da leitura de toda a correspondência de Cesário a que tivemos acesso, duas nos pareceram as mais adequadas para estudar o germe da sua poesia. Ambas as cartas foram dirigidas a Antonio de Macedo Papança (Conde de Monsaraz), e representam um início de reflexão interessante que nos permite desenvolver um estudo que abarca a linguagem poética nas suas relações com a pintura e o Impressionismo Literário.

Esse poeta-pintor tem um olhar especial para o seu mundo no dia-a-dia. As suas poesias parecem "repetir" esse processo, com a transfiguração que é própria da linguagem poética. A presença de formas de estranhamento leva a construções sintáticas singulares, como observou Saraiva e Lopes. Entre a literatura, o comércio e a agricultura, Cesário Verde é também um homem do seu tempo. Serrão estudou esse aspecto exaustivamente sob o tema do campo e da cidade (Serrão 1957: 13-85). A busca da exatidão, isto é, da descrição detalhada, característica da estética realista, em Cesário parece apresentar novos recursos, diferentes de Guerra Junqueiro, de Guilherme de Azevedo, de Antero de Quental, de João Penha, de António de Macedo Papança ou de qualquer outro poeta do mesmo período. Na procura do registro exato parece estar a sua inovação, o seu valor, a sua genialidade, que na feliz expressão de Serrão se configura como a "paleta de coleccionador de imagens" (Serrão 1957: 30)[60].

Mesmo que *paleta de coleccionador de imagens* possa ser apenas uma expressão metafórica, ela permite observar que a linguagem verbal de Cesário tem relações com a visualidade e com a pintura.

Carta a Antonio de Macedo Papança - 1877

António

Fiquei hoje em casa, um pouco adoentado, com suposições de doenças, de futuros quebrados, confusamente baço, sem lucidez de cérebro nem de ponto de vista. Enquanto o sol, numa grande esteira branca, me entrou pelo quarto, estive bem contente, exuberante, cheio; a luz doirada e tépida sorria no estuque das paredes, nas cercaduras de flo-

[60] Esta afirmação refere-se a *Num bairro moderno*, mas pode ser aplicada a outros poemas "visuais" de Cesário, como *O Sentimento dum Ocidental*, *Cristalizações*, *De tarde*, etc.

res pintadas, no mogno polido das cadeiras, no verniz de ferro do meu leito modesto de solteiro, na colcha muito lavada, com um bom cheiro de barrela e de alfazema e na minha imaginação de rapaz saudável.

Mais tarde abri todas as três janelas para receber mais claridade; invadiu-me a sombra triste, a melancolia do crepúsculo, a friagem antipática da humidade. Quando pus a testa sobre os vidros para espairecer os olhos pelo jardim que vegeta debaixo, lembrei-me de imensas coisas que passaram, dos meus tempos de criança, do colégio de que voltava às horas a um toque de sineta, de minha irmã que morreu e que iluminava todas as casas com a sua beleza alta e sossegada, dos meus temas de francês, dum caixeiro que foi para o Brasil e que me agarrava ao colo balançando-me com ameaças e sustos de me arremessar lá ao fundo do pátio que já não existe também.

Agora há aqui uma padaria em que se está erguendo uma chaminé enorme de forno, para deitar fumo acima. Os pedreiros, porque era quase Ave-Marias, demoravam o trabalho devagarinho, poupavam o resto do aviamento, da cal: e tudo, a natureza, os arvoredos dos quintais próximos, a linha dos prédios na praça da Alegria aonde mora o Oliveira, o rumor longínquo dos trens, e até um homem que passava descalço, com um regador verde numa das mãos, pelas sinuosidades das áleas no jardim; tudo, tudo me parecia lento, tristonho, com silêncios de preguiça iluminada.

Mandei acender o candeeiro e passou a doença imediatamente; e não sei porque corrente de pensamentos. Ah! já sei! No domingo encomendei um fiambre numa salsicharia francesa que há na Rua Nova do Carmo e que tem na montra um pequenino viveiro de peixinhos de água doce, num rio em miniatura.

Ora, eu me engano bastante ou a casa de madame é a única daquele género que se encontra em Lisboa. Pois bem; lembra-me de lhe fazer concorrência, de me estabelecer com luxo, espavento, reclame e fregueses da alta vida que se dissipa em molhos apetitosos, em carnes frias que vêm do estrangeiro em temperos esquisitos.

Eu queria ver o salame, o porco, as frutas em pirâmides, as conservas com grandes rótulos, o chouriço de sangue, as hortaliças em grande toilette, *todos os peixes variegados do Oceano a reluzirem;*

eu queria ver tudo preparado, a ganhar dinheiro, a fazer escândalo honesto, a dar-me celebridade prática, satisfação, gordura recomendável.

E que me dizes?

No entanto, os desejos imensos de te enviar um bouquet *de saudades.*

LISBOA

1877

Cesário

É claro que recebi a tua carta.[61]

A missiva acima está transcrita em livro com a seguinte nota de rodapé: "Esta carta é de grande importância para a compreensão da "maneira" poética de Cesário. É um poema em prosa, como que um ensaio das suas mais típicas composições de 1877-78: *Num bairro moderno*, *Cristalizações* etc." (Serrão 1992: 224).

A ligação com a composição dos poemas é um dado interessante: esta carta está datada de 1877; *Num bairro moderno* é do verão de 1877 e foi publicado no *Diário de Notícias* em 1878; *Cristalizações* é do inverno de 1878, e foi publicado na *Revista de Coimbra* em maio de 1879. A carta, portanto, é anterior aos poemas. Para o nosso objetivo, ela pode ser interpretada como uma espécie de exercício de poesia (não importa se inconsciente ou não). Mesmo que inexista, como prova biográfica ou documental, uma relação entre a carta e a poesia[62] , vale ressaltar que o homem Cesário Verde observava a realidade ambiente e a descrevia, nas suas correspondências pessoais, também de uma maneira especial, de modo que a

---

[61] Carta de Cesário Verde a António de Macedo Papança (Conde de Monsaraz)

[62] Ao falar de Fernando Pessoa / Bernardo Soares / Vicente Guedes, Óscar Lopes assinala que as poesias de Pessoa e Cesário foram feitas inicialmente em prosa: "Vem a propósito lembrar que, primeiro, vários dos "fragmentos" atribuídos a Bernardo Soares / Vicente Guedes estão ao nível da melhor poesia de Pessoa, e, em segundo lugar, que sabemos hoje ter Cesário escrito primeiramente em prosa um, pelo menos, dos seus mais conhecidos poemas." (Lopes 1988: 212) O trecho faz parte de um ensaio sob o título "Alguns nexos diacrónicos na poesia novecentista portuguesa". As outras referências a Cesário Verde não abordam o mesmo tema. Desconhecemos o estudo que deu origem à afirmação de Lopes.

abordagem da realidade na carta traz semelhanças com o procedimento em suas poesias.

Numa análise dessa missiva, parágrafo por parágrafo, podemos observar algumas relações entre poesia e biografia, poesia e pintura, poesia e cinema, poesia e fotografia.

Ao mesmo tempo é possível perceber uma associação de idéias que se mostra semelhante à técnica impressionista aplicada à literatura: a realidade, ao ser observada, permite lembranças, sensações, impressões, que se alteram da mesma forma que a realidade se modifica ao longo do dia.

No primeiro parágrafo, a presença do sol estimula, numa relação analógica comum na poesia, a alegria e, à medida que ele está se pondo, traz a tristeza, numa correlação claro (sol – alegria) / escuro (noite – tristeza). As expressões – *suposições de doenças, futuros quebrados, confusamente baço, sem lucidez no cérebro nem de ponto de vista* – indicam uma linguagem semelhante à dos seus versos, característica que é enfatizada principalmente por estudos de Saraiva e Lopes, Atkinson, Sena, Coelho, entre outros.

O missivista descreve a sua busca de claridade como se buscasse a vida, como se houvesse vida, saúde, felicidade, etc. nas cores do dia.

A procura de luz real, e, por comparação, luz simbólica, é a tônica do segundo parágrafo. Colocar a testa sobre os vidros da janela e olhar o jardim traz ao eu-narrador o seu tempo de criança. Parece-nos aqui um segundo olhar a observar uma nova faceta do estado interior do eu-narrador, ou seja, a descrição do estado interior do personagem-narrador. Esse olhar o hoje e associá-lo, direta ou indiretamente, ao passado, é um procedimento impressionista, que, conscientemente ou não, acompanha o olhar do homem Cesário, mas não passa incólume no olhar do poeta Cesário Verde. E as lembranças tornam-se simultâneas: tempos de criança, do colégio, da irmã, dos temas de francês, do caixeiro que foi para o Brasil.

É o "registro de impressões, emoções e sentimentos despertados no espírito do artista, através dos sentidos, cenas, incidentes, caracteres" (Proença Filho 1973: 266).

O terceiro parágrafo apresenta a construção de uma nova chaminé para uma padaria. Do geral (padaria) para o particular (chaminé e pedreiros), o eu-narrador passeia pelos arredores e sente a impressão da cessação de movimento que se conforma também com o fim do dia: "tudo me parecia lento, tristonho, com silêncios de preguiça iluminada." *Silêncios de preguiça iluminada* também repete o "processo queirosiano de suprir pelo adjectivo ou pelo advérbio uma relação lógica extensa" (Saraiva e Lopes 1989: 990), como expressões como *quando passas, aromática e normal, cheiro salutar e honesto a pão no forno*, etc., que aparecem nas poesias. É o que afirma Buescu: "... tudo, mesmo a sua própria morte, se assume nas dimensões reais (mas por isso simbólicas) de um espaço formalizado através de imagens cuja articulação se quer (e é) distinta, precisa e rigorosa." (Buescu 1986: 69)

Da luz natural à luz do candeeiro - assim o quarto parágrafo descreve a fuga à doença através da procura da luz. Uma sucessão de pensamentos sem lógica aparente, como se o texto fosse poético: a luz do candeeiro, a doença que passa, o domingo, a encomenda do fiambre na salsicharia francesa e o viveiro de peixes na montra da loja. A enumeração de fatos observados se processa de forma semelhante à que ocorre em seus versos como:

Pede-me o corpo inteiro esforços na friagem
De tão lavada e igual temperatura!
Os ares, o caminho, a luz reagem;
Cheira-me a fogo, a sílex, a ferragem;
Sabe-me a campo, a lenha, a agricultura. (Cristalizações, *E11)*

A cada parágrafo, assim como a cada verso, há uma mudança de idéias, algumas vezes brusca e que denota falta de encadeamento lógico.

No quinto parágrafo, o olhar do comerciante fica cobiçando a loja da madame francesa e sente uma vontade de competir com ela. Expressões como *molhos apetitosos, carnes frias, temperos esquisitos* também enumeram aspectos da realidade, numa construção frasal que se assemelha com a feitura de versos.

O sexto parágrafo é o sonho do comerciante, que monta na imaginação a sua loja com *salame, porco, frutas em pirâmide, conservas, chouriço de sangue, hortaliças em grande* toilette, etc.

Os sétimo e oitavo parágrafos são apenas um diálogo com Papança, que não podem ser analisados sob o mesmo ângulo, pois refletem a amizade sincera entre ambos.

Ocorreu-nos transformar o texto da missiva em versos livres. Dessa forma, chegaríamos, acreditamos, ao poeta Cesário, embora sem as rimas e a métrica, porque isso exigiria algumas modificações mais significativas. Isso poderia ser feito se fôssemos tão poeta quanto o foi Cesário.

CARTA A ANTONIO DE MACEDO PAPANÇA - 1880

Meu amigo

Depois d'uma grande volta pela província, callejado pelas esteiras de tabua em que ficamos, embrutecido pelo tremor constante das diligencias cujos guizos ainda me atordoam e arrotando ainda a chouriço com ovos e ranço e a queijo branco que é preciso raspar com a navalha, depois d'uma accidentada volta pela provincia, eu encontro o teu delicadíssimo livro.

Talvez tu não conheças a Estremadura. Todo este bocado de terra, quasi uma peninsula, que fica entre o Atlantico e o Tejo, é magnifico em irregularidades montanhosas, em diversidade de culturas. Montes tão agrestes mais cultivados não ha! Como me deu saude, côr, peito, hombros largos, andar um dia inteiro na carreta d'um almocreve que dorme, enquanto as mulas puxam pessimamente para fóra, graciosas e rijas, de ferro, com as grandes orelhas, e as enormes coelheiras brancas, cheias de serradura, no pescoço! Como me deu alegria serena e fecunda, e uma larga comprehensão d'este povo forte, pacifico e incansavel, vir na falua, carregada de cevada para a Companhia de carroagens lisbonenses, enquanto o arraes segurava a escota e a tripulação comia a caldeirada, em roda, com colheres de pau!

Além d'isso, pelo paiz dentro, este anno a fruta abundava formidavelmente, esperdiçava-se até. As macieiras, carregadas, pousavam a extremidade dos ramos no chão, e, na copa, o dorso redondo, lembravam enormes lagostas verdes de innumeraveis pernas em meio dos vinhedos que se succeddem continuos. As searas de trigo, o que eu vira até então, umas mais escuras, outras mais claras, por causa das sementeiras que se fazem umas mais cedo que outras, no tom divergem muito das vinhas. N'estas, leguas e leguas, o verde é egual, monótono, fatigante, porque a parra rebenta toda ao mesmo tempo.

Tudo vasto, grandioso, brutal!

Eu partira d'esta cidade amarella d'ictericia, bem aborrecido, bem intransigente, resolvendo cortar todo o passado romantico e poetico, de mandrião. Ia a caracter, a minha jaleca, a minha calça de bombazina azul, o meu chapeo de marchante, o meu pau de chapa, os meus sapatões ferrados e o meu revólver entalado na cinta de três voltas. Explorei a ignorancia provinciana, as difficuldades de communicações, a inercia dos ricaços; mas, em compensação, executando a funcção do commercio que é a distribuição dos productos, fiz chegar à sobremesas dos lords *e dos communs inglezes e às fazendas dos senhores brazileiros, isto é o ao Thames e ao Amazonas, deliciosos fructos de Portugal.*

Como physiologicamente os orgãos que não funccionam desapparecem evolutivamente, eu pacato e ordeiro entre uma população bondosa e valente, perdi a única arma de fogo que levava, sem dar por isso, pelos caminhos.

Ah Quanto eu ia indisposto contra tudo e contra todos! Uma poesia minha, recente, publicada n'uma folha bem impressa, limpa, commemorativa de Camões, não obteve um olhar, um sorriso, um desdem, uma observação! Ninguem escreveu, ninguem fallou, nem n'um noticiário, nem n'uma conversa commigo; ninguem disse bem, ninguem disse mal!

Apenas um critico hespanhol chamava às chatezas de seus patricios e dos meus collegas – perolas – e affirmava – fanfarrão! – que os meus versos "hacen malisima figura en aquellas páginas impregnadas de noble espiritu nacional".

Tu mesmo, meu caro, enviando-me o teu poema tão fino e tão mimoso, e que embora não seja verdadeiro e justo psycholo-gicamente e historicamente, é todavia, como poesia, um sublime desenho linear de sentimento, tu mesmo, na dedicatoria pões expansões affectuosas, generosidades d'estima; mas litterariametne parece que Cesario Verde não existe.

Escreve ao teu amigo e crê na franqueza indesculpavel do teu

29/agosto/80

C. Verde

Considerando-se que essa missiva foi escrita no ano em que o poeta atingia a plenitude poética (1880), podemos entrever uma espécie de exercício.

O primeiro parágrafo parece uma introdução a um conto, tanta a riqueza de detalhes e a concisão da linguagem. A mesma riqueza de detalhes numa linguagem impressionista, sintética e de construção bem elaborada. As expressões – *e arrotando ainda a chouriço com ovos e ranço e a queijo branco que é preciso raspar com a navalha* – e – *calejado pelas esteiras de tábua em que ficamos* e *embrutecido pelo tremor constante das diligências cujos guizos ainda me atordoam* – são sínteses formidáveis que exprimem uma sinestesia. A viagem foi tão cansativa que ele a sente com todos os sentidos: gustação (*arrotando*), visão (*queijo branco*), tátil (*calejado pelas esteiras de tábua*), audição (*guizos que ainda me atordoam*). Esse parágrafo, certamente, poderia ser uma ou mais estrofes de um poema.

Trata-se de uma narrativa de viagem para a Estremadura, conforme explica Cesário no segundo parágrafo: um *bocado de terra magnífico em irregularidades montanhosas, em diversidade de culturas.* Há toda uma admiração pela terra: *como deu saúde, côr, peito, hombros largos, andar um dia inteiro na carreta d'um almocreve.* Interessante observar a expressão: *as mulas puxam pessimamente para fóra, graciosas e rijas, de ferro, com as grandes orelhas.* Em poucas palavras, como em suas poesias, a descrição nos mostra, visualmente, o que Cesário viu.

No terceiro parágrafo, que fala da abundância das frutas, há uma descrição impressionista – *As macieiras, carregadas, pousavam a extremidade dos ramos no chão* – seguida de uma comparação – *e, na copa, o dorso redondo, lembravam enormes lagostas verdes de inumeraveis pernas em meio dos vinhedos que se succedem continuos.* Com certeza, este parágrafo poderia ser uma estrofe de um poema.

Deixando de lado o quarto parágrafo, de uma só frase, que é a síntese dos parágrafos anteriores – *Tudo vasto, grandioso, brutal!* –, que é um verso livre, temos uma crítica típica de Cesário: ele deixara a *cidade amarella d'ictericia, bem aborrecido, bem intransigente, resolvendo cortar todo o passado romantico e poetico, de mandrião.* Descreve a si mesmo (*jaleca, calça de bombazina azul, chapeo de marchante, pau de chapa, sapatões ferrados, revólver entalado na cinta de três voltas*) para, deixando de ser poeta, mostrar seu tino comercial: *explorei a ignorancia provinciana, as difficuldades de communicações, a inercia dos ricaços* e lucrou com a viagem.

O sexto parágrafo mostra mais uma atitude moral – *pacato e ordeiro entre uma população bondosa e valente* – e uma peripécia da viagem.

A narrativa na carta se faz por meio de uma espécie de *flash-back*: o cansaço da viagem (1º parágrafo), o local para onde foi (2º), a situação da agricultura (3º), uma síntese do que viu (4º), uma volta da narrativa para o dia em que deixou Lisboa (5º), um retorno da narrativa para um incidente de viagem, a perda do revólver (6º).

No sétimo parágrafo, Cesário desabafa com seu amigo sobre a indiferença com que *O Sentimento dum Ocidental* foi recebido pela crítica.

O oitavo parágrafo apresenta uma crítica de um espanhol sobre a sua poesia, enquanto que, no nono, o poeta fala da atitude carinhosa do amigo, para concluir: *mas litterariamente parece que Cesario Verde não existe.*

A leitura de duas cartas, à luz da poesia-pintura impressionista, nos permitiu observar que, para Cesário Verde, a construção da poesia era um projeto sério e de constante construção, e que fazia parte da sua vida cotidiana.

Síntese

Neste capítulo, incluímos uma pintura de Monet, muitas citações de vários autores, tudo abordando o que a crítica literária registrou sobre a vida e a obra de um modo geral, o Realismo, o Impressionismo, a Modernidade e a relação da poesia com a pintura na obra poética de Cesário Verde. Por último, selecionamos e analisamos duas cartas do poeta, que, mesmo não sendo projetos poéticos, se configuram como tal, tal a seriedade da construção do real que elas apresentam, e tal a semelhança com a própria poesia de Cesário.

Essa resenha crítica nos corrobora que, tanto no século XIX como nos séculos seguintes, a relação da poesia com a pintura na poesia de Cesário Verde se destaca e é valorizada pela crítica literária, e isso nos leva a pensar na poesia-pintura do poeta português, assunto que será abordado no próximo capítulo.

A Poesia-Pintura

Se a pintura é um pôr em forma material visual com valor autônomo, se a música é o pôr em forma material sonoro com valor autônomo, e a coreografia material gestual com valor autônomo, então a poesia é o pôr em forma a palavra com valor autônomo, a palavra "autônoma", como diz Khliébnikov. A poesia é a linguagem em sua função estética.

Roman Jakobson[1]

[1] (Jakobson in Barbosa 1990: XVI)

A procura de um caminho que se bifurca

A imagem infográfica e o texto de Jakobson representam o enfrentamento inicial da questão entre a poesia e a pintura. Enquanto a imagem infográfica dá um tratamento computadorizado às palavras de um poema de Cesário Verde, o texto de Jakobson aborda a questão da palavra "autônoma", ou seja, estruturas que determinam a configuração da pintura, da música, da coreografia e da poesia.

A poesia de Cesário Verde põe em forma a palavra com valor autônomo, ao mesmo tempo que traz um procedimento semelhante ao da pintura.

Considerações preliminares

> *Suponhamos que um pintor entendesse de ligar a uma cabeça humana um pescoço de cavalo, ajuntar membros de toda procedência e cobri-los de penas variegadas, de sorte que a figura, de mulher formosa em cima, acabasse num hediondo peixe preto; entrados para ver o quadro, meus amigos, vocês conteriam o riso? Creiam-me, Pisões, bem parecido com um quadro assim seria um livro onde se fantasiassem formas sem consistência, quais sonhos de enfermo, de maneira que o pé e a cabeça não se combinassem num ser uno.* (Horácio, *Arte Poética*)[2]

Por que relacionar poesia com pintura?

Quando e como é que a poesia se faz pintura?

Quais as relações entre ler um poema e olhar um quadro?

Poesia e pintura? Poesia-pintura? Poesia-quase-pintura? Poesia > pintura? Poesia < pintura? Poesia = pintura? Poesia + pintura?

A poesia traz relações com a pintura?

Como a palavra pode pintar?

As questões acima nos ajudaram a buscar os elementos necessários para o entendimento do nosso objeto de estudo, que é o da poesia que apresenta procedimentos semelhantes aos da pintura. É a palavra que se apresenta como sendo imagem pictórica. Aquilo que vai além do que Valdevino

[2] Horácio in: Aristóteles *et al* 1995: 55.

Soares de Oliveira define como forma própria do texto poético: "Ele já é um desenho, mostra-se em verso, configura um espaço novo no pergaminho, na página ou na tela, tempo e espaço se buscando, se sobrepondo." (Oliveira 1999: 12)

A poesia através da pintura? A poesia que perpassa a pintura? A poesia que tem como pano de fundo a pintura? Tradução intersemiótica: poesia-pintura?

Da poesia pela pintura: uma poesia "pintada". Uma poesia que se parece com a pintura: uma poesia-pintura. Poesia + pintura = poesia-pintura. A poesia-pintura, a poesia "pintada", a poesia pictórica.

As relações entre a poesia e a pintura

As relações entre a poesia e a pintura são extremamente variadas e complexas e apresentam uma enormidade de procedimentos ao longo da história. Diante da extensão do assunto, um breve panorama parece ser a forma mais adequada de abordar a questão.[3]

Todas as artes podem ser inspiração para a poesia - pintura, escultura, música, peça teatral, tapeçarias, etc. –, assim como a poesia pode servir de tema para quaisquer delas. Trata-se de inspiração e cooperação, que tem aparecido em todos os momento das histórias das artes. Esse enquadramento pode ser visto como articulação de códigos distintos: a designação (as palavras servem para designar uma pintura), a descrição (as palavras servem ao crítico de arte para descrever uma obra pictórica), e a ilustração (a pintura serve para ilustrar um texto).[4]

O problema que se nos apresenta vai além dessas questões, pois trata-se do momento em que a poesia tem tentado, com bons resultados, alcançar os efeitos da pintura – "tornar-se pintura com palavras" (Wellek e Warren s.d.: 154). Não existe, é claro, a "metamorfose literal da poesia em pintura"[5], mas sim um efeito de poesia que transmite a impressão de pintura: "Do livro aberto, como de um cofrezinho, saem os personagens, as paisagens, os fatos, em absoluto distintos do livro em si (Souriau 1998: 151)".

[3] Essa abordagem histórica foi baseada em *Teoria da Literatura* (Wellek e Warren s.d.: 153-166).

[4] Vanoye 1987:177-196.

[5] Wellek e Warren s. d.: 154.

A questão colocada por Horácio em sua fórmula *ut pictura poesis* representa uma colocação bem sucedida, que acaba por ressaltar o "grau de visualização na leitura de poesia"[6].

Uma outra questão se faz presente: "Os paralelos estabelecidos entre as belas-artes e a literatura normalmente resumem-se na asserção de que este quadro e este poema produzem em nós a mesma disposição: por exemplo, que nos sentimos sem cuidados e alegres ao ouvirmos um minuete de Mozart, ao vermos uma paisagem de Watteau e ao lermos um poema anacreôntico (Wellek e Warren s. d.: 157)". De igual forma, grande parte das relações entre poesia e pintura se fazem por comparações entre um poema e uma pintura, como são, de certa forma, os estudos de Lessing, David Scott, Aguinaldo José Gonçalves, Valdevino Soares de Oliveira, Marshall McLuhan e Harley Parker, Wylie Sypher, Helmut Hatzfeld, dentre outros.

Outra caso particular de relação entre poesia e pintura, e também entre outras artes, é o da adaptação: se pretendemos fazer um vídeo ou filme a partir das imagens que o poema evoca, faz-se necessário estabelecer uma articulação de códigos de forma a que os versos correspondam às imagens, por exemplo.

As intenções e as teorias dos artistas, muitas vezes, apresentam algumas semelhanças, o que pode gerar procedimentos criativos similares.

Existem, também, os raros casos em que o artista e o poeta são a mesma pessoa, como é o exemplo de Rossetti, Blake, Paul Klee, Henri Rousseau, etc., mas faz-se necessário frisar que uma pintura e um poema de Blake não apresentam articulação de códigos, mas similares idéias de arte e de psicologia, ou mesmo uma arte verbal que traz semelhanças com a arte pictórica (simetria, quadros, planos, etc.), conforme estudos de Jakobson e Uspênski.

Vale acrescentar, também, "uma comparação das artes com base no seu comum fundo social e cultural"[7], como são os estudos de Arnold Hauser.

Wellek e Warren afirmam que a "mais discreta forma de abordarmos a comparação das várias artes consiste, obviamente, naquela que se alicerça sobre uma análise dos próprios objectos de arte e, assim, das suas relações estruturais." (idem: 159). Para a questão – quais são

---

[6] idem: ibidem 155.
[7] idem: 158.

os elementos comuns e comparáveis das artes? –, os autores abordaram diversas estéticas que foram iniciativas que pouco ou nada contribuíram para a solução do problema (Croce, Dewey, Greene, Birkhoff, Walzel, Wölfflin, etc.).

Souriau, ao tratar de Estética Comparada, indica a necessidade de procurar "algo de semelhante, notadamente no domínio da estrutura" (Souriau 1973: 80) e enfatiza que o pior inimigo da comparação é a metáfora, "esse efeito literário que consiste em se deleitar com transposições arbitrárias, e, principalmente, em empregar, a propósito de uma arte, a linguagem de outra, tirando-lhe a precisão" (idem: 81).

Com base nas considerações acima, o nosso objeto de estudo se configura como *as relações entre a poesia e a pintura na obra de Cesário Verde*, que se enquadra apenas na questão da "pintura com palavras"[8]. Não temos conhecimento de que o poeta usou intencionalmente de modelos pictóricos[9], nem de que era também pintor. Trata-se da linguagem verbal que se mostra como visual. Mas não se trata apenas de estabelecer relações entre poesia e pintura, mas sim analisar o pictórico na poesia de Cesário, de um modo geral, e o impressionismo literário, em particular, pois a poesia pictórica sob estudo traz características da pintura impressionista.

Nosso objetivo é descobrir e analisar alguns pontos em comum na poesia e na pintura e, através desse processo comparativo, estabelecer a relação da pintura na poesia, isto é, a poesia-pintura.

Nos mais diferentes suportes (papel, madeira, tela, folha, metal, acrílico, etc.) e com os mais diferentes instrumentos possíveis (caneta, lápis, pena, lasca de pedra, etc.), nós selecionamos e combinamos palavras para escrever o que vemos, melhor dizendo, o que nos vêm do mundo através dos cinco sentidos, fatos esses que filtramos de acordo com a cultura do nosso país.

Nós escrevemos essas impressões da realidade com palavras, que se articulam, de um modo geral, por parataxe, hipotaxe, por conotação, por metonímia, ou por metáfora, ou da forma que Jakobson denomina de *princípio constitutivo do texto*:

---

[8] Wellek e Warren s.d.: 154.

[9] Só há um caso em que apenas um crítico aventa a possibilidade de um poema de Cesário ter sido composto a partir de uma pintura Trata-se um estudo de Stephen Reckert, que aborda, entre outras coisas, a existência de pinturas anônimas, que se parecem com as de Arcimboldo, no Solar de Mateus, em Portugal (Reckert 1986: 41-49).

> *As categorias sintáticas e morfológicas, as raízes, os afixos, os fonemas e seus componentes (traços distintivos) – em suma, todos os constituintes do código verbal – são confrontados, justapostos, colocados em relação de contigüidade de acordo com o princípio de similaridade e de contraste, e transmitem assim uma significação própria. A semelhança fonológica é sentida como um parentesco semântico. O trocadilho, ou, para empregar um termo mais erudito, e talvez mais preciso, a paronomásia, reina na arte poética* (Jakobson 1975: 72).

Assim como há um princípio construtivo do texto, para pintar, usamos cores, manchas, pinceladas, formas, luz, suporte (papel, tela, madeira, vidro, etc.), instrumentos (pincel, lápis, caneta. Há ritmo de linha, massa de formas, espaço, luz e sombra, e cor, ritmo (Read 1976: 37). De uma forma geral, a pintura estabelece uma relação com a realidade através da figuratividade ou da abstração.

Essas reflexões nos levam aos elementos estruturais da poesia e da pintura:

POESIA	PINTURA
PALAVRAS	CORES
LIVRO	FORMAS
PAPEL	MOVIMENTO
VERSOS	SUPORTE
IMAGENS	DESENHO
RITMO	MOLDURA
SOM + SENTIDO	A PLASTICIDADE: SOM + SENTIDO

IDEOGRAMA CHINÊS

HOKKU

MONTAGEM EISENSTEINIANA

A POESIA-PINTURA

A POESIA QUE SE ESTRUTURA NA PINTURA

Como isso ocorre na poesia de Cesário Verde? De que forma ela se mostra como descrição de uma paisagem urbana ou rural à maneira de uma pintura?

Não há dúvida que *O livro de Cesário Verde*, composto de poesias verbais, apresenta, como foi apontado por muitos críticos, o procedimento pictórico como uma das características básicas de sua poesia.

Vamos tomar como ponto de partida o seguinte: a poesia de Cesário é um divisor de águas do romantismo para o realismo impressionista e apresenta uma visualidade que pode ser vista como pintura, o que pode determinar que é uma poesia pictórica, realista e impressionista.

O que é essa visualidade que se configura como pintura, que apresenta aspectos da pintura impressionista, e, portanto, se manifesta como poesia impressionista?

Para Pound, "a verdadeira poesia está em relação muito mais estreita com o que de melhor há na música, na pintura e na escultura, do que com qualquer parte da literatura que não seja verdadeira poesia" (Pound 1991: 149).

A obra poética sob análise é eminentemente descritiva, narrativa, paratática e impressionista, razão por que nos interessa observar a visualidade, a imagem, a pintura, o realismo impressionista na poesia.

Trata-se do estudo da poesia realista-naturalista do século XIX, em cuja linguagem predominam imagens descritas ou narradas que se mostram em forma de manchas, cores, planos, pontos que se assemelham ao impressionismo, ao pontilhismo pictórico, por exemplo.

São metonímias e metáforas que se constróem através de uma poesia essencialmente descritiva. São parataxes que se acumulam, cuja significação se constrói através da junção de imagens, o que pode ser chamado de *montagem* por Eisenstein, e representa uma aplicação desse conceito cinematográfico[10] na poesia.

Essa junção de imagens se faz por justaposição, seqüência, ordenação, etc. Uma imagem ao lado da outra (ou superposta parcial ou totalmente) é que permite uma significação, que, na obra poética sob estudo, opera através da metonímia e da metáfora.

---

[10] O que pretendemos observar são os aspectos da poesia de Cesário Verde que se parecem com aspectos cinematográficos na visão de Sergei Eisenstein. É óbvio que o cinema surgiu em 1895, e a poesia de Cesário Verde pertence a outro tempo (1870-1886).

Nesse nível de análise, podemos abordar a questão das cores, da luz, da forma e do movimento na poesia de Cesário Verde como resultado da seleção e combinação de substantivos e adjetivos, principalmente, nos quais se encontram a grande maioria dos elementos pictóricos. Isso significa dizer que o colorido em Cesário está na palavra, no plano semântico, e que, igualmente, as suas metáforas se mostram essencialmente referenciais, haja vista a sua vinculação à estética realista.

É por esse ângulo que podemos afirmar que José Joaquim Cesário Verde (1855-1886) é um poeta-pintor realista impressionista.

IMAGEM - VISUALIDADE - FANOPÉIA - POESIA - PINTURA?

A página e a tela se preenchem com os índices da arte: a forma soneto lembra a poesia; a forma geométrica e as cores, a pintura. Ambas se oferecem como suporte, e, assim, diagramatizam na relação de suas partes, as formas poético-picturais." (Oliveira 1999: 65-66)

Relacionar poesia e pintura foi o início de nosso estudo, que passou pela preocupação de olhar um quadro e ler um poema. Nossa atenção recaiu, em seguida, na questão da poesia que se mostra como pintura, isto é, a arte verbal que se apresenta, também, como arte pictórica. Logo, temos que procurar delimitar o significado de *imagem*:

a) uma síntese que oferece traços, cores e outros elementos visuais em simultaneidade (Neiva Jr. 1986: 5).
b) Pode ser entendida como *representação visual* – objetos materiais, signos que representam o nosso meio ambiente visual (Santaella e Nöth 1998: 15) – e como *representação mental* – domínio imaterial das imagens na nossa mente, isto é, visões, fantasias, imaginações, esquemas, modelos (idem: ibidem).
c) É também classificada como: *gráfica* (figuras, estátuas, design), *ótica* (espelhos, projeções), *perceptiva* (dados dos sentidos, aparências), *mental* (sonhos, memórias, idéias), e *verbal* (metáforas, descrição) (Santaella 1992-1993: 37).

Antes de chegarmos à pintura, precisamos salientar que as imagens visuais (que também compõem a pintura) que um poema apresenta podem se relacionar com a fotografia, com a montagem cinematográfica, com o desenho, enfim, com a visualidade, de um modo geral.

Eis como o problema pode ser encaminhado:

> *O aspecto visual da poesia surge da formulação de imagens descritivas da natureza, caráter mimético, até a apresentação material do poema,*[11] *quanto objeto de configuração plástica. A estrutura versificada do poema já é uma forma de desenho da idéia, chama a atenção sobre si mesma e se oferece como traço distintivo com relação a outras formas literárias. Há uma intencionalidade declarada de uso da página, na confecção do poema. Isto, sempre; no momento atual, com muito mais ênfase. Identifica-se a poesia com sua forma e ela, a poesia, se transforma em objeto para ser visto. A visualidade emerge da disposição gráfica, estrutural das palavras, no desenho da página e a palavra se insinua em seu aspecto material, significante, se significando e se aproximando, quando não se identificando com os procedimentos plásticos visuais. Transforma-se o legível em visível, perde o poema a pura horizontalidade do verso, se diversifica, e assume a verticalidade/poligonal da palavra em direcionamento gráfico-espacial.* (Oliveira 1999: 41-42)

Vale ressaltar e pormenorizar que o *aspecto visual da poesia surge da formulação de imagens descritivas da natureza, caráter mimético*. É essa visualidade que é o nosso objeto de estudo. A visualidade-em-palavras que apresenta relações com a pintura, a fotografia, o cinema. Um pouco mais do que isso: a série de imagens permite relações metonímicas e metafóricas que geram novos significados, também nos níveis visuais e sonoros. A construção de frases pela parataxe gera frases-imagens que se justapõem, superpõem, seqüenciam-se, mas cujo significado é uma sintaxe que é também visual. Isso quer dizer que a sintaxe ocorre na frase. As palavras da frase descrevem, mostram o visual. O conteúdo, a mensagem do poema, se faz pela frase, e se completa pela visualidade.

A descrição e a parataxe mostram elementos da realidade que são extremamente visuais. É por esse ângulo que podemos afirmar que uma sintaxe visual determina uma leitura que é mais ampla do que a verbal.

---

[11] Parece-nos que, ao invés de *quanto*, a palavra correta seria *enquanto*.

Há duas tessituras que produzem significado: uma verbal, que é a própria frase, e uma visual, que surge a partir da frase. A descritividade e a parataxe são os recursos expressivos através dos quais a *visualidade verbal* se manifesta, juntamente com o valor semântico dos substantivos e dos adjetivos, que apresentam elementos visuais e pictóricos.

Vamos conceituar *visualidade* como uma maneira particular de escrever poesia - uma linguagem poética, portanto - que se articula entre os códigos verbais e pictóricos. De *visualidade*, conceito geral, podemos abordar *imagem visual* ou *imagem literária*.

Por *imagem*, tanto a visual como a literária, adotamos os seguintes conceitos:

a) Espécie de COMPARAÇÃO estilística dinamizada pela substituição do traço conjuntivo típico, mas conservando expressa a relação entre os elementos reais e abstratos que a compõem. Para alguns autores, a imagem é uma parada entre a COMPARAÇÃO e a METÁFORA; para outros, é apenas uma COMPARAÇÃO indireta, como: O teu nome, amor fraterno, / é um óleo derramado, / uma essência que se esparge /deslizando em nossa pele ... (Campos s/d: 88);

b) uma especial capacidade evocadora, cujo verdadeiro significado das imagens poéticas – e é este o resultado que mais longe nos leva – não reside na sua visualidade, mas sim no seu conteúdo emocional e sugestivo. (Kayser 1985: 127)

c) toda forma verbal, frase ou conjunto de frases, que o poeta diz e que unidas compõem um poema. Cada imagem – ou cada poema composto de imagens – contém muitos significados contrários ou díspares, aos quais abarca ou reconcilia sem suprimi-los. Épica, dramática ou lírica, condensada em uma frase ou desenvolvida em mil páginas, toda imagem aproxima ou conjuga realidades opostas, indiferentes ou distanciadas entre si. Isto é, submete à unidade a pluralidade do real (Paz 1990: 37-38).

d) A experiência da imagem, anterior à palavra, vem enraizar-se no corpo. A imagem é afim à sensação visual. O ser vivo tem, a partir do olho, as formas do sol, do mar, do céu. A imagem pode ser retida e depois suscitada pela reminiscência ou pelo sonho. Toda imagem pode fascinar como uma aparição capaz de perseguir. O enlevo ou o mal-estar suscitado pelo outro, que impõe a sua presença, deixa a possibilidade, sempre reaberta, da evocação. (Bosi 1993: 13-14)

Com base nos conceitos acima, podemos chegar às expressões *imagem-palavra*, *imagem-frase*, *imagem-verso*, ou *imagem-estrofe*, que passam a significar uma união do aspecto gramatical (um conjunto articulado de palavras com unidade de sentido) e/ou métrico (um, dois ou três versos configuram uma frase, que contêm uma unidade de sentido) com a carga visual que as palavras apontam ou provocam na mente do leitor.

Ana Hatherly, que estudou a visualidade da poesia barroca portuguesa e descobriu interessantes e criativos poemas "visuais" dos séculos XVII e XVIII, apresenta um conceito que é adequado também à nossa reflexão: esta dupla, a palavra/imagem, na poesia figurada é a representação propriamente dita, é já o essencial da mensagem. Já não se trata de fazer acompanhar um texto por uma imagem ou vice-versa, trata-se de produzir um texto que seja simultaneamente texto e imagem. (Hatherly in Oliveira 1999: 42)

É necessário delimitar essa visualidade no final do século XIX e traçar um panorama que mostre sua existência na literatura portuguesa desde o século XII. Podemos até pensar na expressão *poesia pré-visual*, para designar a poesia ainda verbal que se utiliza de recursos de outras artes, como os da pintura. Ou, de certa forma: pintura-em-palavras, ou palavras-pinturas.

O uso do hífen obedece às normas gramaticais: notação léxica, pequeno traço horizontal que serve para ligar os elementos de palavras compostas em que se mantém a noção de composição, isto é, os elementos das palavras compostas que mantém a sua independência fonética, conservando cada um a sua própria acentuação, porém formando o conjunto perfeita unidade de sentido. (Luft 1976: 96[12]). Ou seja: a palavra composta – *poesia-pintura*, por exemplo - tem um sentido diferente de *poesia* e de *pintura* isoladamente, ou mesmo de *poesia* (,) *pintura*.

Nós situamos essa produção característica no século XIX, mas ela se mostra desde o Trovadorismo Português. Um olhar estrutural para esses séculos de literatura faz-se necessário com o conceito de *dominante* de

---

[12] LUFT, Celso Pedro (1976). *Dicionário de Gramática da Língua Portuguesa*. Porto Alegre, RS, Globo. (Enciclopédia Globo para os Cursos Fundamental e Médio I)

Jakobson: o centro de enfoque de um trabalho artístico, que regulamenta, determina e transforma os seus outros componentes. O dominante garante a integridade da estrutura. É ele que torna específico o trabalho. O traço típico da linguagem "contida" é obviamente seu padrão prosódico, a escrita em verso.

O dominante pode ser estudado não apenas no trabalho poético de um artista isolado, de um dado cânone poético ou entre as normas de determinada escola poética, mas também na arte de uma época, então encarada como um *todo* particular. (Jakobson 1983: 485-486)

Jakobson apresenta como dominantes as artes visuais na Renascença e a música no Romantismo. Podemos estender esse conceito para outros movimentos literários: a música no Trovadorismo, Humanismo e Simbolismo; as artes visuais no Barroco, no Arcadismo e no Realismo, e a fusão das linguagens no Modernismo.

A relação entre processo metafórico e metonímico para os movimentos literários é outra perspectiva que nos interessa:

> *O primado do processo metafórico nas escolas romântica e simbolista foi sublinhado várias vezes, mas ainda não se compreendeu suficientemente que é a predominância da metonímia que governa e define efetivamente a corrente literária chamada de "realista", que pertence a um período intermediário entre o declínio do Romantismo e o aparecimento do Simbolismo e que se opõe a ambos. Seguindo a linha das relações de contigüidade, o autor realista realiza digressões metonímicas, indo da intriga à atmosfera e das personagens ao quadro espacio-temporal. Mostra-se ávido de pormenores sinedóquicos* (Jakobson 1975:57).

Se a poesia visual, que é um entrelaçamento das artes plásticas com as artes verbais, é das décadas de 50 no Brasil e de 60/70 em Portugal, nós podemos chamar a poesia do século XIX , que tem elementos visuais, como a *poesia pré-visual do século XIX*. É uma linguagem poética que teve maior desenvolvimento no realismo e pode ser considerada como precursora da poesia visual, e da poesia moderna, também, e será incorporada à ciberliteratura, à poesia-d(n)o-computador, ou à poesia eletrônico-digital do presente momento.

A poesia a que nos referimos ainda é verbal, mas já está contaminada pelo visual, direta ou indiretamente ligada às artes plásticas, à arquitetura, à escultura, ao cinema, à fotografia, etc. Acreditamos que esse momento se situa no Realismo, porque essa estética privilegia um procedimento científico que tem por base a descrição, a busca da imparcialidade, a supressão do "eu", o registro do real, o *real sensível*[13] , e adotou o procedimento do Impressionismo Pictórico, uma técnica que se estendeu às outras artes, teve um caráter experimental e buscou trabalhar com a cor pura, com o que o ambiente (a luz, a cor, o ar livre) lhe trazia para olhar.

A invenção e o uso da fotografia funcionaram como mudança do paradigma no século XIX e permitiram que o artista plástico buscasse outros caminhos para a sua arte, já que o retrato de uma pessoa poderia ser feito em menos tempo por uma máquina.

Há diferentes experiências de articulações de códigos distintos, como poesia e pintura, em diferentes épocas, mas elas são esparsas. É somente no século XIX que ela eclode e cria corpo, para se tornar a arte poética do século XX:

> *A questão crítica entre Pintura e Poesia remonta à Antigüidade, recuperada pelo Renascimento; e daí toma feições variadas, quer sob o ponto de vista criador, quer sob o ponto de vista teórico, ao longo de toda a História Moderna da Literatura e da Arte. Muito polemizado nos séculos XVI, XVII e XVIII, o assunto manteve-se em aparente trégua durante o século XIX e foi retomado no século XX; com intensidade espantosa.* (Gonçalves 1987 v.1: 5)

O mesmo assunto pode ser analisado da seguinte forma:

> *Se a reflexão estética em torno da correspondência entre forma verbal e forma visual não resultou em convicções, tanto para negar, quanto para reafirmar tal aproximação, a produção estética parece que, fazendo vista grossa à polêmica teórica, punha na prática e intercambiava em suas linguagens procedimentos estéticos criativos que evidenciavam não só um diálogo inter-códigos, como fundiam a criação plástico-poética. Em alguns momentos da história literária, a identificação da poesia com a forma visual e pictórica se mostrou de modo bastante incisivo. É o caso, por exemplo, de boa vertente da poesia*

---

[13] O conceito de *real sensível* será estudado posteriormente.

> *homérica, do Barroco e parte do Romantismo. Na contemporaneidade, o código poético é revigorado pelo visual das artes plásticas e pelos recursos imagéticos dos meios eletrônicos. É, ainda, a tela o suporte da imagem: no Renascimento, a tela do pintor; hoje, a tela de vídeo. A poesia visual funde as duas e transporta para a página os processos criativos de uma e outra. Tempo e espaço se misturam para produzir o objeto estético.* (Oliveira 1999: 12)

É preciso distinguir as experiências de visualidade das vanguardas do século XX, com a poesia visual da década de 60/70, para diferenciá-la da poesia pré-visual do século XIX, cujo ponto culminante é Stéphane Mallarmé (1842-1898), que faz uso de tipos gráficos diversos, da posição das linhas tipográficas na página, dos brancos, lança mão da espacialidade, numa pré-visualidade singular. (Campos et al 1991: 178). Já que não há delimitação profissional das várias artes, a arte figurativa associa-se e, por vezes, confunde-se com a poesia, a música e o teatro. Mallarmé é o primeiro a relacionar o contexto fonético da poesia com o contexto dos signos escritos numa página; depois dele um outro poeta, Apollinaire, para além de ser o crítico-participante dos *fauves* e dos cubistas, associa-se à sua pesquisa, experimenta na poesia os processos de decomposição formal do cubismo, tenta uma síntese visual da poesia e imagem (ideogramas e caligramas). Letra e números penetram nos quadros dos cubistas e dos futuristas; os títulos tornam-se parte integrante da mensagem visual da pintura. (Argan 1995: 58)

Também faz-se necessário incluir alguns aspectos da arte do princípio do século. Para os pintores *nabis*, um quadro é apenas uma superfície colorida: mas precisamente esta redução da arte à pura imagem visual coloca-a em paralelo com a poesia, cujo valor já não está nos conceitos, mas nas imagens verbais, no significado dos sons. Daí a colaboração entre artistas e literatos, que se realiza na *Revue Blanche* (1891-1903): os artistas são Toulouse-Lautrec, Sérusier, Bonnard, Vuillard, Denis; os literatos sã os irmãos Natanson, Mirbeau, Jarry, Féneón (idem: 56).

Essa correspondência entre poesia e pintura toma um aspecto particular em nosso estudo. Cesário é um poeta-pintor. A articulação dos códigos das duas artes se dá pela semiose que ocorre a partir do signo poético, cujos procedimentos se transformam em pictórico, em fotográfico, em cinematográfico, em suma, em visual.

A poesia de Cesário é verbal, composta de métrica, rima, ritmo. A pintura se mostra como pano de fundo, como se fosse um quadro dentro de um quadro. O primeiro quadro é a moldura do real, que se mostra através das palavras: um mundo ficcional, formado por palavras, que traz pontos de contato com o real. Esse real é construído, criado, veiculado pela palavra, através da descritividade, que se mostra através da parataxe, de uma forma geral. O que parece ser um segundo plano brota das palavras e representa uma procura de registro de uma harmonia que se mostra como pictórica: cores, imagens, volume, forma, movimento, etc. A poesia brota das palavras, está inscrita nas palavras. Daí ser possível chamar Cesário Verde de poeta-pintor e os seus versos de poesia-pintura.

Podemos até afirmar que a pintura se oculta na poesia. O que há de pictórico está na palavra, no plano semântico, de onde saem as imagens, as cores, as formas, o movimento. Essas palavras, de um modo geral, são os substantivos e os adjetivos. As imagens estão nos substantivos e as cores no adjetivo.

Podemos imaginar que há como que duas partes transparentes: no primeiro plano, vemos as palavras escritas na folha de papel; em outro plano, vemos o fundo, que é uma pintura. De certa forma, ambas se combinam de forma harmoniosa.

De que forma isso ocorre? Na linguagem poética, há transparências, véus. O primeiro é o das palavras e o segundo, o da pintura.

A estética realista dá os parâmetros para olhar o real. A descritividade indica um caminho passo a passo, parte por parte. Um olhar detalhado, lento, observador. Nessa construção metonímica, fragmentária, geometrizante, o significado vai sendo construído por analogia, numa relação não lógica, como se fosse ideogramática, mesmo com o uso do alfabeto que se processa como pintura. É como se tivéssemos dois planos justapostos: a poesia (primeiro) se conforma à pintura (o segundo). Cada código se mostra duplo; a palavra é mancha ou cor, a frase é imagem visual, pormenorizada ou panorâmica, a estrofe é moldura, e assim por diante.

Uma poesia portuguesa pode servir como exemplo e ilustração:

Árvore, cujo pomo, belo e branco,
Natureza de leite e sangue pinta,

onde a pureza, de vergonha tinta,
está virgíneas faces imitando;
nunca do vento e ira, que arrancando
os troncos vão, o teu injúria sinta:
nem por malícia de ar seja extinta
a cor, que está teu fruto debuxando.
Que pois me emprestas doce e idóneo abrigo
a meu contentamento, e favoreces
com teu suave cheiro minha glória,
se não te celebrar como mereces,
contando-te, sequer farei contigo
doce, nos casos tristes, a memória.

Luís Vaz de Camões *(Camões s/d: 108)*

Trata-se de um soneto cujo assunto é a comparação da árvore com a vida de um modo geral ou com uma pessoa. O predomínio da descrição indica a visualidade (*árvore, pomo, faces, troncos,* etc.) e a cor (*belo e branco, leite e sangue, pureza, virgíneas faces*). A estrutura do soneto, como encadeamento de idéias, é racional, tem introdução, desenvolvimento e conclusão, características de um texto dissertativo.

É um mundo ficcional composto de palavras. Dessas palavras surgem imagens visuais que nos mostram, como se o mundo das palavras fosse uma transparência, algo que se parece com um outro plano, que é o da pintura. Exemplo: o poema fala da *árvore*, enquanto ela é "construída" com palavras, parte por parte: *pomo, branco, leite, sangue, faces.* Nessa construção, o eu-poético "desenha" um outro objeto. É desse ângulo que podemos afirmar que a poesia "pinta", enquanto descreve.

A sintaxe se mantém na descrição da árvore, enquanto os substantivos e adjetivos remetem à pintura e à metáfora.

Na primeira estrofe, por exemplo, *árvore, pomo, belo* e *branco* (verso 1) se referem à descrição da *árvore*, ao passo que *natureza, leite* e *sangue* (verso 2) e *pureza, vergonha, virgíneas faces* (versos 3 e 4) estabelecem a comparação *árvore = vida = pessoa.*

O uso de determinadas palavras – *pinta, tinta, cor,* etc. – também indica um procedimento verbal que nos apresenta a pintura. Acresce a isso a questão da dominante (artes visuais) na poesia classicista ou renascentista.

Também, é o que podemos chamar de fanopéia aplicada ao século XIX, antes de existir como criação de Ezra Pound e como movimento literário do século XX, o Imagismo[14]. Um trecho do poema *Phanopoeia*, do livro *Lustra* (1916), pode ser uma apresentação do conceito e uma possibilidade de análise:

PHANOPOEIA
I

ROSA BRANCA, AMARELA, PRATEADA
Remoinho de luz me segue através da praça,
A fumaça do incenso
Sobe dos quatro chifres dos pilares de meu leito,
O jato d'água da luz dourada nos ergue através dos tetos;
Lambido pela flama cor de ouro desço através do éter.
A bola de prata forma-se em minha mão,
Tomba e rola a teus pés. (...) Ezra Pound[15]

A seqüência *rosa branca, amarela, prateada* é composta de substantivo, adjetivo e adjetivo e representa a cor em diferentes olhares ou ângulos: as variações do *branco* opaco para o branco prateado e chegando ou passando pelo amarelo.

Essa gama de cores pode ser o reflexo de outro objeto na rosa, que possui uma superfície brilhante ou transparente, da mesma forma que pode ser o resultado da luz em diferentes momentos do dia.

A presença do tempo e do espaço e a respectiva alteração da luz e da cor, mostrando, dessa forma, um impressionismo-em-palavras-imagens, é uma leitura que pode ser feita, já que o poema representa, à semelhança de Cesário Verde, uma deambulação. Então, *remoinho de luz* (branco) *na praça*, *a fumaça do incenso* (branco, cinza), *nos quatro chifres dos pilares do leito* (marfim), o *jato d'água da luz dourada* (amarelo, ouro) do *teto*, a *flama cor de ouro* (amarelo) do *éter*, a *bola de prata* (branco) na *mão* e nos *pés*.

---

[14] O Imagismo foi um movimento poético inglês e norte-americano fundado em 1912 na Inglaterra. Foi liderado por Ezra Pound (1885-1972), um americano (Gower 1996: 256-260).
[15] Tradução de Mário Faustino(Faustino 1977: 156)

Embora se trate de um poema do século XX, no qual a métrica e a rima não aparecem, nem no original inglês, a fanopéia poundiana representa um conceito, uma aplicação e um movimento literário que se assemelha com a poesia rimada e metrificada do século XIX. Ezra Pound parte de elementos da realidade que se misturam e produzem um efeito imagético: *remoinho de luz*, *praça*, *fumaça*, *incenso*, *leito*, etc. As imagens sucessivas, montadas em versos, permitem algumas interpretações, formam um conceito, que deve ser apreendido pelo receptor da mensagem.

É por esse ângulo que estamos a refletir sobre a poesia de Cesário Verde:

> *Como criança que sonhasse pintar em cores e sons o perfil dum pássaro para o **ver** cantar, o processo imagético de Cesário acusa realmente algo dessa inocência e frescura das coisas que ainda não saíram do natural: a arte infantil, a poesia popular e a pintura pré-histórica das grutas. (Cunha [1955]: 10)*

Apesar do tom poético e das metáforas que o trecho acima apresenta, a frase de Carlos Cunha pode servir como introdução ao estudo da poesia em sua relação com a visualidade, e, em especial, com a pintura.

Em *pintar com cores e sons o perfil dum pássaro para o **ver** cantar,* Cunha define aqui o que há de primordial na poesia: a articulação de códigos diferentes: a visualidade (*cores, perfil, ver*), o som (*sons, cantar*), a pintura, o sentido.

A visualidade na poesia portuguesa

Conceituamos e exemplificamos imagem, visualidade e fanopéia para chegarmos à poesia-pintura. Esse estudo partiu da palavra, isto é, a palavra-imagem. Das palavras às frases - esse foi o percurso que observamos e que ocorre através da descrição e da parataxe, da metonímia e da metáfora. Uma vez que essa poesia está situada no século XIX, decidimos chamá-la de poesia pré-visual. Assim, buscamos exemplos na poesia portuguesa para corroborar o nosso ponto de vista. Preferimos a linha diacrônica para chegarmos ao século XIX e a Cesário Verde, nosso objeto de estudo.

O verbal que mostra o visual é um recurso expressivo que aparece na poesia portuguesa desde o Trovadorismo:

Vayamos irmãa, vayamos dormir
enas ribas do lago, u eu andar vi
a las aves meu amigo.

Vayamos irmãa, vayamos folgar
enas ribas do lago u eu vi andar
a las aves meu amigo.

Enas ribas do lago, u eu andar vi
seu arco na mãao as aves ferir
a las aves, meu amigo.

Enas ribas do lago, u eu vi andar
seu arco na mãao a las aves tirar
a las aves, meu amigo.

Seu arco na mãao as aves ferir,
a las que cantavam, leixa-las guarir
a las aves, meu amigo.

Seu arco na mãao as aves tirar,
a las que cantavam, non nas quer matar,
a las aves, meu amigo.

Fernand' Esquio[16]

A cantiga se estrutura em imagens visuais que constróem um significado real e figurado. É o registro de um diálogo entre duas irmãs, no momento em que uma convida a outra para dormir na margem de um lago, onde uma delas viu o amante e as aves. De [moças], *aves* e *amigo* (imagem 1), chegamos ao *arco* na *mãao* do amigo (imagem 2), que estava caçando. [Moças], *aves, amigo* e *arco* enfeixam-se num grupo com o seguinte significado: "dir-se-ía que as moças vão, incautas, substituir tais peças de caça" (da 1ª à 4ª estrofe) (Saraiva e Lopes 1989: 53).

Outras imagens aparecem: *seu arco na mãao a las aves tirar* (imagem 3), *seu arco na mãao a las aves ferir* (imagem 4), *as las que cantavam, leixa-las guarir* (imagem 5), *a las que cantavam, non nas quer matar* (imagem

[16] (Vieira 1987: 137)

6). Nessa outra seqüência se constrói o sentido: embora o amigo seja caçador de pássaros, ele tem sensibilidade e não atira nas aves que cantam. Do ponto de vista do eu-poético, que é o da mulher que dialoga com a irmã, o amigo é caçador e, ao invés de caçar apenas aves (sentido real), seria ideal que ele também caçasse moças (sentido figurado).

Na poesia palaciana, da segunda época medieval, no Humanismo, eis outro exemplo:

Trovas a este vilancete

Abaix'esta serra,
verei minha terra.

Ó monte erguidos,
deixai-vos cair,
deixai-vos somir
e ser destroídos,
pois males sentidos
me dam tanta guerra
por ver minha terra.

Ribeiras do mar,
que tendes mudanças,
as minhas lembranças
deixai-as passar.
Deixai-mas tornar,
dar novas da terra,
que dá tanta guerra.

Cabo
O sol escurece,
a noite se vem;
meus olhos, meu bem
já nam aparece.
Mais cedo anoitece
aquém desta serra
que na minha terra.

Francisco de Souza [17]

[17] (Lapa 1973: 21-22)

No poema acima, a descrição da realidade tem por base uma pintura de um ambiente em que há uma comparação entre paisagem e sentimentos do eu-poético: *montes, ribeiras do mar, sol, noite, serra* e *terra.* O acidente geográfico sugere os altos e baixos (*deixai-vos cair*) do sentimento amoroso, que apresenta mudanças como as *ribeiras do mar.*

Em *O sol escurece, / a noite se vem; / meus olhos, meu bem/ já nam aparece,* ocorre uma sucessão de imagens (sol, noite, olhos) que permite a compreensão de um significado além do verbal: a observação resumida de acidentes geográficos (*desta serra, minha terra*) e de fenômenos da natureza (*o sol escurece / a noite se vem*) reflete, por comparação visual, o cair da tarde que é comparado com o estado de ânimo (a vontade de retornar para a sua terra natal) que "escurece", assim como a saudade aumenta, surge.

Eis como essa mesma visualidade se mostra numa poesia classicista:

O céu, a terra, o vento sossegado;
as ondas, que se estendem pela areia;
os peixes, que no mar o sono enfreia;
o nocturno silêncio repousado ...

O pescador Aónio, que, deitado
onde co vento a água se meneia,
chorando, o nome amado em vão nomeia,
que não pode ser mais que nomeado.

"Ondas", dizia, "antes que Amor me mate,
tornai-me a minha Ninfa, que tão cedo
me fizestes à morte estar sujeita."

Ninguém lhe fala. O mar, de longe, bate;
move-se brandamente o arvoredo ...
Leva-lhe o vento a voz, que ao vento deita.

Luís Vaz de Camões[18]

[18] (Camões s/d: 187)

No verso *O céu, a terra, o vento sossegado*, por exemplo, assim como em outros versos do poema, a descritividade predomina e, através desse recurso expressivo, nos apresenta uma imagem visual, que se constrói com palavras. De certa forma, Camões "pinta" uma cena que se constrói por meio de uma determinada seleção e combinação específicas, próprias, reiteradas, palavras essas que se apresentam com uma estrutura sintática semelhante (a ausência de verbo, por exemplo, o paralelismo).

Cada verso se refere à realidade ambiente e reflete, de certa forma, um olhar de dentro para fora. É a visão do pescador Aónio que se "repete" na paisagem.

O soneto camoniano mostra uma paisagem, é uma poesia-pintura. Aqui, mais uma vez, se encontra o elo comum entre a poesia e a pintura que interessa para o desenvolvimento de nosso estudo. Vale observar o equilíbrio, a harmonia e a simetria da gramática da poesia e, por conseqüência, das imagens visuais: *céu, terra, vento – ondas, peixes, mar <==>sono – noturno silêncio*, e assim por diante.

No Barroco, um poema anônimo que figura no cancioneiro *Fênix Renascida*, foi a nossa escolha para mostrar a visualidade-em-palavras:

DESCRIÇÃO DA NOITE

Como está toda a terra escurecida!
Como corre calada aquela fonte!
Já o Sol não se avista no horizonte,
Já nenhuma outra luz é conhecida.

É horrível a selva mais florida,
Desampara o rebanho o verde monte,
Ninguém vê passar aquela ponte,
Nenhuma voz ao longe é percebida.

Como o gado o pastor à aldeia chega,
Nos bosques dorme a fera, o peixe na água,
Tudo enfim ao silêncio já se entrega.

Mas em meu triste peito, ardente frágua,
Por um tênue momento não sossega
O estrondo que motiva a minha mágoa.

Anônimo [19]

A imagem visual se mostra pela oposição: ao descrever a noite, o eu-poético fala da ausência de luz e cor que se mostra pela sinestesia: *terra escurecida* (tato e visão), *fonte calada (*visual e sonoro), *sol* que *não se avista* (calor e visão), *nenhuma luz* (ausência de visão), *a selva é horrível* (visão), etc. É uma visão aos avessos, como o negativo de um filme fotográfico.

Um outro poema, do Arcadismo, também pode servir ao nosso exemplo:

Passei o rio que tornou atrás,
Se acaso é certo o que Camões nos diz,
Em cuja ponte um bando de aguazis
Registram tudo quanto a gente traz.

Segue-se um largo. Em frente dele jaz
Longa fileira de baiúcas vis.
Cigarro aceso, fumo no nariz,
É como a companhia ali se faz.

A cidade por dentro é fraca rês;
As moças põem mantilhas e andam sós,
Têm boa cara, mas não têm bons pés.

Isto, coifas de prata e de retrós,
E a cada canto um sórdido marquês,
Foi tudo quanto vi em Badajoz.

Nicolau Tolentino de Almeida [20]

Trata-se da descrição de Badajoz pelo eu-poético que passeia pela cidade. De certo modo, se assemelha à poesia deambulatória de Cesário, fato

[19] (Silveira 1987: 151)
[20] (Amora s/d: 234-235)

observado e estudado por Óscar Lopes (Lopes [1958]: 414-417). A realidade é registrada pelo eu-poético, com pouca interferência do eu subjetivo, como é próprio do estilo arcádico, numa construção sintática clara, objetiva, simples. As imagens visuais se sucedem, numa construção sintática semelhante à de Cesário, com frases curtas, nominais e paratáticas: *rio, ponte, bando de aguazis; largo, fileira de baiúcas, cigarro aceso, fumo no nariz, companhia; cidade, moças, cara, pés; coifas, marquês, Badajoz.* Trata-se de uma descrição objetiva, em sua maioria, e racional, pois vai sempre do particular para o geral.

Do Romantismo, este poema mostra uma visualidade metaforizada:

VENTURA

O sol na marcha luminosa voa
Lançando à terra majestoso olhar;
Passa cantando quem o ar povoa,
E a praia abraça venturoso o mar.

No bosque o vento doce canto entoa,
Ouvem-se em coro as multidões cantar;
Que a um só triste o coração lhe doa,
Que eu seja o único a sofrer, penar!

Por ti, saudade ... de quem vai tão perto
E a quem dos olhos e das mãos perdi
Neste tão ermo, lúgubre deserto!

Por ti, ventura ... que uma vez senti;
Por ti que às vezes a meu peito aperto
E ... o peito sem te ver a ti!

João de Deus [21]

O poema acima reflete a estética romântica, cuja dominante é a música, daí a visualidade ser impregnada do aspecto sonoro e sempre se apresentando como uma possibilidade de comparação ou de construção de

[21] (Moisés 1984: 114)

uma metáfora. Assim podemos observar: *O sol na marcha luminosa voa* ..., (tem) *majestoso olhar, passa cantando*, enquanto *no bosque o vento doce encanto entoa*, etc.

A leitura do verso *No **bosque** o **vento** doce **canto entoa*** nos apresenta a visualidade "sonora", já que *doce canto entoa* como que nos sugere um encantamento: um doce encanto (Doce CANto ENTOa). É, acima de tudo, uma imagem sonora: *bosque, vento, canto*).

Os poemas selecionados apresentam uma relação entre mundo exterior e mundo interior, entre o objetivo e o subjetivo, cujo elo de ligação são imagens visuais. É o texto escrito que mostra o que foi visto por meio de palavras, que, articuladas, produzem frases, cuja sintaxe se faz pelo aspecto semântico, a "passagem da coisa vista à coisa escrita" (Leenhardt 1996: 50), ou seja, a leitura dos poemas selecionados parte da *coisa escrita que foi vista*. Não temos documentos que provam o que foi visto, mas julgamos que ele é resultado do olhar para a realidade, ou, também, pode ser apenas imagens no sentido de representações mentais (visões, fantasias, imaginações, esquemas, modelos), ou seja, elementos do real que vêm do mundo ficcional que se forma com as palavras.

Ideograma, montagem: a palavra-imagem

Apresentamos a poesia portuguesa num panorama de seis poemas, que abrangeram seis períodos literários e autores diferentes, com o objetivo de mostrar que a visualidade acompanha Portugal e que ela se faz através das palavras-imagens que se apresentam num processo simultâneo de montagem verbal e visual.

Grande parte de nossa análise manteve-se dentro de uma leitura de palavras-imagens, aquilo que Haroldo de Campos chama de "o método ideogrâmico de compor" descrito por Fenollosa e por ele equiparado à "metáfora": o uso de "imagens materiais" para sugerir "relações imateriais", ou, como quer Eisenstein, a passagem do "pensamento por imagens" ao "pensamento conceitual". (Campos 1986: 41)

Grande parte dos textos analisados obedeceu a esse "pensamento por imagens" que ocorre na poesia pré-visual portuguesa e que nos leva a uma análise, a uma leitura no plano semântico, no plano das palavras.

Modesto Carone Neto, quando analisa a obra de Georg Trakl (1887-1914), poeta austríaco, aborda a questão da metáfora e da montagem: a junção de imagens de imagens da poesia de Trakl levou o estudioso a um mosaico de citações, que o fez adotar a montagem eisensteiniana. Dessa forma, ele chegou à conclusão que a montagem , em Trakl, deve ser entendida ao pé da letra, como um processo que leva o poeta a constituir o seu produto na base de junção de imagens descontínuas, ou seja, como as imagens individuais da obra trakliana estão relacionadas umas com as outras (Carone Neto 1974: 15). Daí a relação: as imagens isoladas do poema se comportam como as "tomadas" ou os fotogramas montados num filme, articulando planos e cenas cujo significado seria aferível pela forma em que essas unidades colaboram ou colidem umas com as outras na consciência de quem lê o poema (como ocorre na mente de quem vê o filme). [22]

Trata-se do que Eisenstein definiu como *montagem*:

> *Esta propriedade consiste no fato de que* dois pedaços de filme de qualquer tipo, colocados juntos, inevitavelmente criam um novo conceito, uma nova qualidade, que surge da justaposição. *Esta não é, de modo algum, uma característica peculiar do cinema, mas um fenômeno encontrado sempre que lidamos com a justaposição de dois fatos, dois fenômenos, dois objetos. Estamos acostumados a fazer, quase que automaticamente, uma síntese dedutiva definida e obtida quando quaisquer objetos isolados são colocados à nossa frente lado a lado. (...) Essa tendência a juntar numa unidade dois ou mais objetos ou qualidades independentes é muito forte, mesmo no caso de palavras isoladas que caracterizam diferentes aspectos de um único fenômeno.* (Eisenstein 1990: 14)

A análise que fizemos dos poemas portugueses se mostra semelhante aos princípios cinematográficos e à estrutura do ideograma, conforme Eisenstein, ao falar do hieróglifo *huei-i*: a questão é que a cópula (talvez fosse melhor dizer a combinação) de dois hieróglifos da série mais simples não deve ser considerada como uma soma deles e sim como seu produto, isto é, como um valor de outra dimensão, de outro grau; cada um deles, separadamente, corresponde a um objeto, a uma fato, mas sua combinação corresponde a um *conceito*. (Eisenstein 1986: 167)

[22] Carone Neto 1974 : 15.

É dessa forma que cada imagem-verso ou imagem-palavra funciona como frases de montagem. Séries de tomadas. A simples combinação de dois ou três pormenores de tipo material produz uma representação perfeitamente acabada de uma outra espécie – psicológica. (idem: 170)

Um conceito de Jakobson, que estuda a relação entre a gramática da poesia com arte verbal ou ficção lingüística, pode ser colocado como uma variante de *montagem*:

> *A justaposição de conceitos gramaticais contrastantes pode ser comparada ao chamado "corte dinâmico", utilizado na montagem cinematográfica, um tipo de corte em que, na definição de Spottiswoode, por exemplo, a justaposição de tomadas ou seqüências contrastantes é utilizada por suscitar idéias na mente do espectador, idéias que não são veiculadas por cada tomada ou seqüência em si. (Jakobson 1970: 74)*

O conceito de montagem aplicado à linguagem literária nos ajuda a ler um poema, como se utilizasse as imagens de forma semelhante à da montagem cinematográfica. É a partir desse enfoque que podemos afirmar que a poesia de Cesário Verde se apresenta como uma montagem cinematográfica eisensteiniana *avant la lettre*.

A leitura de um poema português pode facilitar a compreensão do nosso ponto de vista:

ROSA MÍSTICA

Do por do sol àquela luz sagrada,
Eu perdia-me ... ó hora doce e breve! ...
Meu peito junto ao seu colo de neve,
- Numa contemplação vaga e elevada.

Nossas almas se erguiam, como deve
Erguer-se uma alma à luz afortunada.
Do mar se ouvia a grande voz chorada.
- Palpitavam as pombas no ar leve.

Eu então perguntei-lhe, baixo e brando:
Em que mundo de luz é que caminhas?
Que torre está tua alma arquitetando? ...

- Ela, travando as suas mãos das minhas,
Me disse, ingênua, então: - Estou cismando
No que dirão, no ar, as andorinhas.

Gomes Leal [23]

O poema é composto de algumas imagens-versos que podem ser *frases de montagem, série de tomadas*:

A) POR DO SOL B) LUZ SAGRADA C) MEU PEITO + COLO DE NEVE

As cores que surgem das imagens (vermelho, amarelo, branco) conduzem ao significado de *contemplação*. O significado se constrói com as imagens que surgem das palavras (plano semântico), ao invés de ser construído por meio de frases (plano sintático). No plano semântico, o visual determina a preponderância sintática, ao invés do verbal.

Uma outra seqüência imagética pode ser:

D) ALMAS QUE SE ERGUEM E) A VOZ CHORADA DO MAR F) AS POMBAS NO AR LEVE

A relação com as *almas* se faz pela comparação com *a voz chorada do mar* e estabelece uma leveza por meio de *pombas no ar*. Toda a construção se faz por comparações, que se utilizam de imagens visuais. O verso *Que torre está tua alma arquitetando?* é um exemplo da relação metafórica visual com o verbal: *torre, alma, arquitetando*. É uma tentativa de explicar uma idéia abstrata por meio de uma imagem que é facilmente evocável, visualizável, de fácil entendimento. Da descrição com alguma fragmentação lógica ou imagética percebemos um *clima místico*.

A poesia de Camilo Pessanha é mais um exemplo: a descrição dos elementos da realidade se juntam como frases de montagem, em série de tomadas, em que a visualidade se faz também pela sonoridade.

Singra o navio. Sob a água clara
Vê-se o fundo do mar, de areia fina ...
- Impecável figura peregrina,
A distância sem fim que nos separa!

---

[23] (Moisés 1984: 175)

Seixinhos da mais alva porcelana,
Conchinhas tenuamente cor-de-rosa,
na fria transparência luminosa
Repousam, fundos, sob a água plana,

E a vista sonda, reconstrui, compara.
Tantos naufrágios, perdições, destroços!
- Ó fúlgida visão, linda mentira!

Róseas unhinhas que a maré partira ...
Dentinhos que o vaivém desengastara ...
Conchas, pedrinhas, pedacinhos de ossos ...

(Pessanha s.d.: 82)

O sentido do soneto é construído através da descrição que mostra imagens, de certa forma desconexas. Parece como um olhar à esmo: *navio, água clara, fundo do mar, areia fina*. *Impecável figura peregrina* e *distância* se contrapõem ao que o eu-poético vê da proa do navio: um mar límpido, transparente e cristalino.

Novo grupo de imagens visuais – *seixinhos* alvos, *conchinhas cor-de-rosa*, que permitem uma sintaxe, ao nível das palavras, com *sonda*, reconstrução, comparação: *naufrágios, perdições, destroços*. As palavras nomeadoras da realidade (os nomes, os substantivos) é que conformam o visual e permitem a formação de uma sintaxe verbo-visual.

Na estrofe 1, as imagens *singra o navio*, *água clara*, *fundo do mar* e *areia fina*, que são elementos exteriores ao eu-poético, se opõem ao subjetivo que o poema perpassa: *impecável figura peregrina*, *distância sem fim*, que engloba o significado de *separação*.

A correspondência entre a poesia e a pintura, bem como entre as outras artes é um fato que tem ocorrido em diversos tempos e países. Wellek e Warren afirmam que, por vezes, a literatura tem tentado, por forma definida, alcançar os efeitos da pintura – tornar-se pintura com palavras –, ou atingir os efeitos da música – transformar-se em música. (Wellek e Warren s. d.: 154).

Podemos associar essa busca de correspondência de que a poesia tem se valido com o que Roland Barthes chama de função utópica da literatura:

Desde os tempos antigos até as tentativas da vanguarda, a literatura se afaina na representação de alguma coisa. O quê? Direi brutalmente: o real. O real não é representável, e é porque os homens querem constantemente representá-lo por palavras que há uma história da literatura. Que o real não seja representável – mas somente demonstrável – pode ser dito de vários modos: que o definamos, com Lacan, como o impossível, *o que não pode ser atingido e escapa ao discurso, quer se verifique, em termos topológicos, que não se pode fazer coincidir uma ordem pluridimensional (o real) e uma ordem unidimensional (a linguagem). Ora, é precisamente a essa impossibilidade topológica que a literatura não quer, nunca quer render-se. Que não haja paralelismo entre o real e a linguagem, com isso os homens não se conformam, e é essa recusa, talvez tão velha quanto a própria linguagem, que produz, numa faina incessante, a literatura.* (Barthes 1995: 22)

Para Décio Pignatari, que aborda o verbal e o não verbal na estrutura das frases, é preciso compreender que os universos verbal e icônico não são fungíveis ou reversíveis. Na conversão de um ao outro, algo se perde e algo se ganha, daí resultando, continuamente, um significado em busca de significado. Duas enfibraturas distinguem esses dois mundos, para resumir: o paratatismo e o paramorfismo, do lado do icônico: o hipotatismo e o metonismo (se assim pudermos dizer), do lado do verbal. É neste que se funda a hierarquia lógica ocidental: orações principais e secundárias (subordinadas); é naquele que se baseia o oriente dos signos e das artes: todas as orações são principais (coordenadas). Ainda mais: eliminando o verbo ser, o sistema verbal entra em parafuso, rumo ao não-verbal. (Pignatari 1995:77-78)

O *paratatismo* é a parataxe (construção de frases por meio de orações coordenadas, sem o uso de conectivos) que o soneto camoniano que analisamos anteriormente apresenta, por exemplo: *O céu, a terra, o vento sossegado; / as ondas, que se estendem pela areia; os peixes, que no mar o sono enfreia; /o nocturno silêncio repousado* ... O *paramorfismo* refere-se a formas paralelas, em planos, que se mostram mais próximas do visual, num jogo de simetria e assimetria.

Embora Pignatari se proponha a diferenciar a poesia da prosa (literatura) do século XX, podemos afirmar que Cesário Verde pode ser visto como um precursor do não-verbal na poesia por meio da construção de textos pelo paratatismo e paramorfismo? Numa reflexão a partir do que vimos até o presente momento, o texto de Pignatari nos indica um caminho que pode se apresentar como elementos estruturais comuns entre a poesia e a pintura.

A IMAGEM DA LINGUAGEM: O PICTÓRICO NO POÉTICO

A relação entre imagens, o verbal analógico que se relaciona também por imagens, por frases paratáticas, nominais, e/ou mesmo verbais, ou até por palavras – foi esse o percurso que nos levou à pintura como parâmetro para uma poesia pré-visual, localizada na segunda metade do século XIX. Nessa relação resgatamos os conceitos de ideograma de Fenollosa e de montagem de Eisenstein para aplicá-los à poesia de Cesário. Ainda entre palavra e imagem, pudemos acrescentar o conceito de gramática da poesia (ficção lingüística, ou arte verbal) de Jakobson. Esse conjunto de conceitos pôde ser aplicado a dois poemas portugueses.

A visualidade na poesia se apresenta em três principais tipos de ocorrência. A visualidade que, independentemente do sentido da visão, é estimulada pelas palavras e se forma na "mente", havendo aí a intenção de se obter o efeito. A visualidade que, independentemente de propósito, intenção, persecução do poeta, configura-se com a forma escrita. E a visualidade gráfica, que entra como propósito do poeta. (Khouri 1996: 80)

O nosso estudo se enquadra no primeiro tipo de visualidade: independentemente do sentido da visão, é estimulada pelas palavras e se forma na "mente". Eis um outro ponto de vista que corrobora nossa análise:

> *É evidente que, quando se fala da "imagem" criada por um poema, o que se tem em mente é o efeito específico de uma modalidade específica de organização verbal: esta, captada pelo olho ou pelo ouvido, é capaz de produzir no leitor vivências de natureza visual, que não devem, entretanto, ser confundidas com as percepções ópticas de objetos do mundo físico.* (Carone Neto 1974: 69-70)

É preciso distinguir a visualidade-em-palavras sob mais um aspecto. Mallarmé já se utilizava do espaço em branco da folha de papel, entre outras coisas, embora a sua poesia pertença ao século XIX. Georg Trakl e Ezra Pound apresentam uma visualidade que, embora com palavras, são o resultado de um aproveitamento da técnica cinematográfica com a qual conviveram, como é o caso de Oswald de Andrade, Manuel Bandeira e Alcântara Machado no Brasil. Em Cesário Verde e em Augusto dos Anjos, por exemplo, como em Edgard Allan Poe, a visualidade é ainda presa na estrutura da poesia do século XIX (ritmo, rima, métrica, forma de soneto, etc.) e se faz dentro da construção sintática da frase, paratática, nominal ou não. Ela é resultado da adoção da estética realista, do procedimento científico aplicado à literatura e à poesia, da assimilação da técnica pictórica impressionista para expressão artística na poesia, da fragmentação analógica que a Revolução Industrial trouxe ao homem do século XIX, entre outras coisas.

O conceito de fanopéia de Pound também nos auxilia a compreender a poesia de Cesário através da sua visualidade, que aponta para a pintura, para o cinema e para a fotografia: é uma atribuição de imagens à imaginação visual (Pound 1991: 37), projeção de uma imagem na retina mental (Pound 1990: 53) que vem acompanhada de maior tendência à precisão absoluta das palavras (idem: 39), ou seja, projeção de um objeto (fixo ou em movimento) na imaginação visual (idem: ibidem).

É, de certa forma, o mesmo que imagem literária. Uma diferença significativa é que a imagem literária se faz por meio de uma espécie de comparação, que se constrói através da linguagem conotativa ou figurada, enquanto que a fanopéia poundiana é construída por uma projeção de uma imagem na retina mental; vale dizer que a fanopéia representa aquilo que temos em nossa imaginação, no que se refere a uma imagem, seja real ou não.

Outro enfoque que engloba a visualidade, a imagem e a pintura, sob um outro ângulo é o que Jakobson chama de equação metafórica:

> *Em poesia, as equações verbais são elevadas à categoria de princípio construtivo do texto. As categorias sintáticas e morfológicas, as raízes, os afixos, os fonemas e seus componentes (traços distintivos) – em suma, todos os constituintes do código verbal – são confrontados, justapostos, colocados em relação de contigüidade de acordo com o princípio de similaridade e de contraste, e transmitem assim uma significação própria. A semelhança fonológica é sentida como um parentesco semântico.* (Jakobson 1975:72)

Em outro enfoque, o mesmo Jakobson afirma que, em poesia,

> *não apenas a seqüência fonológica, mas, de igual maneira, qualquer seqüência de unidades semânticas, tende a construir uma equação. A*

similaridade superposta à contigüidade comunica à poesia sua radical essência simbólica, multíplice, polissêmica, belamente sugerida pela fórmula de Goethe, Alles Vergängliche ist nur ein Gleichnis *("Tudo quanto seja transitório não passa de símbolo"). Dito em termos mais técnicos: tudo quanto é transitório é um símile. Em poesia, onde a similaridade se superpõe à contigüidade, toda metonímia é ligeiramente metafórica e toda metáfora tem um matiz metonímico.* (idem : 149)

Jakobson estuda a relação entre poesia e pintura através da Lingüística (Jakobson 1970: 65-79). Falando de seqüências lingüísticas (Edward Sapir), chega ao conceito de ficções lingüísticas (Jeremy Bentham): esclarece que as ficções lingüísticas não devem ser confundidas com realidades nem ser atribuídas à imaginação criadora dos lingüistas; ao contrário, devem sua existência, efetivamente, apenas à língua e, particularmente, à forma gramatical do discurso. O procedimento descritivo da gramática leva Jakobson ao conceito de arte verbal: Até que ponto o pensamento científico pode superar a pressão dos padrões gramaticais? Independentemente da solução que se encontre para questões ainda tão controvertidas, existe certamente um domínio da atividade verbal, no qual as "regras classificatórias do jogo" (Sapir) adquirem sua significação mais importante – é na FICÇÃO, na arte verbal, que as FICÇÕES LINGÜÍSTICAS se realizam plenamente. (idem: 68)

A outros resultados chega a reflexão de Jakobson sobre a poesia da gramática e a gramática da poesia:

Pode-se afirmar que na poesia a similaridade se superpõe à contigüidade e, assim, a equivalência é promovida a princípio constitutivo da seqüência. Nela toda reiteração perceptível do mesmo conceito gramatical torna-se um procedimento poético efetivo. Uma descrição não-apriorística, atenta, exaustiva, completa, dos processos de seleção, distribuição e inter-relacionamento das diferentes classes morfológicas e das diferentes construções sintáticas presentes em um dado poema surpreende até mesmo o investigador que a realiza. Surpreendem-no simetrias e anti-simetrias inesperadas, notáveis, as estruturas balanceadas, a acumulação eficiente de formas que se equivalem e contrastes que sobressaem e, finalmente, as eliminações, conseqüentes e severas restrições no repertório dos constituintes morfológicos e sintáticos usados no poema, as quais permitem, por outro lado, acompanhar a hábil integração dos constituintes nele realizados. (idem: 72-73)

> *(...) há uma analogia notável entre o papel da gramática na poesia e a composição pictórica baseada numa ordem geométrica latente ou manifesta e a que se baseia numa reação contra a disposição geométrica.* (idem: 75)

Em *Poética em Ação* (1990), Jakobson estuda a arte verbal dos pintores William Blake, Henri Rousseau e Paul Klee.

O poema de William Blake sob análise é *Infant Sorrow*, sobre o qual Jakobson afirma que faz-se conveniente reformular a extraordinária analogia entre o papel da gramática em composição poética e pictórica baseada numa ordem geométrica latente ou patente, ou numa reação contra arranjos geométricos:[24] especialmente as palavras-título, as orações principais e os motivos proeminentes que fazem os dísticos externos divergentes sobressair em relação aos conteúdos acessórios e subordinados dos dísticos internos adjacentes, muito semelhantes aos traços do pano de fundo em uma perspectiva pictórica (Jakobson 1990: 132-133). Jakobson, através de uma análise minuciosa, observa a geometrização, a simetria na obra verbal, de certa forma obedecendo a obra pictórica. Trata-se de poesia ilustrada da maneira como Blake costumava fazer: a ilustração faz parte do texto, nele se insere como tema e como composição.

O segundo texto é de Henri Rousseau: uma espécie de legenda explicativa para o quadro *O Sonho*, de 1910, organizada em uma única estrofe de oito versos. Esse poema apresenta a mesma simetria e geometricidade da obra pictórica: as figuras pictóricas em primeiro plano são traduzidas no poema pela disposição dos dísticos externos divergentes, ao passo que as figuras em segundo plano, que foram puxadas para cima e diminuídas no quadro, produzem sujeitos subordinados alocados nos dísticos internos convergentes do octastíquio. (idem: 140).

O terceiro texto é um octastíquio de Paul Klee, pintor que criava poesias de uma maneira peculiar: sem qualquer disposição vertical dos versos, mas com uma clara divisão rítmica em oito versos de dois hemistíquios. Após análise minuciosa, Jakobson conclui que, no poema de Klee, um esquema puramente metafórico e espacial de cunho bíblico está subjacente a todo o poema (idem: 145).

---

[24] Em *Poética em ação*, Jakobson pede para confrontar essa opinião com o seu ensaio "Poesia da gramática e gramática da poesia" (Jakobson 1970: 65-79).

Os textos de Jakobson estabelecem relações entre poesia e pintura através das suas formas: a geometria da pintura e do verso, a simetria das construções gramaticais, a disposição de palavras-chave ao longo do poema e que denota um "desenho" que aponta para a pintura. Trata-se de um percurso da Lingüística para a Semiótica da Cultura e para as Artes Plásticas, indicando a interdisciplinaridade do analista.

Os três pintores-poetas (Blake, Rousseau e Klee) criam poemas sob o prisma da pintura, que é arte mais desenvolvida em cada um deles. O estudo de Jakobson representa uma análise singular que alia Lingüística e Artes Plásticas, procurando apresentar a estreita relação entre uma estrutura lingüística simétrica e regular na arte verbal e uma atitude estética semelhante na arte pictórica. Esta relação parece ser um aspecto a ser explorado no estudo das relações entre códigos artísticos diferentes.

Essa análise leva o autor a uma conclusão que também nos interessa:

> *Se a pintura é um pôr em forma material visual com valor autônomo, se a música é o pôr em forma material sonoro com valor autônomo, e a coreografia material gestual com valor autônomo, então a poesia é o pôr em forma a palavra com valor autônomo, a palavra "autônoma", como diz Khliébnikov. A poesia é a linguagem em sua função estética. (Jakobson in Barbosa 1990: XVI)*

O espaço na poesia e na pintura através do ponto de fuga é a antologia organizada por Marshall McLuhan e Harley Parker (1975)[25], que analisa poemas e pinturas, de várias épocas e países, usa do método do ideograma chinês estabelecido por Fenollosa e do conceito de montagem de Eisenstein para estabelecer o que os autores chamam de "modo de justapor uma poesia a uma pintura" para "iluminar o mundo do espaço verbal por intermédio de um entendimento de espaços tal como foram definidos e explorados pelas artes plásticas". (McLuhan e Parker 1975: 1).

O estudo que busca ser um diálogo entre as formas e qualidades diferentes das artes irmãs poesia e pintura prescinde de argumentos a favor, entretanto, trata-se de um diálogo que tem sido raramente posto

[25] A primeira ediçào em língua inglesa é de Nova Iorque em 1968, enquanto que a primeira em português é de 1975.

em prática, sobretudo contendo referências particulares. Tem havido de tempos em tempos alguma especulação em termos de *ut pictura poesis*. A vantagem de utilizar duas artes, tanto a poesia como a pintura, simultaneamente, é que a primeira permite uma viagem para dentro da aparência das coisas e a segunda uma jornada para fora da aparência das coisas. A continuidade do relacionamento e do diálogo das artes irmãs forneceria um precioso meio para educar a percepção e a sensibilidade (idem: 1-2).

Justapor uma poesia a uma pintura, iluminar o mundo do espaço verbal por intermédio de um entendimento de espaços tal como foram definidos e explorados pelas artes plásticas – essas são as propostas dos autores, o que de certa forma vem ao encontro do conceito eisensteiniano de montagem, do ideograma chinês de Fenollosa, e da fanopéia poundiana.

A antologia de McLuhan e Parker faz uma análise, também, da "diferenças entre o estilo ilustrativo e o imaginativo na arte e na poesia" (idem: 2).

O sentido da palavra *ponto de fuga*, que é um termo técnico em desenho e pintura, ajuda a entender a estrutura do livro: a extremidade do raio que vai dos olhos do espectador até o horizonte, qualquer que seja a altura, o ponto de intersecção de todas as retas perpendiculares ao quadro (Bellangen 1978: 143). Ou através de um exemplo: suponhamos que vários objetos, colocados num plano perpendicular à linha do horizonte, se põem em marcha e se afastam de nós, gradualmente; o ponto comum para o qual se dirigem e onde vão encontrar-se será, precisamente, o *ponto de fuga* principal (idem: 143-144). Aplicando esse significado ao livro, podemos afirmar que os autores procuraram o espaço da poesia e da pintura através do ponto de intersecção entre as duas artes. Para eles, a poesia *permite uma viagem para dentro da aparência das coisas*, enquanto que a pintura é *uma jornada para fora da aparência das coisas. Para fora* e *para dentro* podem significar o objetivo e o subjetivo, que nos interessa para ajudar a entender a poesia realista impressionista. Dessa antologia poético-pictórica, escolhemos o poema *Londres*, de William Blake[26] e o comentário dos autores.

[26] William Blake (1757-1827) foi um pintor e poeta inglês, que costumava vincular uma ilustração aos seus poemas, como é caso de *London* (Gower 1996: 126).

LONDRES
William Blake

Erro por cada rua oficial,
Próximo à corrente do Tâmisa oficial,
E marcas encontro em todo rosto,
Marcas de debilidade, marcas de desgosto.

Em todo grito de todo homem,
Em todo choro de criança pelo medo provocado,
Em toda voz, em toda imprecação,
O som das cadeias que tolhem a alma escuto;
Como o lamento do limpa-chaminés
Toda capela escura molesta,
E o suspiro de desventura do soldado
Os muros do palácio como sangue infesta.

Mas acima de tudo, à meia noite nas ruas ouço
Como o impropério da jovem rameira
Faz secar o pranto do recém-nascido,
E cobre de pragas a grinalda nupcial.[27]

A doença e o contágio como avanços naturais
de um mundo de papel carbono.

O oficial, o artificial, contraponteia com o mundo natural da inocência.
Num esboço anterior:

"Erro por cada rua suja,
Próximo à corrente do Tâmisa sujo,
E marcas encontro em todo rosto,
Marcas de debilidade, marcas de desgosto."

A substituição para "oficial" constitui uma mudança do simplesmente descritivo para a montagem e a transparência.

Troca-se o espaço de um só nível pelo espaço de múltiplos níveis.

(idem: 128-129)

[27] Caso seja do interesse do leitor, o poema em inglês e sua ilustração pode ser encontrados em Gower 1996: 127.

O poema de Blake tem aspectos visuais que se mostram por meio de uma deambulação pela cidade. com algumas semelhanças com Cesário Verde: *rua, corrente do Tâmisa, marcas, rosto, grito, homem, choro de criança, voz, som das cadeias, lamento do limpa-chaminés, capela escura, soldado, meia-noite, jovem rameira*, e assim por diante.

Contudo, o caráter descritivo do poema se prende a uma posição do eu-poético, que se compadece dos pobres que trabalham ou perambulam pelas ruas londrinas: *o impropério da jovem rameira, o pranto do recém-nascido, o suspiro de desventura do soldado*, etc.

McLuhan e Parker analisam o espaço comum entre o poema e a Revolução Industrial. Nos pares de páginas seguintes, a pintura *Fundições em Coalbrookdale*, de Pierre Jacques de Loutherbourg, de certa forma complementa a leitura "espacial" sobre o surgimento da indústria como modificadora da paisagem natural... paisagem natural, um aspecto que a poesia de Blake prenuncia.

A procura de elementos estruturais comuns entre as diferentes formas de arte é o estudo do russo Boris A. Uspênski, que buscou abranger a relação entre poesia e literatura em modelos estruturais amplos e aplicáveis às mais diferentes obras literárias e artísticas [28], sob o título de "Elementos estruturais comuns às diferentes formas de arte. Princípios de organização da obra em pintura e literatura" (Uspênski 1979: 163-218)[29]:

a) O autor procura observar a obra de arte a partir de *planos*, com o objetivo de obter as informações que pretende. Os pontos de vista interno e externo representam a linha mestra da análise. Eles indicam a relação entre quem vê e quem é visto, quem é sujeito e quem é objeto.
b) No *plano da avaliação*: verifica-se aquele por cujo ponto de vista são avaliados os acontecimentos narrados.
c) No *plano da fraseologia*: observa-se o emprego, no discurso do autor, de umas palavras estranhas, tanto no plano do discurso do autor

[28] Fizemos um estudo de *Cristalizações*, abordando a teoria de Uspênski.
José Leite de Oliveira Júnior, em dissertação de mestrado na Universidade Estadual do Ceará (1992), abordou o pictórico no romance *Luzia-Homem*, de Domingos Olímpio, sob a ótica de Uspênski.

[29] Lemos o texto inserto na coletânea *Semiótica Russa*, organizada por Boris Schnaiderman (1979). Tempos depois, encontramos *A Poetics of Composition: The Structure of the Artistic Text And Typology of a Compositional Form* (Uspensky 1983), na qual se encontra o artigo sob estudo.

(formas de discurso indireto livre, monólogo interior, etc.), quanto no plano do discurso da personagem.

d) No *plano da característica espaço-temporal*: atenta-se para a predominância do espacial ou do temporal:

I - no *plano da característica estritamente espacial*: observar a coincidência de posição de quem descreve com a posição de uma ou outra personagem, o que denota a utilização de um ponto de vista interno (em relação a uma dada personagem), enquanto a ausência de tal coincidência (em particular, nos casos já considerados de "retrospecto sucessivo", "cena muda", do ponto de vista de um *vol d'oiseaux* etc.) revela o emprego de uma posição externa.

II - no *plano da característica estritamente temporal*: a utilização de um ponto de vista interno no caso em que, por exemplo, a posição temporal do narrador está em sincronia com o tempo descrito (ele conduz seu relato como que partindo da ação "presente" dos participantes), ou então quando o ponto de vista externo é apresentado graças a uma posição retrospectiva do autor (com a qual este comunica algo que as personagens ainda não podem conhecer: nesse caso o relato é visto não pelo ponto de vista do "presente" delas, mas sim de seu "futuro".

e) No *plano da psicologia*: o ponto de vista a partir de dentro (que pressupõe a descrição do estado interior da personagem) e o ponto de vista a partir de fora, ou seja alheio, que se utiliza da posição de um observador externo (e que pressupõe, pelo contrário, a ausência de uma descrição do estado íntimo da personagem.

f) *"molduras" do texto artístico* – Outra forma de análise tem como ponto de apoio o problema das *molduras do texto artístico*, isto é, as fronteiras da obra artística nas diferentes esferas semióticas, através das quais assumimos o papel de observador alheio, inicialmente, para, através da familiarização com o mundo especial da obra de arte, adotarmos um ponto de vista interno, em relação a uma determinada obra. Trata-se, portanto, do processo da passagem do mundo real para o mundo representado. Na perspectiva de Uspênski, o problema apresenta-se como puramente composicional.

O autor, mesmo tratando das molduras do texto artístico, não define o que é texto artístico no capítulo sob estudo. Esse conceito aparece em outro ensaio, que trata da Semiótica da Arte: uma obra de arte é um texto "composto de símbolos a que cada um atribui por sua conta e risco um conteúdo." (Uspenskii 1981: 32). Logo, *obra de arte* é um termo que abrange as mais diferentes manifestações artísticas, e torna-se sinônimo de *texto artístico*.

Quanto às *molduras*, os problemas do começo e do fim são de grande relevância, de um modo geral, para a formação de um sistema de cultura, ou seja, de um sistema geral de representação semiótica da percepção do mundo (ou, mais precisamente: de um sistema de correlação semiótica da experiência coletiva e individual). Ademais, existem culturas que têm marca especial do fim (escatológicas), sistemas cíclicos, etc.

Para as artes plásticas, as "molduras" são "os limites do quadro, designados diretamente (em particular, sua moldura propriamente dita), ou especiais formas composicionais, elas organizam a representação e lhe conferem um significado semiótico.

Uma transcrição nos ajuda a entender com mais clareza a questão: "Note-se que, de modo geral, as molduras do quadro (e antes de mais sua moldura propriamente dita) pertencem, por obrigação, justamente ao espaço do observador externo (ou seja, o espectador que olha para o quadro e que ocupa, naturalmente, uma posição externa em relação à pintura), e não ao espaço tridimensional imaginado, representado no quadro. Quando nós entramos, mentalmente, neste espaço imaginado, esquecemos as molduras, assim como nos esquecemos da parede sobre a qual está afixada o quadro. (Justamente por isso, aliás, a moldura do quadro pode ser decorativa e ter sua própria representação.) As molduras marcam uma fronteira entre o mundo exterior (em relação ao quadro) e o mundo interior do quadro." (idem: 179)

Na literatura, as molduras também existem e se configuram como abertura e encerramento de uma narrativa, na qual o foco narrativo muda, por exemplo, do narrador-personagem para a do narrador-observador.

Os exemplos do teórico russo referem-se aos "começos" e "fechos" dos contos maravilhosos, e o fato da constatação do milagre na *bilina*[30] ou no conto maravilhoso ocorrer, habitualmente, só no começo da narração." Para o primeiro caso, as frases que incluem o narrador na história não

30 As *bilinas* são canções heróicas medievais russas.

destroem a narração, mas a terminam: são indispensáveis justamente como final do conto, que se encerra na passagem entre o ponto de vista interno e o externo (da vida do conto para a vida cotidiana). Para o segundo caso, o próprio caráter incomum do milagre só pode ser constatado a partir de uma posição em princípio externa em relação à narração.

A alternância dos pontos de vista interno e externo em função das "molduras" pode ser observado em todos os níveis da obra artística.

Essas mudanças de pessoas do verbo, e também de ponto de vista, permitem ampliar a visão que o leitor terá dos personagens da narrativa, por exemplo.

A existência de moldura pode abranger o texto todo, parte dele, em grau crescente, de tal forma que pode se tornar microdescrições, micronarrativas, etc.

g) alguns princípios de representação do "*fundo*" em relação ao *primeiro plano* – Tanto na pintura como na literatura, e também em outras artes, as diferenças entre fundo e primeiro plano representam uma reflexão para Uspênski, uma espécie de ampliação do conceito de ponto de vista (interno e externo).

Uspênski estabelece um paralelo direto da pintura com a composição literária: "Tal como o fundo, no quadro medieval, pode contrastar com as figuras do plano anterior, uma vez que ele é dado por um ponto de vista em princípio diferente, ou, mais exatamente, por um ponto de vista bem mais alto – assim, na obra literária (...), um tipo de descrição universal em que a posição do observador seja bastante elevada, pode ser contraposto composicionalmente a uma descrição mais detalhada, que possua tipos mais especiais de ponto de vista. É característico que tanto num caso quanto no outro o ponto de vista do *vol d'oiseau*[31] se manifesta na periferia da obra." (idem: 196)

Quanto aos *planos da composição pictórica*, Uspênski aponta os seguintes:

I - combinação de uma representação em perspectiva (isto é, construída de acordo com as regras da perspectiva linear clássica) com outra que não o é, a fim de se obter uma contraposição de diferentes planos nos quadros;

[31] A expressão *à vol d'oiseau*, uma locução adverbial, em francês tem o sentido de: em linha reta; por alto; de relance.

II - muito freqüentemente a representação no fundo no quadro pode ser compreendida como um certo gênero de *quadro dentro de um quadro*, ou seja, uma representação independente, construída de acordo com suas regras especiais;

III - o fundo do quadro (e sua periferia em geral) pode ser transmitido de certa maneira especial como "representação na representação" e, correspondentemente, no quadro podem ser destacadas formalmente certas figuras que têm relação com o fundo da obra e, *grosso modo*, todas as possíveis figuras secundárias – figuras essas que desempenham o papel de "comparsas";

IV - na literatura, a presença dos "comparsas" surge no plano posterior da narrativa e sua descrição é feita não como pessoas, mas como marionetes, ou seja, ocorre o mesmo procedimento da "representação na representação";

V - na representação do fundo (e das figuras do fundo), tanto nas artes plásticas quanto em literatura, pode ser aplicado o princípio da "representação na representação". Em outros termos, ocorre aqui uma amplificação do caráter sígnico da descrição (da representação). A descrição se apresenta não como signo de uma realidade a ser representada (como no caso das figuras centrais), mas como signo do signo da realidade. Pode-se igualmente dizer que neste caso tem lugar uma intensificação do convencional da descrição. As figuras centrais (figuras do plano anterior) opõem-se respectivamente às figuras secundárias pelo princípio da menor signicidade (convencionalidade) relativa de sua descrição;

VI - É bastante característica a semelhança de procedimentos formais no que se refere à representação do fundo e das molduras na obra de arte – semelhança essa que se observa nas formas mais diversas de arte. Uma semelhança igual pode ser descoberta também nas obras literárias, graças à contraposição da descrição externa (característica tanto do fundo quanto das molduras da narração) e da interna.

Como observação, Uspênski afirma que a "posição de um autor pode ser fixada de modo mais ou menos nítido numa obra literária – aí surge uma analogia imediata com o sistema de perspectiva direta na pintura. Neste caso é legítimo perguntar-se onde estava o autor no momento dos acontecimentos descritos e de onde ele conhece a conduta das personagens (em outros termos, trata-se da questão da confiança no autor, por parte do leitor) – exatamente como, na representação em perspectiva, é possível adivinhar-se o lugar do pintor em relação ao acontecimento descrito." (idem: 213)

Pontos de vista, planos (de avaliação, da fraseologia, da característica espaço-temporal e da psicologia), molduras, fundo e primeiro plano - tudo isso permitiu a Uspênski olhar a obra de arte russa sob novos ângulos e possibilitou a criação de uma teoria que pode ser aplicada às mais diversas manifestações artísticas, por intermédio da procura de elementos estruturais da literatura e da pintura; por exemplo, juntamente com um procedimento científico no tratamento do tema, possibilitou a criação de uma teoria que pode ser aplicada a outras obras de artes dos mais diferentes países e épocas.

Síntese

Este capítulo selecionou conceitos teóricos que abordam a relação poeta-pintor, a linguagem poético-pictórica, poesia-pintura, de um modo geral, para se procurar chegar à poesia-pintura de Cesário Verde. Iniciamos nossa reflexão a partir de um caminho que se bifurca - da palavra para a mancha, da mancha para a palavra, da poesia para a pintura, da pintura para a poesia. Passamos pela imagem visual e/ou literária, pela imagem-frase e/ou imagem-verso, para abordarmos a visualidade e a fanopéia dentro do Realismo Impressionista do século XIX, que privilegiaram a descrição e a narração lentas e uma procura de um olhar a realidade com todo os órgãos dos sentidos (sinestesia), apresentando semelhanças de procedimento da pintura, da fotografia e do cinema.

Delimitamos nosso estudo numa poesia pré-visual portuguesa da segunda metade dos século XIX, e a enquadramos no Realismo Impressionista.

Por se tratar de poesia, arte verbal, passamos pelo conceito, de Jakobson e outros teóricos, de ficções lingüísticas, arte verbal, gramática da poesia através da metonímia, metáfora e parataxe, para chegarmos a uma idéia geral de uma poesia que se articula também por imagens visuais numa estrutura de eu versus ele, de fragmentação, geometrização, espacialização e visualidade, que nos levaram ao conceito de poesia-pintura realista impressionista, assunto que será abordado no próximo capítulo.

A imagem e a visualidade foram analisadas, sempre tendo como ponto de apoio a seguinte premissa: a relação com a pintura surge a partir de um mundo ficcional formado de palavras, as quais apresentam vestígios do real, que se mostram visuais, pictóricas, impressionistas, em sua grande maioria. Esse mundo ficcional está assentado na visualidade das palavras, substantivos e adjetivos principalmente, e podem ser analisados no plano semântico.

A Poesia-Pintura Realista Impressionista

Figura 3 – Infopoesia – J. L. Antonio

A fala infantil é impressionista e realiza inconscientemente o que o artista impressionista faz de forma consciente: da impressão conjunta que invade seu campo visual, escolhe a mais importante - tanto a forma como a cor -, reforça esses dados e sacrifica o resto.

Elise Richter[1]

Figura 4 – Alfred Sisley – Estrada em curva

[1] Richter 1956: 66.

Os tons, os matizes e as linhas que somente o pincel pode reproduzir, eles intentam fazê-los sensíveis com frases escritas; e vem, então, um labor, um esforço desesperado das palavras para tomar forma e cor, uma luta do dicionário contra a paleta, frases que parecem cores claras e transparentes, substantivos que são leves camadas de tinta transparente, epítetos que são toques pontilhados, advérbios que são cheios de tintas, uma transposição de arte atormentada."

Jules Lemaître, sobre os irmãos Goncourt [2]

Figura 5 – Manet – As corridas em Longchamp - litogravura, cerca de 1872

Figura 6 – Édouard Manet – As corridas, 1864-1865. Detalhe. Litografia

[2] Alonso e Lida 1956: 126

INTRODUÇÃO

As imagens e textos que introduzem o presente capítulo são a síntese de que tudo quanto fizemos até o presente momento. A primeira imagem nos traz a tentativa do registro do movimento através de imagens com palavras tratadas pelo computador e nos leva ao trecho de Elise Richter que compara a fala infantil com o artista impressionista. O mesmo movimento fica evidente na pintura de Sisley em que o fruidor pode observar a figura humana que "parece" caminhar na estrada em curva.

O texto de Jules Lemaître sobre os Irmãos Goncourt expressa as características principais que preocupam os escritores do final do século XIX, tema esse que as duas litografias de Manet procuram expressar através do movimento que os traços buscam indicar.

Cores, forma, luz, movimento da pintura impressionista e as primeiras ligações com a poesia-pintura realista impressionista.

DA POESIA-PINTURA AO REALISMO IMPRESSIONISTA

Este capítulo vai dos conceitos de palavra-imagem ao de palavra-pintura, que, é a palavra poética realista impressionista.

Se a palavra traz a imagem visual, como essa palavra-imagem nos mostra o pictórico? Como a imagem visual pictórica se apresenta realista impressionista?

Para verificar se a imagem visual tem relação direta com o pictórico, nós precisamos distinguir os diferentes tipos de imagens visuais: o desenho, a pintura, a escultura, a arquitetura, entre outras. Vale retomar o que disse Virgil Aldrich:

> *Um homem talhado em pedra é significativamente diferente de um homem pintado num quadro. Há, certamente, uma diferença: a forma de segunda ordem de como a estátua é vista – o conteúdo imagístico – nunca é idêntico ao formato do material. Um quadro, porém como pigmento sobre tela ou como impressão fotográfica, parece ser curiosamente distendido e inflado pelo conteúdo ou imagem, pelo menos para alguns epistemologistas da Arte. Desse modo, a analogia enganadora com ver-se algo através de um vidro na janela ou em um espelho é sugerida como uma solução para*

> *o problema, constituindo a sugestão não estarmos realmente olhando para o quadro quando apreendemos a imagem de volume, mas cônscios de algo* através *dele, em vez de* nele.[3]

Para Aldrich, as pinturas, embora estáticas como as estátuas, estão mais próximas da Música e da Poesia do que as esculturas, isso porque a volumosidade ou solidez (forma) do conteúdo imagístico da obra de arte pictorial é mais livre, menos determinada pelo formato do material[4]. Logo, algo através *do quadro*, em vez de *no quadro*, pode facilmente ser visto como algo visto através *das palavras*, em vez de *nas palavras*. Através do significado das palavras de uma poesia de Cesário Verde, podemos "ver" o procedimento pictórico ou a visualidade que nos é evocada na mente, semelhante à fanopéia poundiana.

A pintura é o nosso centro de interesse, já que estamos abordando a poesia-pintura no final do século XIX, no período em que coexiste o Impressionismo e que, além disso, se reflete na abordagem da poesia de Cesário Verde, fato que foi observado parcialmente por alguns críticos.

Para Read, várias são as maneiras pelas quais se pode analisar a obra de arte. Podemos tomar os elementos físicos em uma pintura particular, isolá-los, considerá-los separadamente e em relação um com o outro. Existem provavelmente cinco desses elementos: ritmo de linha, massa de formas, espaço, luz e sombra, finalmente cor, tal sendo em muitos casos a ordem de prioridade – não em importância absoluta mas tão-só como estágios sucessivos no espírito do artista[5]. Se a pintura pode ser analisada por elementos físicos como os apontados pelo crítico de arte, os elementos "físicos" que a poesia nos apresenta são as palavras, cujo significado, para o nosso objeto de estudo, pode ser visto como elemento "físico" do pictórico. E aqui vale ficarmos atentos ao seguinte: "O principal inimigo, não nos cansemos de repetir, é a metáfora – esse efeito literário que consiste em se deleitar com transposições arbitrárias e, principalmente, em empregar, a propósito de uma arte, a linguagem de outra, tirando-lhe a precisão e, sobretudo, o poder de penetrar um fato positivo (Souriau 1973:81)".

---

[3] Vide Aldrich 1969:85-86

[4] idem: ibidem.

[5] Read 1976: 37

Dentre os diferentes estilos de pintura, nossa atenção se volta para a análise dos seguintes aspectos do Impressionismo:

a) As questões (estéticas e históricas, por exemplo) ligadas ao Impressionismo na linguagem (Gramática, Estilística e Lingüistica), ao Impressionismo Pictórico e ao Impressionismo Literário.

b) Como estabelecer os limites e as mudanças provocadas pelo Impressionismo Literário, que podem significar o estabelecimento das diferenças entre Realismo Naturalista e Realismo Impressionista, ou seja, como a poesia-pintura-figurativa realista naturalista se mostra impressionista.

c) A não adesão da pintura portuguesa ao Impressionismo implica num Impressionismo Literário em Portugal, representado por Eça de Queirós, Fialho de Almeida e Cesário Verde, dentre outros. Marcar o Impressionismo como movimento literário em Portugal parece-nos uma afirmação um pouco ousada, já que as histórias da literatura que conhecemos não abordam essa inserção. Temos apenas informações indiretas (poetas impressionistas portugueses) que nos levam a essa questão: Proença Filho, Coutinho, Abdala Jr. e Paschoalim, Moisés, Pasqualim, etc.

d) Como o Impressionismo se configura na poesia-pintura de Cesário Verde.

O IMPRESSIONISMO NA LINGUAGEM, NA PINTURA E NA LITERATURA

Podemos estabelecer a ordem do título até por questões cronológicas: o impressionismo na linguagem é um estudo da Estilística que não está diretamente vinculado ao movimento artístico do século XIX, nem ao literário, que abrange o fim do século XIX e o início do século XX.

O IMPRESSIONISMO NA LINGUAGEM

O impressionismo na linguagem é um estudo, tanto da Estilística como da Lingüística, que trata das seguintes questões:

a) a palavra e sensação, o impressionismo em oposição ao expressionismo, o uso das sinestesias e cenestesias, a onomatopéia, a figura e a linha dos seres e das coisas, simbologia, personificação e animismo (Castagnino 1971: 233-257); ou

b) impressionismo, expressionismo e gramática, o conceito lingüístico de impressionismo, e as razões por que a linguagem em si mesma não pode ser impressionista (Bally et al 1956).

Estas são as questões e as reflexões que Castagnino, Bally, Richter, Alonso e Lida fizeram e que representam um enfoque adequado ao que nos interessa estudar, como recurso para a compreensão do Impressionismo Literário: como o Impressionismo Pictórico foi assimilado e de que forma ele se mostra na literatura do final do século XIX, de um modo geral, e na poesia portuguesa de Cesário Verde, em particular.

Faz-se, portanto, necessário abordar os aspectos gerais que enformam o Impressionismo na linguagem, que é um fenômeno mais generalizante, para que possamos fazer uma síntese do Impressionismo Pictórico e do Literário. Os pontos em comum são o nosso objetivo: com eles, poderemos analisar a poesia realista impressionista do poeta português.

O registro da sensação pela palavra

Raúl Castagnino[6] analisa a expressão e os estímulos sensoriais: palavra e expressão, impressionismo e expressionismo, as sinestesias, as cenestesias, a onomatopéia, figura e linha dos seres e coisas: correspondências sensoriais e afetivas, simbologia, personificação e animismo, além de aplicar os conceitos no romance *Don Segundo Sombra*[7], de Ricardo Güiraldes. Trata-se das atitudes fundamentais na tradução de sensações e percepções condensadas em um fato estilístico por meio da palavra.[8]

Do ponto de vista estilístico, Castagnino analisa o impressionismo por oposição ao expressionismo, com base no pulso da dependência palavra-sensação, na procura de deslindar as vias sensoriais através das quais reagiu o autor que procurou expressar suas sensações por meio de palavras: os sentidos são como esclusas[9] por onde a alma se derrama para fora; contudo, são também aberturas por onde o fluir das coisas nela desemboca. Quando esclusas ou aberturas se fecham, cessa o ativo intercâmbio

[6] Castagnino 1971: 232-257
[7] Guiraldes 1997.
[8] Castagnino 1971:233.
[9] *Esclusa*, no sentido real, significa represa, comporta, dique, açude.

entre o mundo interior e o exterior e a alma inteira trabalha consigo, aproveitando as anteriores contribuições sensitivas, isto é, aproveitando um segundo estado destas: seu estado imaginativo[10].

Tanto a circunstância exterior e imediata, como a mediata, como o mundo interior do criador literário, também se expressam por palavras referidas aos sentidos, sejam os comuns ou os especiais. E um escritor é mais sensitivo, mais plástico, na medida em que seja mais capaz de traduzir por meio da palavra suas sensações em imagens.

A escolha do escritor não pode ser absolutamente livre, pois está condicionada pelo preceituário, pelo gramaticalismo, pelo espírito da língua e o mínimo de sentido necessário que o criador deve por em sua expressão para que esta seja inteligível. É necessário aliar gramaticalidade e inteligibilidade, isto é, dentro do conceito saussureano de língua como fato social, deve permitir a comunicação. De acordo com Castagnino, o trabalho seletivo do criador consiste em dar coerência e sucessão lógica àquelas sensações que chegaram a ele ou descontínuas, ou simultâneas, ou incoerentes. E consiste em reproduzir – isto o viu genialmente Aristóteles em sua teoria da mimese – com uma nova matéria: a palavra – vale dizer, som, idéia, imagem, sugestão – o que na realidade é forma, cor, som, corpo, massa, movimento, energia, calor, frio ou alegria, ou medo, ou dor, ou morte. E sugeri-lo com suas respectivas aparências. Daí que o acerto da imagem obtida pela palavra como tradução da sensação seja acerto das aparências e da sugestão. A literatura é, no fundo, a arte das aparências sugestivas.[11]

Na captação dos símbolos e da interpretação das aparências sugestivas desempenha, evidentemente, um papel básico o fator individual, pois uma mesma aparência pode ser valorizada distintamente em seu caráter de símbolo por diferentes sujeitos. Aqui entra estilo e individualidade, aspectos que distinguem os criadores literários entre si e entre épocas.

Às aparências dos sinais e dos símbolos somam-se, na criação literária, as provenientes da órbita conceptual, da imaginativa, da emotiva etc. Nes-

[10] (Rivas Sáinz em Castagnino 1971: 233-234). A. Rivas Sáinz é autor de *Fenomelogia de lo poético*, obra publicada no México, pela Editora Tezontle, em 1950.
[11] Castagnino 1971: 235.

tas aparências sugestivas que constituem a expressão literária cabe, ademais, o pretender entornar diretamente as sensações percebidas, sem analisá-las, transcrevendo-as sem investigar se provêm de estímulos reais ou ilusórios, pretensão que comporta um recurso técnico, ou atitude, ou modalidade, que se denomina impressionista." (idem: 235-236).

Segundo Cressot[12], expressionismo e impressionismo são maneiras de perceber o mundo exterior e de traduzir tais percepções. O expressionismo reconstrói logicamente os fatos recolhidos por vias sensoriais; acomoda-os segundo uma razão de causa e efeito. O impressionismo, por outro lado, dá os fatos exteriores tal como os capta uma percepção imediata, sem acomodação lógica.

O exemplo de Raúl Castagnino é um trecho do capítulo VII do livro *Don Segundo Sombra*, de Ricardo Güiraldes (1886-1927), escritor e poeta argentino:

Abri grandes os olhos prevendo a queda, e atirei-me desta vez para trás, pois havia visto o caminho subir para mim, não encontrando já com o olhar nem o cangote nem a cabeça do petiço. (Güiraldes em Castagnino 1971: 236)

Eis como o trecho pode ser analisado: a impressão fugaz, por um equívoco perceptivo, fez que o cavaleiro perdesse a noção de que ele é que cai para o caminho. Tem, ao contrário, a impressão de que o caminho sobe para ele, vê o caminho, imóvel, fixo, estático, deslocando-se. Trata-se aqui de percepção e tradução expressiva impressionistas, à margem do exame consciente, analítico. Se usássemos os conceitos psicológicos da *Gestalt* aqui a tradução impressionista consistiria em um fugaz superpor o fundo sobre a figura da percepção. O expressionismo teria corrigido esse equívoco e talvez diria: estive a ponto de ser lançado por sobre a cabeça. (idem: 236)

As questões abordadas por Castagnino podem ser sintetizadas nos parágrafos a seguir.

O impressionismo capta os fatos exteriores sem referi-los a causa ou efeito. Prefere as formas impessoais, as construções nominais, as sinestesias.

[12] Trata-se de citação de Raúl Castagnino, que se reporta à obra *Le style et ses techniques*, de M. Cressot.

Cada objeto na captação impressionista aparece animado de um dinamismo interno, onde o caminho, estático por excelência, aparece como impelido por uma força ascendente.

A materialização do que é essencialmente abstrato, imaterial, é outra tendência impressionista. Trata-se da "cenestesia[13], recurso impressionista que materializa o imaterial, o estado de ânimo, conforme exemplo abaixo:

> *Sentia-se em poder de um contentamento indescritível. Uma luz fresca jorrava de ouro o campo. Meus petiços pareciam como esmaltados de cor nova. Em derredor, as pastagens renasciam em silêncio, cintilantes de orvalho: e ri-me de imenso contentamento, ri-me de liberdade, enquanto meus olhos se enchiam de cristais como se também eles se renovassem no sereno matinal. Uma légua faltava-me para chegar às casas e a fiz a trote, ouvindo os primeiros cantos do dia, enchendo-me de otimismo naquela madrugada que me parecia criar a planície vencendo a noite.* (Güiraldes em Castagnino 1971: 237-238)[14]

A noção de tempo manifesta-se também em atitude diferente para o expressionismo ou impressionismo. O impressionismo, na captação imediata, sem relação de causa e efeito, vê o tempo como o inatingível, como um perpétuo fluir, subjetivamente.

Outro aspecto que diferencia a realização expressionista da impressionista é a construção oracional; a primeira, com períodos travados por nexos lógicos, freqüentes subordinações. A segunda, como desprendida das relações lógico-gramaticais, com frases curtas e acumulativas.

Há duas atitudes fundamentais na tradução de sensações e percepções condensadas em um fato estilístico por meio da palavra.

Primeiro: há trechos de caráter descritivo que, por captar uma realidade exterior, prometem maior evidência do sensorial, como elemento últi-

---

[13] cenestesia – sensação indefinida, vaga; (Psiq.) consciência imediata do próprio corpo, considerado como unidade estática ou dinâmica.

[14] Trata-se do capítulo III de *Don Segundo Sombra*, de Ricardo Güiraldes, "quando o adolescente protagonista foge da casa de suas tias, e num amanhecer, aproxima-se da estância onde iniciará sua vida laboriosa, todas as confusas sensações que lhe agitam na alma, associadas ao clarear do dia, à profunda semelhança com seus anelos de renascer para uma nova vida, estão traduzidas em uma cenestesia (...)." (Castagnino 1971: 237)

mo e intuitivo que integra a percepção onde se amalgama com os elementos que provêm a memória, a imaginação e a afetividade.

Segundo: diante de uma obra, ou fragmento dela, cabe determinar quais são os estímulos e vias sensoriais predominantes, segundo o expressam as palavras, sobretudo aquelas carregadas de imagem, conforme exemplo abaixo:

> *Conheci a casa pomposa como não havia nenhuma no povoado, que me impôs um respeito silencioso à semelhança da igreja ....* [15]

A presença de sensações auditivas nas sinestesias permite falar estilisticamente de sons impressionistas, pois através deles o criador procurou transmitir a insinuação, a sugestão ampla dos seres e das coisas; não sua reprodução, sua cópia; não os seres e as próprias coisas, e, sim, sua impressão.

Através das sugestões impressionistas, fundando-se na correspondência das sensações, é possível captar na expressão, como o criador literário reproduz a figura e a linha dos seres e coisas, e como em suas preferências mentais lhe atraem a sinuosidade ou as redondezas lânguidas, afeminadas; a regularidade, a simetria, os ângulos agudos, as asperezas, a superfícies rugosas ou polidas.[16]

Seja pelo timbre ou pela estrutura física que visualmente oferece a palavra, é possível que o autor consiga ir além da significação dos vocábulos e desperte, no espírito do leitor iniciado, sugestões de cor, de movimento, associações obscuras, símbolos sutis.

A abordagem, os exemplos e as análises de Castagnino, quanto à linguagem impressionista, são claras, oportunas e apropriadas para o nosso objeto de estudo.

Impressionismo, gramática e lingüística

El impresionismo en el lenguaje, coletânea de textos de autoria de Charles Bally, Elise Richter, Amado Alonso e Raimundo Lida, analisa o

---

[15] Trata-se de trecho do capítulo I do romance *Don Segundo Sombra*, de Ricardo Güiraldes.

[16] O que Castagnino aponta como possibilidade de estudo na literatura merece atenção especial para a poesia de Cesário Verde.

impressionismo sob os seguintes enfoques: impressionismo e gramática, impressionismo, expressionismo e gramática, o conceito lingüístico de impressionismo, e reflexões sobre a razão da linguagem em si mesma não poder ser impressionista.

Esse livro complementa o estudo de Castagnino para o nosso ponto de vista[17] : Castagnino aborda, de forma geral e filosófica, a relação entre a sensação e a palavra, enquanto Bally e outros estudam a palavra, isolada ou articulada em frase, ou parte de um texto, portanto, dentro de uma situação concreta de linguagem, para, em seguida, analisarem o impressionismo na pintura e na literatura.

Impressionismo e gramática[18]

O estudo estilístico de Charles Bally, relaciona as palavras pelo: *impressionismo*, isto é, aquelas que não separam com precisão o fenômeno de sua causa, e pelo *causalismo*, em que o fenômeno se percebe como ação transitiva exercida por um agente em direção a um objeto. Não se refere a nenhuma forma de expressão artística, mas sim sobre a palavra em sua acepção puramente etimológica. Exemplos: a frase *O pássaro canta* pode ser escrita das seguintes maneiras: *Neste pássaro há um canto, Deste pássaro sai um canto,* e/ou *Este pássaro produz um canto*, entre outras.

Bally aborda a palavra enquanto nomeação da realidade, ou como um conjunto articulado de palavras em uma frase, e procura observar uma constante em várias línguas, portanto, sem vincular o impressionismo da linguagem ao movimento artístico do século XIX. Esse estudo mostra a questão da linguagem impressionista de forma mais aprofundada do que Castagnino, nos serve de parâmetro para melhor entender o impressionismo de Cesário Verde como linguagem e como movimento literário do final do século XIX. Um estudo da palavra ou da expressão impressionista, ou até de um frase, pode nos auxiliar a entender o impressionismo literário como manifestação artística do final do século XIX.

---

[17] Vale lembrar que as primeiras edições de ambos os livros desmentem o nosso enfoque, pois Bally et al é de 1936 (edição argentina), enquanto Castagnino é de 1953 (edição também argentina).

[18] Bally et al 1956: 12-44

Impressionismo, expressionismo e gramática[19]

Elise Richter retoma o estudo de Charles Bally e apresenta as gradações do mesmo fenômeno lingüístico desde a mais ousada descoberta artística de um poeta até as mais manuseadas expressões da língua popular. Para explicar o impressionismo lingüístico, parte do pictórico, em que o pintor se entrega a sua expressão momentânea das coisas sem as correlações que nela introduzem a razão e a experiência do homem normal.

A autora continua a distinguir duas tendências psicológicas opostas na percepção dos fenômenos e em sua representação verbal: o fenômeno se percebe tal como diretamente nos impressiona, é um *modo de percepção fenomenista* ou *impressionista*; o fenômeno é apreendido em conexão com sua causa ou seu efeito, é um *modo de percepção causal* ou *transitivo*. Contudo, ao se referir ao *impressionismo* e *expressionismo* (modo de percepção causal ou transitivo), ela acrescenta o *naturalismo*, que é o mais exato retrato possível do mundo exterior. “O naturalismo idiomático puro é a imitação onomatopaica (Richter 1956:47)”.

O impressionismo abordado por Richter não é aquele que se apresenta no movimento artístico, mas sim o da palavra no seu sentido etimológico. Contudo, ressalta que “é impossível traçar fronteiras entre estilo artístico e língua comum, pois a criação idiomática é, em último termo, criação individual, como é toda autêntica vivência artística.” (idem:50).

Os exemplos apresentados e os autores citados e transcritos não estão diretamente ligados ao Impressionismo Literário, como é o caso de Rilke, Goethe, Schiller, etc.

A exemplo do que fizemos com Castagnino e com Bally, escolhemos conceitos de Richter e os organizamos em parágrafos, para auxiliar na compreensão de nosso objeto de estudo.

O Impressionismo é reprodução da impressão das coisas. Não é a questão de como elas são objetivamente, mas sim como se parecem, aqui e agora, ao olho do observador.

O impressionista despoja as coisas das conexões lógicas que o homem normal introduz habitualmente nelas. Ele não retifica nada, traduz a im-

---

[19] Richter 1956: 45-103

pressão de um determinado instante singular, porém sem reservas e, para tanto, com absoluta honestidade, maior, ao menos, do que a daquele que retifica: é pois mais realista do que este.

O poeta impressionista tem a mesma atitude. Para a autora, ele independe do movimento literário ao qual pertenceu ou pertence: ela cita Rilke, Goethe e Schiller como poetas impressionistas. Do ponto de vista da autora, o impressionismo é um ponto de vista, uma forma de olhar o mundo. O despojamento das conexões lógicas leva a uma poesia que se manifesta através do estranhamento das impressões da realidade, da linguagem que se comunica a partir da palavra, da presença constante da parataxe, e assim por diante.

O peculiar do estilo impressionista consiste em apresentar no ponto central a impressão sensorial desligada de suas causas e de tal maneira que aparece como representação principal o que antes era representação parcial ou acessória.

A linguagem cotidiana está cheia de frases impressionistas que, pela repetição, deixam de surpreender. Exemplos: os raios de sol bailam; o sol baila sob os lombos dos cães; o tempo corre; o correr dos tempos; etc.[20]

A comparação de uma impressão com outra é impressionista, seja porque os objetos comparados se coloquem juntos um do outro, seja porque prescinda da designação de um deles e da forma de comparação.

A autora dá um exemplo de pintura impressionista com estranha acumulação de símiles e de expressões originais num trecho de *La femme pauvre*, obra de Léon Bloy[21] :

> *Um sarcasmo sombrio e soberbo se estendia sobre este mascarão de gemônias, crispando o lábio inferior sob os denteados envenenados de uma abominável goela, abaixando as duas comissuras até o mais profun-*

[20] Trata-se do item 5: "Todos os dias dizemos as coisas mais atrevidas, coisas que nos pareceriam ultrapassar as fronteiras do dizível e do lícito se fossem hoje novas." (Richter 1956: 57).

[21] Tradução de Maria Virgília Frota Guariglia. Eis o texto original francês: Une gouaillerie morose et superbe s'etalait sur ce mascaron de gémonies, crispant la lèvre inférieure sous les créneaux empoisonnés d'une abominable gueule, abaissant les deux commissures jusque'au plus profond des ornières argileuses ou crétacées dont la litharge et la rogomme avaient raviné la face.

do dos sulcos argiláceos ou cretáceos, cujo litargírio e o aguardente haviam devastado a face.[22]

A linguagem impressionista é a forma primária e original da fala humana. As primeiras exteriorizações idiomáticas foram, de um modo ou de outro, reflexos provocados por estímulos internos ou externos; não podiam, pois, ser outra coisa que representações elementares de uma impressão. A fala infantil é impressionista, e realiza inconscientemente o que o artista impressionista faz consciente: da impressão conjunta que invade seu campo visual, escolhe a mais importante – tanto na forma como na cor –, reforça esses dados e sacrifica o resto.

Se é a qualidade que aparece como representação principal de uma impressão, o impressionista subverte a ordenação lógica; a qualidade passa a ser a coisa em si, e suas condições de aparição se expressam mediante adjetivos: *o vermelho do seu chapéu*; *o azul do céu*.

Como caráter peculiar da arte impressionista moderna vale a mescla de estímulos de centros diversos. Assim a "audição colorida", já seja dos tons musicais (*la* maior: rosa; *ré* menor: azul, etc.), já seja das vogais, recorde-se o poema das *Voyelles* de Rimbaud: "A noir, E blanc, I rouge, U vert, O bleu", etc. Trata-se da sinestesia.

O conceito lingüístico de impressionismo[23]

Amado Alonso e Raimundo Lida abordam o impressionismo na pintura (Monet, Manet, Degas etc.) e na literatura (Daudet e os irmãos Goncourt), no sentido de transpor ou adaptar os procedimentos pictóricos para o fazer literário, o "pintar com palavras" (Alonso e Lida 1956:107). O estudo se baseia na análise de outros críticos que se dedicaram ao assunto: Ferdinand Brunetière[24] (1879), que classifica de impressionista a obra

[22] Na tradução para o espanhol de Amado Alonso e Raimundo Lida, em nota de rodapé, o trecho ficou da seguinte forma:
Una sorna sombría y orgullosa se tendia sobre este mascarón de picota, crispando el labio inferior bajo las almenas envenenadas del abominable hocico y haciendo bajar ambas comisuras hasta lo más hondo de los surcos arcillosos o cretáceos com que el litargirio y el aguardiente le habían abarrancado el rostro.

[23] Alonso e Lida 1956: 105-205

[24] Trata-se do literato, orador, professor e crítico francês Ferdinand Brunetière (1849-1907), que escreveu, entre outras obras, *Evolução dos gêneros literários* e *Evolução da Poesia Lírica na França no Século XIX*.

de Alphonse Daudet e dos Irmãos Goncourt, e conceitua o Impressionismo Literário como a transposição da arte da pintura para a arte da palavra, isto é, uma tradução intersemiótica; Edward Spranger, que considera que toda atividade estética consiste em transformar as impressões em expressões; e Richard Hamman[25] que, partindo do Impressionismo Pictórico, estende esse conceito a todas as regiões da vida espiritual. Brunetière, Spranger e Hamann são autores finisseculares que estabeleceram comparações, mais que metafóricas, entre literatura (prosa e poesia) e pintura impressionista.

Os autores partem do sentido restrito da palavra *impressionismo* (uma tendência pictórica do século XIX) para chegar ao impressionismo literário (uma assimilação da técnica pictórica na literatura do final do século XIX e início do século XX).

Os parágrafos seguintes fazem parte dos critérios de Alonso e Lida, enfocando o Impressionismo na Pintura e o Impressionismo na Literatura.

Impressionismo pictórico

Trata-se de uma atitude decididamente naturalista.

As noções de forma e cor se implicam mutuamente, são insuperáveis; somente por abstração artificiosa podemos distingui-las. "Não há forma sem cor e não há cor sem forma", como disse Camille Mauclair[26].

Na pintura impressionista, os objetos carecem de contornos definidos e, ainda, os espaços e profundidades se apresentam como meras manchas e superfícies justapostas. Dessa maneira, tudo se dispõe em um só plano: não há distâncias, não há "na frente" nem "atrás". As coisas são representadas como as vemos na distância ou com os olhos voltados para outra direção, ou fechados, isto é, tudo é visto a partir de uma observação rápida, de relance[27] : a forma, imprecisa; tudo reduzido a manchas e a vagas silhuetas.

---

[25] Trata-se do livro *Der Impressionismus in Leben und Kunst,* (O Impressionismo na Vida e na Arte), de 1904, de Richard Hamann.

[26] Alonso e Lida citam uma frase do livro *L'impressionisme. Son histoire, son esthétique, ses maîtres*, publicado em 1904 (Alonso e Lida 1956: 110).

[27] A expressão em espanhol é *ojos entornados*, que pode significar: *olhos fechados*, ou, de acordo com o sentido de *entornar* (voltar, fazer girar (a porta para fechá-los), pode conter o sentido de *olhos voltados para outra direção*, ou *uma visão de relance, bastante rápida*. (FLORENZANO, Éverton (s.d.). *Dicionário de Ouro Espanhol-Português*. RJ, Ediouro, p. 135.

O Impressionismo rechaça as impressões que devem ser referidas a experiências anteriores, que não têm um valor em si mesmas, senão no impulso de referir-se regularmente a representações; com isto se justifica o nome de *impressionismo*, o fazer valer a pura impressão, a percepção sensível imediata, enquanto que passa a segundo plano a elaboração dessas impressões, o reconhecer, a função pensante racional[28]. Ou seja: o impressionismo quer dar só o que se alcança ao perceber um olhar de relance: impressionismo, arte da "primeira impressão". (Alonso e Lida 1956: 113)[29]

O objeto pintado pelos impressionistas não é o objeto-coisa, mas suas propriedades óticas: massas, cores e dimensão espacial. A temática passa a ser segundo plano, enquanto que a "descrição" prevalece.

As cores e as massas nunca são meramente percebidas: são percebidas e intuídas, ou seja, criativamente estruturadas pelo espírito. E nesta intuição entra, sem remédio, a memória e também a compreensão intelectual.

Objeto preferido do impressionismo é a atmosfera interposta entre as coisas, a atmosfera, sobretudo, como espaço com profundidade através da qual a luz, tema último do impressionismo, cumpre seu inesgotável jogo de reações.

Impressionismo literário

Os autores iniciam o estudo com uma resenha do ensaio "Le impressionisme dans le roman" (1879), de Brunetière[30] sobre a novela *Les rois en exil*, de Daudet. Selecionamos aquilo que julgamos adequado ao objeto de estudo:

Abrir os olhos e acostumá-los a ver a *mancha* e acostumar, por sua vez, a mão a dar para o olho alheio esse primeiro aspecto das coisas.

---

[28] Richard Hamann in Alonso e Lida 1956: 113. Alonso e Lida citam trecho do livro *Der Impressionismus in Leben und Kunst*, de Richard Hamann.

[29] Quer-nos parecer que a pintura impressionista se apresenta, ou procura ser o que é a *primeiridade* para Peirce: "a categoria do sentimento imediato e presente das coisas, sem nenhuma relação com outros fenômenos do mundo. Na definição de Peirce, "primeiridade é o modo de ser daquilo que é tal como é, positivamente e sem referência a outra coisa qualquer." (CP 8.328)." (Nöth 1995: 65)

[30] O ensaio intitula-se "L'impressionisme dans le romans", publicado em 1879 na *Revue des Deux Mondes*, incluído, depois, no livro *Le roman naturaliste.*

Apreender o intangível e, em uma impressão fugitiva, desenredar uma a uma as sensações elementares que concorrem para formar e produzir a impressão total.

Nada de fotografia: análise. Há uma série de procedimentos de estilo dirigidos todos para compor e fixar o quadro: o tempo imperfeito pelo perfeito[31] , pois o tempo imperfeito é pictórico, ao passo que o perfeito é narrativo. (idem: ibidem); ao mesmo propósito pictórico obedecem "essas frases suspensas, nas quais faltam o verbo e, por conseguinte, a construção lógica". (Brunetière in Alonso e Lida 1956: 121). As *frases suspensas* podem ser aquilo que a Gramática Normativa chama de *frases nominais*; por extensão, podemos incluir o conceito de parataxe, que nos fornece a Lingüística: "processo sintático que consiste na justaposição das frases sem explicitar, seja por uma partícula de subordinação, seja por uma partícula de coordenação, a relação de dependência que existe entre elas, num enunciado, num discurso ou numa argumentação; isto é, em termos de gramática gerativa, sem proceder ao encaixe de uma frase na outra, nem coordenar uma a outra. (Dubois et al 1993: 456)

A supressão de uma conjunção dá soltura à frase.

O adjetivo demonstrativo, justificando aqui plenamente seu nome, se distingue expressamente de todos os demais.

Para cada sentimento ou cada pensamento que se queira expressar, terá, pois, que buscar sensações exatamente correspondentes e dentre essas sensações haverá que eleger uma que possa ser para todo o mundo a recordação de uma experiência anterior, ou, pelo menos, o programa de uma experiência fácil de fazer.

Podemos "definir o impressionismo literário como uma transposição sistemática dos meios de expressão de uma arte, que é a arte de pintar, ao domínio de outra arte, que é a arte de escrever" (Brunetière in Alonso e Lida: 123-124).

A conclusão de Brunetière, embora tenda a observar apenas a relação entre a novela (prosa de ficção) e a pintura, não apresenta um conclusivo

[31] Perfeito e imperfeito se parecem, salvo melhor juízo, com o pretérito perfeito e pretérito imperfeito da língua portuguesa. Trata-se inicialmente de uma tradução, que merece ser revista para a poesia de Cesário Verde, que está escrita em língua portuguesa e, portanto, obedece a outros parâmetros.

delineamento e/ou uma definição mais exata do impressionismo literário. Contudo, vale lembrar que o seu livro foi publicado em 1879, um ano depois que Duranty publicou *Les peintres impressionistes*. Trata-se, dessa forma, de uma descoberta quase simultânea, como se o impressionismo literário fosse um olhar que tenha influenciado todas as artes, como o Renascimento, o Romantismo, por exemplo.

Como uma espécie de conclusão sobre a composição da novela de Daudet, Brunetière afirma: "Cada cena resulta então num quadro, cada episódio uma tela suspensa ante os olhos do leitor. Além disso, cada quadro é completo em si mesmo, isolado dos outros, como em uma galeria, por suas bordas, por seus marcos e por uma ampla extensão de parede vazia. Só que, em cada um desses quadros, reaparecem os mesmos personagens e continua desenvolvendo a mesma ação." (Brunetière in Alonso e Lida 1956: 125)

Alonso e Lida, com Brunetière e outros (Köhler, Loesch, Sabatier, etc.), consideram os Goncourt como um dos representantes mais característicos do impressionismo literário: eles "fizeram o aprendizado da pintura, e, quando se dedicaram às letras, seguiram estreitamente unidos ao mundo dos pintores cuja modernidade defenderam e propagaram com a agudeza e constância." (Alonso e Lida 1956: 126)

Eis uma análise geral da obra dos Goncourt: "Suas descrições são como quadros concebidos por um pintor de posse de todos os segredos da pintura impressionista: em certas ocasiões, interessam os valores cromáticos das coisas mais do que as coisas em si mesmas; há uma predileção pelas cenas de movimento, como o pintor Degas, e de onde devem apresentar um objeto imóvel buscam descrever os efeitos de luz e os jogos cromáticos do modo como Manet representava as cores em seu movimento." (idem: ibidem)

"Expressar não as coisas, mas as sensações das coisas, o tremor dos nervos que nos produz seu encontro. E não as sensações normais e equilibradas de gente sã, mas sim sensações raras, "modernas" (palavra muito querida dos Goncourt), malsãs, mórbidas." (idem: 130)

"São impressionistas os escritores ou poetas, 1º que têm idéias estéticas análogas às dos pintores impressionistas, 2º que têm análoga concepção subjetiva-sensorial do mundo, 3º que empregam na "écriture artiste" uma técnica de estilo perfeitamente paralela à técnica pictórica impressionista" (Loesch in Alonso e Lida 1956: 136).

Alonso e Lida estabelecem o essencial e o acessório no impressionismo: a arte de dois escritores (Daudet e Goncourt) não é suficiente para definir um movimento; a análise da obra dos Goncourt indica que eles eram escritores impressionistas antes de existir pintores impressionistas; a dedicação obsessiva à descrição e à análise das sensações (impressões), o afã da rareza, do encantador e do excepcional das coisas, tudo isso permitiu delimitar esse movimento, aderindo a ele ou não; Brunetière define o impressionismo como uma transposição da arte de pintar para a arte de escrever; opõe-se a isso a existência de um tema não visual que surge para um escritor; há poetas não impressionistas que pintam com palavras: Lope de Vega, Chateaubriand, Gautier, os parnasianos[32]:

> *A arte de ver as coisas com os olhos de um pintor é, sem dúvida, um dos traços mais constantes nos escritores impressionistas, mas é um traço herdado, uma das aquisições vindas da literatura ante-impressionista, por mais que os impressionistas tenham executado, nos detalhes, a transposição segundo os procedimentos da pintura de seu tempo. (Alonso e Lida 1956: 134)*

O essencial e diferenciador é que os escritores impressionistas representam a realidade exterior e a psíquica mediatamente: através da sensações dos personagens, para a realidade externa, e transposta metaforicamente em sensações, para a experiência psíquica.

Se do pintor impressionista se disse que ele quer reproduzir exatamente o que sua retina vê, evitando completar com recordações a visão presente, paralelamente o escritor impressionista tenderá a uma "visão do mundo exterior imediata e sensorial, liberada do saber" (da experiência), segundo[33] tese de Wenzel. Esse mera percepção das coisas constitui o objetivismo extremo do impressionismo.

Os conceitos de subjetivismo e objetivismo que se usam na história literária e na crítica têm uma significação psicológica e se referem ao me-

---

[32] A poesia desses autores apresentam uma relação com a pintura, através da imagem visual que está contida em seus poemas. Mas essa poesia-pintura pode se mostrar renascentista, como é o caso de Camões, que analisamos no capítulo 2.

[33] Alonso e Lida transcrevem, em nota de rodapé, a opinião de Eugen Lerch, mestre de Wenzel: "a essência do impressionismo consiste em que o autor nos dá preferentemente o percebido pelos sentidos, com a possível exclusão da atividade corretora do entendimento." (Lerch in Alonso e Lida 1956: 137)

nor ou maior grau de participação emocional do autor naquilo que ele apresenta. Em sentido psicológico, os impressionistas, e mais claramente os escritores, são, sem dúvida alguma, subjetivos, pois o que eles perseguem sistematicamente é representar a experiência emocional das coisas (ou sucessos, etc.) e não as coisas mesmas. Tudo se vê através de um temperamento; até os objetos enumerados nas descrições não são apresentados diretamente, mas sim como vistos e sentidos por um testemunho ocular.

O conteúdo "especificamente pictórico de um quadro é tanto maior quanto menor é o interesse pelo objeto em si mesmo; quanto mais completamente tenha passado o conteúdo para a forma, tanto mais grande é o pintor." (Hermann Beenken in Alonso e Lida 1956:139)

As coisas provocam impressões sensoriais e emocionais, e são essas impressões as que o impressionista toma como objeto ou tema de sua arte. Neste sentido de objeto-tema, frente ao objeto-coisa, os impressionistas são tão objetivos como os realistas; eles representam seu objeto escolhido (as sensações) com tanta fidelidade como o objeto eleito pelos realistas.

O impressionismo, ou o que assim se chama, é outra forma de realismo, uma arte completamente material todavia. Porém é aqui que se distingue do naturalismo: enquanto o naturalista (Zola, atrás de Balzac e Taine) tomará indiferentemente, de uma cena ou de uma paisagem, todos os detalhes elementares, os acumulará um sobre o outro e por essa acumulação logrará alguma vez um efeito de conjunto, o impressionista, nessa paisagem ou nessa mesma cena, começará por distinguir o detalhe dominante, "la tache"[34] , como disse Brunetière, e não fará valer mais do que "la tache", para obter a impressão total." (M. Le Goffic in Alonso e Lida 1956: 144)

O naturalismo, o impressionismo e o simbolismo se apresentam como três etapas do realismo literário, ou como três graus de extremismo de uma mesma tendência poético-estilística. Um mesmo autor é estudado como impressionista e como naturalista, e a clássica definição naturalista de Zola, o mundo visto através do temperamento, é utilizada para caracterizar a arte impressionista.

---

[34] A palavra *tache*, em francês, significa: mancha, nódoa.

O mais comum é chamar de impressionistas os escritores em prosa e de simbolistas os poetas, para assinalar análogas características. A representação das sensações individuais e fugidias, por exemplo, se considera, na prosa, característica do impressionismo e, na poesia, do simbolismo.

Uma opinião sobre Verlaine e outra sobre Rimbaud nos ajudam a entender o simbolismo do ponto de vista de Lida e Alonso:

a) Os versos de Verlaine expressam "uma espécie de ligeiro enervamento que lhe (refere-se a Verlaine) permite saborear, nos espetáculos mais habituais, sensações escondidas e raras. E para traduzir essas sensações *très floues*[35], associadas às vezes em grande desordem, usa uma frase sinuosa, cheia de incidentes, o mais distante possível da robusta frase parnasiana; as palavras remontam sobre as palavras, as imagens sobre as imagens; é uma chamado direto à sensação." (Martino[36] in Alonso e Lida 1956: 146)

b) "A realidade não chega ao seu (de Rimbaud) espírito em forma de quadro ordenado, mas como uma série de ondas de sensações diversas que, todas, reclamam imperiosamente para expressar-se a um mesmo tempo; parecem atropelar as palavras, superporem-se, mesclarem-se; o poeta se limita a justapor essas sensações em seu verso." (idem: 147)

Para os dois casos, o crítico se refere, de certa forma, à sinestesia, que representa uma desordenação de sensações, que alteram a construção das frases. A sinestesia, como qualquer outra figura de linguagem, não é algo característico de um período literário, mas, sim, da linguagem literária de qualquer tempo.

Eis as diferenças básicas entre impressionismo e simbolismo, para o nosso objeto de estudo:

O impressionismo mantém um vínculo com a realidade, mesmo usando metáforas, enquanto que o simbolismo extrapola e se distancia da relação com o real.

Aqui é necessário ressaltar que a expressão – *se distancia do real* – quer dizer a representação da realidade com a palavra por meio de uma subje-

[35] *Très floues* significa, para o assunto em questão: muito embaraçado, muito sombrio.

[36] Alonso e Lida referem-se ao livro *Parnasse et symbolisme*, de 1925.

tividade acentuada, com o uso de metáforas que se distanciam das aparências do real que um texto literário nos apresenta.

A descrição do impressionista está mais próxima do real, mas se mostra como impressões, diferente da descrição do simbolista, que apresenta cadeias metafóricas e extrapola a leitura do real, à semelhança da imaginação medieval, barroca e romântica, por exemplo.

A poesia impressionista se faz por uma cadeia "lógica" de imagens visuais, que estabelecem conceitos que não são tão digressivos quanto os da poesia simbolista.

É necessário, de certa forma, não se esquecer das características dos dois movimentos, o impressionismo e o simbolismo, como períodos históricos próximos, mas distintos. Vale dizer que o impressionismo está entre o realismo e simbolismo, mas se encontra mais próximo do primeiro, embora apresente pouquíssimo ponto em comum com o simbolismo.

Como conclusão de capítulo, Alonso e Lida conceituam o impressionismo com "um dos traços característicos da literatura francesa de fim de século, que se estendeu a todas as literaturas e que intermitentemente dura até hoje. A literatura moderna lhe deve muitas conquistas de expressão e o afinamento da sensibilidade. Não é um movimento literário, mas um dos traços cambiantes de sua fisionomia; um mesmo escritor é por vezes naturalista, impressionista, simbolista. Ao mesmo tempo, esse traço resulta de uma combinação de notas e se chamou impressionismo por uma veia em comum com o pictórico, e aproveitando que a palavra estava em profusa circulação no mundo das artes, sobretudo como um valor. Logo tem-se falado de "impressionismo" a propósito de distintos estilos individuais complexos em que se descobria quaisquer das notas que entravam na originária literatura impressionista." (Alonso e Lida 1956:151-152)

No impressionismo literário há características próprias, que não são derivadas do pictórico e nem sequer são paralelos à pintura: "a representação da realidade externa através das sensações dos personagens e a transposição metafórica da experiência psíquica em sensações; em suma, a apresentação mediata de toda realidade externa ou interna, que não forem as próprias sensações. Visão desconvencionalizada das coisas. De não ter-se aproveitado de uma marca já conhecida, se teria batizado esse modo literário como sensacionismo, não como impressionismo." (idem: 152-153)[37]

A idéia do impressionismo não tardou a aplicar-se não somente à e na literatura, mas também à escultura, à música e a todos os aspectos da criação espiritual.

Por esse ângulo, o impressionismo é um estilo de época, que responde, em todos os domínios da cultura em que apareça, a uma atitude exasperadamente individualista e subjetivista, como disse Hamann, em oposição à objetividade e ao afã razoavelmente construtivo do classicismo. O impressionismo supõe uma percepção instantânea e dinâmica, um aferrar-se à sensação atual, uma visão de movimento que capta os detalhes fugidios sem interpretá-los nem ordená-los segundo a razão.

Alonso e Lida designam, por *linguagem impressionista*, nove aspectos:

1 O estilo dos escritores que são chamados de impressionistas.

2 A linguagem cujo conteúdo é uma experiência impressionista, como, por exemplo, a ilusória impressão de que, em uma carruagem em marcha, o que se move é o solo e os flancos da estrada, não a carruagem mesma.

3 A linguagem "fenomenista", conforme Charles Bally; que apresenta um sugestivo trabalho que reconhece nas línguas, em luta e mútuo estímulo, duas tendências psicológicas na percepção dos fenômenos e em sua expressão idiomática. Um modo fenomênico ou impressionista de percepção que atende aos fenômenos em si mesmos, sem perceber com nitidez as coisas que lhe servem de substrato ou de que são produtores e que considera o fenômeno como ação autônoma.

4 A linguagem que abandona a estrutura regular da frase do período, com sua ordem lógica de palavras e suas conjunções subordinadas e coordenadas e constrói com toques dispersos: esquematismo.

5 A linguagem dessubjetivada, isto é, a que apresenta a supressão do eu.

[37] Vale aqui resgatar a opinião de Fernando Pessoa, que criou o Sensacionismo em Portugal e considera Cesário Verde como seu mestre nesse ramo da literatura.

6 A linguagem que consigna a impressão instantânea sensorial sem que a deforme a compreensão do objeto, a memória ou o saber empírico.

7 Linguagem da fantasia.

8 Impressionismo como palavra, no sentido etimológico.

9 A linguagem objetiva, em oposição à expressionista (subjetiva).

Algumas conclusões provisórias

Com base nas reflexões que as leituras nos estimularam, podemos afirmar que o Impressionismo, Literário ou Pictórico, é um modo particular de ver o mundo, de apreender os elementos da realidade e de representá-los com palavras ou com manchas, cores e luzes. Os autores selecionados (Bally, Richter, Alonso e Lida) analisam o impressionismo na linguagem (artística ou científica, popular ou culta), do ponto de vista particular (a palavra, a expressão, a frase), na arte (o uso desses recursos particulares na atividade artística) e na literatura (na prosa e na poesia).

A linguagem, de qualquer tempo ou país, literária ou não, artística ou não, culta ou popular, pode ser impressionista, pois é "a forma primitiva e original da fala humana. As primeiras exteriorizações idiomáticas foram, de um modo ou outro, reflexos provocados por estímulos internos ou externos, e não podiam, pois, ser outra coisa que elementares reproduções de uma impressão. (Richter 1956: 66)"

Nossa preocupação, certamente, está além das questões que envolvem a linguagem impressionista de forma geral, mas a ela também se reportam, pois o objeto de nosso estudo, a linguagem poética de Cesário Verde, é produto do final do século XIX em Portugal e, assim, mostra elementos que a caracterizam como realista impressionista. É, portanto, uma poesia finissecular que assume as funções de poesia-pintura realista impressionista, como se buscasse complementar a arte pictórica impressionista não existente em Portugal.

O impressionismo na pintura

Vários estudiosos foram de significativo auxílio na abordagem que pretendemos: Serullaz, Denvir, Hauser, Francastel, Gombrich, Balzi, entre outros.

O Impressionismo na pintura surgiu a partir dos quadros de Claude Monet, denominado *Impressions* e exibido com escândalo no Salão do *Boulevard des Capucins* em 1874. O livro de Louis Duranty, *Les Peintres Impressionistes*, publicado em 1878, oficializou a designação. O movimento surgiu como um simples processo de escrita, um método para projetar sobre uma tela plástica de duas dimensões, signos extraídos de uma natureza provedora de formas a descobrir. (Francastel 1973: 204). Nunca antes de Monet havia sido concebida a idéia de fundar a representação integral do mundo na decomposição em cores puras da luz (idem: 207).

A pintura impressionista não se preocupa com a visão objetiva e estática da realidade. Não é uma pintura intelectual. Ela se limita a representar a impressão do pintor, isto é, o efeito mais ou menos pronunciado que a ação dos objetos exteriores produz sobre os órgãos dos sentidos; é sua *visão* particular que o artista vai se esforçar por representar na tela e não mais o que ele *sabe* ser das coisas, o que sua formação lhe ensinou (Serullaz 1965: 7). É o sentimento da permanente transformação do mundo, que leva à impressão de uma continuidade em que tudo se funde, onde o que importa são as diferentes atitudes e pontos de vista do observador. Assim, não há na natureza cores permanentes: existe constante mutação. As formas das coisas são criadas pela luz e não pelas linhas. Por outro lado, passa a existir a convicção de que não existe a ausência completa de luz na natureza, e, portanto, não há lugar para a tinta preta nos quadros impressionistas. E os pintores preferem pintar ao ar livre, à luz plena do sol.

Essa arte coloca-se contra a estandartização e revela as tensões de um moderno homem citadino. A realidade é vista como um *processo*, onde todas as coisas estão em movimento contínuo. É uma arte sensorial, isto é, procura registrar os objetos através de impressões, normalmente pictóricas.

É um sistema de pintura que consiste em exprimir pura e simplesmente a impressão tal como foi experimentada materialmente; o artista impressionista é o pintor que se propõe representar os objetos segundo suas impressões pessoais, sem se preocupar com as regras geralmente admitidas (Serullaz 1965: 7).

O termo e a técnica se aplicam inicialmente à pintura, mas podem estender-se à literatura e, inclusive, não se encerrar somente num país ou num determinado período temporal.

Para pintar essa natureza que se torna sua principal preocupação, os pintores trabalham ao ar livre, junto ao motivo. Não realizarão apenas estudos para um quadro executado depois no *atelier*, mas completarão a tela, e aí está sua grande originalidade, no próprio local e o mais rapidamente possível, porque a natureza é cambiante e trata-se de apreender uma impressão fugitiva. (idem : 8)

Como técnica, podemos observar o seguinte: o desenho-contorno que precisa a forma e sugere o volume é banido. A perspectiva não é mais baseada nas regras da geometria mas é realizada, do primeiro plano para a linha do horizonte, pela degradação das tintas e dos tons, que marca assim o espaço e o volume. Precisemos, aliás, que entendemos, como o fez Signac, por *tinta* a qualidade de uma cor (por exemplo, para os azuis: além-mar, cobalto, da Prússia, cerúleo etc.) e por *tom* o grau de intensidade de uma tinta, do mais carregado ao mais claro, cada tinta passando portanto por uma série de tons. Assim um violeta, por exemplo, será sugerido por pequenos toques justapostos de vermelho e de azul. (idem : 9).

Vale lembrar, portanto, que o impressionismo elabora sua estética, tendo como ponto de partida elementos naturalistas cujas limitações, no entanto, transcendem pelo fato de amalgamá-los a componentes subjetivos, relativizantes e individualizantes, em que o dinâmico e o protéico fortemente se insinuam, por aceitação de elementos simbolistas. Essa observação vale para a pintura e para a literatura, mercê do sincretismo estético que caracteriza o final do século XIX.

A particularidade que o Impressionismo tem a seu favor, como autêntica revolução, é a de haver colocado em novo nível de avaliação os elementos emoção e razão. Emoção pura motivada pelos sentidos, através de novas formas de estímulo, e razão, não mais moralizante, sociológica ou anedótica, mas pura razão estética que enriquece o patrimônio cultural humano ao abrir-lhe o campo da pintura como terreno especificamente pictural (Pedrosa 1982: 125).

Uma breve referência à poesia portuguesa no século XIX deve fazer parte desta abordagem. Dois pintores da escola portuense são os introdutores em Portugal do naturalismo pictórico: Silva Porto (1850-1903) e Marques de Oliveira (1853-1927). Ambos estudaram em Paris, como pensionistas. Silva Porto frequentara Barbizon e fora discípulo de

Daubigny; em 1879, data do seu regresso à pátria, sucede a Anunciação na Academia de Lisboa, onde irá desempenhar um importantíssimo papel na renovação da nossa pintura. Marques de Oliveira, que se aparenta mais com Boudin e Lépine, volta no mesmo ano e pouco depois é chamado a exercer funções docentes na Academia Portuense. O aparecimento desses dois artistas provoca a eclosão de um movimento de interesse de grande amplitude, traduzido na ação de associação de carácter artístico e de revistas dedicadas à Arte. Silva Porto será o centro do *Grupo do Leão*[38], que congrega artistas e escritores, em Lisboa. (Tintelnot 1972: 220)

Em Portugal, não há impressionismo pictórico, mas os poetas e escritores é que são pintores impressionistas, como é o caso de Cesário Verde, Eça de Queirós e Fialho de Almeida, entre outros. Isso ocorre devido à forte tradição verbal que faz parte da cultura do país. Não houve em Portugal pintores impressionistas. Se numa ou noutra tela um Malhoa (1855-1933) – que foi quem mais se aproximou dessa escola –, um Carlos Reis, (1863-1940) e poucos mais rondaram o impressionismo, o século XIX acabou com numerosos pintores trabalhando segundo a estética do naturalismo, a que acrescentavam, no retrato e na pintura de género, os ditames de um realismo bastante convencional. Isso não obsta a que devam citar-se um João Vaz, pintor de marinhas, o rei D. Carlos, apaixonado pelo Alentejo, Artur Loureiro, paisagista e animalista, António Ramalho, Veloso Salgado, Condeixa, Sousa Pinto – entre muitas dezenas de nomes igualmente válidos (idem: 221).

O IMPRESSIONISMO NA LITERATURA

O Impressionismo na Literatura deve ser observado a partir do momento histórico em que ele aparece. Nos fins do século XIX e no início do século XX, há um momento na literatura ocidental em que se cruzam as mais variadas tendências. Configura-se uma fase de sincretismo decorrente da interpenetração de elementos realistas e naturalistas, com elementos de reação idealista representada pelo Simbolismo. Essa atitude estética tem sido denominada de Impressionismo.

Embora seja uma realidade comum na Pintura e nas outras artes, o Impressionismo só há pouco foi caracterizado e nomeado devidamente

[38] Cesário Verde também freqüentou o Grupo do Leão.

por estudiosos como Charles Bally, Elise Richter, Amado Alonso, Raimundo Lida, W. Falk, B. J. Gibbs, Afrânio Coutinho e outros. Na verdade, por ter-se mostrado fronteiriço com o Realismo, o Naturalismo e o Simbolismo, há uma certa dificuldade para distinguir o impressionismo da linguagem do impressionismo pictórico e distingui-lo de experiências semelhantes em literatura, denominadas genericamente de impressionismo literário.

A gênese do Impressionismo, como fenômeno literário, dá-se no seio do Realismo-Naturalismo, de que ele é um produto. Em verdade, o Impressionismo é uma forma do Realismo, resultante de sua transformação por efeito das variações estéticas e culturais do fim do século e da reação idealista. É o produto da fusão de elementos simbolistas e realístico-naturalistas. A reprodução da realidade, de maneira impessoal, objetiva, exata, minuciosa, constituía a norma realista; para o impressionista, a realidade ainda persiste como foco de interesse, mas, ao contrário, o que pretende é registrar a impressão que a realidade provoca no espírito do artista, no momento mesmo em que se dá a impressão. O mais importante no Impressionismo é o instantâneo e único, tal como aparece ao olho do observador. Não é o objeto, mas as sensações e emoções que ele desperta, num dado instante, no espírito do observador, que é por ele reproduzido caprichosa e vagamente. Não se trata de apresentar o objeto tal como visto, mas como é visto e sentido num dado momento. (Coutinho 1990: 223)

O Impressionismo surgiu dentro da estética naturalista. É uma reação que surge dentro dele, de caráter mais elitista. Havia por parte de muitos artistas a intenção de se transformar a arte em algo tão precioso quanto inútil. (Abdala Jr e Paschoalin 1985: 126)

Se se quiser sintetizar numa fórmula filosófica a essência da atitude impressionista, esta deverá ser, como sugeriu Arnold Hauser, a idéia de Heráclito de que o homem não mergulha duas vezes no rio da vida em eterno movimento para diante[39].

A correspondência entre pintura, literatura e música no Impressionismo pode ser observada como a notação rápida da impressão fugitiva, esse

[39] (Coutinho 1990: 224) (Hauser 1972: 1050)

triunfo da sensação sobre a concepção racional – o "sinto, logo existo" de Gide substituindo o "penso, logo existo" do cartesianismo clássico. Cores, palavras e sons servem então ao artista para traduzir sensações experimentadas pelo homem; o músico e o poeta "pintam" aquilo que eles experimentam e o pintor sugere a música das coisas (Serullaz 1965: 12).

Nessa linha de correspondência entre as artes, temos as obras dos músicos Claude Debussy (1861-1918), Gabriel Fauré (1845-1924) e Maurice Ravel (1875-1937); dos escritores André Gide (1869-1951), Marcel Proust (1871-1922) e Pierre Loti (1850-1923); dos poetas Paul Verlaine (1844-1896) e Arthur Rimbaud (1854-1891)[40], entre outros.

Claude Debussy pratica, como os pintores impressionistas, toda as formas da fragmentação, do retalhamento, da decomposição dos sons e dos timbres. Gabriel Fauré pratica uma arte de nuances, evocando o mar, as vagas, as nuvens e o vento, em uma música onde o ritmo é apenas sensível.

Os escritores retomam dos pintores seus temas de predileção: a água, a luz, as vibrações, os reflexos, o vento, etc.

André Gide, em *Os frutos da terra*, afirma:

> *Não basta* ler *que as areias das praias são doces; quero que meus pés as sintam... É-me inútil todo conhecimento que uma sensação não precedeu* (Gide 1982: 28).

Marcel Proust, nos volumes de *À procura do tempo perdido*, apresenta a metamorfose das coisas representadas, análoga àquela que em poesia se chama metáfora, isto é, se já havia uma nomeação da realidade, seria necessário renomeá-la, recriá-la (Serullaz 1965: 14).

Pierre Loti, em *Pêcheur d'Islande* utiliza a impressão que o presente lhe causa para retornar ao passado, fazendo a narrativa em três faixas de

---

[40] Verlaine e Rimbaud são poetas simbolistas. As características que levam os estudiosos a citá-los é o fato deles trabalharem com a cor (Rimbaud), com o momento, com a impressão que as coisas sugerem (Verlaine, Gide, entre outros). Além disso, atribui-se inadequadamente o termo *impressionismo* (o movimento literário derivado do pictórico, ocorrido no final do século XIX e início do século) à prosa de ficção e *simbolismo* à poesia de mesma feitura.

tempo (o presente, o tempo da recordação e a recordação de fatos anteriores) (Proença Filho 1973: 263).

Um outro elenco de escritores pode ser incluído: os irmãos Edmond (1822-1896) e Jules Goncourt (1830-1870), Henry James (1843-1916), Joseph Conrad (1857-1924), Anton Tchecov (1860-1904), Stephen Crane (1871-1900), Katherine Mansfield (1888-1923), Thomas Wolfe (1900-1938), Fialho de Almeida (1875-1911).

A arte impressionista coloca-se contra a estandartização e revela as tensões de um moderno homem citadino. A realidade é vista como um *processo*, isto é, procura registrar os objetos através de impressões, normalmente pictóricas. Só que as cores parecem estar desligadas do próprio objeto que o artista reproduz em sua produção: elas ganham uma relativa autonomia. (Abdala Jr e Paschoalin 1985: 126)

ASPECTOS GERAIS DA POESIA-PINTURA IMPRESSIONISTA

De que maneira o conceito de visualidade em geral – imagem, fanopéia, ideograma chinês, poesia-pintura – ajuda a caracterizar a poesia realista impressionista? De que forma podemos caracterizar a poesia de Cesário Verde como realista impressionista e não simbolista[41]?

Nós temos *palavras* que se referem à *realidade*, isto é, palavras que buscam representar elementos da realidade. Essa interação entre *palavra* e *realidade*, se mostra *realista* e *impressionista*, portanto, bastante distante de uma *poesia simbolista*, e se configura em palavras articuladas (frases que formam versos e estrofes) que são visuais, isto é, descrevem e narram fatos e coisas da realidade. Essa visualidade (luz, cor, forma, movimento) estabelece um sentido também pelas imagens apresentadas, produzindo uma sintaxe verbal que se faz também visual. Há uma espécie de transposição artística – a palavra vira mancha, cor, luz, forma, movimento – conforme afirmou Brunetière, mas também chega a ser uma

[41] Podemos apontar uma poesia que se configura como *poesia simbolista*, que, de maneira um pouco diferente, apresenta técnicas do impressionismo, como forma de expressão (a sugestão dos elementos da realidade por meio de metáforas, sinestesias, alogicidade, etc.). O Simbolismo, como movimento literário do século XIX, "é, antes de tudo, antipositivista, antinaturalista e anticientificista" (Moisés 1972: 258), e "a poesia simbolista prega e busca efetuar o retorno à atitude de espírito assumida pelos românticos, e que se traduzia no seu egocentrismo: volta o "eu" a ser objeto de exclusiva atenção, opondo-se ao culto do "não-eu", que fizera o apanágio das tendências anteriores" (idem: ibidem).

tradução intersemiótica, já que o texto verbal se comporta de forma semelhante a um texto pictórico.

A maneira como a visualidade de um modo geral (o caráter mimético da realidade, a fanopéia ou o ideograma chinês, por exemplo, etc.) se relaciona (por justaposição, por interposição, por sobreposição, etc.) com a palavra (no plano semântico, lexical ou sintático) é o que podemos chamar de poesia-pintura, ou poesia pré-visual, e pretendemos situá-la na segunda metade do século XIX.

Esse pictórico é que se mostra como impressionista de acordo com o que pudemos listar abaixo, especialmente no que se refere à poesia realista impressionista.

A partir desses conceitos gerais desenvolvidos neste capítulo, podemos enumerar aspectos particulares que nos auxiliam na observação do impressionismo literário, especialmente aqueles que dizem respeito à poesia impressionista do século XIX, em geral, e à de Cesário Verde, em particular.

Os conceitos selecionados no estudo sobre o Impressionismo na Linguagem fazem parte de nossa reflexão, uma vez que não há distinção, em alguns momentos, entre a linguagem impressionista e o Impressionismo Literário.

A visualidade na poesia nem sempre reflete o impressionismo. De todas as poesias analisadas sob o aspecto visual no Capítulo 2, algumas podem ser consideradas impressionistas, embora todas apresentem visualidade:

a) *Descrição da noite*, um poema barroco, apresenta uma linguagem impressionista *avant la lettre*: as sinestesias apresentam a descrição, ou seja, as impressões da existência da noite por meio de cores, que são opostas ao dia: *terra escurecida*, *fonte calada*, *o Sol não se avista no horizonte*, *horrível selva florida* (porque torna-se escura à noite).

b) *Phanopoeia,* de Ezra Pound, é um poema que se mostra impressionista, embora Pound seja fundador do Imagismo, movimento literário do início do século XX. Poderíamos dizer que é um poema que se utiliza de uma técnica impressionista mais apurada, com tendências para o simbolismo.

O subtítulo do poema – *Rosa branca, amarela, prateada* – apresenta uma gama de cores que pode ser o reflexo de outro objeto na rosa, que possui uma superfície brilhante ou transparente (no sentido figurado). Pode ser, também, as alterações da cor em função da luz nos mais diferentes momentos do dia. Isso pode ser confirmado pelo *remoinho de luz* que segue o eu-poético através da praça.

Realismo, Naturalismo, Simbolismo e Impressionismo são, muitas vezes, nomes inadequados à literatura finissecular como a poesia de Cesário Verde.

Dois conceitos de Impressionismo Literário nos parecem significativos para uma reflexão:

a) é o domínio do momento sobre a continuidade e a permanência, pois a realidade não é um estado coerente e estável, mas um vir-a-ser, um processo em curso, em crescimento e decadência, uma metamorfose (Coutinho 1990: 224).
b) Arte de cunho pictórico, o Impressionismo Literário acompanha a técnica dominante na pintura com o "pontilhismo", o "divisionismo", acumulando sensações isoladas, detalhes, para a captação de um mundo de aparências efêmeras, que o leitor apreende, depois sintetizando, somando os aspectos parciais. O impressionista "inventa" paisagens, que parecem mais autênticas do que a realidade (idem: 226).

A presença de sensações isoladas, que se tornam detalhes, é o que a poesia impressionista pode mostrar: as partes, muitas vezes, sem a relação com o todo, ou seja, as partes, independentemente da visão do todo.

O domínio do momento, que se mostra por meio de sensações isoladas, de detalhes, mostra uma realidade em constante vir-a-ser.

O poeta precisa utilizar uma linguagem poética diferente da que usaram os poetas de outros períodos literários. A sua necessidade de expressão não é análoga à de outros artistas de outros tempos.

É nesse aspecto que parece ser imperativo a Cesário Verde o uso da poesia-pintura, como necessidade de abarcar o real nos mais diferentes e possíveis ângulos, daí a necessidade de usar a parataxe, as frases nominais, a visualidade, a sinestesia, o registro das impressões da realidade pelo prisma impressionista, enfim, fazer a poesia-pintura.

Cores, palavras e sons servem então ao artista para traduzir sensações experimentadas pelo homem; o músico e o poeta "pintam" aquilo que eles experimentam e o pintor sugere a música das coisas. (Serullaz 1965: 12)

Na afirmação de Serullaz, que se une à reflexão de Coutinho, aparece a correspondência das artes, que predominou o momento finissecular: o músico e o poeta *pintam*, enquanto o pintor *escreve*. O material dos artistas são as sensações, logo, o limite das artes torna-se bloqueador da necessária expansão finissecular. *Pintar*, *escrever* tornam-se palavras que têm significado real e figurado: transpor uma arte na outra, fazer a semiose.

O que o poeta, o pintor e o músico pretendem registrar? O real sensível.

Através da correspondência das artes, é possível utilizar os conceitos de luz e cor do impressionismo, aliá-los ao som e incluí-los nas palavras: luz e cor nas palavras, eis aí a poesia-pintura realista impressionista.

Eis como isso se mostra em dois trechos de prosa impressionista:

a) André Gide - "... escreverei, e compreender-me-ás se disser que era apenas a simples exaltação da luz? Está sentado nesse jardim; não via o sol; mas o ar brilhava de uma luz nesse jardim; mas o ar brilhava de uma luz difusa, como se o azul do céu se tornasse líquido e chovesse. Sim, realmente, havia ondas, redemoinhos de luz; no musgo, faíscas como gotas; sim, realmente, nessa grande aléia dir-se-ia que corria luz, e espumas douradas sobravam na ponta dos galhos, em meio ao derramamento de raios". (Gide em Serullaz 1965: 13.)

A descrição do jardim é feita a partir das impressões do eu-narrador. A luz se faz nas palavras: *luz difusa – azul líqüido do céu – chovesse*. Em outra frase, ele complementa: *ondas, redemoinhos de luz*, que vão parecer *faíscas* ou *gotas* (no musgo), na aléia, como *luz, espumas douradas, derramamento de raios*.

b) Marcel Proust – "O sol havia se posto e o mar que se percebia através das macieiras era malva. Leves como claras coroas murchas e persistentes como a saudade, pequenas nuvens azuis e rosas flutuavam no horizonte; uma fila melancólica de álamos mergulhavam na sombra, a copa resignada num rosa de igreja; os últimos raios, sem tocar os troncos, tingiam seus ramos, pendurando nessas balaustradas de sombra guirlandas de luz ..." (Proust in Serullaz 1965: 14)

Sol e *mar* nos trazem a cor dourada e esverdeada; contudo, a presença das *macieiras (verde)*, que filtra a luz, nos traz a cor malva. Essa imagem, visual, pictórica, por excelência, que se mostra como uma paisagem impressionista com palavras, traz uma outra associação: as *nuvens azuis e rosa* que flutuam no horizonte são como uma *fila melancólica de álamos na sombra* (o verde torna-se azulado), como uma *copa resignada num rosa de igreja*. Por último, os *últimos raios* de luz tocam os ramos da árvore, mas não os seus troncos (que são *balaustradas de sombra*), e se mostram como *guirlandas de luz*. A descrição é extremamente detalhista no recorte da paisagem e cria um efeito sugestivo e evocador que se assemelha com a fanopéia poundiana em prosa.

A análise pode ser aplicada a um texto poético. Escolhemos um poema de Camilo Pessanha, por ser enquadrado no Simbolismo Português, mas cuja poesia é considerada como criada sob a influência de Cesário Verde. Na verdade, há alguma semelhança temática e de linguagem poética entre alguns poemas de Cesário e *Lúbrica*[42] de Pessanha.

LÚBRICA

Quando a vejo, de tarde, na alameda,
Arrastando, com ar de antiga fada,
Pela rama da murta despontada,
A saia transparente de alva seda,

E medito no gozo que promete
A sua boca fresca, pequenina,
E o seio mergulhado em renda fina,
Sob a curva ligeira do corpete;

Pela mente me passa, em nuvem densa,
Um tropel infinito de desejos:
Quero, às vezes, sorvê-la, em grandes beijos,
Da luxúria febril na chama intensa ...

Desejo, num transporte de gigante,
Estreitá-la de rijo entre os meus braços,

[42] *Lúbrica*, de Cesário Verde, tem conteúdo e forma diferentes.

Até quase esmagar nesses abraços
A sua carne branca e palpitante;

Como, da Ásia nos bosques tropicais,
Apertam, em espiral auriluzente,
Os músculos hercúleos da serpente,
Aos troncos das palmeiras colossais.

Mas, depois, quando o peso do cansaço
A sepulta na morna letargia,
Dormitando, repousa todo o dia,
À sombra da palmeira, o corpo lasso.

Assim, quisera eu, exausto, quando,
No delírio da gula todo absorto,
Me prostrasse, embriagado, semimorto,
O vapor do prazer em sono brando;

Entrever, sobre fundo esvaecido,
Dos fantasmas da febre o incerto mar,
Mas sempre sob o azul do seu olhar,
Aspirando o frescor do seu vestido,

Como os ébrios chineses, delirantes,
Respiram a dormir, o fumo quieto,
Que o seu cachimbo predilecto
No ambiente espalhava pouco antes ...

Se me lembra, porém, que essa doçura,
Efeito da inocência em que anda envolta,
Me foge, como um sonho, ou nuvem solta,
Ao ferir-lhe um só beijo a face pura

Que há-de dissipar no momento
Em que eu tentar correr para abraçá-la,
Miragem inconstante, que resvala
NO horizonte do louco pensamento;

Quero admirá-la, então, tranquilamente,
Em feliz apatia, de olhos fitos,
Como admiro o matiz dos passaritos,
Temendo que o ruído os afugente,

Para assim conservar-lhe a graça imensa,
E ver outros mordidos por desejos
De sorver sua carne, em grandes beijos,
Da luxúria febril na chama intensa ...

Mas não posso contar: nada há que exceda
A nuvem de desejos que me esmaga,
Quando a vejo, de tarde, à sombra vaga,
Passeando sozinha na alameda ...

(Pessanha s/d.: 125-126)

O poema acima apresenta imagens visuais e literárias que não deixam dúvida quanto a ser uma poesia-pintura, uma vez que a sintaxe se faz pelas palavras e pelas imagens.

As imagens descrevem, através dos focos mais diferentes (longe, perto, panorama, detalhe), uma mulher que passa na alameda: *a vejo*, *ar de antiga fada*, *despontada pela rama da murta*, *a saia transparente de alva seda*. Nesse enfoque, o visual se mostra nas cores branca (*alva seda, saia transparente*), verde (*rama da murta*) e rosada (*antiga fada*).

O olhar do poeta, que contempla a mulher na alameda, provoca-lhe desejos: *E medito no gozo que promete*. Da segunda até a última estrofe, o eu-poético descreve, ou seja, pinta as suas impressões sobre a figura feminina que viu na alameda. Da primeira para as outras estrofes, com exceção da última, em que ele repete o que ele vê na alameda, há um corte entre o visto, o real, o presente, com o que passa a existir na imaginação do eu-poético, num tempo hipotético, irreal, existente enquanto desejo.

A pintura impressionista vai à procura da cor que se modifica com a luz. A pintura se faz fora do ateliê, na rua, no campo. Isso reflete a característica da estética realista de Courbet, que quis ser "unicamente um discípulo da natureza" (Gombrich [1979]:402), aquele pintor que quis "representar o mundo tal como o via" (idem: 403).

Podemos juntar a essa procura do natural e do real as atitudes do *flâneur* baudelairiano: as deambulações e as descrições dos elementos da realidade que os olhos vão captando nas diferentes horas do dia e da noite. É uma atitude que se mostra semelhante à conduta impressionista.

É o que faz Édouard Manet na pintura, que inicia a pintura ao ar livre e cria a série de cenas da vida moderna: a experiência artística da cidade passa a ter papel importante: O artista tem uma maneira própria de ver a vida urbana. A cidade aparece ao pintor através de massas de cor: as avenidas, a multidão, o movimento dos veículos. A observação das ruas de Paris mostra-lhe que a multidão não é um conjunto de indivíduos e que sua representação plástica não pode, portanto, ser concretizada pela justaposição de figuras isoladas. Dissolvido na multidão, o indivíduo deveria merecer um tratamento pictórico diferente[43] .

De forma semelhante, com Charles Baudelaire, a poesia acompanha um caminhar pelas ruas da cidade ou do campo, torna-se uma poesia-pintura ao ar livre, em pleno sol, e registra as impressões da luz e da cor. No sentido real, e no figurado, o dia, a claridade, o olhar para fora, é uma atitude estética do Realismo e, por conseqüência, do Impressionismo, como é o exemplo do poema abaixo:

MAIS LUZ!

Amem a noite os magros crapulosos,
E os que sonham com virgens impossíveis,
E os que se inclinam, mudos e impassíveis,
À borda dos abismos silenciosos ...
Tu, lua, com teus raios vaporosos,
Cobre-os, tapa-os e torna-os insensíveis,
Tanto aos vícios cruéis e inextinguíveis
Como aos longos cuidados dolorosos!
Eu amarei a santa madrugada,
E o meio-dia, em vida refervendo,
E a tarde rumorosa e repousada.
Viva e trabalhe em plena luz: depois
Seja-me dado ainda ver, morrendo,
O claro sol, amigo dos heróis!

Antero de Quental *(Quental s.d.: 71)*

A visualidade do poema de Antero mostra um contraste entre dia e noite: atribui aspectos nebulosos à noite (*magros crapulosos, virgens impos-*

[43] Abril Cultural: 10,12

síveis, abismos silenciosos), enquanto o dia se mostra numa tonalidade clara (*santa madrugada, meio-dia, tarde rumorosa e repousada, plena luz, claro sol, amigo dos heróis*).

As formas resultam da dessemelhante coloração dos objetos. "Não há forma sem cor e não há cor sem forma" (Mauclair in Alonso e Lida 1956: 110). Uma aplicação desse conceito estético para a pintura é possível observar no poema de Mário de Andrade:

Garoa do meu São Paulo,
- Timbre triste de martírios -
Um negro vem vindo, é branco!
Só bem perto fica negro,
Passa e torna a ficar branco.

Meu São Paulo da garoa,
- Londres das neblinas finas -
Um pobre vem vindo, é rico!
Só bem perto fica pobre,
Passa e torna a ficar rico.

Garoa do meu São Paulo,
- Costureira de malditos -
Vem um rico, vem um branco,
São sempre brancos e ricos ...

Garoa, sai dos meus olhos.

(*Andrade s.d.: 288*)

Tomando por base o fato de que o poema é extremamente visual, e que apresenta algumas características pictóricas que podem ser classificadas como impressionistas, podemos afirmar que forma e cor se confundem do ponto de vista pictórico e metafórico, dando sentido visual, sonoro e sintático ao texto: *negro* é *branco*, em virtude da *garoa do meu São Paulo*. Essa *garoa* funciona como um véu (sentido real e sentido figurado), que deixa entrever as diferenças sociais de cor e de bens materiais: *São sempre brancos e ricos...*

A impressão da realidade para o poeta foi um tema que se apresentou na nuance da cor e deu forma a uma avaliação de um aspecto da realidade, deixando entrever uma opinião: o preconceito. As manchas de cores, devido à distância e à garoa, permitem leituras diferentes.

Síntese

Retomamos o conceito de poesia-pintura do capítulo anterior e chegamos à poesia realista, através de um estudo do impressionismo na linguagem (o registro da sensação pela palavra) e o Impressionismo, o Expressionismo, a Gramática e a Lingüistica na pintura e na literatura.

A imagem, visual ou literária, a visualidade como expressão na poesia escrita, a relação entre a poesia e a pintura, a existência de uma poesia-pintura – esses foram os conceitos com que refletimos para procurar entender a poesia de Cesário Verde como uma poesia-pintura.

Da poesia-pintura para a poesia-pintura realista foi a segunda abordagem teórica da poesia de um determinado período de tempo em Portugal. Em seguida, procuramos entender a poesia de Cesário Verde como poesia-pintura realista impressionista.

Os Poemas-Pinturas

Imagens que passais pela retina
Dos meus olhos, por que não vos fixais?
Que passais como a água cristalina
Por uma fonte para nunca mais! ...

Ou para o lago escuro onde termina
Vosso curso silente de juncais,
E o vago medo angustioso domina,
– Por que ides sem mim, não me levais?

Sem vós o que são os meus olhos abertos?
– O espelho inútil, meus olhos pagãos!
Aridez de sucessivos desertos ...

Fica sequer, sombra das minhas mãos,
Flexão casual dos meus dedos incertos,
– Estranha sombra em movimentos vãos.

Camilo Pessanha[1]

"Proclamando o primado da vista, Cesário rasga de inéditas perspectivas as breves páginas do Livro. A poesia passa a ser uma fonte de expressão de emoções bebidas no convívio com a realidade."

Carlos Cunha[2]

[1] Pessanha s.d.: 84-85
[2] Cunha 1955: 12

A Linguagem Poético-Pictórica

Imagens que passais pela retina, de Camilo Pessanha, é a introdução deste capítulo por uma série de razões. Em primeiro lugar, sintetiza o assunto que abordamos desde a introdução do nosso estudo: a busca da palavra-imagem que passa, se mostra como pintura e estabelece uma cadeia semântica com base na relação visual. Por outro lado, a escolha de um poeta simbolista nos põe diante da dificuldade que o termo *impressionista* se nos apresenta: ele é usado para a prosa de ficção, enquanto que, via de regra, o termo *simbolismo* é usado para a poesia: "a representação das sensações individuais e fugidias, por exemplo, se considera, na prosa, característica do impressionismo, e, na poesia, do simbolismo" (Alonso e Lida 1956: 146).

Tentamos delimitar nosso estudo e análise, específicos para a obra poética de Cesário Verde, como sendo uma poesia-pintura realista impressionista. Apesar de haver impressões da realidade também na poesia simbolista finissecular, esse impressionismo existe tanto na prosa de ficção como na poesia do período literário denominado realista. Os ismos do fim do século XIX geraram algumas dúvidas que só poderão ser sanadas se alguns movimentos finisseculares deixarem de ser denominados de Realismo, Naturalismo, Impressionismo ou Simbolismo. Ou, também, se os estudiosos conseguirem delimitar, com mais clareza e detalhes, cada movimento finissecular de cada país.

No estabelecimento das relações entre poesia e pintura, observamos que nosso estudo está voltado para a poesia verbal do século XIX do poeta português José Joaquim Cesário Verde (1855-1886), que apresenta rima, métrica, ritmo. O autor publicou seus poemas em jornais e revistas portugueses durante a sua vida. Pretendia reunir seus trabalhos em um livro, mas não o fez. Em 1887, um ano após a sua morte, Antonio da Silva Pinto, por conta própria, publicou *O Livro de Cesário Verde* e procurou divulgar a obra do amigo.

Essa poesia verbal apresenta relações com a visualidade, se assemelha à pintura, especialmente a impressionista. A grande maioria da sua obra poética apresenta semelhanças com a literatura impressionista, que coexistiu com outros movimentos literários (Realismo, Naturalismo, Parnasianismo, Simbolismo, etc.) do final do século XIX e começo do século XX.

Dos 43 poemas conhecidos de Cesário Verde[3], cerca de 20 têm características impressionistas. A referência ao pictórico se apresenta em dois aspectos:

Primeiro – O uso metafórico de termos que apresentam essa inter-relação intersemiótica – palavras como *pintor, pintura, quadro, cores*, etc. A pintura se mostra na poesia de forma explícita, conquanto metafórica. De certa forma, há uma relação metafórica entre o escrever e o pintar, pois, escrever significa pintar com as palavras.

Eis alguns exemplos:
Pinto quadros por letras, por sinais,
Tão luminosos como os de Levante, (Nós, *II, E 29, V3,V4)*

Em todo o caso dava uma aguarela. (De tarde, *E 1,V4)*

E eu, de luneta de uma lente só,
Eu acho sempre assunto a quadros revoltados:
(O Sentimento dum Ocidental, *II, E 22, V1,V2)*

E eu recompunha, por anatomia,
Um novo corpo orgânico, aos bocados.
Achava os tons e as formas. (Num bairro moderno, *E 9)*

E eu, que urdia estes fáceis esbocetos,
Julguei ver, com a vista de poeta,
Uma pombinha tímida e quieta
Num bando ameaçador de corvos pretos. (A Débil, *E12)*

(...) Eu mal esboço o quadro
Da lírica excursão, de intimidade.
Não pinto a velha ermida com seu adro;
Sei só desenho de compasso e esquadro, (De Verão, *EII)*

Nos exemplos acima, a pintura surge da poesia, do mundo ficcional construído por palavras na poesia: *Pinto quadros por letras, por sinais, dava*

---

[3] Esta informação está baseada em *Obra completa de Cesário Verde*, livro organizado por Joel Serrão (1992): considerando-se as versões de três poemas, nós chegamos ao total de 43 poemas; se excluirmos as versões, temos 40 poemas.

uma aguarela, *assunto a quadros revoltados*, etc. A busca do registro dos elementos da realidade se faz através dos cinco sentidos, dentre os quais o visual se estrutura através de um procedimento semelhante ao da pintura, inclusive através do uso de expressões pictóricas.

Com base no que pesquisamos até o presente momento, não ocorre o processo inverso, isto é, a poesia que é feita a partir da pintura. Aliás, não temos conhecimento de que esse foi o procedimento de composição poética de Cesário, não é isso que nos foi passado através da sua biografia.

Só há um estudo de Stephen Reckert que se refere ao poema *Num bairro moderno*, afirmando que Cesário Verde pode ter baseado a sua "visão de artista" com os quadros da escola de Archimbold, pintor milanês, no Solar de Mateus, onde há quadros anônimos, provavelmente de discípulos de Archimbold, que representam figuras semelhantes à enfocada no poema citado. O artigo (Reckert 1986:41-49) traz a reprodução das pinturas "Verão", "Inverno" e "Outono", nas quais as figuras humanas são formadas por frutas e legumes, são masculinas, ao passo que, no poema, a figura é feminina. A semelhança parece ser de inspiração ou de criação poética.

Uma leitura poética, que é parte do poema "O sim contra o sim", de João Cabral de Melo Neto[4] , parece reforçar nosso ponto de vista:

(...)
Cesário Verde *usava a tinta*
de forma singular:
não para colorir,
apesar da cor que nele há.

Talvez que nem usasse tinta,
somente água clara,
aquela água de vidro
que se vê percorrer a Arcádia.

Certo, não escrevia com ela,
ou escrevia lavando:

[4] Melo Neto 1975: 47.

relavava, enxaguava
seu mundo em sábado de banho.

Assim chegou aos tons opostos
das maçãs que contou:
rubros dentro da cesta
de quem no rosto as tem sem cor.
(...)

Segundo – A própria composição do poema apresenta uma configuração visual dentro da estrutura verbal, muitas vezes enriquecendo o sentido do texto. A pintura se mostra na poesia de forma indireta, por meio do uso de substantivos e adjetivos que contêm elementos visuais e pictóricos, através da descrição, da narração, da produção de imagens visuais, da parataxe, etc., como é o caso do exemplo abaixo:

Povo! No pano cru rasgado das camisas
Uma bandeira penso que transluz!
Com ela sofres, bebes, agonizas (tu);
Listrões de vinho lançam-lhe divisas,
E os suspensórios traçam-lhe uma cruz! (Num Bairro Moderno, *E 14*)[5]

A simetria nos poemas se parece com uma preocupação de um artista plástico: o número de versos tem relação com o número de imagens, de estrofes, a quantidade de estrofes é equilibrada, de uma forma geral, em toda a obra poética.

Esta abordagem partiu da leitura de "Sobre a arte verbal de William Blake e Outros Poetas-Pintores" (Jakobson 1990: 127-148), que analisa as poesias de William Blake, Henri Rousseau e Paul Klee, observando nelas geometrismos, simetrias, paralelismos verbais, isto é, uma estreita relação entre arte verbal (poesia) e pictórica (pintura).

Se compararmos com Cesário, ocorre o processo inverso: Blake, Rousseau e Klee foram pintores que fizeram poesia. A poesia deles se assemelha a uma construção pictórica. Cesário Verde é um poeta que se

---

[5] Mais exemplos desse aspecto está arrolados no subcapítulo "Panorama da poesia-pintura de Cesário Verde".

utiliza de um procedimento que se assemelha ao processo de uma pintura.

Essa simetria pode ser observada da seguinte forma: o número de versos por estrofe, o número de estrofes em cada poema, o número de imagens visuais por verso, e assim por diante.

A seqüência das imagens obedece a uma sintaxe visual ou a uma "leitura" pictórica: do geral para o particular, do panorama para o detalhe. Às vezes, não ocorre uma seqüência lógica de idéias em cada seqüência de imagens, isto é, o texto verbal não tem a seqüência sujeito-verbo-complementos-adjunto. Trata-se daquilo que Eisenstein denominou de "série de tomadas", de montagens verbo-imagéticas.

Uma contagem do número de estrofes e de versos em todos os poemas de Cesário Verde[6] nos auxilia na verificação da simetria, da extensão dos poemas, da geometrização dos versos, e assim por diante.

1 A Forca – quatro estrofes, 14 versos.

2 Num tripúdio de corte rigoroso – quatro estrofes, 14 versos.

3 Ó áridas Messalinas – quatro quadras, 16 versos (4 X 4 estrofe).

4 Eu e Ela – seis quadras (24 versos).

5 Lúbrica ... – oito quadras (32 versos).

6 Ele - doze tercetos e uma estrofe de um verso (37 versos).

7 ECOS DO REALISMO

7.1 - Impossível – doze quadras (48 versos).

7.2 - Lágrimas – quatro estrofes, 14 versos.

7.3 - Proh Pudor! – quatro estrofes, 14 versos.

7.4 - Manias – quatro estrofes, 14 versos.

8 Heroísmos – quatro estrofes, 14 versos.

9 Cantos da Tristeza – vinte e duas quadras (88 versos).

10 Cinismos – 5 tercetos e uma estrofe de um verso (16 versos).

11 FANTASIAS DO IMPOSSÍVEL

[6] Adotamos a numeração utilizada na *Obra Completa de Cesário Verde*, organizada por Joel Serrão (Serrão 1992: 41-188).

11.1 - Caprichos – vinte e quatro estrofes distribuídas em 12 partes, numeradas com algarismos romanos, sendo que cada uma dela forma dois pares compostos de uma quadra e um dueto. Total de 72 versos.

11.2 - Esplêndida – nove quintetos (45 versos).

11.3 - Arrojos – oito quadras (40 versos).

12 Vaidosa – cinco quadras (20 versos).

13 Flores Venenosas – I – Cabelos – dez quadras (40 versos).

14 MELODIAS VULGARES – FLORES VELHAS

14.1 - Melodias vulgares – vinte e quatro quadras (96 versos).[7]

14.2 - Flores velhas – vinte e cinco quadras (100 versos).

15 Cadências tristes – cinco quintetos (25 versos).

16 Deslumbramentos – dez quadras (40 versos).

17 Humorismos de Amor – doze quadras (48 versos).

18 Ironias do Desgosto – oito quadras (32 versos).

19 Desastre – dezessete quadras (68 versos).

20 NEVROSES – CONTRARIEDADES

20.1 - Nevroses – dezessete quadras (68 versos).[8]

20.2 - Contrariedades – dezessete quadras (68 versos).

21 A Débil – treze quadras (52 versos).

22 Humilhações – dez quadras (40 versos).

23 Num bairro moderno – vinte quintetos (100 versos).

24 Merina – duas quadras (8 versos).

25 Sardenta – uma quadra (4 versos).

26 Cristalizações [9] – vinte quintetos (100 versos).

---

[7] Este poema foi publicado no Porto, no *Jornal da Tarde* de 04 de dezembro de 1874 (Serrão 1992: 85). Há uma quadra a menos do que uma outra variante, intitulada *Flores Velhas*, publicada em *O Livro de Cesário Verde*, em 1887.

[8] Este poema foi publicado com o título de *Nevroses* e de *Contrariedades*, com diferenças, por vezes, substanciais. (Serrão 1992: 104).

[9] Com esse poema, no subcapítulo "Cristais-textos-em-ações", pudemos observar, ao longo de todo o poema, a questão da simetria e de uma linguagem poético-pictórica.

27 Noitada – vinte e cinco quadras (100 versos).

28 Num Álbum – três quadras (12 versos).

29 Em Petiz – partes I (cinco quadras), II (vinte quadras) e III (cinco quadras). Total de l20 versos.

30 Manhãs brumosas – cinco sextetos (30 versos).

31 O SENTIMENTO DUM OCIDENTAL

31.1 - O Sentimento dum Ocidental[10] – quatro partes de onze quadras cada uma, perfazendo um total de 44 quadras. Total de 176 versos.

31.2 - O Sentimento dum Ocidental[11] – poema com dedicatória a Guerra Junqueiro e quatro subtítulos – 44 quadras em quatro partes de onze quadras cada uma. Total de 176 versos.

32 De Tarde – quatro quadras (16 versos).

33 De Verão – dezessete quintetos (90 versos).

34 *Nós* – parte I (doze quadras), II (noventa e uma quadras, separadas por asteriscos em 13 quadras, 4, 9, 6, 17, 21, 8, 33), III (cinco quadras) = total de cento e oito quadras = total de 432 versos. É o maior poema de Cesário de que se tem notícia.

35 Provincianas – partes I (14 quintetos), II (dois quintetos). Total de 80 versos.

Contando-se as versões como poemas em separado, a obra poética de Cesário é composta de 6 sonetos, 2 poemas em tercetos, 27 poemas em variados números de quadras, 6 poemas em quintetos, e 1 poema em sextetos. Constitui uma exceção um poema de 24 estrofes compostas de quadra e dueto. Os poemas mais longos são os mais representativos da modernidade.

A preferência pelo número par de estrofes e de versos mostra-se como uma constante nas 43[12] poesias de Cesário Verde. O que isso quer dizer

---

[10] Esta é a primeira versão, de 1880, que foi publicada no Porto, no *Jornal de Viagens* de 10 de julho de 1880. (Serrão 1992: 148)

[11] Esta é a segunda versão, publicada em *O Livro de Cesário Verde*, de 1887. (Serrão 1992: 156).

[12] Contamos as versões de *Melodias vulgares/Flores Velhas*, *Nevroses/Contrariedades* e *O sentimento dum Ocidental* como seis (06) poemas, ao invés de três (03).

para a obra do poeta? Qual o significado dessa constante ao longo dos poemas?

Que relação pode haver entre o número de estrofes (distribuição espacial, forma) com o conteúdo (tema) dos seus textos? A relação entre o número de estrofes e o número de versos privilegia o número par. Pode ser a procura do equilíbrio.

Se o número de estrofes é ímpar, o número de versos dá um produto par. Será que nessa escolha numérica há uma procura de efeito, conforme análise de Edgard Allan Poe em "A Filosofia da Composição"?

A preferência de Cesário Verde por um determinado número de sílabas métricas por versos e um certo número de estrofes significa uma escolha. Essa escolha "corresponde ao teor descritivo, ao modo analítico da visão do circunstante, e também ao gosto do exacto, a certo geometrismo de "engenheiro" da poesia. Metro e sintaxe vão colaborar para uma comunicação sóbria, incisiva, calculada, anti-oratória" (Coelho 1969: 195).

O conteúdo dos poemas se apresenta como se fossem quadros, cenas, paisagens, como referência textual e como composição poética. Há constantes recortes que mostram o maior número possível de imagens. Em *Cristalizações*, por exemplo, contamos 45 imagens-versos ou imagens-frases[13] . Essa forma de composição entrecortada se realiza por meio de frases paratáticas, nominais, por meio de interrupção verso a verso, cujo sentido se mostra entrecortado:

Sentei-me à secretária. Ali defronte mora
Uma infeliz, sem peito, os dois pulmões doentes; (Nevroses, *E 3)*

Nesse fragmento, percebemos o recorte do olhar do eu poético: o problema pessoal (o fato de estar *cruel, frenético, exigente*, devido à recusa de publicação de um folhetim de versos) se abre para o problema social de uma outra pessoa. A atenção do eu-poético se fragmenta, deixando de ser egocêntrica. O mesmo olhar se mostra fragmentado e mais adequado a um dia-a-dia em que se misturam os mais diferentes problemas individuais, coletivos, regionais, nacionais, internacionais, etc.

[13] Vide análise no subcapítulo "Cristais-textos em Ação".

Essa seqüência de imagens se comporta como pintura, fotografia ou fotograma: "os seus poemas progridem numa série de seqüências aparentemente acidentais de acontecimentos justapostos cuja articulação, estruturalmente metonímica, está mais próxima da técnica cinematográfica de corte e montagem (derivada da técnica de justaposição significativa do romance realista) do que da técnica poética de associação metafórica." (Macedo 1986: 18)

Assim, podemos estabelecer a seguinte comparação: pintamos com cores, formas, luz, movimento, tela ou outro tipo de suporte, ao passo que escrevemos com palavras e folha de papel. Quando a palavra tem por objetivo mostrar o que é pintado, o que surge aos nossos olhos, aí, então, usamos a palavra que permite entrever o que é visual.

A temática da poesia de Cesário pode ser vista como uma analogia com a obra pictórica: natureza morta, paisagem urbana, paisagem rural, retratos femininos, paisagem marinha, crítica social urbana, crítica social rural, caricaturas, etc.

- retratos femininos - A força, Num tripúdio de corte rigoroso, Ó áridas Messalinas, Eu e ela, Lúbrica, Impossível, Esplêndida, etc.

- crítica social - Ele (Ao Diário Ilustrado), Desastre, Cristalizações, Num Bairro Moderno, etc.

- paisagens urbanas - Num Bairro Moderno, Esplêndida, Cristalizações, O Sentimento dum Ocidental, Contrariedades, etc.

- paisagens rurais: De tarde, De Verão, Nós, Provincianas, etc.

- natureza morta - algumas estrofes de Num bairro moderno.

- temas históricos - O Sentimento dum Ocidental, Nós.

- sátira - Heroísmos.

A *visualidade e o aspecto pictórico na linguagem poética* de Cesário Verde se dá:

a) <u>pelo uso do adjetivo, do substantivo, e por vezes do advérbio, que contém elementos visuais e pictóricos</u>:

Embora não tratem especificamente sobre a questão do visual e do pictórico, há os estudos de Atkinson:

O poeta emprega juntos um substantivo e um adjectivo que distam tanto um do outro sob o ponto de vista semântico que a sua associação cria um efeito surpreendente. A rapariga que vende hortaliça é

*Duma desgraça alegre que me incita (*Num bairro moderno*)." Trata-se de uma "técnica impressionista que comprime em só duas palavras um conceito bastante complexo"* (Atkinson 1968: 203).

Saraiva e Lopes:

É um processo de suprir pelo adjectivo e pelo advérbio uma relação lógica extensa, de imediatizar, pela surpresa da relação verbal, uma sugestão que morreria se fraseologicamente se desdobrasse: "quando passas, aromática e normal"; "cheiro salutar e honesto ao pão no forno"; "pés decentes, verdadeiros"; "eu tudo encontro alegremente exacto"; "amareladamente, os cães parecem lobos"; etc. (Saraiva e Lopes 1989: 990)

Atkinson e Saraiva e Lopes comparam o estilo de Cesário Verde ao de Eça de Queirós como criadores de uma linguagem literária renovadora, modernista, que, para o nosso ponto de vista, é representante do Impressionismo Literário. Além disso, essa mesma construção verbal permite ver aspectos visuais e pictóricos.

b) pela construção de frases nominais ou pelo agrupamento de "três ou quatro palavras da mesma categoria gramática, adjectivos, substantivos e ainda verbos" (Atkinson 1968: 203):

... bovinos, másculos, ossudos ...
Vê-se a cidade, mercantil, contente:
Madeiras, água, multidões, telhados ... (Cristalizações)

A desconstrução da frase, ao nível da articulação sintática, ou da compreensão do sentido pelo aspecto verbal, determina uma leitura que se faz através da visualidade, que é pictórica realista impressionista. Assim, *madeiras, água, multidões, telhados* mostra uma síntese vocabular e uma visão panorâmica própria da pintura: um conjunto de elementos de uma paisagem urbana através de uma vista aérea.

O uso das frases nominais se assemelha ao uso das pinceladas (manchas, cores) da pintura impressionista. As descrições sintéticas, os flashes, as sínteses, tudo isso apresenta uma realidade multifacetada, através de um olhar que procura observar através dos cinco sentidos: visual, auditivo, gustativo, tátil e olfativo. Através desse detalhamento e dessa fragmentação, o eu-poético busca abarcar a realidade toda com palavras-imagens, as quais, via de regra, são compostas de substantivos e adjetivos.

c) pela parataxe na frase, num conjunto de frases, ou seja, nos versos e nas estrofes - Parataxe é um "processo sintático que consiste na justaposição das frases, sem explicitar , seja por uma partícula de subordinação, seja por uma partícula de coordenação, a relação de dependência que existe entre elas, num enunciado, num discurso ou numa argumentação" (Dubois et al 1993: 456). A estrofe 1 de *Num Bairro Moderno* pode ser um exemplo:

Dez horas da manha; os transparentes
Matizam uma casa apalaçada;
Pelos jardins estacam-se as nascentes,
E fere a vista, com brancuras quentes,
A larga rua macadamizada.

A frase se mantém coesa a partir da síntese das palavras, enquanto a parataxe ocorre nos versos 1, 2 e 3. A presença da conjunção *e* (coordenada aditiva, de uma forma geral) é um recurso expressivo constante na poesia de Cesário e funciona como uma aliteração ou um polissíndeto. A parataxe, que pode ser chamada de assíndeto na estrofe sob estudo, já que é a ausência de uma conjunção coordenada, determina a formação de imagens que se relacionam num nível pictórico: *Dez horas da manhã* indicam uma cor clara, que se relaciona *transparentes* (ares) que *matizam* uma *casa apalaçada*. Uma relação com o tempo, que determina uma luz especial (a luz clara da manhã), que deixa os ares claros e transparentes, que apresentam ao leitor a casa apalaçada. A ausência do conectivo permite uma leitura também pictórica, pois o leitor pode construir a casa e a rua na sua imaginação.

A visão geral – *dez horas da manhã* + *transparentes* + *casa apalaçada* – determina um olhar que particulariza – *jardins* + *nascentes* – que, em seguida, se generaliza: *larga rua macadamizada*. Parece um olhar de uma câmara cinematográfica em panorâmica ou em *close*. Tem semelhança com as descrições da prosa realista naturalista, como as de Eça de Queirós, Aluísio Azevedo, Fialho de Almeida e outros.

A presença do conectivo *e* determina um acréscimo na construção paratática anterior, ao mesmo tempo que permite uma ampliação do olhar, pois do ponto de vista observado anteriormente – *manhã, transparentes, casa, jardins, nascentes* – o eu-poético narrador se dá conta da incorporação da rua na paisagem panorâmica.

Jacinto do Prado Coelho contou "35 frases independentes ou coordenadas compostas por um só verso; 4 das coordenadas são iniciadas pela copulativa *e*, outra pela disjuntiva *ou*" (Coelho 1969: 195-196) em *O Sentimento dum Ocidental.*

d) pela presença da imagem visual e/ou literária - isso faz parte de toda a obra poética de Cesário.

Cresce o relevo dos montes,
Como seios ofegantes;
Murmuram como umas fontes
Os rios que dias antes
Bramiam galgando pontes. (Nós, *I, E5)*

e) através da descrição e/ou da narração, que apresenta uma estrutura que se mostra como aspectos cinematográficos e/ou fotográficos, e

f) pelo uso dos cinco sentidos na tentativa de descrever o todo em todos os pontos de vista, através do uso das sinestesias, como se fosse o cine-olho de Dziga Vertov.

Jacinto do Prado Coelho afirma que

> *escrever bem era em Cesário ver bem, seleccionar e dosear as impressões, realçar as linhas e os volumes, o agradável e o acerbo, o nobre e o corriqueiro, o imaginado e o visto, por meio de alternâncias e contrastes premeditados que imitam o desfile descontínuo e o regresso obsessivo das ideias fortuitas. Sem dúvida, vivia em grande parte pelos sentidos, eufòricamente, na cidade como no campo, antecipando-se à lição antimetafísica de Alberto Caeiro:*
>
> *Lavo, refresco, limpos os meus sentidos.*
> *E tangem-me excitados, sacudidos,*
> *O tacto, a vista, o ouvido, o gosto, o olfacto.* (Coelho 1961: 222)

Aqui nos parece que o uso dos cinco sentidos está voltado para a forma de ver da estética realista, que condenava a imaginação, a elucubração, o subjetivismo.

É por meio da perspectiva apresentada nos itens acima que podemos estudar o realismo impressionista na poesia-pintura. Na relação entre poesia e pintura, o projeto poético de Cesário Verde se constrói como poesia-pintura, apresentando um contraponto do objetivo para o subjetivo.

Buescu[14] estabelece outros aspectos:

- contínua referência do real às *sensações*, sendo estas a apreensão referente pelo EU, e sua consequente interpretação/subjetivização (todo o texto está cheio de referências à vista, ao ouvido, ao olfacto e ao gosto) (Buescu 1983: 30);
- exclamações interpretativas e, portanto, subjectivizantes (por exemplo: "Querem viver!", em que se pretende acentuar a oposição entre o desejo (vida) e a realidade logo imediatamente descrita com minúcia: "E picam-se nos cardos; / Correm as vilas; sobem os outeiros; / E às horas de calor, nos esterqueiros, / De roda deles zumbem os moscardos": sendo o "e" de ligação entre uma parte e outra de facto correspondente a um "mas" - novo desajuste, novo trabalho significante;
- descrições aparentemente dadas como objectivas, depois subjetivizadas (às vezes duplamente, como neste caso) pelo eu: "Os *monstros*, que eu lamento";
- expressões que passam quase despercebidas, através das quais o eu vai subjectivizar (e até ambiguizar) o facto dado;
- "a realidade é subjectivizada por um elemento à partida contrário, que eu denominaria "hiper-realismo", no sentido de pretender dar a uma realidade já de si negativa um carácter ainda mais vincadamente negativo, recorrendo então a hipérboles, particularizações, metonímias de carácter disfemizante: os pobres são vistos como "bichos", metáfora que se vai prolongar na estrofe seguinte, ao dizer-se de uma po-

[14] Helena de Carvalhão Buescu faz um estudo comparativo entre Cesário e António Nobre, quanto aos aspectos lírico e narrativo, os tempos do passado e do presente, o memorialismo de caráter autobiográfico, o processo de subjetivização do aparentemente objetivo, a partir dos poemas *Em Petiz* e *Memória*, de Antonio Nobre.

bre que vai *"a trote"*; fazendo-se comparações voluntariamente *desajustadas* para acentuar o carácter negativo da realidade: "Rolam os olhos como dois escarros"; o discurso fixa-se no pormenor negativo para o acentuar: "Um, *que* cortada a mão, coçava o coto", processo aqui reforçado pela aliteração do K." (idem: 30-31).

"Todos esses elementos (conforme enumeração acima) parece-me provirem do *desajuste* já várias vezes focado, que julgo ser o principal factor do lirismo neste texto. Criando-se o desajuste, incongruência, entre duas realidades, duas informações, duas expressões, cria-se uma situação múltipla, na medida em que se recria e se torna congruente, no texto, aquilo que o não é na "realidade". (idem: 31) Eis os exemplos enumerados pela Autora: uso substantivado do adjetivo; a incongruência, o desajuste entre dois adjetivos aplicados sucessivamente ao mesmo objeto; reaproveitamento negativizante (feito na oralidade) de uma realidade em princípio poética; a aposição sintagmática de palavras pertencentes a universos semânticos em princípio incompatíveis; a aparente "arbitrariedade" (que é também um desajuste, faltando a motivação para o ajustamento) da escolha; oscilação da situação de comunicação, criando uma multiplicidade de receptores no interior do próprio discurso do sujeito.

A linguagem de algumas cartas[15] de Cesário Verde permite entrever um projeto poético, mesmo que latente: há um olhar que se prende ao real e ao cotidiano, que parece um ensaio de uma poesia. Dentre os mais diferentes assuntos pessoais que envolvem as cartas, em muitas delas Cesário mostra alguma coisa sobre os seus próprios poemas. Escolhemos um trecho de carta a António de Macedo Papança para exemplificar:

Do meio-dia ás duas horas as nuvens afastam-se de cima; e, em montanhas, no horisonte, recordam-me aquelle doce muito branco e balofo que tu ahi tinhas. O sol consegue enfim tornar todas as coisas scintillantes: o rio como uma gyboia estendida, as searas verdes que parecem galopar com o vento, as paredes lavadas das quintas, as arvores que se destacam limpidas e o cimo das pedras na calçada que seca. É uma alegria.

---

[15] No capítulo 1, analisamos duas cartas de Cesário a António de Macedo Papança, de 1877 e 1880, respectivamente.

Mas á noite um horror, uma tristeza, n'esta pobre casa de campo. Na sala do milho a humidade ennegreceu o papel pintado das paredes, como a ferrugem que cobre as oliveiras velhas, sabes? De manhan, ao levantar-me, não tenho escova para lavar os dentes; e a carne fresca de vacca só a ha ás terças e sabbados. (Monsaraz 1956: 21) (Serrão 1992: 228)

A carta de 1886 mostra uma descrição semelhante à construção dos poemas de Cesário: as *nuvens* e as *montanhas* recordam o *doce muito branco e balofo* que Papança tem. A cintilação do sol altera a visão de todas as coisas (o que provoca diferentes impressões): o *rio* é uma *gyboia estendida*, as *searas verdes parecem galopar com o vento*. O trecho lembra um fragmento de *Cristalizações*: *E os charcos brilham tanto que eu diria / Ter ante mim lagoas de brilhantes!*. A descrição é pictórica, mostra impressões da realidade e apresenta uma fanopéia poundiana *avant la lettre*.

A poesia realista impressionista de Cesário Verde tende a uma fragmentação metonímica, e a uma metaforização do fragmento metonímico. Essa fragmentação do objeto via linguagem acaba fazendo da poesia uma espécie de reprodução impressionista do espaço urbano e, sob esse ponto de vista, mais uma vez ressalta a poesia-pintura como conceito básico para entender a presença do pictórico no poético.

A fragmentação é adequada tanto ao objeto quanto à época do ponto de vista estilístico, o que pode ser observado como um procedimento semelhante na pintura, isto é, a fragmentação da figura na pintura, o esfumaçamento, o pontilhismo, as manchas, o jogo de fundo/forma, o fundo, as figuras, as cores, os planos, etc.

Para cada verso (ou mais de um, se for o caso) que contém uma imagem é possível estabelecer uma paralelo estrutural. Cada parte do poema é a parte da pintura, do quadro, que se faz por *verso-imagem*. Um conjunto de versos, que pode conter uma ou mais estrofes, forma um pintura, ou um panorama (vários quadros que se juntam). Esse panorama é descrito/pintado através de um olhar particularizante e sinestésico.

Trata-se de um movimento do geral para o particular e do particular para o geral.

As teorias apresentadas acima são o resultado das pesquisas que empreendemos para nos municiar do instrumental teórico necessário à análise da poesia-pintura. Grande parte dos autores que trataram das questões entre poesia e pintura fizeram arte comparada: estabeleceram comparações, fronteiras, relações entre a poesia e a pintura e escolheram determinados poetas e/ou pintores como referencial.

Dos estudos que abordam essa questão, dois autores merecem um comentário destacado: o trabalho de Vasco Graça Moura, sobre o poema *De tarde*, que permite considerações e aplicações as mais diversas, e o estudo teórico e abrangente de Helena Carvalhão Buescu sobre a pintura como atitude, como metáfora e como processo.

Moura olha a poesia de Cesário como se fosse pintura e mostra que há uma construção poética que passa pelo critério da pintura:

> *Poderia dizer-se que Cesário não quer que vejamos a cena directamente, através da descrição verbal, mas sim através da sua representação plástica, isto é, já pintada e pintada a* aguarela, *técnica mais modesta e mais despretensiosa ("coisa simplesmente bela (...) sem ter história nem grandezas (...) tu, sem imposturas tolas") e mais transparente do que, por exemplo, a óleo." (Moura 1987: 22)*

No final da análise do poema, ele propõe que se faça uma leitura que contemple "a evolução histórica de certos elementos relacionáveis com o real" (Moura 1987: 24).

Helena de Carvalhão Buescu aborda, em linhas gerais, a poesia de Cesário pela espacialização, pela visualidade, pela pintura como atitude -

> *Cesário encara o mundo da sua actividade poética através de uma perspectiva pictórica, isto é, assume perante o real literário uma posição que passa por uma compreensão da pintura enquanto atitude." (Buescu 1986: 70)*

pela pintura como metáfora -

> *a atitude do sujeito para com o seu universo estético e particularmente poético (idem: ibidem)*

e pela pintura como processo:

> *a atitude desse mesmo sujeito para consigo próprio, enquanto foco polarizador das relações entre o "mundo" e a "poesia", isto é, de que modo*

> *a* actividade pictórica, *acentuando a questão da* transformação, *se institui como processo de pôr em evidência um sujeito distribuído por (mas não diluído em) uma realidade objectual com que se confronta, e onde por vezes foi dito perder-se" (idem: 72).*

A relação da poesia com a pintura, para Buescu, é diferente da que pretendemos analisar, uma vez que a abordagem da autora abrange a pintura de um modo geral, enquanto a nossa pretende estudar a pintura impressionista que se transforma em impressionismo literário.

O REALISMO IMPRESSIONISTA

As considerações feitas até o presente momento nos permitem levantar as hipóteses necessárias: como a linguagem poética de Cesário Verde se configura dentro do pintura realista impressionista do nosso ponto de vista e corroborado por outros estudiosos.

Ao tratarmos do Realismo, o conceito de real sensível é um caminho para uma abordagem da poesia sob estudo:

> *o que interessa é o objeto, isto é, aquilo que está fora de nós, diante de nós, o* não-eu. *Para alcançar concentrar-se no objeto, os realistas tinham de destruir a sentimentalidade e a imaginação romântica e trilhar a única via de acesso à realidade objetiva: a Razão, ou a inteligência. Eram, portanto, racionalistas, o que tornava o racionalismo a segunda grande característica do movimento. Significa que procuravam ser racionais na visão dos objetos, em busca da* verdade, *impessoal e universal. Isso implicava um conceito especial de realidade: à pergunta –* que é real? *– os realistas respondiam: o que está fora de nós como objeto, e pode ser captado pelos sentidos; em suma, o* real sensível." (Moisés 1972: 204)

O que é real sensível na obra de Cesário? A cidade, as ruas, as casas, o campo, o que ele vê, ouve, sente, toca, cheira, etc. Ou seja: ele abriu "à poesia as portas da vida, e nela entraram os ruídos, os cheiros e a linguagem das ruas (Coelho 1961:234)".

Como isso é tratado em sua obra? Como uma pintura, como uma fotografia, como uma espécie de cinema, como imagens, de um modo geral. De que forma? Pela descrição, pela parataxe, pela sinestesia, pelo impressionismo.

O que o real sensível proporciona a Cesário? Ele brota, surge de uma relação da palavra-imagem que se mostra como pintura.

Há uma destruição da sentimentalidade e da imaginação romântica? Isso ocorre parcialmente. Há um racionalismo que perpassa a obra poética? Somente quanto à estrutura simétrica da poesia, a busca de uma descritividade, a tentativa de imparcialidade.

A poesia impressionista se faz também por uma redução semelhante: a preocupação com o *real sensível* determina um olhar que não privilegia o tema, mas sim os fragmentos da realidade vistos sob os mais diferentes prismas.

Alberto de Oliveira (1873-1940)[16], poeta simbolista português, aborda o impressionismo literário de Cesário Verde aos avessos. O valor do artigo (Oliveira 1892: 3) não está no que ele tem de equivocado, mas no que essa crítica apresenta de inovadora, por ser um dos primeiros e abrangentes estudos da obra cesarina. De acordo com o que pesquisamos até o presente momento, Oliveira parece-nos ser o primeiro crítico a apontar o impressionismo na poesia de Cesário e, também, o primeiro a mostrar uma poesia que se parece com a pintura[17].

Eis alguns trechos para exemplificar a análise feita:

– As qualidades litterarias, observação, impressão, comprehensão das nuanças, riqueza de episodios, tem-nos n'um alto grau e são caracteristicas e excepcionaes; as qualidades poeticas faltam-lhe quasi todas. Cesario Verde era mais um pintor impressionista, que um poeta; os seus poemas mais quadros de genero, miudas folhas seccas de suggestão, pormenores

---

[16] Alberto de Oliveira (1873-1940) fêz parte do grupo da *Boêmia Nova* (1889). Em 1891, publica *Poesias*, dentro do espírito decadente e simbolista introduzido por Eugênio de Castro com *Oaristos* (1890). Em 1894, dá a público as *Palavras Loucas*, com que preconiza o retorno a uma tradição folclórica e nacionalista que, encontrando na ação e na obra de Garrett seu modelo maior, acaba inaugurando o chamado neogarrettismo da geração de 90. Amigo e admirador de Antonio Nobre, ao menos numa fase de sua vida, representou um papel importante dentro do Simbolismo, muito mais por suas idéias literárias, politicamente passadistas, que por sua poesia. (Moisés 1972: 264)

[17] Guerra Junqueiro também faz um elogio a Cesário Verde, afirmando que ele "reproduz a paisagem do natural com um lance de olhos instantâneos, um pincel por vezes maravilhoso, e uma alma sempre adorável e sonhadora" (Moreira 1952: 3). Desconhecemos a data em que foi publicada esse elogio, pois trata-se de citação inserida no texto de Alberto Moreira.

interminaveis de paysagem, rural ou urbana, do que poderosos estados e monologos de alma (idem: ibidem).

É interessante observar que o crítico apontou como defeito aquilo que Cesário Verde vai apresentar à posteridade como grande talento: o fato de ele ser poeta-pintor, de apontar para a modernidade, de ser o grande poeta realista, um dos três mestres da Modernidade Portuguesa, e assim por diante. O que ocorre, nesse fragmento, é que o crítico considera boa poesia aquela que apresenta "poderosos estados e monologos de alma."

– Em outro trecho, Oliveira afirma que "Cesario nem tinha a sensibilidade profunda, nem a razão alta, nem a imaginação violenta dos verdadeiros poetas." É o caso de retirar a negativa, para que o juízo crítico seja válido para a crítica atual.

– "É um trecho de Goncourt em verso, subtilsinho e fraco, com um pouco mais de meiguice portuguesa."

A comparação com os irmãos Goncourt, que bem depois serão considerados impressionistas, é mais uma prova da classificação "correta" da poesia impressionista de Cesário.

– "As suas preocupações da vida são todas mesquinhas, com o universo não se importa, as suas dôres todas breves como picadas de alfinete. Nos versos de Cesario, a alma nunca se impôs ao poeta, só muito escassamente rompe a constante scenographia do mundo exterior. Cesario via a paysagem como um paysagista de imaginação exterior, e da sua vida cerebral, das suas fundas torturas de alma o livro diz-nos muito pouco, signal de que havia muito pouco a dizer."

Neste trecho, o crítico se esquece que Cesário Verde aderiu ao Realismo-Naturalismo, logo, o que se mostra visível é o que lhe interessa, ou seja, a cenografia do mundo exterior.

– "No poeta ha uma affectação e um partido feito de impressionar pelo estranho das coisas que conta, das côres que emprega, e não pelo sincero e humano das suas emoções e dôres. Tendo uma intelligencia critica e pittoresca, admiraveis qualidades de colorista, um grande amor da verdade, enojou-o o assucar lyrico, precioso e banal dos poetas mediocres que via brotar de todos os lados."

Novamente o crítico percebe a relação da poesia com a pintura, o caráter realista impressionista, mas considera isso como defeito.

– "Os adjectivos veem constantemente em fileiras rigidas, separados por virgulas, sem uma copulativa para adoçar a transição; os finaes de estrophe são verdadeiramente pontos finaes, na pontuação não encontraes[18] uma reticencia, nem na pintura um tom ambiguo a diluir-se n'outro. As composições estão tão cheias de mobilia e de pormenores, que cada um não tem muito logar onde se acoite: assim uma imagem, ou uma evocação, ou um sentimento, nunca occupam mais de dois versos, e por grande excepção uma quadra inteira."

Oliveira afirma que a forma é "secca, angulosa, quebrada", e que os versos têm um "rytmo antipathico, sem doçura" e lembram "fatos à ingleza, caindo sem ruga".

Apesar de equivocada, a observação de Oliveira demonstra conhecimento especializado de crítica literária.

– " Depois, como os episodios são aos rosarios, como o poeta não pode conversar comnosco sem citar, citar, citar aspectos, como fazendo sequito a um caso suggestivo e livido veem cardumes de impressões seccas e litterarias, a alma não chega a prender-se, desgosta-se d'um verso por causa de todos os outros, e a unica emoção que a leitura deixa, ainda diminuida pela hostilidade da forma,, é a das finas *trouvailles* artisticas, para alguns gulosos educados."

É oportuno lembrar que Alberto mostra-se um crítico arguto, embora não valorize o que levantou como defeito.

– "Se Cesario escrevesse em prosa devia conseguir effeitos admiraveis, e a mesma sua regidez lhe forneceria tintas de crueldade e de frio desespero, impressionantes. Pois não é Fialho um poeta sublime (e o seu conto, posto em verso, seria insignificante) na *Madona de Campo Santo*? Quem tem a visão tão complexa e miuda, não pode aspirar á synthese empolgadora e superior dos versos."

A comparação é interessante, conquanto isso não seja um defeito: a mistura de formas literárias, como a prosa e a poesia, vai ser uma característica da literatura modernista e a obra poética sob estudo é precursora da Modernidade.

[18] Embora a palavra impressa seja *encontraes*, facilmente percebe-se erro de impressão, pois o correto é *encontra-se*.

– Cesário "indifferentemente segue catalogando observações", suas poesias "teem o aspecto d'um mosaico, cada ladrilho de um estylo e d'um ornato diversos, de modo que da combinação não resulta um desenho unido."

Oliveira mostra uma agudeza crítica que, infelizmente, não resultou numa valorização positiva para Cesário. Podemos afirmar que é verdadeiro tudo o que o crítico disse, exceção feita ao fato de que os aspectos apontados são defeitos.

Faz-se necessário considerar, mesmo que de forma passageira, os aspectos cinematográficos na poesia de Cesário: a narratividade dos poemas, a sucessão às vezes descontínua ou de forma ilógica das imagens visuais e da visualidade, um grande equilíbrio de cores.

Convém ressaltar que a cinematicidade (Machado 1989: 143-172) de Cesário é *avant la lettre*, uma vez que a vida do poeta é anterior (1855-1886) à do início do cinema (1895): "cinema enquanto linguagem", (idem: 143) filme que "se consagra como uma linguagem poética, estruturada sobre seu princípio elementar: a montagem" (idem: 145).

Arrolamos aqui, como um aspecto complementar, alguns estudiosos que viram a cinematização na sua poesia.

Paschoalin assinala o uso do assíndeto, que "intensifica o efeito de justaposição. E essas micromontagens formam a estrofe que, por sua vez, se relaciona em justaposição com as demais." (Paschoalin 1980: 136): as metonímicas imagens associam-se às metafóricas estrofes, em um processo em que os objetos particularizados pelo "eu" poético – durante a poesia – são metonímias inseridas no poema, que é a grande metáfora da realidade objetiva. Os passeios do "eu" lírico propiciam e estimulam, através do movimento do andar, essa técnica de corte e montagem. Associado ao efeito estilístico da figura de retórica do assíndeto, está o "eu" lírico, que justapõe impressões e sensações ao comentário crítico da realidade circundante.

Dessa forma se constitui a obra cesárica; de montagens cinematográficas chegamos às justaposições de "eus" líricos, como se os "eus" justapostos formassem uma multiplicidade que expressa a própria fragmentação do mundo" (idem: ibidem).

Ferreira aponta para a cinematização da poesia: evolução poética, obtida por meio da assimilação original da lição de Baudelaire-Fradique Mendes, processa-se efectivamente no sentido de procurar a "perfeição do fabricado" e simultaneamente transmitir o "ritmo do vivo e do real", através dos "instantâneos", colhidos em deambulação pelas ruas de Lisboa, numa primeira e original "cinematização" da vida citadina, cuja alma pretende captar, numa ânsia desesperada de sobrevivência, vencendo o Tempo e a Morte: "Se eu não morresse nunca! E eternamente / Buscasse e conseguisse a perfeição da coisas!" (Ferreira 1983: 36-37)".

Helder Macedo fala do método poético de Cesário: os seus poemas progridem numa série de seqüências aparentemente acidentais de acontecimentos justapostos cuja articulação, estruturalmente metonímica, está mais próxima da técnica cinematográfica de corte e montagem (derivada da técnica de justaposição significativa do romance realista) do que da técnica poética de associação metafórica. (Macedo 1986: 18)

Com base no poema *De Tarde*, Vasco Graça Moura afirma: E a maneira como (Cesário) realiza o seu intento também poderia conduzir-se a um processo cinematográfico *avant la lettre*, um pouco como um filme cuja montagem possa ser feita pelo encaixar ou encadear sucessivo de quatro secções de estrutura semelhante, em que se parte sempre do mais para o menos, do todo que enche o campo visual para o pormenor nele contido e posto em destaque, até à transição final do grande plano para a mancha (de cor) pura e simples (Moura 1987: 23).

Uma afirmação de Francastel nos ajuda a ver um outro aspecto: para Manet, Pissarro e os seus contemporâneos, a natureza não é uma matéria de reflexão, mas uma fonte de sensações puras. (Francastel 1988: 21)

Nós podemos comparar a poesia de Cesário Verde com a pintura de Manet, especialmente quanto aos poemas e pinturas urbanos.

Como observar na poesia de Cesário *uma fonte de sensações puras*? Julgamos que a primeiridade peirceana pode ser um caminho de observação das *sensações puras:* a sucessão de palavras (principalmente substantivos) que faz num verso com frases nominais, a parataxe, a descritividade. Há uma enumeração contínua, por vezes ininterrupta de elementos da realidade, que são mais imagens visuais ainda sem nenhuma reflexão, direta ou indireta.

Também, a originalidade de Monet parece se mostrar semelhante à originalidade de Cesário Verde, a partir da perspectiva do realismo impressionismo: a originalidade de Monet consiste essencialmente em duas coisas: primeiro, já não se trata, para ele, de fixar uma realidade objectiva através de um certo efeito, mas fixar esse próprio efeito através da realidade; depois, renuncia à realização efectiva sobre a tela de uma espécie de duplicado da visão do espectador. Por outras palavras, é a idéia de equivalência que substitui já, no domínio da arte, a da representação (Francastel 1988: 21-22).

Adaptando o conceito de equivalência, que substitui o de representação, para a poesia de Cesário, podemos considerar que isso ocorre a partir de uma postura que se identifica como poético-pictórica: há uma necessidade de descrever, de narrar, de usar imagens, de "pintar". Isso é o que Francastel chama de *fixar uma realidade objectiva através de um certo efeito*.

Comparar Edgar Degas (1834-1917) e Cesário Verde é buscar um elemento estrutural comum: o instantâneo, o fugaz, a impressão.

Comparar o quadro *O Absinto* (1876, óleo sobre tela, 92 X 68 cm, Museu do Louvre, Paris) com o poema *Contrariedades* é destacar o elemento estrutural comum: o instantâneo, o fugaz, a impressão. O casal representado na pintura expressa um momento fugaz, em que a bebida domina nossa vontade e nos faz absortos, imaginativos, digressivos, como se nos tomasse uma idéia obsessiva. *Contrariedades* é um registro impressionista, fugaz, de um instante em que um pensamento obsessivo nos atormenta, mesmo quando se nos apresenta uma desgraça maior do que a que julgamos ser atormentadora.

Na pintura e no poema prevalece o real, o cotidiano sem véus, sem lances teatrais, sem idealizações. É dessa forma que vemos *Admiração* (monotipo, tinta sobre papel, 21,5 X 16,1 cm, c. 1880), também de Degas, que representa um homem admirando uma mulher que toma banho. É um olhar rápido e furtivo que nos traz uma imagem, tenha ela significado ou não. Assim se faz, em grande parte, a poesia de Cesário.

Também parece adequado estabelecer relações entre Cesário Verde e George Seurat (1859-1891), ao menos quanto à fragmentação da palavra-cor. Podemos comparar *A Ponte em Courbevoie* (óleo sobre tela, 46 X 54,5 cm, 1886-1887) com uma estrofe de *O Sentimento dum Ocidental*, como a abaixo:

E o fim da tarde inspira-me; e incomoda!
De um couraçado inglês vogam os escaleres; (p.I, E7)

Vazam-se os arsenais e as oficinas;
Reluz, viscoso, o rio, apressam-se as obreiras; (p.I, E9)

A fragmentação textual, que produz uma realidade multifacetada, uma espécie de poliedro de cristal, se assemelha ao procedimento pictórico de Seurat: pontos que formam a imagem, que se mostra como se fosse vista sob um véu ou neblina.

Seria o que Melo e Castro fez com o pixel na infopoesia. O pormenor, o fragmentado, o particular. A palavra-cor-primária.

A técnica moderna introduz, assim, na atitude perante a vida um dinamismo sem precedentes, e é exatamente este sentimento de rapidez e de variação que encontra a sua expressão no impressionismo.

O fenômeno mais incisivo, relacionado com o progresso da técnica, é o desenvolvimento de centros culturais em grandes cidades no sentido moderno do termo: são estes que formam o solo fecundo em que a nova arte lança raízes. O impressionismo é uma arte urbana, e o é não só porque descobre a qualidade paisagística da cidade e faz regressar a ela a pintura dos campos, mas também vê o mundo pelos olhos do moderno homem técnico. É um estilo urbano, porque descreve a mutabilidade, o ritmo nervoso, as impressões súbitas, pungentes, mas sempre efêmeras da vida das cidades (Hauser 1972: 1049). É por esse prisma que *O Sentimento dum Ocidental*, *Num Bairro Moderno*, *Contrariedades* e *Desastre* podem ser vistos e analisados, como o fez Joel Serrão (1957: 15-85) e David Mourão-Ferreira (1949: 71-77 e 1949a: 124-131), por exemplo.

Também é possível observar que a técnica moderna e o progresso da técnica é um tema que vai influir na forma de ver o espaço urbano e exigir, também do poeta, um breve registro do que se passa ao seu redor. A rapidez, a fugacidade com que as coisas ocorrem na cidade grande leva o pintor a produzir uma mancha, uma cor e alguns efeitos de luz. Na literatura, isso se transforma numa frase entrecortada, numa frase nominal, ou numa parataxe.

O hoje, o tempo presente, o cotidiano. Realismo e Impressionismo. As inovações técnicas incorporadas com a rapidez com que surgem aos olhos do homem do final do século XIX: o gás, a nova cidade que surge aos olhos de Cesário, a necessidade de um registro rápido de todas essas mudanças.

Cores, forma, luz, movimento

Como é que se configuram as cores, a forma, a luz e o movimento na poesia-pintura de Cesário Verde?

De uma maneira geral, as cores determinam a forma e a luz e indicam movimento. São esses os elementos básicos com que se faz a pintura.

Os pintores vão empregar essas cores, "segundo a técnica da mistura ótica: duas cores puras são justapostas na tela – e não misturadas pigmentariamente na paleta – e é o olho do espectador que recompõe então a cor desejada pelo pintor. Assim um violeta, por exemplo, será sugerido por pequenos toques justapostos de vermelho e de azul. (Serullaz 1965: 9)

Há também a eliminação das sombras negras e das linhas demarcatórias, pois elas não existem na natureza; as sombras eram pintadas com uma cor complementar à do objeto. Usavam uma paleta multicolorida, podendo assim experimentar várias técnicas de esfumaçar a cor. (Denvir 1976: 3)

Cada "cor tende a colorir com sua complementar o espaço circundante. Disso resulta que a sombra de um objeto tinge-se sempre ligeiramente da complementar da cor do objeto: assim um objeto vermelho verá sua sombra colorir-se de verde; e esse verde será diferente segundo o tom do vermelho." (Serullaz 1965: 10)

Representando aquilo que é, por definição, passageiro, os pintores vão ser levados ulteriormente a executar "séries" onde acompanhamos as transformações de um local às várias horas do dia. (idem: 8)

É evidente que foi sobretudo o tratamento especial da luz, nomeadamente nos quadros de Monet, que atraiu o público desse tempo ou mais exactamente os críticos e talvez mesmo os próprios artistas. (Francastel 1988: 19)

Dois elementos do impressionismo são básicos: "a tradução dos valores sutis da luz e da atmosfera , e o emprego de uma feitura onde manchas e pinceladas coloridas sugerem a mobilidade mesma da vida." (Serullaz 1965: 17)

Os impressionistas modelam "por efeitos massas sugeridas por meio da cor e da luz. Para eles a pincelada é estrutura; abandonam a forma gráfica, e não serão, em geral, grandes desenhistas mas grandes coloristas que procuram a beleza e a riqueza da pasta." (idem: ibidem)

O advento da máquina fotográfica foi um enorme incentivo, pois influenciou as atitudes e o estilo dos impressionistas. Volta e meia a composição de suas pinturas imita ou é influenciada pelo arbitrário, pelo não-seletivo, finalidade parcialmente atingida pela fotografia. Não há mais a acadêmica insistência de que o tema deve ser coerente, completo e enfocado sob o ponto de vista de uma composição conveniente. A unidade está agora no quadro em si mesmo e nos elementos que o compõem. (Denvir 1976: 14)

A visão da máquina fotográfica incorporou o elemento da espontaneidade imediata, o que se tornou a grande aspiração de todos. Congelava gestos, imobilizava o movimento nas ruas, fixava para sempre a pirueta de uma bailarina. Transmitia a forma da verdade: era a realidade, e os impressionistas eram, acima de tudo, realistas - não somente porque escolheram pintar temas cotidianos e pessoas comuns, mas também pelo desejo de ser visualmente sinceros, de não distorcer as coisas que viam, de não pintá-las como eles as *pensavam* ser, mas como elas realmente eram. (idem: 13-14)

As cores determinam a forma, a luz e o movimento, também, na poesia. As cores estão nos adjetivos, a forma (ou imagem) nos substantivos, o movimento nos verbos. O pictórico se faz pelo descritivo e narrativo, que se torna uma sintaxe visual, à semelhança da montagem eisensteiniana, com os recursos expressivos da imagem literária e/ou da fanopéia poundiana. É assim que os elementos da realidade passam a ser vestígios do real no mundo ficcional das palavras da poesia, tudo isso configurado sob um procedimento pictórico.

A cor vai determinar que a luz é da manhã, da tarde e/ou da noite, se o ser e/ou o objeto retratados estão à sombra, ao sol ou à luz artificial. Da mesma maneira, a forma vai surgir a partir da cor, pois ela determina o volume e o movimento dos seres e objetos, mesmo que representados numa superfície de duas dimensões (a tela do pintor).

A poesia que registra o ar livre – rua, casa, pessoas, cidade, campo - mostra o subjetivo e o objetivo. O ateliê (imaginação ou mundo interior do poeta) passa a ser transformado pela cor que reflete a luz do dia e/ou da noite nos mais diferentes momentos.

Os temas podem ser exteriores, isto é, aqueles que retratam os elementos da realidade exterior ao eu-poético: rua, casa, cidade, campo, pessoas, profissionais, etc. A luz clara pode significar "clareza do assunto", "do olhar", "das cores".

A descrição apresenta os elementos da realidade por meio de palavras, que vão se mostrar "em cores", "claras ou escuras", "estáticas" ou "em movimento". Essas palavras são, em sua maioria, substantivos e adjetivos.

Uma seqüência de imagens ou de quadros, através de uma descrição objetiva e/ou subjetiva, apresenta um panorama, ou uma pintura, que pode ser visto como uma série de quadros impressionistas que registram uma mesma paisagem em vários momentos do dia.

Panorama da poesia-pintura de Cesário Verde

De Tarde

Cesário Verde

Naquele "pic-nique" de burguesas,
Houve uma coisa simplesmente bela,
E que, sem ter história nem grandezas,
Em todo o caso dava uma aguarela.

Foi quando tu, descendo do burrico,
Foste colher, sem imposturas tolas,
A um granzoal azul de grão-de-bico
Um ramalhete rubro de papoulas.

Pouco depois, em cima duns penhascos,
Nós acampámos, inda o Sol se via;
E houve talhadas de melão, damascos,
E pão de ló molhado em malvasia.

Mas, todo púrpuro a sair da renda
Dos teus dois seios como duas rolas,
Era o supremo encanto da merenda
O ramalhete rubro das papoulas.

Introdução

Imaginemos duas folhas de papel. Na primeira, temos impresso, em folha transparente, um poema em letras negras ou de qualquer outra cor. Na outra, temos uma pintura, seja ela uma paisagem rural ou um recorte da paisagem urbana, ou uma imagem infográfica.

Suponhamos querer juntar as duas, justapô-las, colocar o poema sobre a imagem. O que teremos, então? Um punhado de letras (primeiro plano, a transparência) que se confunde com um punhado de manchas e cores.

É essa a primeira impressão da leitura da poesia de Cesário Verde: a página transparente, o poema, o mundo ficcional em palavras, nos leva à paisagem, à plasticidade, ao visual, isto é, nós temos imagens que se superpõem, encadeiam-se, sucedem-se, destacam-se, passam rápida ou vagarosamente. Num piscar de olhos, fica uma palavra ou um fragmento de uma imagem. Foi o que reteve a nossa "retina".

A comparação, um tanto quanto reducionista, pode nos auxiliar a compreender que o mundo ficcional, que é o conjunto de palavras que forma o poema, é o motivador da produção de imagens, da coexistência da palavra-imagem, do verso-imagem, da poesia-pintura. É a palavra que provoca a nossa "ilusão de ótica", isto é, ver imagens onde há as palavras.

É nessa perspectiva que estamos lendo os poemas de Cesário de um modo geral, e estamos escolhendo alguns poemas em particular. É isso o que nos prendeu a atenção desde a primeira leitura da sua poesia há anos.

A poesia-pintura de Cesário Verde

Como se apresenta a relação poesia-pintura em toda a obra de Cesário Verde? Descobrir essas constantes nos parece o primeiro e o melhor caminho para entender o realismo impressionista na poesia de Cesário.

Se Cesário Verde é um poeta-pintor, como se dá a articulação dos códigos das duas artes? Devemos partir do fato de que Cesário é um poeta. A pintura se mostra como pano de fundo, como se fosse um quadro dentro de um quadro. O primeiro quadro é a moldura do real, que se mostra através das palavras. Há um mundo ficcional que se apresenta por meio de palavras. O segundo quadro é uma procura de registro, que se parece com uma transparência, um diagrama, um grade, que se mostra como pictórica: cores, imagens, volume, forma, luz, movimento, etc. O que podemos chamar de segundo quadro, que é a visualidade, o pictórico, vem das palavras, especialmente pela descrição e narração, pela parataxe, pelo substantivo e adjetivo que contém elementos visuais e pictóricos, pelas metáforas referenciais próprias da estética realista.

A estética realista dá os parâmetros para olhar o real. A descritividade indica um caminho passo a passo, parte por parte. Nessa construção metonímica, fragmentária, geometrizante, o significado vai sendo construído por analogia, numa relação que se forma numa sintaxe por imagens, e não somente por palavras articuladas em frases, pois o princípio da relação poesia-pintura se faz através do plano semântico, da forte carga pictórica ou visual nos substantivos e adjetivos.

Esse mundo ficcional apresenta pontos de contato com o real: a rua, as casas, a caminhada, a paisagem urbana e/ou rural, enfim, as imagens.

Buscamos resgatar, demarcar, selecionar, de uma forma geral, a relação entre poesia e pintura que toda a obra apresenta. Trata-se de um panorama da obra poética sob a ótica do pictórico.

Parte I[19]

1 *A Forca* – soneto – perfil feminino[20].

2 *"Num tripúdio de corte rigoroso"* – soneto – perfil feminino.

3 *"Ó áridas Messalinas"* – quatro quadras – perfil feminino.

4 *Eu e Ela* – seis quadras – perfil feminino. Publicada em 3 de dezembro de 1873, parece-nos ser a primeira poesia com elementos pictóricos:

Cobertos de folhagem, na verdura,
O teu braço ao redor do meu pescoço,
O teu fato sem ter um só destroço,

19 Adotamos a divisão, a numeração e os títulos feitos por Joel Serrão no livro *Cesário Verde: obra completa* (1992).

20 Optamos por apresentar alguns elementos do poema (número de versos, assunto, etc.) quando ele não apresenta a visualidade que estamos enfocando.

O meu braço apertando-te a cintura;
Num mimoso jardim, ó pomba mansa,
Sobre um banco de mármore assentados,
Na sombra dos arbustos, que abraçados,
Beijarão meigamente a tua trança,

5 *Lúbrica ...* – oito quadras – perfil feminino.

6 *Ele* – doze tercetos e uma estrofe de um verso – Poesia de 1874, apesar do tom humorístico, irônico e satírico, apresenta um contínuo narrar e descrever, que já revela a relação poesia e pintura, o contraste através das frases que narram em múltiplos planos, a defesa dos fracos e oprimidos, etc.:

Desmaiavam na rua, à fome, os Jobs, os pobres;
Em peles de leões os régios pés gozavam,
E o norte, nos salões, gemia uns tristes dobres.

Embora em tom romântico, um pouco truanesco, a superposição e a simultaneidade conduzem a uma visualidade: *rua*, *Jobs* e *pobres* se justapõem a *peles de leões*, *régios pés*, e a *norte*, *salões*, *tristes dobres*. São ações simultâneas que procuram mostrar o contraste social. É uma leitura pictórica, impressionista: um panorama se apresenta a uma leitura visual que se faz compreender como crítica pela seleção e combinação, mas sem a crítica direta.

É uma descrição com base na apresentação de imagens que se opõem (*os Jobs, os pobres* versus *régios pés*). Os verbos indicam movimento e uma ação no passado (*desmaiavam, gozavam, gemia, arremessavam, soluçavam*), o que nos leva a afirmar a existência de uma narratividade (há tempo, espaço e personagens):

À louca, os comensais, com força, arremessavam
Garrafas de cristal a espelhos de Veneza,
E à chuva, ao vento, ao frio, os povos soluçavam.

Também através de uma economia vocabular, isto é, com uma forte carga semântica atribuída à palavra, quase à palavra-em-si-mesma, aquilo de Rodrigues Lapa denomina de *palavras reais*, em oposição a *instrumentos gramaticais*, Cesário descreve com o uso de substantivos: *comensais*, *garrafas de cristal* e *espelhos de Veneza* se contrapõem, semântica e visualmente, a *chuva, vento, frio* e *povos.*

7 ECOS DO REALISMO

7.1 *Impossível* – doze quadras – perfil feminino. Embora com aspecto romântico, e num tom satírico nitidamente português, o poema apresenta-se pictórico:

Eu posso ver os ombros teus desnudos,
Palpá-los, contemplar-lhes a brancura,
E até beijar teus olhos tão ramudos,
Cor de azeitona escura.

7.2 *Lágrimas* – soneto – perfil feminino. De uma forma geral, a hipérbole se amolda pela descrição:

Ela chorava muito e muito, aos cantos,
Frenética, com gestos desabridos;
Nos cabelos, em ânsias desprendidos,
Brilhavam como pérolas os prantos.

7.3 *Proh Pudor!* – soneto – perfil feminino. Há um tom pictórico, cujo efeito é o da sátira:

Todas as noites ela me cingia
Nos braços, com brandura gasalhosa;
Todas as noites eu adormecia,
Sentindo-a desleixada e languorosa. (E1)

Todas as noites ela, oh! sordidez!
Descalçava-me as botas, os coturnos,
E fazia-me cócegas nos pés ... (E4)

7.4 *Manias* – soneto – perfil feminino. O tom satírico também se resolve pela descrição:

O mundo é velha cena ensanguentada,
Coberta de remendos, picaresca;

A vida é chula farsa assobiada,
Ou selvagem tragédia romanesca.

Adjetivos e substantivos nos apresentam a visualidade do poema: *velha cena* nos situa num espaço-tempo, que é o *mundo*, nos traz o amarelo, o sépia, o marrom, enquanto *ensanguentada* nos transmite a cor vermelha.

A descrição se faz por sons e ritmo:

a) O **mun**do é **ve**lha **ce**na ensanguen**ta**da (acentos na 2ª, 4ª, 6ª e 10ª sílabas), enquanto há uma repetição sonora (CEna enSANguentada).

b) A **vi**da é **chu**la **far**sa assobi**a**da (os acentos tônicos estão nas mesma sílabas do primeiro verso), enquanto que a repetição sonora se amplia (CHUla, farSA, ASSObiada).

8 *Heroísmos* – soneto. O tom satírico revela-se numa coragem e nas dimensões desproporcionais entre o eu-poético e o mar. O pictórico se revela de forma sutil:

Eu temo muito o mar, o mar enorme,
Solene, enraivecido, turbulento (estrofe 1)

Eu temo o largo mar, rebelde, informe,
De vítimas famélico, sedento, (estrofe 2)

Contudo, num barquinho transparente,
No seu dorso feroz vou blasonar,
Tufada a vela e n'agua quase assente (E3)

9 *Cantos da Tristeza* ou *Setentrional* – vinte e duas quadras – perfil feminino. Poesia de 1874, apresenta certos elementos que se parecem com uma poesia-pintura: há descrições do ambiente que se apresentam mescladas com a narrativa do eu-poético.

Talvez já te não lembres, pesarosa,
Da casinha caiada em que morámos,
Nem do adro da ermida silenciosa,
Onde nós tantas vezes conversámos. (E1)

Quando, Helena, bebíamos, curvados,
As águas nos ribeiros remansosos,
E, nas sombras, olhando os céus amados,
Contávamos os astros luminosos. (E11)

Quando uma noite, em êxtases caímos
Ao sentir o chorar dalgumas fontes,
E os cânticos das rãs que sobre os limos
Quebravam a soidão dos altos montes. (E12)

Quando, se havia lama no caminho,
Eu te levava ao colo sobre a greda,
E o teu corpo nevado como arminho
Pesava menos que um papel de seda. (E16)

10 *Cinismos* – 5 tercetos e uma estrofe de um verso – perfil feminino.

11 FANTASIAS DO IMPOSSÍVEL

11.1 *Caprichos* ou *Responso* – Vinte e quatro estrofes distribuídas em 12 partes, numeradas com algarismos romanos, sendo que cada uma dela forma dois pares compostos de uma quadra e um dueto. Poesia publicada em 1874. Parece-nos a única poesia de tom simbolista, mas marcadamente romântica também.

Há uma visualidade marcada pelo tom cinza, lúgubre, triste, em que predomina a comparação que envolve imagens visuais que se mostram pictóricas:

Num castelo deserto e solitário,
Toda de preto, às horas silenciosas,
Envolve-se nas pregas dum sudário
E chora como as grandes criminosas. (E I)

E às lajes, no silêncio dos mosteiros,
Ela conta o seu drama negregado,
E os vasto carmesim dos reposteiros
Ondula como um mar ensanguentado. (E X)

11.2 *Esplêndida* – Nove quintetos. Publicada em 1874, com forte acento baudelairiano, a poesia apresenta indícios de pintura impressionista e alguns elementos de linguagem paratática:

Apesar de duramente criticada por Ramalho Ortigão, é uma das poesias que indicam o caminho personalíssimo que Cesário vai trilhar até *Cristalizações*, *Num Bairro Moderno*, *O Sentimento dum Ocidental*, *Contrariedades*, entre outros.

O poema apresenta um tom entre romântico e realista, cujo contraste se manifesta nas comparações entre a figura da mulher e o ambiente que a circunda. Há uma descrição que se faz, muitas vezes, por imagens justapostas, em sucessão, simultâneas. A todo momento, há uma quebra de uma leitura "regular", "romântica", através de uma expressão brusca, momentânea, como efeito de surpresa, que desconcerta o leitor. Eis um exemplo:

Deita-se com languor no azul celeste
Do seu landau *forrado de cetim;*
E os seus negros corcéis, que a espuma veste,
Sobem a trote a rua do Alecrim,
Velozes como a peste.

As imagens *languor*, *azul celeste*, *landau* e *cetim* se associam harmoniosamente com *negros corcéis* e *espuma*, mas destoam de *rua do Alecrim*, que se mostra extremamente contemporânea e "menos poética", e de *peste*, cujo significado destoa do aspecto idealista que o quadro que o eu-poético busca compor.

Eis mais duas estrofes que expressam uma visualidade que é característica da obra cesarina:

É ducalmente esplêndida! A carruagem
Vai agora subindo devagar;
Ela, no brilhantismo da equipagem,
Ela, de olhos cerrados, a cismar
Atrai como a voragem!

Os lacaios vão firmes na almofada;
E a doce brisa dá-lhes de través
Nas capas de borracha esbranquiçada,
Nos chapéus com roseta, e nas librés
De forma aprimorada.

11.3 *Arrojos* – oito quadras – perfil feminino. Grande parte das imagens são hiperbólicas, ao mesmo tempo que o tom satírico destrói, na última estrofe, a construção romântica de idealismo crescente.

Se a minha amada um longo olhar me desse
Dos seus olhos que ferem como espadas,
Eu domaria o mar que se enfurece
E escalaria as nuvens rendilhadas. (*estrofe 1*)

E se aquela visão da fantasia
Me estreitasse ao peito alvo como arminho,
Eu nunca, nunca mais me sentaria
Às mesas espelhentas do Martinho. (*E8*)

A referência a um determinado lugar português marca uma tendência romântica que se quebra intencionalmente a partir de um referência real que destrói a fantasia.

12 *Vaidosa* – cinco quadras – perfil feminino. Num tom satírico, em que predomina a imagem literária, ocorrem a comparação e a metáfora:

Dizem que tu és pura como um lírio
E mais fria e insensível que o granito (...) (*V1/V2 E1*)

E afirmam que és um molde alabastrino,
E não tens coração como as estátuas. (*V3/V4 E3*)

13 *Flores Venenosas – I – Cabelos* – dez quadras – perfil feminino. Há um tom simbolista na observação dos cabelos de uma mulher, com algumas imagens que apresentam uma plasticidade:

Ó vagas de cabelo esparsas longamente,
Que sois o vasto espelho onde eu me vou mirar,
E tendes o cristal dum lago refulgente
E a rude escuridão dum largo e negro mar;

As imagens são inúmeras: *vagas de cabelos, vasto espelho, cristal dum lago, largo e negro mar*. De uma certa forma, esse poema tem um tom simbolista em algumas estrofes, que se quebram com versos como *Como um licor renano a fermentar nos copos, / Ou como um pé subtil calçado à Benoiton!* A descritividade mantém-se presente e sugere um perfil feminino que se constrói como pintura a partir dos cabelos.

14 MELODIAS VULGARES – FLORES VELHAS

14.1 *Melodias vulgares* ou *Flores Velhas* – vinte e quatro quadras – perfil feminino. A visualidade que o poema apresenta não tem a conotação pictórica. Há imagens literárias, em que a visualidade ainda se configura num tom romântico. Há inúmeras comparações, imagens e metáforas, bem ao gosto romântico. Exemplo:

Fui ontem visitar o jardinzinho agreste,
Aonde tanta vez a lua nos beijou, (E1)

14.2 *Flores Velhas* – Trata-se de uma variante de *Melodias Vulgares*. Vinte e quatro quadras.

15 *Cadências tristes* – Cinco quintetos. Trata-se de um poema, publicado sob o pseudônimo de *Margarida*, dedicado a João de Deus. Há imagens literárias que não correspondem à visualidade objeto de nosso estudo.

16 *Deslumbramentos* – Dez quadras – perfil feminino. Grande parte do que vai ser a constrição expressiva característica de Cesário – "o processo queirosiano de suprir pelo adjectivo ou pelo advérbio uma relação lógica extensa" (Saraiva e Lopes 1989: 990) –, bem como a parataxe, surge neste poema de 1875:

Milady, é perigoso contemplá-la
Quando passa aromática e normal,
Com seu tipo tão nobre e tão de sala,
Com seus gestos de neve e de metal. (E1)

Eu ontem encontrei-a, quando vinha,
Britânica, e fazendo-me assombrar;
Grande dama fatal, sempre sozinha,
E com firmeza e música no andar! (E5)

É constante, na poesia de Cesário, a inclusão de palavras estrangeiras, na prosa de Eça de Queiroz e nas poesias de Guerra Junqueiro e Antero de Quental.

No verso *Quando passa aromática e normal* (verso 1, estrofe 1), além da construção da frase, há um estranhamento semântico entre *aromática* (perfume, beleza, situação especial) e *normal* (que remete ao hoje, ao comum, ao não diferente). Ocorre uma dialética entre a submissão, o deslumbramento (título e tema) e a tentativa de desprezo ou indiferença.

Em Com seus gestos de neve e de metal (verso 1, estrofe 1), ocorre uma sinestesia (*de neve* = visual, tátil + *de metal* = tátil, visual). A singularidade está na metáfora *neve/metal*.

Em *real solenidade* (verso 3, estrofe 2), trata-se de uma mulher que passa (é real, existe) e que se mostra solene. Ou é uma mulher da nobreza (da realeza), isto é, que tem uma solenidade próxima da realeza?

Na estrofe, há uma ligação entre *firmeza* e *música* que provoca estranhamento:

Eu ontem encontrei-a, quando vinha,
Britânica, e fazendo-me assombrar - (V1/V2 E5)
E com firmeza e música no andar (V5 E5)

17 *Humorismos de Amor* – doze quadras. O poema, em sua grande maioria, é construído por meio de imagens visuais e ironia:

Balzac é meu rival, minha senhora inglesa!
Eu quero-a porque odeio as carnações redondas; (E I)

Admiro-a. A sua longa e plácida estatura
Expõe a majestade austera dos invernos; (E II)

Eu vejo-a caminhar, fleugmática, irritante,
Numa das mãos franzindo um lenço de cambraia! ...
Ninguém assim me prende, ó séria extravagante,
Quando arregaça e ondula a preguiçosa saia! (E III)

(...) Traz o esplendor do Dia e a palidez da Noite,
É como o Sol – dourada, e como a Lua – branca.! (E IV)

Cintila no seu rosto a lucidez das jóias.
Ao deparar consigo a fantasia pasma;

Pausadamente lembra o silvo das jibóias
E a marcha demorada e muda dum fantasma. (E VI)

Metálica visão que Charles Baudelaire
Sonhou e pressentiu nos seus delírios mornos,
Permita que eu lhe adule a distinção que fere,
As curvas da magreza e o brilho dos adornos! (E VII)

E se uma vez me abrisse o colo transparente,
E me osculasse, enfim, flexível e submissa,
Eu julgaria ouvir alguém, soturnamente,
Nas trevas, a cortar pedaços de cortiça! (E XII)

18 *Ironias do Desgosto* – oito quadras. A visualidade se constrói à base das imagens literárias, muitas delas fanopêicas:

Porque é que tens no olhar, moroso e persistente,
As sombras dum jazigo e as fundas abstracções (E2)

(...) Escuta-me. Conforme
Tu vibras os cristais da boca musical,
Vai-nos minando o tempo, o tempo – o cancro enorme
Que te há-de corromper o corpo de vestal. (E6)

19 *Desastre* – dezessete quadras. A visualidade deste poema requer uma análise mais detalhada. Trata-se de uma descrição e de uma narração que se faz pelas imagens visuais, à maneira de uma montagem cinematográfica.

20 NEVROSES – CONTRARIEDADES

20.1. *Nevroses* – dezessete quadras. Versão de 1876. A outra versão do poema, intitulada *Contrariedades*, será analisada em outro momento deste estudo.

20.2. *Contrariedades* – dezessete quadras. Versão de 1887 de *O livro de Cesário Verde*. A análise será feita em outra parte deste livro.

21 *A Débil* – treze quadras. Este poema teve o título de *Na cidade*, está datado de 1876 e foi publicado em *A Evolução*, em Coimbra, em novembro de 1876. Apresenta uma visualidade numa linguagem poética inovadora, que prenuncia *Num bairro Moderno* (1877) (*existência honesta, de cristal*, V4E1, por exemplo).

A segunda estrofe lembra a tela *O Absinto*, de Degas, com a mesma visualidade:

Sentado à mesa dum café devasso,
Ao avistar-te, há pouco, fraca e loura,
Nesta Babel tão velha e corruptora,
Tive tenções de oferecer-te o braço. (E2)

O poema merece uma análise mais detalhada.

22 *Humilhações* – dez quadras. Poema de 1887, dedicado a Silva Pinto. Também expressa bastante visualidade, numa linguagem poética inovadora:

Lá cansa-me o ranger da seda, a orquestra, o gás;
As damas, ao chegar, gemem nos espartilhos,
E enquanto vão passando as cortesãs e os brilhos,
Eu analiso peças no cartaz.

23 *Num bairro moderno* – vinte quintetos. A análise da visualidade requer um espaço maior do que este panorama.

24 *Merina* – duas quadras. Trata-se de um tipo raro de composição poética em Cesário, datada de 1º de maio de 1878. Há imagens visuais que fazem a pintura de uma mulher.

Rosto comprido, airosa, angelical, macia,
Por vezes, a alemã que eu sigo e que me agrada,
Mais alva que o luar de inverno que me esfria,
Nas ruas a que o gás dá noites de balada;

Sob os abafos bons que o Norte escolheria,
Com seu passinho curto e em suas lãs forrada,
Recorda-me a elegância, a graça, a galhardia
De uma ovelhinha branca, ingênua e delicada.

O poema já contém a síntese própria de Cesário e é altamente imagético.

25 *Sardenta* – trata-se, de uma única estrofe de quatro versos, fato raro em toda obra do poeta. A visualidade se alia à síntese e à sátira.

Tu, nesse corpo completo,
Ó láctea virgem doirada!
Tens o linfático aspecto
Duma camélia melada.

26 *Cristalizações* – vinte quintetos. O poema está analisado em outra parte deste estudo.

27 *Noitada* – vinte e cinco quadras. Trata-se de uma poesia-pintura, em que o eu-poético dialoga e caminha, como podemos mostrar nos exemplos abaixo:

Lembras-te tu do sábado passado,
Do passeio que demos devagar,
Entre um saudoso gás amarelado
E as carícias leitosas do luar? (E1)

Como uma mitra a cúpula da igreja
Cobria parte do ventoso largo;
E essa boca viçosa de cereja,
Torcia risos com sabor amargo. (E6)

28 *Num Álbum* – três quadras. É um poema dedicado a uma mulher.

29 *Em Petiz* – partes I – De tarde (cinco quadras), II – Os irmãozinhos (vinte quadras) e III – Histórias (cinco quadras) – Escrito em Linda-a-Pastora, em 1878, e publicado no *Diário de Notícias* de 29 de setembro 1879, é um poema-pintura que aborda a vida rural a partir de um passeio. Eis alguns exemplos:

Em meio de arvoredo, azenhas e ruínas,
Pulavam para a fonte as bezerrinhas brancas;
E, tetas a abanar, as mães, de largas ancas,
Desciam mais atrás, malhadas e turinas. (I, E2)

Nós dávamos, os dois, um giro pelo vale:
Várzeas, povoações, pegos, silêncios vastos!
E os fartos animais, ao recolher dos pastos,
Roçavam pelo teu "costume de percale". (I, E4)

Querem viver! E picam-se nos cardos;
Correm as vilas; sobem os outeiros;
E às horas de calor, nos esterqueiros,
De roda delas zumbem os moscardos. (II, E6)

Vícios, sezões, epidemias, furtos,
Decerto, fermentavam entre lixos;
Que podridão cobria aqueles bichos!
E que luar os teus fatinhos curtos! (II, E12)

Cismático, doente, azedo, apoquentado,
Eu agourava o crime, as facas, a enxovia,
Assim que um besuntão dos tais se apercebia
Da minha blusa azul e branca de riscado. (III, E1)

30 *Manhãs brumosas* – cinco sextetos. Poema escrito na Foz do Tejo, em 1877 e publicado no Porto, em *Renascença*, em 1879. Trata-se de um retrato impressionista de mulher, com muita descrição que se constrói através de imagens pictóricas:

Aquela, cujo amor me causa tanta pena,
Põe o chapéu ao lado, abre o cabelo à banda,
Lembra-me, de manhã, quando nas praias anda,
Por entre o campo e o mar, bucólica, morena,
Uma pastora audaz da religiosa Irlanda. (E1)

Juntamente com o subtítulo – *(versos dum inglês)* –, o poema se parece com uma pintura: o gesto da mulher (*Põe o chapéu ao lado, abre o cabelo à banda*) provoca no eu poético uma impressão: *lembra-me uma pastora audaz da religiosa Irlanda.*

Que línguas fala? A ouvir-lhe as inflexões inglesas -
- Na névoa azul, a caça, as pescas, os rebanhos! -
Sigo-lhe os altos pés por estas asperezas; (E2)

A voz da mulher provoca sensações meio disparatadas e sinestésicas: *na névoa azul, a caça, as pescas, os rebanhos!* – como que procurando um caminho semelhante aos *altos pés* que representam *asperezas* na busca da expressão e na confusão de impressões que a presença feminina traz.

31 O SENTIMENTO DUM OCIDENTAL

31.1 *O Sentimento dum Ocidental* – quatro partes de onze quadras cada uma, perfazendo um total de 44 quadras. Versão de 1880.

31.2 *O Sentimento dum Ocidental* – poema com dedicatória a Guerra Junqueiro e quatro subtítulos – quatro partes de onze quadras cada uma. Versão de 1887 de *O Livro de Cesário Verde*. A análise deste poema está inserta em outra parte deste livro.

32 *De Tarde* – quatro quadras. Trata-se de um poema-pintura transcrito em várias partes deste estudo, cuja análise foi feita por Vasco Graça Moura (1987:22-25), que estabeleceu um paralelo entre a construção da aquarela e do poema.

33 *De Verão* – dezessete quintetos. É uma poesia-pintura que apresenta muita descrição e narração. As imagens visuais e literárias vão surgindo durante o passeio do eu poético com a sua prima.

Na estrofe II, aparece o vocabulário de poeta-pintor:

(...) Eu mal esboço o quadro
Da lírica excursão, de intimidade.
Não pinto a velha ermida com seu adro;
Sei só desenho de compasso e esquadro,
Respiro indústria, paz, salubridade.

A diversidade de planos e imagens, a simultaneidade é característica da estrofe III:

Andam cantando aos bois: vamos cortando as leiras;
E tu dizias: "Fumas? E as fagulhas?
Apaga o teu cachimbo junto às eiras;
Colhe-me uns brincos rubros nas ginjeiras!
Quanto me alegra a calma das debulhas!"

34 *Nós* – parte I (doze quadras), II (noventa e uma quadras, separadas por asteriscos em 13 quadras, 4, 9, 6, 17, 21, 8, 33), III (cinco quadras) – total de cento e oito quadras – o maior poema de Cesário de que se tem notícia. É um poema-pintura que merece uma análise detalhada. Eis alguns exemplos:

Se acaso o conta, ainda a fronte se lhe enruga: (I, E3, V1)

Na parte mercantil, foco da epidemia,
Um pânico! Nem um navio entrava a barra,
A alfândega parou, nenhuma loja abria
E os turbulentos cais cessaram a algazarra. (I, E4)

Que triste a sucessão dos armazéns fechados! (I, E5, V3)

Uma iluminação a azeite de purgueira,
De noite amarelava os prédios macilentos.
Barricas de alcatrão ardiam; de maneira
Que tinham tons de inferno outros arruamentos. (I, E7)

Ele, dum lado, via os filhos achacados,
Um lívido flagelo e uma moléstica horrenda!
E via, do outro lado, eiras, lezírias, prados,
E um salutar refúgio e um lucro na vivenda! (I, E11)

Que de fruta! E que fresca e temporã,
Nas duas boas quintas bem muradas,
Em que o sol, nos talhões e nas latadas,
Bate de chapa, logo de manhã! (II, E1)

E, a contrastar, nos vales, em geral,
Como em vidraça duma enorme estufa,
Tudo se atrai, se impõe, alarga e estufa,
Duma vitalidade equatorial! (II, E9)

Fechos olhos cansados, e descrevo
Das telas da memória retocadas,
Biscates, hortas, batatais, latadas
No país montanhoso, com relevo! (II, E18)

35 *Provincianas* – partes I (14 quintetos), II (dois quintetos). Poesia incompleta. Segundo Silva Pinto, foram os últimos versos de Cesário Verde. Trata-se de uma poesia-pintura sobre o campo que merece uma análise detalhada. Uns exemplos, contudo, parecem interessantes:

Como amanhece! Que meigas
As horas antes de almoço!

Fartam-se as vacas nas veigas
E um pasto orvalhado e moço
Produz as novas manteigas. (I, E2)

Toda a paisagem se doura;
Tímida ainda, que fresca!
Bela mulher, sim senhora,
Nesta manhã pitoresca,
Primaveral, criadora! (I, E3)

E os campos, milhas e milhas,
Com povos de espaço a espaço,
Fazem-se às mil maravilhas;
Dir-se-ia o mar de sargaço
Glauco, ondulante, com ilhas! (I, E6)

Ao meio-dia na cama,
Branca fidalga, o que julga
Das pequenas da su'ama?!
Vivem minadas da pulga,
Negras do tempo e da lama. (II, E1)

Síntese

De certa forma, este capítulo obedeceu à construção dos poemas de Cesário, numa espécie de "contaminação" com o nosso objeto de estudo: trouxemos Camilo Pessanha, que foi a porta de entrada para a visualização da linguagem poético-pictórica de Cesário de uma forma geral, do Realismo Impressionista de uma forma particular, para experimentar tudo o que pensamos a respeito do objeto de estudo (poesia-pintura realista impressionista) nos 43 poemas de Cesário Verde.

A Poesia-Pintura Realista Impressionista de Cesário Verde

Figura 7 – Pissarro – O Boulevard des Italiens, manhã de sol – 1897

Figura 8 – Camile Pissarro – Praça do Havre, Paris, c. 1897.

Introdução

Paisagens urbanas: o boulevard e a praça. Manhã, tarde, noite. Um caminhar pelas ruas. Paisagens de Cesário Verde numa Paris-Lisboa de um tempo de poesia. A pincelada rápida, o traço rápido - o artista precisa registrar o que vê, antes que o momento deixe de existir. A frase rápida, nominal, entrecortada, fileira de substantivos e adjetivos, antes que as impressões passem. Pissarro e Cesário Verde, a poesia-pintura realista impressionista dos grandes centros urbanos.

Após ter apresentado o panorama da poesia-pintura na obra poética de Cesário Verde, faz-se necessário abordar uma leitura detalhada de alguns poemas. Dentre eles, partimos de uma visão geral, a análise de *Cristalizações*, a partir dos elementos estruturais entre a poesia e a pintura (Uspênski), para focar a atenção em *O Sentimento dum Ocidental* sob a ótica da poesia realista impressionista (Jakobson e outros), e observar a construção em paralelos, à semelhança das montagens eisensteinianas de *Contrariedades*, bem como estabelecer um paralelo estrutural entre *Manhãs Brumosas* e um pintura de Seurat.

CRISTAIS-TEXTOS-EM-AÇÕES

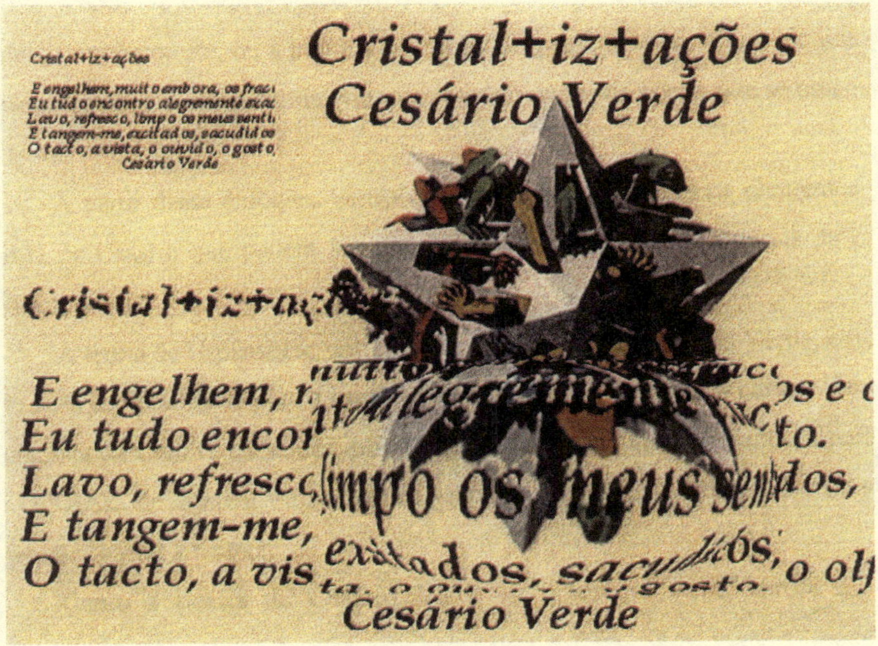

Figura... – Infopoesia: releitura de Cristalizações – J. L. Antonio

Cristalizações[1]

A Bettencourt Rodrigues, meu amigo

Faz frio. Mas, depois duns dias de aguaceiros,
Vibra uma imensa claridade crua.
De cócaras, em linha, os calceteiros,
Com lentidão, terrosos e grosseiros,
Calçam de lado a lado a longa rua.

Como as elevações secaram do relento,
E o descoberto sol abafa e cria!
A frialdade exige o movimento;

---

[1] Poema publicado em Coimbra, na *Revista de Coimbra*, nº 1, Maio de 1879, e republicada em *Correspondência de Coimbra*, em 17 de Junho de 1879 (Serrão 1992: 125).

E as poças de água, como um chão vidrento,
Reflectem a molhada casaria.

Em pé e perna, dando aos rins que a marcha agita,
Disseminadas, gritam as peixeiras;
Luzem, aquecem na manhã bonita,
Uns barracões de gente pobrezita,
E uns quintalórios velhos, com parreiras.

Não se ouvem aves; nem o choro duma nora!
Tomam por outra parte os viandantes;
E o ferro e a pedra - que união sonora! -
Retinem alto pelo espaço fora,
Com choques rijos, ásperos, cantantes.

Bom tempo. E os rapagões, morosos, duros, baços,
Cuja coluna nunca se endireita,
Partem penedos. Voam-lhe estilhaços.
Pesam enormemente os grossos maços,
Com que outros batem a calçada feita.

A sua barba agreste! A lã dos seus barretes!
Que espessos forros! Numa das regueiras
Acamam - se as japonas, os coletes;
E eles descalçam com os picaretes,
Que ferem lume sobre pederneiras.

E nesse rude mês, que não consente as flores,
Fundeiam, como esquadra em fria paz,
As árvores despidas. Sóbrias cores!
Mastros, enxárcias, vergas! Valadores
Atiram terra com as largas pás.

Eu julgo-me no Norte, ao frio – o grande agente! –
Carros de mão, que chiam carregados,
Conduzem saibro, vagarosamente;
Vê-se a cidade, mercantil, contente:
Madeiras, águas, multidões, telhados!

Negrejam os quintais; enxuga a alvenaria;
Em arco, sem as nuvens flutuantes,
O céu renova a tinta corredia;
E os charcos brilham tanto que eu diria
Ter ante mim lagoas de brilhantes!

E engelhem, muito embora, os fracos, os tolhidos,
Eu tudo encontro alegremente exacto.
Lavo, refresco, limpo os meus sentidos,[2]
E tangem-me, excitados, sacudidos,
O tacto, a vista, o ouvido, o gosto, o olfacto!

Pede-me o corpo inteiro esforços na friagem
De tão lavada e igual temperatura!
Os ares, o caminho, a luz reagem;
Cheira-me a fogo, a sílex, a ferragem;
Sabe-me a campo, a lenha, a agricultura.

Mal encarado e negro, um pára enquanto eu passo;
Dois assobiam, altas as marretas
Possantes, grossas, temperadas de aço;
[3] *E um gordo, o mestre, com ar ralasso*
E manso, tira o nível das valetas.

Homens de carga! Assim as bestas vão curvadas!
Que vida tão custosa! Que diabo!
E os cavadores descansam as enxadas,[4]
E cospem nas calosas mãos gretadas,
Para que não lhes escorregue o cabo.

Povo! No pano cru rasgado das camisas
Uma bandeira penso que transluz!
Com ela sofres, bebes, agonizas:
Listrões de vinho lançam-lhe divisas,
E os suspensórios traçam-lhe uma cruz!

---

[2] Na edição de Silva Pinto (Ferreira 1983: 91): "Lavo, refresco, limpo os meus sentidos." (Serrão 1992: 124). A substituição da vírgula (Serrão) para o ponto-final (Silva Pinto), de certa forma, determina uma leitura diferente do texto e, também, acentua a predominância da parataxe na poesia de Cesário Verde.

[3] Na edição de Silva Pinto, o verso foi escrito da seguinte forma: "E um gordo, o mestre, com um ar ralasso".

[4] Na versão de Silva Pinto: "E os cavadores pousam as enxadas".

De escuro, bruscamente, ao cimo da barroca,
Surge um perfil direito que se aguça;
E ar matinal de quem saiu da toca,
Uma figura fina desemboca,
Toda abafada num casaco à russa.

Donde ela vem! A actriz que eu tanto cumprimento;
E a quem, à noite, na platéia, atraio
Os olhos lisos como polimento!
Com seu rostinho estreito, friorento,
Caminha agora para o seu ensaio.

E aos outros eu admiro os dorsos, os costados
Como lajões. Os bons trabalhadores!
Os filhos das lezírias, dos montados:
Os das planícies, altos, aprumados;
Os das montanhas, baixos, trepadores!

Mas fina de feições, o queixo hostil, distinto,
Furtiva a tiritar em suas peles,
Espanta-me a actrizita que hoje pinto,
Neste dezembro enérgico, sucinto,
E nestes sítios suburbanos, reles!

Como animais comuns, que uma picada esquente,
Eles, bovinos, másculos, ossudos,
Encaram-na sangüínea, brutamente;
E ela vacila, hesita, impaciente
Sobre as botinhas de tacões agudos[5].

Porém, desempenhando o seu papel na peça,
Sem que inda o público a passagem abra,
O demonico arrisca-se, atravessa
Covas, entulhos, lamaçais, depressa,
Com seus pezinhos rápidos, de cabra!

Lisboa, Inverno de 1878.

[5] Na edição de Silva Pinto: "Sobre as botinhas de tacões agudos."

USPÊNSKI E JAKOBSON: OS PONTOS DE VISTA DA LINGUAGEM EM AÇÃO

Uspênski apresenta elementos estruturais comuns à literatura e à pintura russa, citando inúmeros exemplos para ambas as artes. Essa teoria nos permite indagar como se comportam os pontos de vista, os planos, as molduras, o fundo e o primeiro plano em *Cristalizações*, que é um texto de um poeta português, cuja construção poética se assemelha a um procedimento utilizado na linguagem pictórica, guardadas as devidas proporções entre os diferentes suportes (papel e tela, caneta e pincel, cor e palavra, etc.).

Em que aspecto será possível procurar elementos estruturais comuns a duas artes numa poesia? A princípio, parece-nos que os procedimentos similares aos pictóricos devem ser observados como se fossem um paralelo entre poesia e pintura. Os elementos estruturais comuns são encontrados na poesia que, no caso, se parece com uma pintura. O texto de Uspênski, falando de literatura e pintura, e não de poesia e pintura, torna-se uma teoria delineadora de uma análise. Um exercício de imaginação torna-se necessário. Essa nos parece a hipótese mais aceitável.

A poesia de Cesário Verde, como literatura de segunda metade do século XIX, se apresenta como impressionista. Poderíamos considerar que é um realismo impressionista literário, uma vez que o impressionismo pictórico não foi desenvolvido em Portugal.

O texto do poeta português se mostra com elementos estruturais comuns à poesia, à pintura impressionista, ou à pintura de um modo geral, à fotografia, à técnica da montagem cinematográfica, e, dessa forma, vincula procedimentos de poesia que se assemelham com os de outras artes.

A partir desse enfoque, várias questões surgiram. Quais os elementos estruturais da poesia de Cesário que podem ser considerados como princípios gerais da organização da obra em poesia?

A teoria de Uspênski se aplica, também, à poesia de Cesário Verde, embora não tenha sido feita especialmente para a literatura portuguesa. Aí residiria o caráter universalizante da Semiótica da Cultura como disciplina teórica: os russos foram capazes, a partir dos estudos da OPOIAZ, de criarem instrumentais teóricos adaptáveis às mais diferentes literaturas de diferentes países e tempos.

Como a poesia de Cesário se apresenta numa leitura à Uspênski? As diversidades de pontos de vista (olhar externo e/ou olhar interno) podem determinar maneiras inusitadas de ver um determinado objeto? A análise com base nos *planos* (da avaliação, da fraseologia, da características espaço-temporal, da psicologia) representa uma leitura especial? A observação das molduras do texto artístico (fronteiras, começo e fim) facilitam a observação de outros aspectos? Determinar fundo e planos (primeiro, segundo, terceiro, etc.) numa poesia permite uma observação estrutural?

Cristalizações é um poema com 20 estrofes de 5 versos cada uma, perfazendo um total de 100 versos. Cada estrofe mantém um esquema rimático assim constituído: a-b-a-a-b. O primeiro verso de cada estrofe tem 12 sílabas métricas, enquanto que os versos restantes são decassílabos. O objeto do eu-poético é a procura dos mais diversos ângulos de uma realidade urbana: uma parte da cidade, um bairro pobre de Lisboa, onde diversos operários trabalham. Ele procura mostrar o espaço urbano sob os mais diversos pontos de vista, apesar do predomínio do externo, pois é um olhar de quem está fora das cenas. O ponto de vista do eu-lírico é o de um eu-poético-observador.

A escolha do assunto (a construção de parte da cidade) sugere a construção verbal (que se mostra verbal, sonora e visual) do poema: a cidade é construída em partes, em pedaços, ao mesmo tempo em que o olhar do poeta olha a cidade em partes, em fragmentos, sob os mais diferentes ângulos. Se o olhar é fragmentado, se mostra em partes, os pontos de vista se mantém também em partes. O próprio poeta, ao falar deste poema em carta de 1879 a Antonio da Silva Pinto, assim se refere:

> *São uns versos agudos, gelados, que o Inverno passado me ajudou a construir; lembram um poliedro de cristal e não sugerem por isso quase nenhuma emoção psicológica e íntima. (Serrão 1992: 213)*

Se o trecho da carta fosse visto pelo aspecto histórico-estético-literário, poderíamos apontar um projeto poético que privilegia o realismo-naturalismo, isto é, um anti-romantismo e uma procura racional de um registro literário da realidade, isto é, a impassibilidade. Uma espécie de postura parnasiana. É o que tem sido visto como aspecto inovador na obra de Cesário: "é o único poeta do grupo tido como realista que consegue romper, de facto, com a herança romântica" (Saraiva e Lopes 1989: 989), pois, como "ninguém, conseguiu dar expressão poética à realidade objectiva e quotidiana" (Saraiva 1994: 136).

No fragmento da carta, Cesário diz que os versos "lembram um poliedro de cristal". Esse lembrar deve ser um ponto a ser explorado, pois um *poliedro*, em Geometria, é "um sólido limitado por superfícies planas"[6]. Um poliedro de cristal pode nos levar a um caleidoscópio ("aparelho que, por certa disposição de espelho, cria inúmeras figuras"[7]), o que implica num olhar que pode ter vários pontos de vista, como muitas faces que refletem um mesmo objeto ou muitos objetos. Se considerarmos um *poliedro de cristal*, teremos várias faces planas, brilhantes, especulares. Essa referência geométrica nos remete a um juízo crítico que inclui Cesário Verde ao lado de Fernando Pessoa: é possível, como aliás já se fez, encontrar na literatura poética portuguesa textos que, do ponto de vista de sua postura explícita e deliberadamente transgressiva e deslocadora, se irmanam aos de Pessoa e com eles formam um passado/presente – sempre presente –, de invenção e descoberta: (...)[8] é o caso da palavra fragmentária e geometrizante de Cesário Verde. (Segolim 1992: 147)

Também nos permite incluir uma análise de *Cristalizações*: a descrição do poeta, que também se integra na rua, é a descrição de uma rua pobre. O "movimento" de percorrê-la é exigência da frialdade táctil e visual: a "frialdade", contextualizada pela "imensa claridade crua", pelo dia "frio" e pela realidade dos homens inseridos no ambiente. Ou, invertendo, o "movimento" de percorrer a rua pobre exige a frieza, que fará do poeta o pintor sem expansões intimistas, pintor sem lirismo contemplativo. Observa-se que, aqui, o antagonismo entre contemplar e participar não existe. O poeta vê e o que ele vê exige o movimento, da mesma forma que o movimento exige a inclusão do que vê." (Paschoalin 1980: 31-32)

Em se tratando de um poema que lembra um *poliedro*, que é uma figura geométrica de várias faces, e especialmente por ser um *poliedro de cristal*, teremos várias faces planas, brilhantes, especulares, que irão refletir outros objetos ou eles próprios.

---

[6] BUENO, Francisco Silveira (1983). *Dicionário Escolar da Língua Portuguesa*. 11.ed. RJ, MEC/FENAME, p.882.

[7] Idem: 215.

[8] Julgamos adequado transcrever outros casos citados por Segolim: "é o caso das cantigas medievais de extração popular e de seu paralelismo lúdico; é o caso da ambivalência sobretudo sintático-semântica dos poemas camonianos; é o caso do ludismo *melo, fano* e *logopáico* da poesia barroca; é o caso da poesia fragmentária e geometrizante de Cesário Verde; é o caso da *melopéia* encantatória e iconizante dos poemas de Camilo Pessanha."

Poderíamos, então, apresentar a hipótese de que *Cristalizações* apresenta inúmeras palavras-espelhos a registrar inúmeras imagens ou facetas da realidade urbana portuguesa sob inúmeros pontos de vista. Trata-se, pois, de um recorte de uma cidade portuguesa do século XIX.

Num entrelaçamento entre forma e conteúdo, podemos afirmar que *cristalizações* pode significar o emaranhado entre *cristais* em *ações poliédricas*, a figura geométrica como metáfora da observação de uma realidade multifacetada, o que, de certa forma, pode ser identificado como *cristais-textos em ações semióticas*.

Cristais, poliedro, faces, cristalizações, cristais-textos, imagens-frases, cristal + ações, realidade multifacetada – tudo isso nos permitiu afirmar que o poema busca diferentes pontos de vista, a realidade urbana é registrada em inúmeras imagens que se justapõem muitas vezes sem encadeamento lógico, numa seqüência que representa uma soma – imagem 1 + imagem 2 + imagem 3 + imagem 4, por exemplo –, um olhar fragmentado, um desdobramento contínuo, uma assimetria ou simetria.

A linguagem em ação através das imagens

A referência à *ação*, também contida no título do poema nos traz à mente o conceito de *linguagem em ação*, conceito desenvolvido num ensaio sobre Poe: ao estudar o poema *The Raven*, Jakobson se detém na análise de muitas palavras, dentre as quais *nevermore*, para, com esse procedimento, conceituar a *linguagem em ação*: "Assim, a mesma e única palavra foi posta em movimento pelo hipotético "dono", pelo Corvo, pelo amante, pelo poeta, pelo autor, pela estação de rádio, pelo desconhecido no trem, e, finalmente, pelo autor de *Sound and Meaning*" (Jakobson 1990a: idem: 256).

A *ação* para Jakobson tem o sentido também de *comunicação*, ou seja, ação em comum: "Isso constitui uma cadeia de emissores e receptores reais e fictícios, a maioria dos quais simplesmente retransmite e, em grande parte, intencionalmente cita a mesma e única mensagem que, pelo menos para alguns deles, já era de antemão conhecida. Alguns dos participantes dessa comunicação de mão única estão largamente separados uns dos outros no tempo e/ou no espaço, e essas brechas são superadas através dos diversos modos de registro e de transmissão. A seqüência toda oferece um exemplo típico de um intrincado processo de comunicação." (idem: ibidem)

Dessa visão geral, Jakobson passa para uma visão particular do poema, no momento em que analisa palavras, traços típicos de alucinação verbal, o uso intermitente de pronomes de primeira e segunda pessoas, seqüências sonoras, inversões, etc. [9]

O conceito de *linguagem em ação*, à semelhança do estudo de Jakobson, se apresenta como uma leitura que podemos classificar como a linguagem em ação em imagens-frases[10] ou imagens-versos no poema *Cristalizações*, ou seja, uma união do aspecto gramatical (um conjunto articulado de palavras com unidade de sentido) e/ou métrico (um, dois ou três versos configuram uma frase, que contém uma unidade de sentido). Por exemplo, na estrofe 1, uma imagem se forma nos versos 1 e 2, enquanto que outra imagem se apresenta nos versos 3, 4 e 5:

FAZ FRIO. MAS, DEPOIS DUNS DIAS DE AGUACEIROS,	VERSO 1	→ IMAGEM 1
VIBRA UMA IMENSA CLARIDADE CRUA.	VERSO 2	
DE CÓCARAS, EM LINHA, OS CALCETEIROS,	VERSO 3	→ IMAGEM 2
COM LENTIDÃO, TERROSOS E GROSSEIROS,	VERSO 4	
CALÇAM DE LADO A LADO A LONGA RUA.	VERSO 5	

Estas primeiras pesquisas nos levam a afirmar, por exemplo, como a teoria de Uspênski pode auxiliar a leitura de *Cristalizações*. Esse conjunto de imagens, reunidas em versos e estrofes, formam quadros, composições pictóricas, que podem permitir novas interpretações.

Um levantamento de todas as estrofes de *Cristalizações* nos permitiu observar que a imagem-frase ou imagem-verso se forma por meio de um, dois, três, quatro ou cinco versos, conforme quadro demonstrativo a seguir:

[9] Um estudo é o ensaio "O texto-espelho: Poe, engenheiro às avessas (Campos 1976: 23-4).

[10] Os conceitos teóricos envolvendo imagem visual e literária foram apresentados em capítulo anterior: Campos s.d.: 88, Kayser 1985: 127, Paz 1990: 37/38, Bosi 1993: 13-14.

A	B	C	D
estrofe 1	v1/v2 + v3/v4/v5	frio/claridade – calceteiros	2
estrofe 2	v1/v2 + v3 + v4/v5	sol – frialdade – poças de água/casaria	3
estrofe 3	v1/v2 + v3/v4 + v5	peixeiras – barracões – quintalórios	3
estrofe 4	v1 + v2+ v3/v4/v5	aves – nora – viandantes – ferro e pedra	3
estrofe 5	v1/v2/v3 + v4/v5	os rapagões – outros rapagões	2
estrofe 6	v1/v2/v3/v4/v5	vestuário dos rapagões	1
estrofe 7	v1/v2/v3 +v4/v5	árvores – valadores	3
estrofe 8	v1 + v2/v3 + v4/v5	frio – carros de mão – cidade	3
estrofe 9	v1 + v2/v3 + v4/v5	quintais, alvenaria – céu – charcos	3
estrofe 10	v1/v2/v3/v4/v5	relação sentidos x realidade	1
estrofe 11	v1/v2 + v3 +v4 +v5	friagem – ares, caminho, luz – fogo, sílex, ferragem – campo, lenha, agricultura	4
estrofe 12	v1 + v2/v3 + v4/v5	um negro – dois negros – mestre gordo	3
estrofe 13	v1/v2 + v3/v4/v5	homens de carga – cavadores	2
estrofe 14	v1/v2 + v3/v4/v5	bandeira – listrões, suspensórios, divisas	2
estrofe 15	v1/v2/v3/v4/v5	perfil direito, figura fina	1
estrofe 16	v1/v2/v3/v4/v5	actriz, olhos, rostinho	1
estrofe 17	v1/v2 + v3 + v4+ v5	lajões – filhos das lezírias – filhos da planícies – filhos das montanhas	4
estrofe 18	v1/v2/v3/v4/v5	fina de feições, queixo	1
estrofe 19	v1/v2/v3 + v4/v5	trabalhadores – animais – ela, botinhas	2
estrofe 20	v1/v2/v3/v4/v5	demonico, pezinhos	1

LEGENDA
coluna A – o número crescente da estrofe (exemplo: estrofe 5)
coluna B – a relação entre os versos e a formação da imagem (exemplo: estrofe 17 - a primeira imagem se forma com os versos 1 e 2, a segunda com o verso 3, a terceira com o verso 4 e a quarta com o verso 5)
coluna C – a palavra-chave que sintetiza a palavra-imagem
coluna D – o número de imagens por estrofe

O quadro nos permite estabelecer as seguintes relações:

1 A distribuição de imagens-versos por estrofes, fato esse aliado a uma construção de frases por meio de parataxe, em sua grande maioria, permite mostrar diferentes pontos de vista.

Há uma imagem (5 casos), duas (8 casos), três (6 casos) e quatro (um único caso) por estrofe.

Exemplo 1: estrofe 20 - num texto acentuadamente narrativo, o eu-poético apresenta o personagem *demonico* no momento em que está atravessando a rua cheia de covas e entulhos:

Porém, desempenhando o seu papel na peça,
Sem que inda o público a passagem abra,
O demonico arrisca-se, atravessa imagem única
Covas, entulhos, lamaçais, depressa,
Com seus pezinhos rápidos, de cabra!

Exemplo 2 – estrofe 17 – É o único caso em que há quatro imagens descritivas em uma estrofe.

E aos outros eu admiro os dorsos, os costados
Como lajões. Os bons trabalhadores! ———> *imagem 1*
Os filhos das lezírias, dos montados:———> *imagem 2*
Os das planícies, altos, aprumados;———> *imagem 3*
Os das montanhas, baixos, trepadores!———> *imagem 4*

2 A quantidade de imagens é inversamente proporcional ao predomínio da narração e diretamente proporcional ao predomínio da descrição. Isto é: as estrofes com mais imagens são predominantemente descritivas, ao passo que as estrofes de poucas imagens são predominantemente narrativas.

3 É possível aplicar as teorias de Jakobson (análise detalhada do poema) e as de Uspênski (pontos de vista, molduras, planos, etc.). Com isso, podemos observar a linguagem em ação como mecanismo semiótico da arte, principalmente quando conseguimos observar estruturas comuns à poesia e à pintura na linguagem poética de Cesário.

4 A descrição das estruturas do poema nos permite concluir que há uma unidade que abrange o poema: o todo e as partes, as partes e o todo, o geral e o particular.

5 As observações acima nos levam a constatar a "existência" de um poliedro de 45 faces ao longo das 20 estrofes do poema, uma vez que temos 45 imagens. Assim surge o poliedro de cristal, que não é mais apenas uma metáfora na carta de Cesário Verde. Agora, face à nossa leitura, representa um projeto poético, a arquitetura de um texto artístico. O fragmento de carta representa, em parte, um vislumbre de uma teoria como uma mini – filosofia da composição à Edgar Allan Poe. São 45 pedaços de cristais, faces, imagens em ação, agrupadas num poliedro de cristal.

6 Parte daí uma outra observação: não é somente a referência do próprio Cesário à pintura que o faz voltado para a visualidade, mas, na referência, há também processos que apresentam simetrias, que são também geometrizantes. O texto como um todo, em sua forma e seu conteúdo, na relação linguagem + som + imagem, é que produz um efeito geométrico-pictórico.

Com base nos dados obtidos até o presente momento, podemos levantar algumas questões norteadores de um procedimento de análise: como os conceitos de Uspênski – ponto de vista, planos, molduras, fundo e primeiro plano – nos ajudam a entender a obra do poeta em geral, e o poema *Cristalizações*, em particular?

Os pontos de vista externo e interno

Quais os pontos de vista que predominam em *Cristalizações*: o ponto de vista externo ou o interno? A pergunta nos remete a três possibilidades de abordagem:

a) O poema como um todo – Responder sobre o poema como um todo permite uma generalização, que, muitas vezes, pode ter pouco resultado após uma análise detalhada.

b) O poema através de suas estrofes – Esse tipo de análise nos fornece mais detalhes do que o estudo do poema como um todo. Depois, podemos chegar a um resultado geral.

c) A análise através dos pontos de vista encontrados, independentemente da necessidade de divisão por versos ou por estrofes – Neste caso, faz-se necessário pensar num quadro geral com duas colunas verticais: ponto de vista interno e ponto de vista externo. Nas colunas horizontais, seria necessário separar as possibilidades de mudança de ponto de vista. E assim por diante. Considerando-se um poema com 100 versos, o número de possibilidades é amplo e demandaria uma seqüência de análises e inúmeras tabelas.

Das considerações metodológicas acima, optamos pela procura do ponto de vista através de cada estrofe do poema, para, em seguida, estudar o poema como um todo. Nosso raciocínio será indutivo, isto é, do particular (estrofes, versos, expressões, palavras, etc.) para o geral (o poema como um todo).

Vamos partir do seguinte aspecto: o ponto de vista é a posição do eu-poético (ou eu-lírico), que, na poesia sob estudo, pode ser identificado como eu-narrador. Esse eu-narrador é, ao mesmo tempo, eu-personagem e eu-observador, adotando as posições externas e internas à narrativa e/ou descrição ou ao fato narrado e/ou descrito. É preciso abranger descrição e/ ou narração devido ao fato do poema mostrar-se ora como descritivo, ora como narrativo, ora como descritivo-narrativo.

Uma análise por estrofe parece ser o levantamento necessário para o início do estudo. Como as estrofes se apresentam quanto à questão do ponto de vista de quem fala, avalia, descreve, narra, apresenta imagens (isto é, se apresenta como capacidade evocadora, conteúdo emocional e sugestivo), evoca comparação, sugere críticas, realça aspectos?

O que liga uma imagem à outra? Há uma seqüência de que tipo? De que maneira o olhar do eu-poético se apresenta? Esse olhar é geral e, depois, particular? Ocorre um encadeamento semântico e sintático? É uma estrutura em espelho? A cada imagem surge uma nova face da realidade que se pretende mostrar? Há desdobramento de imagens? Há simetria?

Estrofe 1 – Duas imagens gerais e abstratas (como representação pictórica) – *frio*, *dias de aguaceiros*, *claridade* – e duas imagens particulares – *calceteiros* e *rua*. O ponto de vista de quem descreve é o externo. É um olhar que observa de fora do cenário.

Estrofe 2 – Como na estrofe 1, o olhar é geral – *elevações, sol, frialdade* – e, depois, particular – *poças de água / casaria*. Ponto de vista externo.

Estrofe 3 – Duas imagens se apresentam, descontínuas, fragmentadas. O olhar vai do particular (*pé, perna, rins, peixeiras*) para o geral (*manhã, barracões, quintalórios, parreiras*). O ponto de vista é externo.

Estrofe 4 – A presença constante do *se* (índice de indeterminação do sujeito, para a Gramática Normativa) indica um ponto de vista externo que se confirma pela referência a *aves*, *nora*, *viandante*, *ferro*, *pedra*.

Estrofe 5 – A presença e a ação dos *rapagões* determinam uma atividade, que também é vista de fora.

O olhar externo determina, conforma, permite, insinua a apresentação de um ponto de vista interno, o de um observador crítico: *cuja coluna nunca se endireita* indica um ponto de vista interno, isto é, o olhar do eu-poético que percebe mais do que o movimento e as atividades dos *rapagões*.

Estrofe 6 – Ponto de vista externo: os *rapagões* são observados metonimicamente – *barba*, *lã* e *forros* dos *barretes*, *japonas*, *coletes* –. Também, pelas atividades, percebemos o local dos trabalhos: *regueiras*, *pederneiras*.

Estrofe 7 – O ponto de vista é externo e tem por base ressaltar o tempo (*rude mês*, *árvores despidas*, *cores sóbrias*) e atividades dos *valadores*.

Estrofe 8 – O verso *Eu julgo-me no Norte, ao frio – o grande agente!* como que "desmente" o ponto de vista (externo) que analisamos até a estrofe anterior.

Agora, torna-se evidente que quem fala no texto é o eu-poético e o ponto de vista, que se mostra externo, é, na verdade, interno, isto é, está e faz parte das cenas, é aquele que vê o que se passa ao seu redor, é aquele que olha sob o seu ponto de vista, o de observador integrado (mas que não se mostra como tal) aos acontecimentos.

Nos versos 2 a 5, volta a existir o ponto de vista "externo", o que indica um olhar que busca ver o que ocorre ou que se passa, ao invés de observar o que ocorre no íntimo, no interior da personagem, na imaginação, por exemplo, de quem fala no texto.

Estrofe 9 – Ocorre a alternância de pontos de vista externo (versos 1 a 3) e interno (versos 4 e 5).

Estrofe 10 – Ponto de vista interno. É o eu-poético que fala como todo o espaço urbano se apresenta a ele através dos cinco sentidos.

Estrofe 11 – Ponto de vista interno: a estrofe continua a registrar o que o ambiente lhe traz de impressões, com o uso de todos os sentidos.

Estrofe 12 – O ponto de vista interno ocorre no verso 1: ... *um pára enquanto eu passo*. Dos versos 2 a 5, predomina o ponto de vista externo.

Estrofe 13 – Pontos de vista interno (o eu-poético apresenta uma crítica social nos versos 1 e 2) e externo (versos 3 a 5).

Estrofe 14 – Ponto de vista interno: o eu-poético dirige-se ao povo e faz um discurso de revolução social.

Estrofe 15 – Ponto de vista externo: surge um *perfil direito*, uma *figura fina* no cenário urbano.

Estrofe 16 – Ponto de vista interno: para a descrição da *actriz*, o eu-poético usa o ponto de vista pessoal, como *eu tanto cumprimento*, *atraio* (versos 1 e 2).

Estrofe 17 – Ponto de vista interno: a descrição dos *rapagões*, dos *trabalhadores* se faz a partir de *E aos outros eu admiro os dorsos, os costados* (verso 1).

Estrofe 18 – A intercalação da primeira pessoa – *Espanta-me a actrizita que hoje pinto* (verso 3) – indica o ponto de vista interno.

Estrofe 19 – Ponto de vista externo: a descrição dos instintos dos trabalhadores, por ocasião da passagem da *actriz*.

Estrofe 20 – Ponto de vista externo: a atriz é descrita no momento em que *atravessa covas, entulhos, lamaçais com seus pezinhos rápidos, de cabra*.

Do levantamento particularizado, podemos afirmar que há dez (10) pontos de vista externo para seis (06) pontos de vista interno, enquanto há quatro (04) pontos de vista que se alternam entre externo-interno e interno-externo.

O levantamento dos pontos de vista nos permite realizar simultaneamente outros tipos de análise.

Os planos de uma obra de arte

Plano da avaliação

Qual o ponto de vista em que os acontecimentos apresentados, descritos, registrados e/ ou narrados no poema são avaliados?

Podemos demonstrar, estrofe por estrofe, que predomina o ponto de vista de fora, externo, a descrição objetiva do mundo exterior sob o ponto de vista do movimento, do fato, da narração e da percepção-impressão. Descrição e narração, no texto sob estudo, evidenciam uma tentativa de avaliar o conteúdo de forma indireta, na maioria das vezes.

É o que constatamos nas estrofes, conforme tabela abaixo: para as vinte estrofes, há descrição "pura" (8 estrofes), predomínio da descrição sobre a narração (5 estrofes), predomínio da narração sobre a descrição (4 estrofes), equilíbrio entre narração e descrição (2 estrofes) e narração "pura" (1 estrofe).

E1 - N = D	E2 - D	E3 - N > D	E4 - N > D	E5 - N
E6 - D> N	E7 - D	E8 - D > N	E9 - D	E10 - D
E11 - D	E12 - N > D	E13 - N > D	E14 - D	E15 - D > N
E16 - D > N	E17 - D	E18 - D	E19 - N > D	E2O - N = D

LEGENDA:
a) N = narração
b) D = descrição
c) N = D (equilíbrio entre narração e descrição)
d) N>D (predomínio da narração sobre a descrição)
e) D>N (predomínio da descrição sobre a narração)

Isso nos permite afirmar que, através da descrição, o ponto de vista fica, na sua grande maioria, do lado de fora, como se quem narra e/ou descreve fosse um observador externo, fato esse evidenciado através dos verbos e pronomes na terceira pessoa do singular e/ou do plural, deixando ao leitor a função de julgar. Isso ocorre na grande maioria das estrofes.

Uma análise por estrofe nos permite observar que:

a) onze estrofes (1 a 7, 13, 15, 19 e 20) têm *verbos na terceira pessoa do plural*;

b) oito estrofes (8 a 12 e 16 a 18) apresentam *verbos na 1ª pessoa do singular*; e

c) somente uma estrofe (14) apresenta uma exceção: *verbos na primeira pessoa do singular e na segunda pessoa do singular.*

Predomina, portanto, o ponto de vista externo em onze estrofes, que se contrapõe a oito estrofes que usam a primeira pessoa do singular.

O uso da primeira pessoa parece funcionar como moldura do texto artístico, como se fosse uma espécie de quebra de foco narrativo, numa atitude poética que pode mostrar-se metalingüística (é exemplo disso a estrofe 10: "Eu tudo encontro alegremente exacto. / Lavo, refresco, limpo os meus sentidos, / E tangem-me, excitados, sacudidos,/ O tacto, a vista, o ouvido, o gosto, o olfacto!") ou característica da estética impressionista, isto é, a alternância de primeira e terceira pessoa (singular e/ou plural), como resultado de inclusão de impressões subjetivas.

A narrativa principal, o "enredo", o assunto principal é um olhar para a cidade em diversos ângulos. Daí *cristalizações*[11] (*poliedro de cristal*), *frio, claridade, rua,* etc.

O predomínio da descrição e da narração, e o quase equilíbrio entre aspectos objetivos e subjetivos, nos leva a afirmar que o ponto de vista através do qual a cidade é avaliada é o ponto de vista externo, de quem olha de fora, e, que, de certa forma, parece, não participa. Trata-se de um olhar do eu-observador, uma espécie de narrador onisciente:

É o que podemos observar na estrofe abaixo, inclusive através do uso do índice de indeterminação do sujeito (*se*): *Não se ouvem aves; nem o choro duma nora! / Tomam por outra parte os viandantes; / E o ferro e a pedra – que união sonora! – / Retinem alto pelo espaço fora, / Com choques rijos, ásperos, cantantes* (estrofe 4).

Somente em determinados momentos (estrofes), o narrador fala na primeira pessoa do singular e apresenta uma avaliação direta:

---

[11] Julgamos mais adequado colocar em itálico toda transcrição (palavras, expressões, versos ou fragmentos deles) durante a análise do texto, ao invés de usar aspas.

Eu julgo-me no Norte, ao frio – o grande agente!
Donde ela vem! A actriz que eu tanto cumprimento;
E a quem, à noite, na platéia, atraio (estrofe 16)
Espanta-me a actrizita que hoje pinto, (estrofe 18)

Apenas em um único momento, o eu-poético dirige-se ao povo e apresenta um juízo de valor a respeito daquilo que observa: *Povo! No pano cru rasgado das camisas / Uma bandeira penso que transluz! / Com ela sofres, bebes, agonizas: / Listrões de vinho lançam-lhe divisas, / E os suspensórios traçam-lhe uma cruz!* (estrofe 14)

Além disso, a escolha de aspectos da rua indica uma avaliação, que obriga o leitor a refletir. Trata-se de um bairro pobre, que contém silêncio e barulho, personagens que somente trabalham. A seqüência de imagens, que são apresentadas como se fosse num filme, conduz a uma leitura de crítica social. Se pensarmos como composição pictórica, há um número determinado de elementos que se configuram como alguns quadros, ou quiçá um grande painel de uma rua de um bairro pobre de Lisboa:

(...) De cócaras, em linha, os calceteiros,
Com lentidão, terrosos e grosseiros,
Calçam de lado a lado a longa rua. (estrofe 1)

Em pé e perna, dando aos rins que a marcha agita,
Disseminadas, gritam as peixeiras;
Luzem, aquecem na manhã bonita,
Uns barracões de gente pobrezita,
E uns quintalórios velhos, com parreiras. (estrofe 3)

O registro, a seleção e a combinação dos elementos da realidade ao longo de todo o poema é um ponto a ser observado no plano da avaliação. A seleção e combinação determinam um ponto de vista, que tende a ser de fora, o ponto de vista de um observador externo. Se agruparmos os elementos da realidade por meio de palavras-chaves, notaremos o predomínio de substantivos e pronomes, que indicam uma atitude descritiva. Por outro lado, em quase igual proporção, o uso de verbos indica uma atitude narrativa.

Poderíamos classificar os temas envolvidos no poema através dos substantivos nomeadores de elementos da realidade, pois eles representam aspectos da cultura portuguesa:

a) *espaço*: o grande número de palavras que indicam espaço apresenta uma feição eminentemente descritiva, que julga e avalia de forma indireta, isto é, a descrição apresenta um fato, enquanto o autor espera que o leitor julgue o que leu, "viu" e/ou sentiu:

cristalizações (poliedro de cristal), rua, sol, casaria, barracões, quintalórios com parreiras, árvores despidas, cidade (madeiras, águas, multidões, telhados), quintais, céu, charcos, ares, caminho, luz, fogo, sílex, ferragem, campo, lenha, agricultura, barroca, ar matinal, platéia, ensaio, montados, planícies, montanhas, sítios, covas, entulhos, lamaçais.

b) *personagens*: a presença de muitas personagens indica profissões, origens, classe social e, de certa forma, avalia o material exposto, isto é, apresenta uma avaliação indireta, e por vezes direta; podemos pensar em *personagens* que participam de *classes sociais* e que fazem parte de determinadas *profissões*:

calceteiros, peixeiras, viandantes, rapagões, outros rapagões, valadores, carros de mão (no lugar dos trabalhadores que os carregam), os fracos (avaliação direta), os tolhidos (avaliação direta), um (trabalhador) negro, mestre gordo, homens de carga (avaliação direta), bestas (avaliação direta), cavadores, camisas (no lugar de trabalhadores), perfil direito (no lugar de mulher), figura fina (mulher), actriz, olhos, rostinho, dorsos, costados, lajões, trabalhadores, filhos das lezírias, filhos dos montados, filhos das planícies, filhos das montanhas, actrizita, animais comuns (comparação com os trabalhadores), demonico.

c) *tempo*: de forma direta e indireta, o tempo se manifesta principalmente nos verbos que também indicam estado ou movimento; predomina o verbo no presente do indicativo, o que indica uma ação que acontece quase que ao mesmo tempo em que se narra:

– faz, depois duns dias de aguaceiros, vibra, calçam, secaram, abafa, cria, exige, reflectem, agita, gritam, luzem, aquecem, ouvem, tomam, retinem, endireita, partem, voam-lhe, pesam, batem, acamam - se, descalçam, ferem, consente, fundeiam, atiram, julgo-me, chiam, conduzem, vê-se, negrejam, enxuga, renova, brilham, diria (futuro do pretérito, exceção), ter, engelhem, encontro, lavo, refresco, limpo, tangem-me, pede-

me, reagem, cheira-me, sabe-me, pára, passo, assobiam, tira, vão, descansam, cospem, escorregue, penso, transluz, sofres, bebes, agonizas, lançam-lhe, traçam-lhe, surge, aguça, saiu (pretérito perfeito, exceção), desemboca, vem, cumprimento, atraio, caminha, admiro, a tiritar, espanta-me, pinto, esquente, encaram-na, vacila, hesita, desempenhando, abra, arrisca-se, atravessa.

Com exceção de *diria* e *saiu*, todos os verbos estão no presente do indicativo. O eu-poético como que torna simultâneo seu olhar para os elementos da realidade descritos e/ou narrados.

De uma forma geral, o ponto de vista de quem avalia o conteúdo do poema se mostra, na maioria das vezes, de forma indireta, através da descrição e da narração:

Formas indiretas: a descrição de um modo de estar, o momento de estar trabalhando, indica uma postura de humildade, um curvar-se às injustiças sociais, por exemplo: *E os rapagões, morosos, duros, baços, / Cuja coluna nunca se endireita* (estrofe 5, versos 1 e 2)

Formas diretas: – mesmo descrevendo a cidade como *mercantil, contente*, a dialética surge com o objetivo de mostrar outro ângulo da realidade:

E engelhem, muito embora, os fracos, os tolhidos,
Eu tudo encontro alegremente exacto. *(E10, V1/V2)*
Homens de carga! Assim as bestas vão curvadas!
Que vida tão custosa! Que diabo! *(E13, V1/V2)*

– *Eu julgo-me ao Norte, ao frio – o grande agente!* (E8, V1) – A presença da 1ª pessoa do singular estabelece uma associação de idéias e apresenta um juízo de valor, que é o ponto de vista de quem escreve.

– a estrofe 14 representa uma síntese que é o ponto máximo da crítica social e da identificação do eu-poético com o povo sofredor. Nessa identificação, o eu-poético dirige-se diretamente ao povo (através do pronome *tu*), mudando o tom do discurso: *Povo! No pano cru rasgado das camisas / Uma bandeira penso que transluz! / Com ela sofres, bebes, agonizas: / Listrões de vinho lançam-lhe divisas, / E os suspensórios traçam-lhe uma cruz!*

PLANO DA FRASEOLOGIA

De que maneira Cesário emprega palavras ou expressões estranhas no seu discurso poético? O quê o diferencia de outros poetas do seu tempo quanto à fraseologia, ou quanto à sua particular linguagem poética? De que modo ele produz o estranhamento?

O plano da fraseologia, numa linguagem poética, permite inúmeras leituras, especialmente aquelas em que podemos envolver som, significado, signo lingüístico e estranhamento.

Em cada estrofe, encontramos expressões que determinam uma ligação com outras estrofes ou com o tema central, de tal forma que o estudo dos pontos de vista nos possibilita uma variedade de leituras. Em alguns versos, Cesário sabe insinuar o particular que se insere no geral, como que buscando abarcar o objetivo e o subjetivo. Ele, de certa forma, "semeia" pontos de vista interno ou "fragmentos" de plano de avaliação.

Uma leitura por estrofe facilitará verificar o procedimento fraseológico e a produção de efeitos diversos:

ESTROFE 1 - O espaço e os personagens são construídos do ponto de vista interno, já que a seleção e combinação de palavras promovem uma união mais que semântica, como podemos observar: *Faz frio. (...) / Vibra uma imensa claridade crua* (verso 2). A ligação entre *claridade* e *crua* se faz pela presença dos fonema *a* e pela repetição de sons como *cla-* e *cru-*, assim como *faz frio* também funciona da mesma forma.

De forma semelhante, *cócoras* e *calceteiros* ligam a atividade voltada para o chão (terra), isto é, o ato de calçar a rua e/ou a calçada, aos adjetivos *terrosos* e *grosseiros*, que, de certa forma, significam a atividade braçal e o modo de ser (físico e psicológico) dos calceteiros. Da mesma forma, *em linha* se assemelha a uma desenho feito pelas pedras da calçada e pelo trabalho em fila dos calceteiros isso indica que uma igualdade *em linha* entre a calçada e os calceteiros, ambos "embaixo" da escala social, por exemplo.

Os fonemas *ca*, *co*, *cr* e *cl* "acompanham", "perseguem" ou "compõem" a primeira estrofe, como se desenvolvessem o título *Cristalizações*: claridade – crua – cócaras – calceteiros – calçam.

Esse entrelaçamento percorre todo o poema e produz aquilo que Chklovski (1971: 39-56) conceituou como *estranhamento*, conceito que Uspênski retomou ao tratar da diversidade do ponto de vista: "É preciso dizer que o significado do ponto de vista externo, como procedimento composicional, depende do fato de estar baseado num fenômeno conhecido que recebeu, em seu tempo o nome de "estranhamento". Realmente, a essência do fenômeno do estranhamento resume-se em parte considerável no emprego de um ponto de vista em princípio novo ou estranho a respeito de algum objeto ou fenômeno conhecido, onde o artista "não chama o objeto pelo seu nome, mas o descreve como se o estivesse vendo pela primeira vez e a ocorrência, como também acontecida pela primeira vez"[12] . Em outras palavras, o estranhamento pode ser compreendido como a passagem para o ponto de vista do observador exterior, ou seja, trata-se do emprego de uma posição em princípio externa em relação ao fenômeno descrito."(Uspênski 1979: 165).

O procedimento composicional que provoca o estranhamento pode ser o ponto de vista do eu-poético: a descrição se assemelha à de um texto em prosa. Isso pode ser observado através da reordenação, conforme fizemos na estrofe 1:

Faz frio. Mas, depois duns dias de aguaceiros, uma imensa claridade crua vibra.

De cócaras, terrosos e grosseiros, em linha, com lentidão, os calceteiros calçam a longa rua de lado a lado.

ESTROFE 2 – *E as poças de água, como um chão vidrento, / Reflectem a molhada casaria.* (versos 4 e 5) – Os pares de versos, através de uma comparação (*como um chão vidrento*), produzem uma imagem em outro ponto de vista: o olhar do eu-observador não olha para a *casaria*, mas, sim, paras as *poças de água*, várias, que lhe parecem *chão vidrento*. A *água* das poças "molha" a casaria. Em relação ao ponto de vista de quem narra a história, o reflexo é um ponto de vista externo ao ponto de vista externo (para nós) do eu-observador-narrador. Parece-me, aqui, que o eu-poético vai construindo uma face do seu poliedro de cristal a cada imagem apresentada.

ESTROFE 3 – *Em pé e perna, dando aos rins que a marcha agita, / Disseminadas, gritam as peixeiras;* (versos 1 e 2) – A inversão da frase é o procedimento que determina a construção do primeiro e segundo versos, e o que lhes dá sentido, pois apresenta uma imagem em dois pares de

---

[12] O trecho entre aspas faz parte do ensaio "A arte como procedimento", de V. Chklóvski.

versos (procedimento composicional constante em Cesário): *as peixeiras gritam*. A presença da metonímia (*pé* e *perna*, em lugar de corpo de mulher, da peixeira, isto é, da vendedora de peixes) fica marcada pela presença repetitiva do fonema **pe**: **pé** e **per**na. *Dando aos rins que a marcha agita* representa uma escolha de sílabas métricas que determinam um ritmo adequado ao grito. Esse fragmento de verso como que reproduz o grito das peixeiras: "Olha o peixe, olha o peixe, olha o peixe!".

ESTROFE 4 – *Não se ouvem aves; nem o choro duma nora! / Tomam por outra parte os viandantes;* (versos 1 e 2) – Novamente os sons "contaminam" o significado: ou**vem** aves, ch**oro** **nora.** A construção das frases estabelece um elemento novo do ponto de vista externo: nem som de aves, de nora, ao passo que os *viandantes* vão para outro lado, por isso, não há nem som proveniente deles. Contudo, o som surge nos três últimos versos da mesma estrofe:

Os mesmos versos 1 e 2 mostram, também, uma constante na poesia de Cesário: a presença da parataxe.

E o ferro e a pedra – que união sonora! / Retinem alto pelo espaço fora, / Com choques rijos, ásperos, cantantes. (versos 3 a 5) – O trio de versos (uma constante composicional em Cesário, juntamente com a construção de imagens em pares de versos, distribuídos diferentemente em cada estrofe, isto é, ora dois-três, ora três-dois) "repetem", reforçam, conformam a *união sonora* entre o som produzido pelos trabalhadores sobre o ferro e a pedra, através da criação de um ritmo composto de fonemas adequados: **cho**ques (pedra) **ri**jos (pedra), **ás**peros (pedra), can**tan**tes (ferro, ou, também, repetição contínua das batidas).

ESTROFE 5 – *E os rapagões, morosos, duros, baços, / Cuja coluna nunca se endireita, / Partem penedos. Voam-lhe estilhaços.* (versos 1 a 3) – O trio de versos determina uma imagem-frase[13], uma vez que, com exceção de *Voam-lhe estilhaços, rapagões* é a imagem que se apresenta ao leitor.

Morosos, duros e *baços* apresentam uma imagem descritiva que remete a uma condição social de humildade, de humilhação, de trabalho excessi-

[13] Por *imagem* queremos designar "tôda forma verbal, frase ou conjunto de frases, que o poeta diz e que unidas compõem um poema." (Paz 1990:. 37). Também *imagem* pode ser "uma espécie de comparação estilística dinamizada pela substituição do traço conjuntivo típico, mas conservando expressa a relação entre os elementos reais e abstratos que a compõem." (Campos s/d: 88). Por *imagem-frase,* adotamos os conceitos apresentados acima, procurando diferenciar, para o nosso ponto de vista, o fato de que a construção poética de Cesário Verde apresenta imagens em frases que tomam conta de dois ou três versos, no máximo.

vo, de exploração: *os rapagões partem penedos*, mas *a coluna* (deles) *nunca se endireita*. Na verdade, *morosos, duros, baços* indicam *rapagões* presos ao trabalho quase forçado, *baços* para o fato de que estão sendo explorados.

ESTROFE 6 – *A sua barba agreste! A lã dos seus barretes! / Que espessos forros! Numa das regueiras / Acamam – se as japonas, os coletes*; (versos 1 a 3) – *Barba* e *lã* se "unem" a *espessos* para criarem a imagem de *agreste*. A presença das *japonas* e dos *coletes* indica metonimicamente a presença dos trabalhadores longe de seus agasalhos, o que, de maneira bastante indireta, indica uma desproteção durante as atividades profissionais.

ESTROFE 7 – *E nesse rude mês, que não consente as flores, / Fundeiam, como esquadra em fria paz, / Às árvores despidas. Sóbrias cores! / Mastros, enxárcias, vergas! Valadores / atiram terra com as largas pás.* – É possível ler essa estrofe a partir da afirmação: "Em poesia, não apenas a seqüência fonológica, mas, de igual maneira, qualquer seqüência de unidades semânticas, tende a construir uma equação. (...) Em poesia, onde a similaridade se superpõe à contigüidade, toda metonímia é ligeiramente metafórica e toda metáfora tem um matiz metonímico." (Jakobson 1975: 149)

A equação *árvores despidas = esquadra em fria paz* se completa com as metonímias *mastros* (do navio), *enxárcias* (do navio, isto é, "conjunto de cabos fixos que seguram os mastros e mastaréus"[14]), *vergas* (do navio, isto é, "pau atravessado no mastro, a que se prende a vela do navio"[15]), para estabelecer uma relação metafórica e sonora (a presença do *v*) com *valadores* ("que , ou aquele que trabalha em valas ou valados"[16]). De certa forma, há uma semelhança formal que se manifesta como se todos estivessem em fileiras, como se todos esses elementos estivessem fixos, enfiados e presos a uma base: assim, os *mastros*, as *enxárcias* e as *vergas* estão presos a partes do navio, da mesma forma que *as árvores despidas* estão presas ao chão, e, "da mesma forma", os *valadores* estão "enterrados" na vala, ou, na linguagem poética, "presos" ao fonema *v* : *verga, vala, valado, valador*. Essa "prisão" semântica e sígnica indica uma prisão social ao trabalho, que determina a esses homens suas condições de subsistência.

---

[14] BUENO, Francisco Silveira (1983). *Dicionário escolar da Língua Portuguesa*. RJ, MEC - FENAME, 11ª ed., p. 423.

[15] idem, 1189.

[16] idem, p. 1176.

ESTROFE 8 – À semelhança doa estrofe 7 (*mastros, enxárcias, vergas*), o uso de frases nominais – determina uma abrangência bastante característica da linguagem poética de Cesário: *madeiras, águas, multidões, telhados*. Por meio de substantivos que generalizam idéias, a *cidade mercantil, contente* foi vista (versos 4 e 5).

A metonímia determinou uma maneira singular de registrar ações: *carros de mão* (guiados por trabalhadores), *que chiam carregados, conduzem saibro, vagarosamente*.

ESTROFE 9 – O uso das sinestesias determinou uma maneira pictórica para descrever o ambiente: *os quintais negrejam*, a *alvenaria* está *enxuta*, o *céu renova a tinta corredia*, e os *charcos brilham*, como *lagoas de brilhantes*.

ESTROFE 10 – O frio, a claridade e o contato com este espaço urbano determina uma relação do eu-poético com os sentidos, apesar do fato de que os *fracos* e *os tolhidos* sofrerem a ação do frio em suas peles.

ESTROFE 11 – Fato constante em Cesário, uma série de apostos compostos de uma única palavra, determina generalizações: *Os ares, o caminho, a luz reagem: cheira-me a fogo, a sílex, a ferragem; / sabe-me a campo, a lenha, a agricultura*.

ESTROFE 12 – No verso 2 e 3, ocorre uma parataxe: *Dois assobiam, altas as marretas / possantes, grossas, temperadas de aço*.

ESTROFE 13 – A contaminação semântica produz um efeito singular no verso 1: *Homens de* **carga**. *Assim as* **bestas** *vão* **curvadas**. *Carga, bestas* e *curvadas* determinam um significado de crítica social aos trabalhadores, os *rapagões*, os *calceteiros*.

ESTROFE 14 – Toda a construção verbal desta estrofe nos leva a uma imagem. No *pano das camisas* há uma *bandeira* com *listrões de vinho* como *divisas* e os *suspensórios* como uma *cruz*. Somente nessa estrofe ocorre uma discurso endereçado aos trabalhadores: *Com ela sofres, bebes, agonizas*.

ESTROFE 15 – A construção verbal da nova personagem se faz aos poucos: *perfil direito, figura fina*. A descrição serve como um elemento de suspense para apresentar quem aparece *bruscamente, ao cimo da barroca*.

ESTROFE 16 – De *perfil direito, figura fina*, agora passa a ser *actriz*, alguém que trabalha à noite.

ESTROFE 17 – Um olhar para os trabalhadores e uma comparação: *lajões*, no sentido de "grandes lajes".

ESTROFE 18 – Uma nova denominação ao *perfil direito, figura fina, actriz: actrizita.*

ESTROFE 19 – Vale ressaltar a zoomorfização que ocorre na estrofe 19: *Como animais comuns, que uma picada esquente, / Eles, bovinos, másculos, ossudos, / Encaram-na sangüínea, brutamente; / E ela vacila, hesita, impaciente / Sobre as botinhas de tacões agudos.* – Estabelecida a comparação *como animais comuns*, os trabalhadores se metamorfoseiam em *bovinos másculos, ossudos*, que *encaram* a atrizita de forma *sangüínea, brutamente.* A equação *trabalhadores = animais = bovinos, másculos, ossudos* se faz também através da seleção e combinação de palavras.

ESTROFE 20 – Na estrofe seguinte, no último verso, dois outros elementos de linguagem poética se mostram "contaminados" pela estrofe anterior: o *demonico* tem *pezinhos rápidos, de cabra!*

Plano da característica espaço-temporal

PLANO DA CARACTERÍSTICA ESPACIAL – Em sua grande maioria, o poema é construído com base no espaço e no tempo. Há um olhar que acompanha seres e objetos que fazem parte da rua, mas há uma predominância de uma relação mais com o espaço do que com o tempo.

Grande parte do poema é construído através da construção do espaço, que se forma de um ponto de vista externo. Foi o que observamos sob o plano da avaliação: há descrição "pura" em oito estrofes, há o predomínio da descrição sobre a narração em 5 estrofes, há predomínio da narração sobre a descrição em quatro estrofes, há um equilíbrio entre narração e descrição em duas estrofes e há uma narração "pura" em uma única estrofe.

A coincidência da posição de quem descreve com a posição de uma ou outra personagem, o que denota a utilização de um ponto de vista interno (em relação a uma dada personagem), acontece em poucas estrofes ao longo do poema:

a) *Eu julgo-me no Norte, ao frio – o grande agente!* – (E8 V1) – o eu-poético identifica-se com o ambiente e, graças a isso, passa a ter o mesmo ponto de vista do narrador-observador.

b) *E os charcos brilham tanto que eu diria / Ter ante mim lagoas de brilhantes!* – (E9, V4/V5) – O narrador-personagem confunde-se com o narrador-observador.

c) Estrofe 10 – Com exceção do primeiro verso (*Os fracos engelhem*), todo o ponto de vista passa a ser interno, porque o eu-narrador assume a posição do eu-observador.

d) Estrofe 11 – Com exceção do verso 3 (*Os ares, o caminho* e *a luz reagem*), ocorre o mesmo fenômeno.

e) *Mal encarado e negro, um pára enquanto eu passo* – E12, V1 – Aqui parece evidenciar, finalmente, que o eu-observador (que parece se apresentar do ponto de vista externo) é, na verdade, um narrador-personagem. Ou essa evidência só pode analisada nessa estrofe?

f) *Povo! No pano cru rasgado das camisas / Uma bandeira penso que transluz!* – E14V1/V2 – idem.

g) *Donde ela vem! A actriz que eu tanto cumprimento; / E a quem, à noite, na platéia, atraio / Os olhos lisos como polimento!* – E16V1/V2) – idem.

h) *E aos outros eu admiro os dorsos, os costados / Como lajões. Os bons trabalhadores!* – E17, V1/V2 – idem.

i) *Espanta-me a actrizita que hoje pinto,* – E18, V3 – idem.

PLANO DA CARACTERÍSTICA TEMPORAL – Na grande maioria das estrofes, a posição temporal do narrador está em sincronia com o tempo descrito (ele conduz seu relato como que partindo da ação "presente" dos participantes), conforme já levantamos anteriormente: com exceção de *diria* (futuro do pretérito), *saiu* (pretérito perfeito), todos os verbos estão no presente do indicativo. Com isso, o eu poético como que torna simultâneo seu olhar para os elementos da realidade que aparecem no poema.

Plano da Psicologia

Os pontos de vista, no plano da psicologia, determinam a descrição do estado interior (análise psicológica) ou do estado exterior da personagem, do espaço e do tempo.

No poema sob estudo, a descrição do estado interior do eu-poético fica subentendida numa descrição que toma ares de imparcialidade, mas que se revela pessoalíssima pela inclusão da primeira pessoa do singular ao longo do poema. A descrição da realidade exterior serve de pano de fundo para a exposição do aspecto subjetivo.

Temos a impressão que há apenas uma descrição do observado exteriormente, mas, se tomarmos como ponto de partida, a inclusão quase súbita do ponto de vista interno (a presença do eu-poético através da primeira pessoa do singular), podemos concluir que todo o poema é uma descrição altamente subjetiva, com aparências de objetividade.

Vejamos alguns versos:

a) *Eu julgo-me ao Norte, ao frio – o grande agente!* (E8V1) – A presença da 1ª pessoa do singular estabelece uma associação de idéias e apresenta um juízo de valor, que é o ponto de vista, de forma evidente, de quem escreve. A partir do conceito que esse verso emite, inicia-se uma descrição indireta do estado interior, pois a observação dos elementos da realidade provoca sensações no eu-poético e elas são expressas do ponto de vista interno.

b) *E os charcos brilham tanto que eu diria / Ter ante mim lagoas de brilhantes!* – E9, V4/V5 – O que é observado do ponto de vista externo provoca imagens ou sensações semelhantes do ponto de vista interno.

c) *E engelhem, muito embora, os fracos, os tolhidos, / Eu tudo encontro alegremente exacto. / Lavo, refresco, limpo os meus sentidos, / E tangem-me, excitados, sacudidos, / O tacto, a vista, o ouvido, o gosto, o olfacto!* – E10 – O elemento exterior (*os fracos, os tolhidos*) não interfere na descrição do estado interior do eu-poético, que se mantém distante ou desinteressado com o sofrimento alheio.

d) Estrofe 11 – o ponto de vista externo (os elementos da realidade) exige do eu – lírico uma postura de esforços para apreender o real. Trata-se de um momento em que os pontos de vista interno e externo se fundem.

e) Estrofe 14 – Esta estrofe é uma espécie de desabafo do eu-poético. Depois de uma seqüência contínua de imagens descritivas, o eu-poético dirige-se ao povo (*Com ela sofres, bebes, agonizas*) e extravasa seu compadecimento com os menos favorecidos.

As "molduras" do texto artístico

A atualidade do problema das "molduras', ou seja, das fronteiras da obra artística, apresenta-se de uma forma bastante evidente. Com efeito, na obra artística, seja ela uma obra de literatura, de pintura etc., estamos diante de um mundo especial – com seu tempo e seu espaço, seu sistema de avaliação, suas normas de conduta – mundo esse em relação ao qual nós ocupamos (de qualquer modo, no começo da percepção) uma posição necessariamente externa, a do observador alheio. Aos poucos vamos penetrando nesse mundo, isto é, familiarizamo-nos com suas normas, passamos a viver nele, tendo alcançado a capacidade de percebê-lo, por assim dizer, a partir "de dentro" e não "de fora"; em outras palavras, o leitor situa-se – de uma ou de outra maneira – num ponto de vista interno em relação a dada obra. Depois, entretanto, tem que abandonar esse mundo – voltar a seu próprio ponto de vista, do qual se havia abstraído consideravelmente durante o processo de percepção da obra artística.

Em vista disso, adquire uma importância muito grande o processo da passagem do mundo do real para o mundo do representado, o problema da organização especial das "molduras" da obra de arte" (Uspênski 1979: 174)

A transcrição acima nos coloca diante de um outro problema frente à leitura de uma obra literária. Vamos observar isso parte por parte.

Ao analisar os pontos de vista, o olhar do leitor deve ser a nossa primeira atenção. Enquanto lemos

Faz frio. Mas, depois duns dias aguaceiros
Vibra uma imensa claridade crua.
De cócoras, em linha, os calceteiros,
Com lentidão, terrosos e grosseiros,
Calçam de lado a lado a longa rua.

o nosso ponto de vista, o de leitor, é externo, pois estamos fora da cena e a olhamos "desenrolar-se" numa "tela", que é a nossa atribuição de conteúdo, por conta e risco, ao texto (Uspenskii 1981: 31)

Há elementos verbais, gráfico-espaciais, sonoros, rimáticos, rítmicos, lexicais, sintáticos e semânticos que separam o que lemos acima daquilo que é nosso universo. O olhar de leitor, em oposição ao olhar de eu-poético, por exemplo, pode se apresentar como o que Uspênski chama de "moldura", isto é, fronteiras da obra literária.

A leitura continuada de *Cristalizações* nos apresenta estruturas regulares que podem ser organizadas da seguinte forma:

a) um número determinado de sílabas métricas e uma alternância silábica (átonas e tônicas) nos fazem ler um verso, dar uma pausa, e, em seguida, ler o outro verso;

b) a pontuação, na maioria das vezes, nos ajuda a "ver" e a sentir essa regularidade;

c) o número de versos (cinco) por estrofe nos leva a fazer um "corte" na estrofe, como se ela fosse formada de 2 versos + 3 versos, ou de 3 versos + 2 versos, ou de 2 + 1 + 2;

d) esse corte nos leva a observar que, não somente os elementos acima, que são formais, mas o conteúdo obedece a esquema semelhante, isto é: na maioria das vezes, dois ou três versos, em posições diferentes nas estrofes, apresentam uma imagem;

e) essa observação, dado o caráter eminentemente descritivo do texto, se assemelha a uma atividade cinematográfica, isto é, há um conjunto de quadros que nos são apresentados e que, pelo caráter aparentemente não lógico, não narrativo em alguns casos, provoca um estranhamento que, não raro, nos leva a uma segunda leitura;

f) esse aspecto pode ser analisado sob o seguinte aspecto: em poesia, não apenas a seqüência fonológica, mas, de igual maneira, qualquer seqüência de unidades semânticas, tende a construir uma equação (Jakobson 1975: 149). Trata-se da metonímia ligeiramente metafórica e da metáfora com um matiz metonímico.

Uma exemplificação através da 1ª estrofe deixa mais evidente o que foi estabelecido de forma teórica:

- número de sílabas: 12 sílabas / 10 / 10 / 10 / 10
- pontuação: a presença da pontuação (vírgula, ponto-e-vírgula; dois-pontos ou ponto-final) facilita / estimula a leitura do tipo verso - pausa - verso.
- número de versos em cada estrofe, em todo o poema: 05 (cinco)
- o "corte" é formado por 2 (imagem 1) + 1 (transição) + 2 (imagem 2) versos: *frio* estabelece o primeiro "corte", que se apresenta após *dias de aguaceiros* e se apresenta como *imensa claridade crua* (versos

1 e 2). *Calceteiros* é a segunda imagem que se relaciona com *longa rua*. *Calceteiros* é a transição de *frio* e *claridade* para a *rua*, isto é, metonímia dos primeiros versos.

Trata-se, portanto, de uma imagem geral (*frio*, *claridade*) para uma imagem particular de um personagem (*calceteiros*) que se desenrola num espaço particular (rua).

A semelhança com a estrutura do signo no cinema nos leva a Ivanov (1979: 255-260), que atribui ao cinema a exibição da parte em lugar do todo. Assim, na estrofe 1, o olhar externo "focaliza" o *frio* após a chuva a partir da *claridade* (visão geral) para estabelecer um "nexo lógico" com os *calceteiros*, que revestem a rua de pedras.

Cada um dos elementos acima analisados nos fornece uma espécie de ritual de passagem que nos mostra quais são as fronteiras que precisam ser transpostas para adentrarmos o mundo da poesia de Cesário. São essas fronteiras que permitem a passagem do ponto de vista externo para o interno, isto é, passar do mundo real para o mundo representado.

Embora o poema não apresente começo e fim bem demarcados, como é o caso de determinadas narrativas literárias, a presença do "eu" (eu-poético e, também, a existência do pronome na primeira pessoa do singular) ao longo de um poema com acentuada descrição e narração que se mostra como objetiva, se apresenta como uma moldura. É o que podemos observar em alguns versos de algumas estrofes:

a) *Eu julgo-me no Norte, ao frio – o grande agente!* – (E8)

b) *E os charcos brilham tanto que eu diria / Ter ante mim lagoas de brilhantes!* (E9)

c) *E engelhem, muito embora, os fracos, os tolhidos, / Eu tudo encontro alegremente exacto. / Lavo, refresco, limpo os meus sentidos, / E tangem-me, excitados, sacudidos, / O tacto, a vista, o ouvido, o gosto, o olfacto!* (E10)

De certa forma, a presença do eu-poético dá um tom mais humano à descrição objetiva dos ambientes.

Fundo e planos

Verificar fundo e planos (primeiro, segundo, terceiro, etc.) num texto verbal é uma leitura que deve ser iniciada pela observação do tipo de texto que se apresenta: se ele é predominantemente descritivo, narrativo ou dissertativo; se ele é composto de imagens visuais (elementos da realidade, como pessoas, paisagens, objetos, etc.); se as idéias se constróem dentro de um raciocínio lógico que se utiliza de analogias com imagens visuais, ou somente com questões filosóficas e abstratas; o uso de determinadas palavras (por exemplo, os substantivos concretos, advérbios, adjetivos, etc.); o uso de períodos compostos por subordinação, coordenação ou parataxe; o ponto de vista de quem descreve e/ou narra, se é geral, "do alto", "de cima", ou particular, "de baixo"; o uso de expressões adverbiais, por exemplo, como "ao fundo", "ao longe", "outra via"; etc.

Portanto, em suma, é preciso observar se um texto privilegia a descrição, ou se mostra como em estado de descrição, isto é, apresenta grande número de imagens visuais. É semelhante a fazer uma leitura quase-pictórica de uma poesia verbal (e *verbal* se opõe à poesia *visual*, que começou a existir na década de 60).

Para Uspênski, o fundo e os planos são identificáveis, tanto na literatura como na pintura, pelos seguintes aspectos:

a) descrição universal versus descrição particular; uma visão por alto, semelhante ao *vol d'oiseaux* da pintura;

b) a narrativa dentro da narrativa;

d) a presença de personagens acessórias, o que Uspênski chama de "comparsas".

Todos esses aspectos podem ser observados na poesia de Cesário Verde, de um modo geral, e em *Cristalizações*, de um modo particular? De que forma, então, os elementos da realidade são representados no poema sob estudo? De que forma podemos observar o fundo e os planos (primeiro, segundo, terceiro, etc.) na poesia-quase-pintura de Cesário?

Vamos partir de alguns elementos gerais básicos. *Cristalizações* se configura como se fosse construído a partir de três momentos ou seqüências:

a) o frio, a rua e os trabalhadores – momento descritivo;

b) o eu-poético que se apresenta e fala na primeira pessoa do singular, mesmo durante a tentativa de manter-se como observador externo, onisciente, imparcial – momento descritivo-narrativo; aqui se verifica o ponto de vista de quem vê o que se descreve e/ou se narra – a posição do autor; trata-se de um olhar diluído ao longo do texto.

c) a presença de uma outra trabalhadora, a atriz, que atrai a atenção do eu-poético e dos trabalhadores – momento descritivo-narrativo.

Qual a relação entre os três elementos acima? Por quê há a inclusão de uma atriz e o que ela representa? Qual é o primeiro plano e qual é o fundo? A partir das considerações acima, podemos ver estruturas em *Cristalizações* que se assemelham a uma pintura?

Para cada estrofe, pode ser estabelecida uma parte do quadro, uma vez que há cerca de 45 imagens visuais nas 20 estrofes do poema. Eis as imagens na relação abaixo, em ordem de estrofe, com a necessária explicação.

Estrofe 1 – *Frio* e *claridade* só podem ser apresentadas na pintura de forma indireta. Já os *calceteiros* merecem uma parte da tela na *longa rua*.

Estrofe 2 – Se *frio* e *claridade* se mostram pela cor luminosa, branca e brilhante de outros objetos da tela, como a poça de água, que deixa entrever a *casaria*, o *sol* se apresenta através da claridade e das *elevações* que *secaram* ao *relento*. O verso *A frialdade exige o movimento* reflete um estímulo do eu-poético ao clima, mas é uma interferência "não pictórica". Além disso, pode ser "exemplificado" pela estrofe 3 (o grito das peixeiras), pela estrofe 11 (*Pede-me o corpo inteiro esforços na friagem / De tão lavada e igual temperatura!*) ou pela estrofe 18 (*Furtiva a tiritar em suas peles*).

Estrofe 3 – O grito das *peixeiras* e o movimento delas (*disseminadas* e *em pé e perna, dando aos rins que a marcha agita)* representam uma outra parcela do quadro. *Barracões* e *quintalórios velhos, com parreiras*, junto com *peixeiras*, estabelece uma visão de fundo (*elevações* e *sol*) e de primeiro (*calceteiros, rua longa, poças de água*) e segundo planos (barracões, *quintalórios velhos*).

Estrofe 4 – Para expressar silêncio, e conseqüentemente dois planos (primeiro plano e fundo, por exemplo), faz-se necessário afirmar que *não se ouvem aves; nem o choro duma nora*. A ausência de movimento no primeiro plano se transporta por meio de *outra parte* no verso *Tomam por outra parte os viandantes* (segundo plano). Ao fundo, provavelmente, uma outra imagem visual e sonora: o *ferro* e a *pedra*, numa *união sonora retinem pelo espaço fora*.

Estrofe 5 – Os *rapagões*, os *calceteiros* (estrofe 1) são agora "particularizados" ou enfocados em grupos. Nesse detalhamento, *uns rapagões* quebram *penedos*, outros usam *maços* para bater a *calçada feita*.

Não se trata de uma postura pictórica ligada a plano ou fundo, mas se parece com um *flash* ou um *close* de uma câmara cinematográfica.

Estrofe 6 – Outro detalhamento, outro *close* na constituição física e no vestuário dos *calceteiros*: a *barba agreste* e a *lã* dos *barretes* e seus *forros espessos*. Detalhamento 1: as *japonas* e os *coletes* nas *regueiras*. Detalhamento 2: alguns *calceteiros descalçam* parte da calçada com *picaretes*.

Estrofe 7 – A imagem geral *árvores despidas* indica uma referência temporal: mês de inverno (dezembro, conforme estrofe 18), isto é, aquele *que não consente as flores*, nem às *cores* que são *sóbrias*; essa mesma imagem está associada metaforicamente a *esquadra em fria paz* e metonimicamente a *sóbrias cores, mastros, enxárcias, vergas*.

Somente os *valadores* se apresentam como um detalhamento da imagem de *calceteiros* e *rapagões*.

Estrofe 8 – Novo detalhamento de *calceteiros, rapagões, valadores*. A referência ao frio leva o eu-poético a um juízo de valor: *Eu julgo-me no Norte, ao frio – o grande agente*. A imagem de outros trabalhadores braçais (que se unem a *calceteiros, rapagões e valadores*) se apresentam de forma metonímica: *Carros de mão, que chiam carregados, conduzem saibro vagarosamente*.

Vê-se a cidade, mercantil, contente: madeiras, águas, multidões, telhados! – Uma visão de conjunto, que se mostra de um outro ponto de vista, o "do alto", apresenta uma descrição geral, uma espécie de fundo.

Estrofe 9 – Uma imagem do fundo da tela: os *quintais*, a *alvenaria* enxuta (após a chuva), o *céu*, os *charcos*. De certa maneira, trata-se de um detalhamento e de um reforço das imagens apresentadas na estrofe 1 e 2.

Estrofe 10 – O que ocorre nesta estrofe é um reforço "explicativo", que tem diferente tratamento na pintura: o *frio*, a *claridade*, o *céu sem as nuvens flutuantes*, a *alvenaria enxuta*, etc., tudo isso dá ao eu-poético uma liberdade de expressão que atinge todo os seus sentidos, daí, talvez, a razão de uma poema com tantas sinestesias.

Estrofe 11 – Ocorre o mesmo processo, que se assemelha a uma técnica impressionista. A interferência do eu-poético indica o ponto de vista de quem vê o que está sendo descrito.

Estrofe 12 – Outro detalhamento dos *calceteiros, rapagões, valadores*: *um trabalhador negro e mal encarado* pára enquanto o eu-poético passa, mais *dois* que assobiam *e um gordo, o mestre* que tira o nível das valetas.

Estrofe 13 – Novo detalhamento dos *calceteiros, rapagões e valadores*: os *cavadores* que *descansam as enxadas*.

Estrofe 14 – Um trabalho de linguagem entre o vestuário e a bandeira do sofrimento, o que alia imagem a crítica social. Tal atitude se parece com um *close* de uma câmara fotográfica, que, num filme, poderia expressar esse mesmo conceito.

Estrofe 15 – Início da narrativa dentro da narrativa. Começa aqui a presença de uma outra personagem. Surge um novo personagem: um *perfil direito, uma figura fina* num *casaco à russa*. Parece pertencer ao primeiro plano, mas, no poema, representa, numa narrativa, alguém que surge posteriormente. É dessa forma que o olhar do eu-poético se depara com ela.

Estrofe 16 – Um *close* na personagem, indagações, uma descrição: *rostinho estreito, friorento*. É um procedimento de cinema, e não de pintura.

Estrofe 17 – Um retorno ao detalhamento dos *calceteiros, rapagões, valadores, cavadores*. Agora, o eu-poético compara esses trabalhadores com *lajões* (grandes lajes, grandes rochas), *filhos das lezírias, dos montados, das planícies e das montanhas*. Trata-se de uma caracterização física pela origem, que certamente vai influir na pintura das características físicas dos trabalhadores.

Estrofe 18 – A personagem, antes *perfil direito, figura fina*, agora é *actrizita*, que tem *feições finas, queixo hostil*. Há somente um detalhamento da figura: visão cinematográfica ou fotográfica.

Estrofe 19 – Os *calceteiros, rapagões, valadores, cavadores* são comparados a *animais comuns* a *que uma picada esquente*, que *encaram* a *actrizita sangüínea, brutamente*. É uma atitude facilmente registrada num quadro[17].

Estrofe 20 – O desfecho não é de tão fácil registro na pintura como o é na poesia. Há uma referência ao movimento – *O demonico arrisca-se, atravessa / Covas, entulhos, lamaçais, depressa,* – que pode ser indicada pelo pintor, mas, muitas vezes, de difícil compreensão. A referência a *pezinhos rápidos, de cabra* também zoomorfiza a atriz, assim como faz o mesmo com os homens, transformando-os em *animais comuns*.

[17] Foi esse o ponto máximo da ilustração feita por Bernardo Marques, por ocasião da homenagem da revista *Colóquio/Letras* ao centenário de nascimento de Cesário Verde, em 1986 (nº93, setembro 1986, p. 65, il.)

Na busca de fundo e primeiro e segundo planos, o agrupamento de elementos da realidade nos leva a uma pintura da paisagem urbana bastante detalhada, que denota um olhar atento ao geral e ao detalhe, com a mesma eficácia.

A aparente simultaneidade do quadro, que representa espaço, mas tem dificuldade em trazer referências à representação do tempo em uma tela, não se revela no texto de Cesário, embora haja o predomínio do verbo no presente do indicativo, conforme já estudamos no *plano da característica temporal*.

Se reunirmos os elementos da realidade que estão contidos em todas as estrofes, é possível ter uma visão pictórica de conjunto:

Primeiro plano:	os calceteiros (rapagões = britadores, valadores) – rua longa poças de água – (reflexo) – casaria peixeiras barracões de gente pobrezita – quintalórios velhos a atriz que surge na barroca
Segundo plano: (da rua para fora, talvez para a estrada) viandantes	
Terceiro plano: elevações e sol – claridade – frio – manhã	
Fundo: cidade como um todo – quintais – alvenaria – céu sem nuvens – charcos brilhantes	

Visão geral do poema

As imagens do poema foram reunidas em pequenos painéis, como se elas fizessem parte de pequenos grupos e formassem cenas que abrangessem um panorama. O conjunto dessas imagens se assemelhou a um poliedro, já que as três partes do poema se ajuntam metonímica ou metaforicamente, para que o conjunto apresente um significado geral ou um panorama de um bairro pobre de Lisboa.

Essas três partes – os trabalhadores na cidade, o eu-poético e a atrizita - apresentam uma relação do tipo equação. Assim como os trabalhadores sofrem na cidade, o eu-poético os observa como poeta, enquanto a atrizita passa por todos e também desempenha *o seu papel na peça*, fora ou dentro do palco, mas, de certa forma, com sofrimentos diferentes daqueles do trabalhador braçal.

Afinal, podemos concluir que todos representam, cada um à sua maneira: os trabalhadores se mostram como produtos de um esforço muscular, o poeta se mostra como um observador que busca registrar o que vê e aquele que se condói com o sofrimento alheio, enquanto a atriz arrisca seus passos dentro e fora do palco, isto é, sua ação é determinada, em parte, pela reação dos seus espectadores.

De forma comparativa, cada face do poliedro de cristal reflete-se no poema como um verso agudo, gelado, cortante, e não somente como uma metáfora estabelecida por Cesário em carta a Silva Pinto. As faces do poliedro são agudas, geladas, cortantes e apresentam "emoção psicológica e íntima", conquanto não a expressem diretamente, com exceção da estrofe 14.

São faces, recortes, *flashes* da realidade urbana que se intercalam, que se justapõem ao longo do poema, expressando uma variedade de imagens que se apresentam e se denunciam. Chega a nos parecer uma reportagem que se faz informativa, descritiva, imparcial, mas que convida o leitor – espectador – observador a notar as injustiças sociais e, de certa forma, tomar partido delas, compadecer-se, revoltar-se, condoer-se.

Chega a ser uma poesia filosófica de idéias revolucionárias à semelhança de Antero de Quental, ou à semelhança da poesia panfletária de Guerra Junqueiro, mostrando as agruras do dia-a-dia.

Chega a nos parecer uma espécie de repórter. Um poeta que usa a técnica jornalística. Ou seja, a sua poesia é um painel aparentemente sem ligação lógica entre as estrofes, de forma semelhante ao nosso olhar para uma página de jornal, em que surgem inúmeras notícias dentro de quadros e colunas com letras e imagens, cujos assuntos, entre si, parecem não estabelecer encadeamento algum na primeira leitura.

A visualidade, porém, é o ponto de partida para o painel que Cesário pretende esboçar da realidade. Esse painel é resultado de um olhar que mantém estreita vinculação com o pictórico, um olhar que procura pintar e/ou desenhar com palavras e, conseqüentemente, aceitar o desafio da abolição da "hierarquia lógica ocidental: orações principais e secundárias (subordinadas)" (Pignatari 1995: 78) para buscar "o oriente dos signos e das artes: todas as orações são principais (coordenadas). Ainda mais: eliminado o verbo ser, o sistema verbal entra em parafuso, rumo ao não-verbal" (idem: ibidem). Na falta de lógica aparente das imagens, Cesário busca destruir a lógica das frases, mas constrói relações metonímicas e metafóricas que enriquecem o poema e o seu fruidor.

CONSIDERAÇÕES FINAIS

Quais os elementos estruturais comuns à poesia e à pintura no poema *Cristalizações*?

O que há de similar entre poesia e pintura e que pode ser esboçado como uma leitura pictórica da poesia de Cesário?

Com essas questões iniciamos o estudo do poema *Cristalizações* de Cesário Verde. Com essas reflexões pudemos observar que outros textos do poeta português podem ser estudados com base na teoria de Uspênski.

Podemos, agora, afirmar que *Cristalizações*, não somente pelo título, mas pelo conteúdo e pela linguagem poética, se configura como cristais-textos em ações. Textos que se parecem com cristais, que se partem em inúmeros fragmentos e brilham, como espelhos, refletindo pontos, espaços, imagens sob os mais diferentes ângulos.

Fragmentos-palavras, cristais-textos, faces-frases, tudo se movimenta com o objetivo de mostrar para demonstrar, para levar à formação de uma opinião.

A ação das partes produz um resultado unificado que sensibiliza o fruidor do poema. Os significados que surgem, aturdem, confundem, se juntam num todo metonímico e metafórico.

O que pode parecer frio, cristalizado, gelado, agudo, estático são as palavras que fixaram essas imagens. Ou talvez uma leitura incorreta da mensagem poética. Todo o resto é dinâmico, está em ação, se movimenta, provoca reações, comove, revolta.

Foi essa busca que nos impulsionou durante meses e nos levou a alguns pontos de vista.

Impressões urbanas em palavras-manchas

O Sentimento dum Ocidental

I

Nas nossas ruas, ao anoitecer,
Há tal soturnidade, há tal melancolia,
Que as sombras, o bulício, o Tejo, a maresia
Despertam um desejo absurdo de sofrer.

O céu parece baixo e de neblina,
O gás extravasado enjoa-nos, perturba;
E os edifícios, com as chaminés, e a turba
Toldam-se duma cor monótona e londrina.

Batem os carros de aluguer, ao fundo,
Levando à via-férrea os que se vão. Felizes!
Ocorrem-me em revista, exposições, países:
Madrid, Paris, Berlim, S. Petersburgo, o mundo!

Semelham-se a gaiolas, com viveiros,
As edificações somente emadeiradas:
Como morcegos, ao cair das badaladas,
Saltam de viga em viga os mestres carpinteiros.

Voltam os calafates, aos magotes,
De jaquetão ao ombro, enfarruscados, secos;
Embrenho-me, a cismar, por boqueirões, por becos,
Ou erro pelos cais a que se atracam botes.

E evoco, então, as crónicas navais:
Mouros, baixéis, heróis, tudo ressuscitado!
Luta Camões no Sul, salvando um livro, a nado!
Singram soberbas naus que eu não verei jamais!

E o fim da tarde inspira-me; e incomoda!
De um couraçado inglês vogam os escaleres;
E em terra num tinir de louças e talheres
Flamejam, ao jantar, alguns hotéis da moda.

Num trem de praça arengam dois dentistas;
Um trôpego arlequim braceja numas andas;
Os querubins do lar flutuam nas varandas;
Às portas, em cabelo, enfadam-se os lojistas!

Vazam-se os arsenais e as oficinas,
Reluz, viscoso, o rio; apressam-se as obreiras;
E num cardume negro, hercúleas, galhofeiras,
Correndo com firmeza, assomam as varinas.

Vem sacudindo as ancas opulentas!
Seus troncos varonis recordam-me pilastras;
E algumas, à cabeça, embalam nas canastras
Os filhos que depois naufragam nas tormentas.

Descalças! Nas descargas do carvão,
Desde manhã à noite, a bordo das fragatas;
E apinham-se num bairro aonde miam gatas,
E o peixe podre gera os focos de infecção!

II

Toca-se às grades, nas cadeias. Som
Que mortifica e deixa umas loucuras mansas!
O Aljube, em que hoje estão velhinhas e crianças,
Bem raramente encerra uma mulher de "dom"!

E eu desconfio, até, de um aneurisma
Tão mórbido me sinto, ao acender das luzes;
À vista das prisões, da velha Sé, das Cruzes,
Chora-me o coração que se enche e que se abisma.

A espaços, iluminam-se os andares,
E as tascas, os cafés, as tendas, os estancos
Alastram em lençol os seus reflexos brancos;
E a lua lembra o circo e os jogos malabares.

Duas igrejas, num saudoso largo,
Lançam a nódoa negra e fúnebre do clero:
Nelas esfumo um ermo inquisidor severo,
Assim que pela história eu me aventuro e alargo.

Na parte que abateu no terremoto,
Muram-me as construções rectas, iguais, crescidas;
Afrontam-me, no resto, as íngremes subidas,
E os sinos de um tanger monástico e devoto.

Mas, num recinto público e vulgar,
Com bancos de namoro e exíguas pimenteiras,
Brônzeo, monumental, de proporções guerreiras,
Um épico doutrora ascende, num pilar!

E eu sonho o Cólera, imagino a Febre,
Nesta acumulação de corpos enfezados;
Sombrios e espectrais recolhem os soldados,
Inflama-se um palácio em face de um casebre.

Partem patrulhas de cavalaria
Dos arcos dos quartéis que foram já conventos;
Idade Média! A pé, outras, a passos lentos,
Derramam-se por toda a capital, que esfria.

Triste cidade! Eu temo que me avives
Uma paixão defunta! Aos lampiões distantes,
Enlutam-me, alvejando, as tuas elegantes,
Curvadas a sorrir às montras dos ourives.

E mais: as costureiras, as floristas
Descem dos magasins, *causam-me sobressaltos;*
Custa-lhes a elevar os seus pescoços altos
E muitas delas são comparsas ou coristas.

E eu, de luneta de uma lente só,
Eu acho sempre assunto a quadros revoltados:
Entro na brasserie; *às mesas de emigrados*
Joga-se, alegremente e ao gás, o dominó!

III

E saio. A noite pesa, esmaga. Nos
Passeios de lajedos arrastam-se as impuras.
Ó moles hospitais! Sai das embocaduras
Um sopro que arripia os ombros quase nus.

Cercam-me as lojas, tépidas. Eu penso
Ver círios laterais, ver filas de capelas,
Com santos e fiéis, andores, ramos, velas,
Em uma catedral de um comprimento imenso.

As burguesinhas do catolicismo
Resvalam pelo chão minado pelos canos;
E lembram-me, ao chorar doente dos pianos,
As freiras que os jejuns matavam de histerismo.

Num cuteleiro, de avental, ao torno,
Um forjador maneja um malho, rubramente;
E de uma padaria exala-se, inda quente,
Um cheiro salutar e honesto a pão no forno.

E eu, que medito um livro que exacerbe,
Quisera que o real e a análise mo dessem:
Casas de confecções e modas resplandecem;
Pelas vitrines *olha um ratoneiro imberbe.*

Longas descidas! Não poder pintar
Com versos magistrais, salubres e sinceros,
A esguia difusão dos vossos reverberos,
E a vossa palidez romântica e lunar!

Que grande cobra, a lúbrica pessoa,
Que espartilhada escolhe uns xales com debuxo!
Sua excelência atrai, magnética, entre o luxo,
Que ao longo dos balcões de mogno se amontoa.

E aquela velha, de bandós! Por vezes,
A sua traîne *imita um leque antigo, aberto,*
Nas barras verticais, a duas tintas. Perto,
Escarvam, à vitória, os seus mecklemburgueses.

Desdobram-se tecidos estrangeiros;
Plantas ornamentais secam nos mostradores;
Flocos de pós de arroz pairam sufocadores,
E em nuvens de cetins requebram-se os caixeiros.

Mas tudo cansa! Apagam-se, nas frentes,
Os candelabros, como estrelas, pouco a pouco;

Da solidão regouga um cauteleiro rouco;
Tornam-se mausoléus as armações fulgentes.

"Dó da miséria! ... Compaixão de mim! ..."
E nas esquinas, calvo, eterno, sem repouso,
Pede-se sempre esmola um homenzinho idoso,
Meu velho professor nas aulas de latim!

IV

O tecto fundo de oxigénio, de ar,
Estende-se ao comprido, ao meio das trapeiras;
Vêm lágrimas de luz dos astros com olheiras,
Enleva-me a quimera azul de transmigrar.

Por baixo, que portões! Que arruamentos!
Um parafuso cai nas lajes, às escuras:
Colocam-se taipais, ringem as fechaduras,
E os olhos dum caleche espantam-me, sangrentos.

E eu sigo, como as linhas de uma pauta,
A dupla correnteza augusta das fachadas;
Pois sobem, no silêncio, infaustas e trinadas,
As notas pastoris de uma longínqua flauta.

Se eu não morresse, nunca! E eternamente
Buscasse e conseguisse a perfeição das cousas!
Esqueço-me a prever castíssimas esposas
Que aninhem em mansões de vidro transparente!

Ó nossos filhos! Que de sonhos ágeis,
Pousando, vos trarão a nitidez às vidas!
Eu quero as vossas mães e irmãs estremecidas,
Numas habitações translúcidas e frágeis.

Ah! Como a raça ruiva do porvir,
E as frotas dos avós, e os nómadas ardentes,
Nós vamos explorar todos os continentes
E pelas vastidões aquáticas seguir!

Mas se vivemos, os emparedados
Sem árvores no vale escuro das muralhas! ...

Julgo avistar, na treva, as folhas das navalhas
E os gritos de socorro ouvir, estrangulados.

E nestes nebulosos corredores
Nauseiam-me, surgindo, os ventres das tabernas;
Na volta, com saudade, e aos bordos sobre as pernas,
Cantam, de braço dado, uns tristes bebedores.

Eu não receio, todavia os roubos;
Afastam-se, a distância, os dúbios caminhantes;
E sujos, sem ladrar, ósseos, febris, errantes,
Amareladamente, os cães parecem lobos.

E os guardas, que revistam as escadas,
Caminham de lanterna e servem de chaveiros;
Por cima, as imorais, nos seus roupões ligeiros,
Tossem, fumando sobre a pedra das sacadas.

E enorme, nesta massa irregular
De prédios sepulcrais, com dimensões de montes,
A dor humana busca os amplos horizontes,
E tem marés, de fel, como um sinistro mar!

Esse estudo poderia ser intitulado: impressões da cidade em palavras-pinceladas de uma poesia-pintura de Cesário Verde. Ou: a poesia-pintura como expressão do sentimento dum ocidental.

Poesia, pintura, música, fotografia, jornal e cinema – sob esses seis aspectos podemos observar *O Sentimento dum Ocidental*. O poema, como um todo, se constrói como um olhar para a cidade em quatro momentos e muitas cenas recortadas, pequenos painéis aparentemente desconexos, como uma sucessão de ideogramas e de metáforas. À medida em que descreve as ruas e as pessoas, o eu-poético registra impressões que se entrecruzam em diferentes tempos (cronológico – presente e passado – e psicológico) e espaços (cidade presente, cidade passada, memória, história etc.).

A poesia sob estudo se constrói com a visão da pintura, com auxílio da fotografia, com a técnica *avant la lettre* do cinema, como uma sinfonia em quatro andamentos – Ave-Marias, Noite Fechada, Ao Gás, Horas Mortas (Serrão 1957: 68). Também é possível observá-la como se, a cada dois versos, de um modo geral, o poeta procurasse a síntese semelhante à das manchetes de um jornal, procurando mostrar uma visão panorâmica.

Parece-nos necessário observar que, na ligação poeta x mundo, há uma inversão singular: o realismo "é só fotográfico na aparência". "Ao invés de retratar o objeto exterior, para o qual se volta sempre, o poeta identifica-o com o que lhe vai na sensibilidade e na consciência poética, isto é, com o seu mundo interior (Moisés 1972: 218)."

Joel Serrão, que estabeleceu relações entre o campo e a cidade na poesia de Cesário Verde (Serrão 1957: 49-85), afirma que o poeta "revela a atitude de quem está *ante a* cidade (Serrão 1957: 66)", isto é, "oferece, não as coisas, mas as idéias das coisas e nossa atitude ante elas (Alonso e Lida 1956: 47)".

O Sentimento "ressuma o tédio citadino", na esteira de Baudelaire. "Tédio pessoal que se transmuta gradualmente em dor anônima duma cidade humanizada. Em técnica contrapontística, uma piedade humana que se transmuta gradualmente em revolta, em sarcasmo (Serrão 1957: 70)." O poema encerra "um lirismo não-amoroso, não panfletário, não-metafísico. Lirismo dum repórter, mas dum repórter atraído pela cidade, sensível a todas as suas pulsações, inclusive as nauseantes, disformes ou repugnantes." (Moisés 1989: 303-304).

Ampliando o conceito observado pelos críticos acima citados, podemos incluir o seguinte, aproximando Baudelaire e Cesário Verde: "A lei do efêmero e das aparências mutantes da modernidade metaforiza-se exemplarmente na figura da multidão, a massa humana das ruas das grandes cidades industriais que apresenta contraditoriamente a uniformidade do movimento coletivo e a singularidade das feições, a aparente integração no conjunto e a sensação de isolamento dos indivíduos." (Meneses Neto 1994: 59). Assim se caracteriza *O Sentimento*, os poemas de Baudelaire e os contos de Edgard Allan Poe. É o que pode ser observado como a metáfora da cidade-mulher (Abdala Júnior e Paschoalin 1985: 115). É o que podemos apresentar como o poeta-pintor e suas impressões-poesias sobre uma cidade em transformação. Concentrando o conceito para o poema *O Sentimento*, poderíamos afirmar: uma *luneta de uma lente só* que produz *quadros revoltados* de um poeta-pintor impressionista que olha o coletivo e o individual numa Lisboa que se mostra entre o presente e o passado.

O poema em estudo pode configurar-se como uma "paleta de um colecionador de imagens" (Serrão 1957: 30) e o poeta pode ser estudado junto com Júlio César Machado (escritor lisboeta e autor de *A vida em Lisboa, Lisboa na rua*, etc.) e com Eça de Queirós de *A Capital*, através do olhar do personagem-poeta Artur Curvelo.

As análises acima citadas correspondem a uma preocupação que o próprio Cesário Verde tinha com o fazer literário e que pode, de certa forma, ser comprovada em suas cartas: "Eu não sou como muitos que estão no meio de um grande ajuntamento e completamente isolados e abstractos. A mim o que me rodeia é o que me preocupa " (Serrão 1957: 178). Desse olhar o que o rodeia, desse dedicar-se às atividades profissionais e às literárias, que lhes são aparentemente contraditórias, é que o poeta transforma o seu mundo em linguagem poética, sob o filtro ideológico do seu tempo, o que para nós se configura como a poesia-pintura impressionista como expressão do sentimento de um homem ocidental. Ou o que poderia ser visto como um poeta, uma cidade e muitas palavras-tintas numa tela-papel.

O Sentimento dum Ocidental é composto de quatro partes, cada uma delas com onze estrofes de quatro versos cada. O número quatro parece "perseguir" o poema: estrofes de quatro versos ou quadras, num total de 44 estrofes e, por conseguinte, 176 versos. A palavra *quadra*, que designa normalmente estrofes de quatro versos, parece transformar-se em *quadros*, isto é, *quatro quadros*, ou seja, dois versos mais dois versos, no interior dos versos.

Além disso, em cada estrofe, ocorre uma alternância de dez (primeiro verso) e de doze sílabas (do segundo ao quarto verso). Nas edições da poesia de Cesário que observamos, essa alternância fica evidenciada por um espaço, da direita para a esquerda, como uma espécie de parágrafo, no primeiro verso de cada estrofe. Juntamente com o número fixo de versos por estrofes, o poema parece apresentar uma arquitetura regular que obedece a uma estrutura lógica e harmônica entre as partes, mostrando uma simetria. Seria intenção do poeta buscar um efeito no leitor, para que ele não se cansasse das constrições expressivas e de um universo amplo demais para uma leitura de uma só assentada, como estudou Edgar Allan Poe?

A visão particular (ora *eu*, ora *nós*, ora *ele*) vai ampliando o círculo de ação (simbolização da realidade por meio das palavras) e torna-se geral, se universaliza num sentimento nacional e se torna o sentimento de um ocidental. O individual e o coletivo, por fora e por dentro, o ontem na memória e na lembrança a partir de um elemento da realidade presente, e o hoje que provoca sensações e sentimentos diversos.

Numa outra correlação, podemos dizer que a *poesia* torna-se *pintura*, pois o poeta olha a realidade por *uma luneta de uma lente só* e encontra *quadros revoltados* (panoramas, paisagens), que se configura como a metáfora de *O Sentimento*. A *palavra* passa a ser *cores* e *manchas*, que se articulam em *frases rápidas e curtas*, aliás, *pinceladas* e *traços*. As *quadras* passam a ser *dísticos duplos*, isto é, miniaturas concentradas em pares de versos.

As semelhanças ocorrem aos níveis semântico e temático, mas se apresentam nos níveis lexical e sintático e configuram uma linguagem poética.

Essas considerações nos levam a observar a relação do poema *O Sentimento dum Ocidental* com a pintura impressionista, de forma semelhante a que Mcluhan e Parker estabeleceram entre o espaço na poesia e na pintura através do ponto de fuga: "justapor uma poesia a uma pintura se propõe iluminar o mundo do espaço verbal por intermédio de um entendimento de espaços tal como foram definidos e explorados pelas artes plásticas. A vantagem de utilizar as duas artes, tanto a poesia como a pintura, simultaneamente, é que a primeira permite uma viagem para dentro da aparência das coisas e a segunda uma jornada para fora da aparência das coisas (McLuhan e Parker 1975: 1-2)".

Qual é a estrutura comum entre uma pintura impressionista e o poema *O Sentimento dum Ocidental*? Pertencem ambos ao mesmo tempo cronológico e, por isso, apresentam estéticas semelhantes? A construção de um poema obedece à mesma estrutura de uma pintura, embora os suportes e os meios sejam diferentes?

As vinculações do poema à pintura impressionista ocorrem em vários níveis: na linguagem que se refere à pintura; na procura da pintura do ambiente poético com palavras; no impressionismo literário de que o texto se reveste, vinculando-o ou não ao período literário compreendido entre 1860 a 1910, com unidade de princípios estéticos, concepção de vida e artifícios técnicos próprios (Coutinho 1990:209) (Proença Filho 1973: 266).

Vale lembrar Vasco Graça Moura que analisa *De tarde* como uma aquarela, o que pode ser comparado "a um processo cinematográfico *avant la lettre*, um pouco como um filme colorido cuja montagem possa ser feita pelo encaixar ou encadear sucessivo de quatro secções de estrutura semelhante, em que se parte sempre do mais para o menos, do todo que enche o campo visual para o pormenor nele contido e posto em destaque, até a transição final do grande plano para a mancha (de cor) pura e simples, havendo ainda a notar os contrastes de cor que se vão sucedendo e ainda que até não falta o "genérico" inicial (Moura 1987: 23)". Semelhante correspondência se estabelece com *O Sentimento*, que se constrói de maneira similar.

Em certo aspecto, *O Sentimento* apresenta uma relação de semelhança de estrutura e construção com *Canção de Garoa*, de Mário Quintana, que também registra o objetivo e o subjetivo numa justaposição de imagens que provocam o estranhamento pela mudança, que parece brusca, mas que encanta pela apresentação do lado oposto do tema-problema:

Canção de garoa

Em cima do meu telhado
Pirulin lulin lulin,
Um anjo todo molhado,
Soluça no seu flautim.

O relógio vai bater:
As molas rangem sem fim.
O retrato na parede
Fica olhando para mim.

E chove sem saber por que...
E tudo foi sempre assim!
Parece que vou sofrer:
Pirulin lulin lulin...

(Quintana 1990: 93)

Em 14 de abril de 1880, Cesário enviou *O Sentimento* para o jornal do Porto, acompanhado de uma carta que dizia o seguinte: "O que remeto, desviando-se talvez do que outros escreverão, liga-se perfeitamente ao grande poeta que pretende celebrar. Não poderia eu, por falta de aptidão, dedicar um trabalho artístico especial a Luís de Camões; mas julgo que fiz notar menos mal o estado presente desta grande Lisboa, que em relação ao seu glorioso passado, parece um cadáver de cidade" (Silveira 1986: 17). Eis como Cesário, depois da publicação, observa a recepção do seu épico da modernidade, em uma carta a Antonio de Macedo Papança, datada de 29 de agosto de 1880:

Ah! Quanto eu ia indisposto contra tudo e contra todos! Uma poesia minha, recente, publicada numa folha bem impressa, limpa, comemorativa de Camões, não obteve um olhar, um sorriso, um desdém, uma observação. Ninguém escreveu, ninguém falou, nem num noticiário, nem numa conversa comigo; ninguém disse bem, ninguém disse mal!

Apenas um crítico espanhol chamava às chatezas dos seus patrícios e dos meus colegas – pérolas – e afirmava – fanfarrão! – que os meus versos "hacen malisima figura en aquellas páginas impregnadas de noble espiritu nacional". (Serrão 1957: 210-211).

Primeira parte - ave-marias

Se levarmos em conta o registro de impressões, emoções e sentimentos despertados no espírito do artista, através dos sentidos, cenas, incidentes e caracteres (Proença Filho 1973: 266), a primeira estrofe de *O Sentimento* já nos apresenta o impressionismo literário.

No âmbito lexical, o poeta contrapõe mundo exterior (rua, anoitecer, sombras, bulício, Tejo, maresia) ao mundo interior (soturnidade, melancolia, desejo absurdo de sofrer). É um trajeto do olhar que vê a realidade, mostra-a através das constrições expressivas (predomínio de substantivos, isto é, de nomeadores de aspectos da realidade) que se relacionam paradoxalmente com o estado de espírito do eu-poético.

Aos níveis sintático e sonoro, as repetições (fonemas *n* e *c*) sugerem a monotonia e um estado de espirito (tristeza):

NAS NOSssas ruAS, ao aNOIteCER,
HÁ TAL soturNIdade, HÁ TAL melancolia,
Que AS SOMbras, O bulíCIO, O Tejo, A maresia
Despertam um desejo abSURdo de SOfrer.

Mesmo com a presença do *nós*, que busca coletivizar a visão do poeta, e mesmo com *despertam*, que parece retirar o que há de subjetivo do panorama apresentado, surge o subjetivo, que mostra a impressão das ruas (espaço físico) em um determinado tempo (ao anoitecer x mundo interior x tempo psicológico).

Na edição de Silva Pinto (1887), o quarto verso é modificado para *Despertam-me um desejo absurdo de sofrer* (Serrão 1992: 149). Mesmo sem alterar o número de sílabas métricas, a inclusão do subjetivo restabelece, se comparada à primeira versão, a oposição mundo objetivo-visto/ mundo subjetivo-sentido.

De acordo com Alonso e Lida, "o impressionismo oferece, não as coisas, mas as idéias das coisas e nossa atitude ante elas (Alonso e Lida 1956: 47)." *O Sentimento* de Cesário Verde oferece as coisas, a idéia delas e a atitude do eu-poético perante elas, o que podemos observar na estrofe acima transcrita: *a rua, à noite, sombras, bulício, Tejo, maresia* (as coisas), *soturnidade, melancolia* (impressões), *desejo de sofrer* (impressões, intenções, atitudes).

A segunda estrofe é construída de forma semelhante: mundo exterior (céu, gás, edifícios, chaminés, turba) X mundo interior (baixo, de neblina, enjoa-nos, perturba, cor monótona e londrina). Pinta-se o panorama geral por onde passa o olhar do poeta e as impressões que ele registra.

Também, como na primeira estrofe, caminha-se do geral para o particular:

1ª estrofe – ruas – anoitecer ———> sombras, bulício, Tejo, maresia
2ª estrofe – céu – gás ——————> edifícios, chaminés, turba, cor

"O impressionismo capta os fatos exteriores sem referi-los a causa ou efeito. Prefere as formas impessoais, as construções nominais, as sinestesias. Cada objeto na captação impressionista aparece animado de um dinamismo interno... (Castagnino 1971: 237)". A terceira estrofe parece enquadrar-se na afirmação de Raúl Castagnino: *os carros batem e levam* – não há relação com causa e efeito, pois os carros são conduzidos e, no seu interior, são transportadas as pessoas.

Até a terceira estrofe, também se apresenta como impressionista a concisão com que as imagens se sucedem nos dois primeiros versos, e que, de certa forma, se opõem aos dois últimos, no que se refere à estrutura lógica. O tipo de construção sugere um olhar que vê o geral e o particular e procura registrá-lo com a mesma pressa com que viu as imagens. O passageiro, o fugitivo, a impressão, tudo vai se sucedendo em tomadas de cena, ou em painéis que buscam abranger o todo. A essas imagens aliam-se as impressões que elas causam no eu-poético.

Batem os carros de aluguer, ao fundo,
Levando à via-férrea os que se vão. Felizes!
Ocorrem-me em revista, exposições, países:
Madrid, Paris, Berlim, S. Petersburgo, o mundo!

Nos dois primeiros versos, aparece o que está sendo visto (carros de aluguer, via férrea, pessoas) e, por uma brusca associação de idéias, que se faz pela construção de frases curtas, vêm lembranças ou outras idéias (o trem leva as pessoas para outros países).

A quarta estrofe apresenta um olhar para as construções em andamento, em comparações próprias de um poeta-pintor impressionista: os andaimes se assemelham a gaiolas ou viveiros e os mestres carpinteiros se mostram como morcegos ao fim do dia. As símiles apresentadas mostram-se como pinceladas de um pintor impressionista, que busca registrar as transformações ocorridas para o olhar para a realidade em diferentes momentos do dia. De forma semelhante, Claude Monet registra o fumo do comboio em *La Gare Saint-Lazare* e a modificação da luz e a "instantaneidade" na "série sistemática" de pinturas de *La Cathédrale de Rouen*.

A presença do operário urbano, o calafate (5ª estrofe) na volta do trabalho transmite ao eu-póetico outra impressão. O espaço geral (cidade) se une ao particular (coisas ou pessoas) e leva paradoxalmente a uma atitude ante as coisas: ao ver os calafates, o eu-poético se embrenha por boqueirões, becos ou cais. Parece-nos necessário retomar a análise de Philadelpho Meneses, com referência a Poe, e associá-la a Cesário Verde, que sofreu influência de Baudelaire, que foi influenciado por Poe: "Em vários momentos de sua obra, como notam críticos de diversos matizes, Poe inaugura processos artísticos da nossa modernidade. O uso elaborado de combinações sonoras e construções por reverberação aliterativa que só fazem acentuar o papel determinante da forma, o destaque à materialidade da linguagem e a concepção de trás-prá-frente, às avessas (Meneses 1994: 50)".

Guardadas as necessárias proporções, a reverberação aliterativa (*ca* e seus derivados) vai conduzindo o eu-poético para as **crônicas**: **ca**lafates, ja**que**tão, se**cos**, bo**quei**rões, be**cos**, **cais**, atra**cam**. E esse percurso parece mostrar que, ao entrar por espaços particulares (boqueirões, becos, cais), volta-se para o mundo interior, que se transforma num tempo histórico, de memória (6ª estrofe):

E evoco, então, as crónicas navais:
Mouros, baixéis, heróis, tudo ressuscitado!
Luta Camões no Sul, salvando um livro, a nado!
Singram soberbas naus que eu não verei jamais!

De forma semelhante, o poeta adentra a história a partir da observação de duas igrejas (parte II, estrofe 4), isto é, o olhar para o presente lhe traz a impressão do passado. De forma semelhante, Cesário Verde relê Monet na "série sistemática" da *Catedral de Rouen*, não vendo, contudo, os diferentes matizes da luz.

Duas igrejas, num saudoso largo,
Lançam a nódoa negra e fúnebre do clero:
Nelas esfumo um ermo inquisidor severo,
Assim que pela história eu me aventuro e alargo.

Na 7ª estrofe, há um rápido olhar para o rio e para a terra, juntamente com uma referência ao tempo, estabelecendo uma alegoria:

E o fim da tarde inspira-me; e incomoda!
De um couraçado inglês vogam os escaleres;
E em terra num tinir de louças e talheres
Flamejam, ao jantar, alguns hotéis da moda.

A presença de sinestesias permite um olhar impressionista que procura abarcar o todo: fim da tarde, couraçado e escaleres (aspecto visual – rio), tinir de louças e talheres (aspecto sonoro – terra), flamejam, hotéis (aspecto visual – terra), tudo isso aliado à inquietação do eu-poético (*inspira-me*, *incomoda*).

Igual procedimento se faz na 8ª estrofe, em que o olhar tenta abarcar a realidade em dois versos enxutos: posturas semelhantes se repetem em espaços diferentes:

Num trem de praça arengam dois dentistas:
Um trôpego arlequim braceja numas andas;
Os querubins do lar flutuam nas varandas;
Às portas, em cabelo, enfadam-se os lojistas!

Vários espaços (trem de praça = bonde, rua = andas; varandas, portas de loja) configuram atitudes semelhantes de pessoas (dentistas, arlequim, querubins do lar, lojistas) num conglomerado ilógico de situações e metáforas: trôpego arlequim (pessoa que anda com alguma dificuldade, de aspecto histriônico), querubins do lar (pessoas que se parecem com anjos que se encontram suspensos pelos tetos das varandas, à semelhança de lustres). Há uma identificação indiscriminada entre coisas e pessoas, criando uma relação singular, aspecto que assim se define para Roman Jakobson: "Em poesia, onde a similaridade se superpõe à contigüidade, toda metonímia é ligeiramente metafórica e toda metáfora tem um matiz metonímico." (Jakobson 1975: 149).

Da 9ª para a 11ª estrofe, os espaços passam a ser os arsenais, as oficinas e o rio, nos quais surgem as imagens das obreiras, das varinas e dos filhos das trabalhadoras. Ocorre a reificação ou animalização das pessoas, estabelecendo uma equação singular: cardume negro = varinas, troncos varonis = pilastras. Igual aproximação se faz nos versos

E algumas, à cabeça, embalam nas canastras
Os filhos que depois naufragam nas tormentas.

A relação metafórica produzida nas três estrofes nos mostra uma linguagem poética que Roman Jakobson assim denominou: "Em poesia, não apenas a seqüência fonológica, mas, de igual maneira, qualquer seqüência de unidades semânticas, tende a construir uma equação. A similaridade superposta à contigüidade comunica à poesia sua radical essência simbólica, multíplice, polissêmica (Jakobson 1975: 149)". Para as estrofes em estudo, as seqüências nos transmitem as mais diferentes impressões de uma realidade mediada por signos.

Segunda parte - noite fechada

A primeira estrofe da segunda parte mantém, na relação entre espaço e tempo, as impressões construídas por meio de imagens desconexas em pares de versos, como ocorreu ao longo da quase totalidade de estrofes da primeira parte. É o que se observa na relação metafórica entre *grades*, *cadeias* e *aljube* com *velhinhas*, *crianças* e *mulher de "dom"*, ligando a estrofe por meio de seqüências fonéticas e semânticas que produzem uma equação:

> *Toca-se às grades, nas cadeias.* ***Som***
> *Que mortifica e deixa umas* ***loucuras*** *mansas!*
> *O aljube, em que hoje estão velhinhas e crianças,*
> *Bem raramente encerra uma mulher de "dom"!*

A segunda estrofe se apresenta numa relação invertida: mundo subjetivo (primeiro, parte do segundo e terceiro versos) que se contrapõe ao mundo objetivo (parte do segundo e terceiro versos). O *acender das luzes*, que deveria significar um estado de espírito positivo, revela-se ao contrário ao eu-poético.

Num registro impressionista da realidade, a terceira estrofe se configura numa comparação e na utilização de cores: andares, tascas, cafés, tendas e estancos – elementos da realidade que a palavra-pincel registra como variação da cor no momento da observação (*Alastram em lençol os seus reflexos brancos*), que se relaciona com *A lua lembra o circo e os jogos malabares*.

A relação *eu* e *realidade* (construções, subidas, sinos) pode ser lida de duas maneiras, principalmente pelo fato de que *muram-me* (2º verso da quarta estrofe) refere-se à edição de Silva Pinto, enquanto que *muram-se* é grafia da primeira versão. Uma inclusão subjetiva na descrição objetiva pode ser observada na primeira grafia, enquanto que a segunda revela um contraste, principalmente a partir de *Afrontam-me*, em que as construções (as duas igrejas) estabelecem uma equação metafórica do tipo *construções – subidas – sinos*.

O contraste entre passado e presente se faz de outra maneira na 5ª estrofe: o *recinto público e vulgar* evoca a história e o respeito de *Um épico doutrora*. Torna-se um olhar para a cidade que mostra contrastivamente o popular e o culto, o presente e a história.

Nas 6ª, 7ª e 8ª estrofes, o eu-poético mergulha no passado, também na construção em pares de versos, realizando, em linguagem poética, um percurso histórico.

De forma semelhante à da 2ª estrofe, predomina o mundo subjetivo, a impressão da cidade à luz dos lampiões à gás. É na 9ª estrofe que se percebe uma espécie de hino à cidade de Lisboa, especialmente pela presença de *avives* (tu) e *tuas elegantes*.

Enquanto que, na 10º estrofe, há uma referência às costureiras e às floristas e seus pescoços altos no seu trabalho nos magazines, a 11ª estrofe é uma espécie de síntese do olhar impressionista de Cesário Verde:

> *E eu, de luneta de uma lente só,*
> *Eu acho sempre assunto a quadros revoltados;*
> *Entro na* brasserie*; às mesas de emigrados*
> *Joga-se, alegrememente e ao gás, o dominó!*

Os dois primeiros versos, aliando som e sentido, confirmam a solidão do *flâneur*, que olha o movimento da cidade e sente-se só:

> *E EU, dE lUneta dE Uma lente SÓ,*

Convém observar que *Joga-se, alegremente e ao gás, o dominó!* (4º verso, na primeira versão) transforma-se em *Ao riso e à crua luz joga-se o dominó* (edição de Silva Pinto). Num mesmo número de sílabas métricas, a primeira versão mostra-se mais eficaz, porque apresenta o elemento que diferencia a visão da Lisboa no "passeio" de Cesário Verde (o gás, metonímia de lampião, que se refere à luz e ao cheiro que incomoda), pois traz um elemento de modernidade, que altera a observação das coisas.

TERCEIRA PARTE - AO GÁS

Na terceira parte, há um outro tipo de impressionismo, que se mostra também lingüístico, embora, de um modo geral, a técnica da pintura impressionista dirija o olhar para as nuances da realidade vista sob luzes diferentes, registrando, através da linguagem poética, aquilo que os impressionistas procuraram registrar através da cor, das manchas e da ausência de contornos. Podemos afirmar que não há "contornos" nas frases que compõem *O Sentimento.* A realidade vem multifacetada, em fragmentos que são construídos através de frases curtas, bruscas, capazes de quebrar a seqüência lógica de um encadeamento de frases que procuram mostrar o que está sendo visto.

A visão já pela noite adentro, no momento em que sai da *brasserie* (cervejaria) – assim se configura a terceira parte. A dedicação ao gás entrevê o tipo de olhar que vai acompanhar o eu-poético. O que há de moderno, e que lhe permite um espantar-se ante a cidade, é o lampião de gás, inovação na metrópole.

O fragmento de verso *A noite pesa, esmaga* (1ª estrofe) nos mostra uma impressionismo que não leva em consideração causa e efeito. Os elementos da realidade (passeios de lajedo, impuras, hospitais, sopro das embocaduras) se confundem em equações metafóricas que transmitem a sensação de um olhar fragmentado e rápido, isto é, impressionista.

Cercam-me as lojas, tépidas mostra outra frase-pincelada impressionista, sem relação de causa e efeito. Em *Eu penso ver* (2ª estrofe) e *E lembram-me* (3ª estrofe), aparece o passado que as luzes das lojas lhe sugerem. É uma captação do passado no presente, através da associação de imagens (*catedral de um comprimento imenso – lojas* que se apresentam ao longo das ruas. O mergulho no passado se faz através de uma procissão.

O registro de sinestesias faz parte da quarta estrofe: o cutileiro e a cor rubra do metal em brasa (*rubramente*) e o odor da padaria, numa construção lingüística singular: *Um cheiro salutar e honesto à pão no forno*, que bem pode ser classificado como uma constrição expressiva significativa.

A função metalingüística domina os dois primeiros da quarta estrofe:

E eu que medito um livro que exacerbe,
Quisera que o real e a análise mo dessem;

Através de uma construção regular e equilibrada de versos e estrofes, na busca de uma síntese das várias nuances da realidade que circunda o olhar do eu-poético, esses dois versos se relacionam com a maior parte da quinta estrofe:

(...) Não poder pintar
Com versos magistrais, salubres e sinceros,
A esguia difusão dos vossos reverberos,
E a vossa palidez romântica e lunar!

A incapacidade de reportar-se ao passado, ou o escapismo para um tempo anterior, mais resultado de memória do que evocação, eis como se configura o olhar do poeta-pintor à procura dos *reverberos* da sua musa-cidade, solenemente tratada por *vós*.

Nas sétima e oitava estrofes, a presença de duas mulheres e uns cães relacionam-se com uma visão impressionista que se apresenta na nova estrofe:

Desdobram-se tecidos estrangeiros;
Plantas ornamentais secam nos mostradores;
Flocos de pós de arroz pairam sufocadores,
E em nuvens de cetins requebram-se os caixeiros.

Se observarmos pela relação som e sentido, todas as coisas se *desdobram*: plantas, tecidos, flocos de pós de arroz e caixeiros. A relação tecidos-plantas-nuvens de cetins produz um movimento de uma loja através de um olhar sinestésico: desdobram-se tecidos (tacto e visão), plantas (visão), flocos de pós de arroz (odor e tato).

A décima estrofe registra o cessar dos movimentos das ruas. E a décima primeira, numa constrição expressiva, uma nova figura evocadora:

"Dó da miséria!... Compaixão de mim!..."
E, nas esquinas, calvo, eterno, sem repouso,
Pede-me sempre esmola um homenzinho idoso,
Meu velho professor nas aulas de latim!

A figura do mendigo que pede sempre esmola traz à lembrança um elemento do passado, através da construção de uma linguagem poética que usa a constrição expressiva para melhor sintetizar as metáforas singulares.

Quarta parte – horas mortas

A quarta parte se apresenta como uma conclusão do olhar do eu-poético, no momento em que ele olha para si mesmo, conforme se evidencia na primeira estrofe:

O tecto fundo de oxigénio, de ar,
Estende-se ao comprido, ao meio das trapeiras;
Vêm lágrimas de luz dos astros com olheiras,
Enleva-me a quimera azul de transmigrar.

Os poucos elementos da realidade que lhe despertam sensações (trapeiras, portões, arruamento, lajes, taipais, fechaduras e caleche), tanto na primeira como na segunda estrofe, determinam uma evocação intimista (terceira estrofe):

E eu sigo, como as linhas de uma pauta
A dupla correnteza augusta das fachadas;
Pois sobem, no silêncio, infaustas e trinadas,
As notas pastoris de uma longínqua flauta.

A vontade de não morrer, o desejo de casar-se, os futuros filhos, o destino da *raça ruiva do porvir* (quarta e quinta estrofes) pelas *vastidões aquáticas*, ou, de maneira oposta, a vivência como *emparedados* – tudo isso se mostra como uma utopia que tomou conta do eu-poético e que é resultado do quarto olhar para a cidade. A referência a *nebulosos corredores* e a *ventres das tabernas* traz-lhe os roubos, os cães e os guardas (da oitava a décima estrofes).

A última estrofe da última parte mostra, de certa forma, a construção do poema por fragmentos da realidade, numa visão que se assemelha a um atomismo:

E, enorme, nesta massa irregular
De prédios sepulcrais, com dimensões de montes,
A Dor humana busca os amplos horizontes,
E tem marés, de fel, como um sinistro mar!

O poema como um todo

As estrofes de quatro versos se montam em quatro partes de onze estrofes. A regularidade numérica segue a construção do poema. Na constante relação realidade (dois primeiros versos) X mundo interior (dois últimos versos) se configura a primeira parte. É o olhar para as coisas e a sua atitude ante elas. Na segunda parte, essa relação se desconstrói, enquanto que, na terceira parte, o elemento modernista transfigura a visão do eu-poético e fá-lo voltar a si mesmo (quarta parte).

Impressões = Contrariedades

Contrariedades

A Coelho de Carvalho

Eu hoje estou cruel, frenético, exigente;
Nem posso tolerar os livros mais bizarros.
Incrível! Já fumei três maços de cigarros
Consecutivamente.

Dói-me a cabeça. Abafo uns desesperos mudos:
Tanta depravação nos usos, nos costumes!
Amo, insensatamente, os ácidos, os gumes
E os ângulos agudos.

Sentei-me à secretária. Ali defronte mora
Uma infeliz, sem peito, os dois pulmões doentes;
Sofre de faltas de ar, morreram-lhe os parentes
E engoma para fora.

Pobre esqueleto branco entre as nevadas roupas!
Tão lívida! O doutor deixou-a. Mortifica.
Lidando sempre! E deve a conta à botica!
Mal ganha para sopas ...

O obstáculo estimula, torna-nos perversos;
Agora sinto-me eu cheio de raivas frias,

Por causa dum jornal me rejeitar, há dias,
Um folhetim de versos.

Que mau humor! Rasguei uma epopeia morta
No fundo da gaveta. O que produz o estudo?
Mais duma redação, das que elogiam tudo,
Me tem fechado a porta.

A crítica segundo o método de Taine
Ignoram-na. Juntei numa fogueira imensa
Muitíssimos papéis inéditos. A imprensa
Vale um desdém solene.

Com raras excepções merece-me o epigrama.
Deu meia-noite; e em paz pela calçada abaixo,
Um sol-e-dó. Chuvisca. O populacho
Divertes-se na lama.

Eu nunca dediquei poemas às fortunas,
Mas sim, por deferência a amigos ou a artistas.
Independente! Só por isso os jornalistas
Me negam as colunas.

Receiam que o assinante ingénuo os abandone,
Se forem publicar tais cousas, tais autores.
Arte? Não lhes convém, visto que os seus leitores
Deliram por Zaccone.

Um prosador qualquer desfruta fama honrosa,
Obtém dinheiro, arranja a sua coterie*;*
E a mim, não há questão que mais me contrarie
Do que escrever em prosa.

A adulação repugna aos sentimentos finos;
Eu raramente falo aos nossos literatos,
E apuro-me em lançar originais e exactos,
Os meus alexandrinos ...

Mantém-se a chá e pão! Antes entrar na cova.
Esvai-se; e todavia, à tarde, fracamente,

Oiço-a cantarolar uma canção plangente
Duma opereta nova!

Perfeitamente. Vou findar sem azedume.
Quem sabe se depois, eu rico e noutros climas,
Conseguirei reler essas antigas rimas,
Impressas em volume?

Nas letras eu conheço um campo de manobras;
Emprega-se a réclame, *o anúncio, a* blague,
E esta poesia pede um editor que pague
Todas as minhas obras ...

E estou melhor; passou a cólera. E a vizinha?
A pobre engomadeira ir-se-á deitar sem ceia?
Vejo-lhe luz no quarto. Inda trabalha. É feia ...
Que mundo! Coitadinha!

O poema *Contrariedades* foi publicado em *O Livro de Cesário Verde* em 1887. Há uma outra versão, com modificações, sob o título de *Nevroses*, que foi publicada no Porto, no jornal *O Porto*, em 18 de março de 1876 (Serrão 1992: 107). Escolhemos essa poesia-pintura realista impressionista com 17 quadras, 68 versos de 12 (do primeiro ao terceiro verso de cada estrofe) e 5 sílabas (o quarto verso) métricas, por tratar-se de um texto em que múltiplas imagens se apresentam, como num filme.

O objetivo e o subjetivo se alternam ao longo do poema: eu poético / a engomadeira / a rua / a raiva / a crítica literária / a metalinguagem. Muitas cores, luzes, recortes, que se assemelham a seqüências fotográficas, meros registros que o olhar capta no cotidiano. Uma explosão de sensações. É uma "crítica objectiva e um julgamento moral da sociedade contemporânea" (Macedo 1986: 106).

Sobre o poema *Em Petiz*, o jornal *Diário Ilustrado* de 4 de outubro de 1879 classificou cada verso do poema de "um vomitório, e onde em cada recordação se revela de sobejo os maus instintos da criança, e presentemente o desamor do homem já feito pela desgraça e miséria alheias." (Serrão 1992: 16)

Excluindo a crítica temática, podemos aproveitar a expressão *um vomitório* e atenuá-la para *explosão de sensações* as mais diversas ou *impressões de um dia difícil.*

Não foi à toa que Fernando Pessoa classificou Cesário Verde de um dos três mestres da Modernidade, aquele que "foi o primeiro a *ver* na poesia portuguesa, a visão mais clara das coisas e da sua autêntica presença que é possível encontrar na literatura moderna. " (Pessoa 1974: 419-420).

Interessante que o tema da contrariedade, do dia aziago, serve até como inspiração para outros poemas, como o abaixo:

Corbiere autopsicografado por Pessoa

Não me importa se o verso
mente. Importa-me ver so-
mente o meu – Vide verso.

Hoje estou vingativo,
demando olhos por olho,
não posso, eis o motivo,
nem pôr água de molho;

penso em Cesário Verde
e, ainda que me esprema,
nunca me sai, sequer de
engano, um bom poema.

Nelson Ascher (Ascher 1983: 9)

Há vários planos, olhares, impressões, uma concisão vocabular e uma relação eu-aqui-dentro X ela-lá-na-sua-casa X a rua-lá-fora. Na relação entre todas as coisas, o desespero, a angústia, as contrariedades.

As impressões podem ser indicadas pelo intervalo entre o objetivo e o subjetivo, já que elas se misturam com o sentimento do eu poético. Eis um pequeno quadro, estrofe por estrofe:

E1 - S	E2 - S	E3 - S/0 (t)	E4 - 0 (t)	E5 - S
E6 - S	E7 - S	E8 - S/0 (r)	E9 - S	E10 - S
E11 - S	E12 - S	E13 - O (t)	E14 - O (t)	E15 - S
E16 - S		E17 - S/O (t)		

Legenda: E = estrofe; S = subjetivo; O = objetivo; t = tísica; r = rua)

Nas dezessete estrofes do poema, há o predomínio do subjetivo (11 estrofes subjetivas para 3 objetivas e 4 alternadas), enquanto 4 alternam visão subjetiva com visão objetiva (parte das cinco estrofes falam da mulher tísica, enquanto que apenas parte da estrofe 8 aborda a rua).

Indicando o subjetivo por S, o objetivo por O, e o subjetivo/objetivo por S/0, obteríamos a seguinte seqüência

S - S - S/0 - O - S - S - S - 0 - S - S - S - S - O - O - S - S - S/0

Grande parte do que foi classificado de subjetivo apresenta uma opinião que parece impessoal e que, bruscamente, volta a ser pessoal. Há sempre um verso ou frase que mostra uma opinião geral e que, em seguida, se particulariza: na estrofe 5, por exemplo, *O obstáculo estimula, torna-nos perversos* é uma afirmação geral, com aparência objetiva, que, logo após um ponto-e-vírgula, se particulariza, se personaliza em *Agora sinto-me eu cheio de raivas frias.*

As impressões pessoais são mais fortes do que a visão da tísica e da rua, mas o ritmo das sensações é igualmente rápido, com frases fragmentadas, curtas, e sem aparente relação lógica entre as estrofes ou, mesmo, entre os versos. Parecem fotografias de diversas cenas e, que juntadas (não importa se seqüenciadas, justapostas, interpostas), dão-nos um significado metonímico (através da fragmentação), metafórico e visual.

As construção das frases privilegia uma síntese que mostra a tentativa de registrar um pensamento obsessivo que persegue o eu-poético por vários momentos. Com esses pensamentos, a realidade se interpõe, como é natural, apresentando o cotidiano, com as suas alegrias e tristezas.

A construção do poema se faz como se fosse um espelho: o eu poético se revolta com a rejeição dos seus folhetins pelos jornais, ao mesmo tempo em que observa a mulher tuberculosa que passa roupa e que sofre. Imagem deformada de si mesmo?

Elise Richter afirma que o Impressionismo "é reprodução da impressão das coisas. Não é a questão de como elas são objetivamente, mas sim como se parecem, aqui e agora, ao olho do observador." (Richter 1956: 52). É dessa forma que o poema sob estudo se mostra ao leitor. O objetivo e o subjetivo se fundem na linguagem poética de Cesário e se apresentam como se parecem ao olho do eu-poético. É uma espécie de radiografia de um momento do pensamento do eu-poético.

Richter também assevera que o impressionista (poeta ou pintor) "despoja as coisas das conexões lógicas que o homem normal introduz habitualmente nelas (idem: 52); ele "não retifica nada, traduz a impressão de um determinado instante singular, porém sem reservas e, para tanto, com absoluta honestidade, maior, ao menos, do que a daquele que retifica: é pois mais realista do que este." (idem: 53)

A falta de conexão lógica se apresenta porque o objetivo do eu poético é apresentar as impressões dos elementos da realidade e não enfeixá-los num tema, e, portanto, numa conexão lógica. *Contrariedades* não é o tema que percorre o texto de Cesário, mas sim um título das impressões que foram apresentadas fragmentariamente sobre um fato corriqueiro da realidade: a rejeição de um folhetim de versos por um jornal português.

O Impressionismo Literário, "arte de cunho pictórico" (Coutinho 1990: 226), "acompanha a técnica dominante na pintura com o "pontilhismo", o "divisionismo", acumulando sensações isoladas, detalhes, para a captação de um mundo de aparências efêmeras, que o leitor apreende, depois sintetizando, somando os aspectos parciais. O impressionista "inventa" paisagens, que parecem mais autênticas do que a realidade (idem: ibidem)."

E é nesse ângulo que *Contrariedades* se apresenta: pontilhismos, divisionismos, sensações isoladas, detalhes e fragmentos. É um poema-pintura impressionista pelas palavras que descrevem sensações isoladas e fragmentadas (e recortadas), como é o caso da estrofe 1:

cruel frenético exigente	x	três maços de cigarros	= tom cinza esfumaçado
(estado de espírito)	X	(elementos da realidade)	= (impressão)

O verso 1 da estrofe 2 – *Dói-me a cabeça. Abafo uns desesperos mudos:* se opõe, quanto ao sentido, ao verso 2 – *Tanta depravação nos usos, nos costumes!* – que se opõe aos versos 3 e 4 – *Amo, insensatamente, os ácidos, os gumes / E os ângulos agudos*. Nessa estrofe, então, ocorrem três sensações isoladas.

Nesse aspecto, podemos afirmar que Cesário despoja as coisas das conexões lógicas que o homem normal introduz habitualmente nelas, não retifica nada, pois traduz a impressão de um determinado instante singular, porém sem reservas e, para tanto, com absoluta honestidade, maior, ao menos, do que a daquele que retifica: é pois mais realista do que este, é o que podemos afirmar parafraseando Richter.

Na estrofe 3, há uma economia vocabular que se resolve pela pontuação: *Sentei-me à secretaria* refere-se a *aqui* (termo omitido, mas facilmente subentendido), local onde se encontra o eu-poético, para se opor a *Ali defronte mora*. Ocorre, aí, uma outra explosão de sensações: a mudança do ponto de vista ou a atenção em algo exterior ao eu poético. Dentre as impressões pessoais, se apresenta uma imagem exterior, quase como uma imagem em espelho: o eu poético senta-se à secretária e vê, ou imagina ver, a *infeliz*, a mulher tuberculosa.

As imagens são rápidas e se sucedem (se justapõem, se superpõem, etc.) ao olhar do eu poético. Mesmo a idéia fixa faz com que ele veja o mundo exterior. Sob a perspectiva do poeta impressionista, o tema passa a não ter a importância maior, para que as impressões se mostrem em sua plenitude e rapidez.

Na mesma estrofe, a parataxe, com exceção de *E engoma para fora*, permite o registro telegráfico das impressões da mulher *sem peito*, *os dois pulmões doentes*.

Substantivos e adjetivos, em sua maioria, compõem a imagem síntese: *Pobre esqueleto branco entre as nevadas roupas* (V1E4).

Na estrofe 7, em mais uma impressão, surge os versos – *Deu meia-noite; e em paz pela calçada abaixo / Um sol-e-dó. Chuvisca. O populacho / Diverte-se na lama.* – que indicam a posição do eu poético (num edifício alto, sentado à secretária, a olhar para a janela da casa da engomadeira e para a rua,).

Nessa estrofe, aparece o terceiro olhar do poeta: o primeiro para si mesmo, o segundo para a engomadeira e o terceiro para a rua. No sentido metafórico, há um olhar para as diferenças sociais (o eu poético que sofre por causa da recusa de publicação de sua poesia, a engomadeira que trabalha e está doente), para os critérios injustos da crítica literária do seu tempo, e, indiretamente, um olhar de desafio para todos, já que o poema que ele está fazendo, tem a feitura à sua maneira, ao seu modo de entender o que é poesia.

Os pontos e as brumas de um Cesario-Seurat

Manhãs brumosas

(versos dum inglês)

Aquela, cujo amor me causa tanta pena,[18]
Põe o chapéu ao lado, abre o cabelo à banda,
E com a forte voz cantada com que ordena,
Lembra-me, de manhã, quando nas praias anda,
Por entre o campo e o mar, bucólica, morena,
Uma pastora audaz da religiosa Irlanda.

Que línguas fala? A ouvir-lhe as inflexões inglesas,
- Na névoa azul, a caça, as pescas, os rebanhos! -
Sigo-lhe os altos pés por estas asperezas;
E o meu desejo nada em época de banhos,
E, ave de arribação, ele enche de surpresas
Seus olhos de perdiz, redondos e castanhos.

As irlandesas têm soberbos desmazelos!
Ela descobre assim, com lentidões ufanas,
Alta, escorrida, abstracta, os grossos tornozelos;
E como aquelas são marítimas, serranas,
Sugere-me o naufrágio, as músicas, os gelos
E as redes, a manteiga, os queijos, as choupanas.

Parece um "rural boy"! Sem brincos nas orelhas,
Traz um vestido claro a comprimir-lhe os flancos,
Botões a tiracolo e aplicações vermelhas;
E à roda, num país de prados e barrancos,
Se as minhas mágoas vão, mansíssimas ovelhas,
Correm os seus desdéns, como vitelos brancos.

[18] Na edição de Silva Pinto, o verso é *E aquela, cujo amor me causa alguma pena,* (Serrão 1992: 138).

E aquela, cujo amor me causa tanta pena,
Põe o chapéu ao lado, abre o cabelo à banda,
E com a forte voz cantada com que ordena,
Lembra-me, de manhã, quando nas praias anda,
Por entre o campo e o mar, católica, morena,
Uma pastora audaz da religiosa Irlanda.

O poema é composto de cinco sextetos e foi escrito na Foz do Tejo, em 1877, e publicado no Porto, em *Renascença*, em 1879 (Serrão 1992: 138). Trata-se de um retrato impressionista de mulher, cuja descrição se constrói através de imagens pictóricas: é "identificada com o campo e com o mar – espaços simbólicos da mesma liberdade" e "recorda ao poeta 'uma pastora audaz da religiosa Irlanda' (Macedo 1986:127)".

Juntamente com o subtítulo – *(versos dum inglês)* – , o poema se parece com uma pintura: o gesto da mulher (*Põe o chapéu ao lado, abre o cabelo à banda*) provoca no eu poético uma impressão: *lembra-me uma pastora audaz da religiosa Irlanda*. Esse mesmo subtítulo também "lança uma luz inesperada sobre essa associação: para um inglês, a Irlanda rural tinha um valor semântico equivalente ao do campo para o lisboeta do 'Setentrional' (idem: ibidem)".

A voz da mulher provoca sensações meio disparatadas e sinestésicas: *na névoa azul, a caça, as pescas, os rebanhos!* – como que procurando um caminho semelhante aos *altos pés* que representam *asperezas* na busca da expressão e na confusão de impressões que a presença feminina traz.

Cinco sextetos com versos altamente musicais, de certa forma equilibrados por um ritmo e uma métrica impecáveis. Um título bem elaborado. Um poema-pintura, mas também um poema-música. Além da análise de Helder Macedo (1986: 126-128), somente uma referência sobre essa poesia (Figueiredo 1986: 141). Quase um poema que passa esquecido, pois está inserto entre *Em Petiz* e *O Sentimento dum Ocidental* no livro organizado por Joel Serrão.

É uma poesia-pintura realista impressionista. As cores percorrem o poema como se ele fosse uma pintura, enquanto a descritividade nos traz elementos da realidade, o retrato da mulher que lembra uma *pastora audaz da religiosa Irlanda*.

Poderia ser uma canção, de tom romântico, se não fosse a descrição entrecortada, o fragmento que altera a visão ideal da paisagem e da mulher.

A musicalidade do poema, em versos de doze sílabas, nos remete a um ouvir o que lemos ou falamos (e às vezes nos deixa sem entender o sentido dos versos):

AQUEla, cujo aMOR me CAUsa TANta PEna,

Não é só a expressão *brumosas* que dá o tom impressionista a este poema, nem tão-somente o fato de ser um retrato de mulher, tema também da pintura. Há toda uma construção verbal por meio de fragmentos metonímicos que se metaforizam. Ao ler o poema, vem-nos à mente uma tela de Georges Seurat ou de Paul Signac, em que tudo se constrói com pontos-cores ou pontos-palavras. Independentemente da temática, as telas *A ponte em Courbevoie*, de Seurat, *o Rio Sena em Asnières*, de Paul Signac, trazem os procedimentos composicionais de *Manhãs Brumosas*.

As frases entrecortadas produzem uma construção por pontos-palavras: aquela (v1e1) põe o chapéu ao lado, abre o cabelo à banda (v2e1) e com a forte voz cantada que ordena (v3e1); ou então: por entre o campo e o mar, bucólica, morena, (v5e1) e lembra uma pastora audaz da religiosa Irlanda (v6e1).

A presença de *brumas* na *manhã* acompanha o poema e a mulher que é descrita pelo olhar, pelas sensações que ela provoca e pelas nuances do seu retrato físico e psicológico. É *aquela* mulher *cujo amor causa pena*, mas que tem *voz cantada forte que ordena* e *lembra* uma *pastora audaz da religiosa Irlanda*. Uma espécie de mulher, deusa, mãe, protetora - essas são as impressões que as palavras-pinceladas apresentam.

Há toda uma linguagem poética que se constrói através do processo pictórico, por meios de pinceladas rápidas, ou de manchas, ou de pontos coloridos: a mulher põe o chapéu ao lado, abre o cabelo à banda, traz um vestido claro, botões a tiracolo e aplicações vermelhas.

Na estrofe 1, *manhã* define a claridade do *chapéu ao lado* e do *cabelo à banda* e até determina o som (claro, feliz) da *forte voz cantada com que ordena* e faz o eu-poético lembrar (imaginar, associar, mostrar impressões) a *pastora da Irlanda*.

A descritividade é construída por umas poucas palavras reais, se usarmos a denominação de Manuel Rodrigues Lapa: aquela – amor – chapéu – cabelo – voz – pastora – Irlanda. Inúmeros versos do poeta são formados apenas de substantivos, o que demonstra uma preocupação com a síntese, como é o caso do segundo verso da estrofe três: *E as redes, a manteiga, os queijos, as choupanas.*

Na estrofe 2, versos 1 a 3, a construção pontilhista se faz evidente e deixa entrever uma construção poético-pictórica:

Que línguas fala? Ao ouvir as inflexões inglesas,
- Na névoa azul, a caça, as pescas, os rebanhos! -
Sigo-lhe os altos pés por estas asperezas.

O verso dois intercala imagens e cores: azul (névoa), marrom (caça e rebanho).

Se a *irlandesa* agrada o eu-poético, há uma atitude que vê, independentemente da idealização. Isso é uma constante na poesia de Cesário sobre ou para as mulheres: elas têm qualidades e defeitos.

Interessante notar a construção de um diálogo metafórico a partir de *Que línguas fala?*, que se faz por um processo impressionista: há *inflexões inglesas* cujo sentido se constrói por imagens apresentadas por substantivos – névoa azul, caça, pescas, rebanhos, altos pés, aves de arribação, olhos de perdiz – que condicionam a um olhar feito por analogias com a vida rural.

A terceira estrofe se constrói de forma semelhante: a mulher que ele vê se assemelha a uma irlandesa e tem também *desmazelos*, como o fato de descobrir *os grossos tornozelos*. Ver os tornozelos dessa mulher *alta, escorrida, abstracta*, sugere-lhe outras sensações que se condensam em substantivos: naufrágio, músicas, gelos, redes, manteiga, queijos, choupanas. Toda a construção verbal se efetiva através de imagens do cotidiano rural, como se o poeta pintasse muitas cenas que vão passando pela sua mente e formam movimento, através de uma seqüência de imagens-palavras, como fotogramas de um filme.

Na quarta estrofe, há uma tentativa de síntese: a irlandesa se assemelha a um *rural boy*, "maria-rapaz, tão confortavelmente ao gosto do inglês" (idem: ibidem). A descrição também "pinta" a mulher: sem brincos, vestido claro, botões a tiracolo, aplicações vermelhas. Da visão particular da mulher, há um plano geral ou segundo plano que descreve: país de prados e barrancos. A essa imagem o eu-poético justapõe e contrapõe mágoas = mansíssimas ovelhas X desdéns = vitelos brancos, para indicar cores e seres do mundo rural.

A quinta estrofe é quase a repetição da primeira, exceto quanto à substituição de *bucólica* por *católica* (quinto verso). Funciona como refrão, o que nos faz supor uma cantiga, até pela grande musicalidade do poema.

As cinco estrofes formam um retrato de mulher com base numa descrição composta por frases nominais e parataxes, na maioria dos versos. Traz alguma semelhança com alguns perfis femininos de Camões (Um mover de olhos, brando e piedoso) e de Filinto Elísio (Um lindos olhos, vivos, bem rasgados), guardadas as devidas proporções. Enquanto que há uma descrição física e psicológica, e também idealizada, em Camões, enquanto Filinto Elísio se mantém numa descrição física que enaltece a beleza também idealizada da sua Márcia, Cesário Verde é capaz de descrever o que vê e separar isso do que sente, o que deixa claro com verbos como *lembra-me, sugere-me*, ou em versos que indicam uma metáfora, uma situação onírica, como: *O meu desejo nada em época de banhos, Se as minhas mágoas vão, mansíssimas ovelhas, Correm os seus desdém, como vitelos brancos.*

Ler *Manhãs Brumosas* é semelhante a ver um retrato de mulher cujo pano de fundo é uma paisagem rural. Mulher construída por pontos-palavras ou manchas-palavras numa espécie de brumas em que, verso a verso, Cesário nos revela o que ele vê e o que ele sente. Parece-nos tão cheio de observações e, ao mesmo tempo, tão imbuído do espírito da síntese, que o sentido se constrói pelas palavras como representação do mundo e do pensamento, como instrumento de comunicação, como forma de ação e interação. É um descobrir uma espécie de pressa em dizer tudo com poucas palavras, o que leva o poeta a uma construção por imagens-palavras.

Não foi à toa que Fernando Pessoa o considerou um dos três mestres da Modernidade, ao lado de Antero de Quental e Camilo Pessanha, com os quais Cesário Verde mostra algumas semelhanças. Nessa construção sintética, e nesse apoio nas artes plásticas, é que parece residir o aspecto inovador e prenunciador da poesia modernista portuguesa, razão por que até hoje Cesário é lembrado, citado, seguido, e lido.

POEMAS E PINTURAS: UMA TENTATIVA DE APROXIMAÇÃO

Olhar um quadro e ler um poema. O que há de semelhança? O que há de diferença? O que há em comum?

Olhar e ler são atividades de um fruidor.

O quadro é uma imagem em dois planos. O poema é uma imagem em palavras-planos (palavras que se tornam planos).

Semelhança: ambos são obras de arte. Enquanto a pintura se compõe de cores, tela e moldura, a poesia se compõe de começo e fim, "moldura", palavra.

Diferença: modos diferentes de registrar. A poesia parte da palavra ressignificada, enquanto que a pintura parte da imagem (desenho + cor) representada.

O que as duas artes fazem é descobrir signos diferentes para tentar representar o que mostram.

O que há em comum entre a poesia e a pintura? O que se mostra aos olhos do poeta e do pintor.

Ler, ver, ser e sentir parecem os pontos chaves para o poeta e para o pintor. Cores, forma, luz, movimento: a poesia que se mostra como pintura.

Foi isso o que procuramos fazer ao longo deste estudo, abrangendo toda a obra poética de Cesário, e, neste capítulo, particularizando análises de *Cristalizações*, *O sentimento dum Ocidental*, *Contrariedades* e *Manhãs Brumosas*.

ALÉM DA POESIA-PINTURA: O HOJE

Um olhar nos títulos de cada capítulo nos dá uma primeira visão panorâmica do trabalho realizado e da atualidade da obra de Cesário Verde.

A poesia que se mostra como pintura foi uma preocupação que nos acompanhou ao longo de todo o estudo. Verificamos as relações da poesia com a pintura na obra de Cesário Verde, através das análises dos mais variados críticos dos séculos XIX e XX, bem como o Realismo, o Impressionismo e a Modernidade. E, ao tratar da vida e da obra de José Joaquim Cesário Verde (1855-1886), corroboramos nosso ponto de vista com base na análise que fizemos de duas cartas que o poeta escreveu a António Macedo Papança, e que confirmam uma espécie de projeto poético que acompanhou toda a sua vida literária.

Depois, fomos buscar teorias relacionais entre a poesia e a pintura, a imagem ou a visualidade, a fanopéia, para apresentar um conceito adequado ao nosso objeto de estudo: a poesia-pintura, que foi construída com procedimentos semelhantes aos pictóricos.

Através de exemplos da poesia verbal portuguesa desde o século XIX, analisamos como a visualidade tem se apresentado, o que nos levou a pensar no ideograma, na montagem, ou seja, na palavra-imagem, na imagem da linguagem, o pictórico no poético.

Para este estudo, a poesia-pintura não é apenas uma relação entre a poesia e a pintura, mas de uma relação entre a poesia verbal realista do século XIX que aderiu ao Impressionismo Literário e adotou procedimentos pictóricos em seu fazer poético. Logo, analisar, de forma geral, o Impressionismo na Linguagem, na Pintura e na Literatura, foi uma forma de abordar a poesia-pintura realista impressionista na obra poética de Cesário Verde.

O passo seguinte foi observar essa poesia-pintura em todos os poemas de Cesário de que temos conhecimento, com base na obra organizada por Joel Serrão. Concluído esse panorama, no qual predominou grande número de poesias-pinturas, escolhemos alguns poemas para fazer uma análise mais detalhada: *Cristalizações, O Sentimento dum Ocidental, Contrariedades, e Manhãs Brumosas.*

Este livro é uma prova de que Cesário Verde é um poeta para ser lido sempre. As poesias feitas em sua homenagem, que estão incluídas na parte "De/Sobre/Para Cesário Verde" mostram que ele tem permanecido na memória dos poetas e artistas contemporâneos. Ler as suas urbanas, por exemplo, é uma forma de sentir metaforicamente caminhando por qualquer cidade país, tamanha a universidade poética. Mesmo com a barreira das línguas, as inúmeras traduções (espanhol, francês, italiano, inglês, etc.) têm alcançado inúmeros leitores, haja vista a existência de estudos acadêmicos na Itália, na Inglaterra, na África do Sul, Brasil, Alemanha, entre outros.

Usando de todos os recursos possíveis, procuramos delimitar nosso objeto de estudo e acreditamos ter contribuído para uma leitura interpretativa da poesia de Cesário Verde: a relação entre a poesia do século XIX pré-Mallarmé e a pintura impressionista.

Essas inter-relações intersemióticas, poesia e pintura, por exemplo, foram o que representaram uma leitura de uma obra poética sobre os mais diferentes ângulos, e foi isso o que procuramos mostrar através deste estudo.

Dentro da área de concentração do Programa de Comunicação e Semiótica – Literatura –, de acordo com uma linha de pesquisa escolhida – Literatura e Intertextualidade –, que compreende o nível Literatura e Signos Não-Verbais, nós pudemos selecionar a poesia verbal do século XIX para, a partir dela, refletir sobre a relação poesia-pintura.

Este livro nos levou a estabelecer relações entre a arte poética do final do século XIX com: arte eletrônica, vídeo arte, arte digital, vídeo clip, imagem digital, a colagem, poesia digital. E isso prova, mais uma vez, a atualidade da obra estudada. Pudemos colocar em prática o que aprendemos no Curso de Infopoesia, ministrado pelo Prof. E.M. de Melo e Castro na PUC – SP: elaborar imagens infográficas como uma diferente leitura da poesia de Cesário Verde (parte dessas imagens, que fazem parte de um tributo a Cesário Verde, ilustram este livro).

Novos estudos podem ser feitos: aplicar o conceito teórico desenvolvido para a poesia de Cesário Verde e estendê-lo a outros poetas; fazer uma relação entre poesia e cinema, poesia e fotografia, poesia e música, por exemplo, inclusive, na obra poética do autor objeto de estudo; estudar a poesia de Cesário Verde com relação à arte computacional, à vídeo arte, entre outras poéticas digitais; estabelecer um paralelo entre o poesia dinissecular de Cesário (século XIX) com a poesia finessecular hoje, estabelecendo um parâmetro a partir do conceito de Pós-Modernismo; realizar estudos comparativos: Cesário e João Cabral de Melo Neto, Cesário e Fernando Pessoa, Cesário Verde e Augusto dos Anjos, Cesário Verde e Ítalo Calvino, Cesário Verde e José Saramago; e assim por diante.

Anexos

De / Sobre / Para Cesário Verde

Murilograma a Cesário Verde

Cesário Verde
com dedos de tocar
Terrestreflauta
Linguagem sensorial:
A terra precedendo
Curva laranja
& polpa do texto
Sentindo o léxico
A terra que já nutre
Do vinho corpo sápido
Textos de NÓS

agrocitadino
terrestrefruto
& ácido nervoso
esta conhece
a própria testa
satélite portátil
a síntese aguda
próximo do tacto:
o sangue forte
afluindo nos
atuais microLUSÍADAS

Consideras tal moça
Traz ferro-de-engomar
PseudoBaudelaire
A solferina rua
Retrocena dos teus
O estil(o)ete afiado
Ocidentalexaustos
Regressas ao quarto só
O ato de operar na mesa
Exalta matéria tua

nasce nova musa
acesa lira.
anoiado percorres
tão relida
decassílabos retos.
agride os peitos de Lisboa
Noite nas sílabas:
do real extraindo
o próprio texto,
extrovivendo.

Lisboa 1964

Murilo Mendes

Introdução

Procuramos aproveitar um vasto material consultado e mostrar um pouco mais do que selecionamos para o nosso objeto de estudo. Portanto, juntamente com a nossa análise sobre o pictórico na poesia de Cesário Verde, propomos uma antologia de poemas que não analisamos, alguns estudos que julgamos mais significativos para contextualizar este livro, e uma coletânea de poesias dedicados a Cesário. São textos de Cesário Verde, sobre a poesia dele, além de poesias para ele.

Antologia de Cesário Verde

Os poemas escolhidos são os que nos parecem mais representativos para que o leitor possa ter um panorama da sua poesia.

A Débil

Eu, que sou feio, sólido, leal,
A ti, que és bela, frágil, assustada,
Quero estimar-te, sempre, recatada
Numa existência honesta, de cristal.

Sentado à mesa dum café devasso,
Ao avistar-te, há pouco, fraca e loura,
Nesta Babel tão velha e corruptora,
Tive tenções de oferecer-te o braço.

Em, quando deste esmola a um miserável,
Eu, que bebia cálices de absinto,
Mandei ir a garrafa, porque sinto
Que me tornas prestante, bom, saudável.

"Ela aí vem!" disse eu para os demais;
E pus-me a olhar, vexado e suspirando,
O teu corpo que pulsa, alegre e brando,
Na fresquidão dos linhos matinais.

Via-te pela porta envidraçada;
E invejava – talvez que o não suspeites! –

Esse vestido simples sem enfeites,
Nessa cintura tenra, imaculada.

Ia passando, a quatro, o patriarca.
Triste, eu deixei o botiquim, à pressa;
Uma turba ruidosa, negra, espessa,
Voltava das exéquias dum monarca.

Adorável! Tu, muito natural,
Seguias a pensar no teu bordado;
Avultava, num largo arborizado,
Uma estátua de rei num pedestal.

Sorriam, nos seus trens, os titulares;
E ao claro sol, guardava-te, no entanto,
A tua boa mãe, que te ama tanto,
Que não te morrerá sem te casares!

Soberbo dia! Impunha-me respeito
A limpidez do teu semblante grego;
E uma família, um ninho de sossego,
Desejava beijar sobre o teu peito.

Com elegância e sem ostentação,
Atravessavas branca, esvelta e fina,
Uma chusma de padres de batina,
E de altos funcionários da nação.

"Mas se a atropela o povo turbulento!
Se fosse, por acaso, ali pisada!"
De repente, paraste embaraçada
Ao pé dum numeroso ajuntamento.

E eu, que urdia estes fáceis esbocetos,
Julguei ver, com a vista de poeta,
Uma pombinha tímida e quieta
Num bando ameaçador de corvos pretos.

E foi, então, que eu, homem varonil,
Quis dedicar-te a minha pobre vida,
A ti, que és tênue, dócil, recolhida,
Eu, que sou hábil, prático, viril.

Desastre

Ele ia numa maca, em ânsias, contrafeito,
Soltando fundos ais e trêmulos queixumes;
Pesada e secamente, em cima duns tapumes.

A brisa que balouça as árvores das praças,
Como uma mãe erguia ao leito os cortinados,
E dentro eu divisei o ungido das desgraças,
Trazendo em sangue negro os membros ensopados.

Um preto, que sustinha o peso dum varal,
Chorava ao murmurar-lhe: "Homem não desfaleça!"
E um lenço esfarrapado em volta da cabeça
Talvez lhe aumentasse a febre cerebral.

Flanavam pelo Aterro os dândis e as cocottes,
Corriam char-à-banc *cheios de passageiros*
E ouviam-se canções e estalos de chicotes,
Junto à maré, no Tejo, e as pragas dos cocheiros.

Viam-se os quarteirões da Baixa: um bom poeta,
A rir e a conversar numa cervejaria,
Gritava para alguns: "Que cena tão faceta!
Reparem! Que episódio!" Ele já não gemia.

Findara honradamente. As lutas, afinal,
Deixavam repousar essa criança escrava
E a gente da província, atônita, exclamava:
"Que providências! Deus! Lá vai para o hospital!"

Por onde o morro passa há grupos, murmurinhos;
Mornas essências vêm duma perfumaria,
E cheira a peixe frito um armazém de vinhos,
Numa travessa escura em que não entra o dia!

Um fidalgote brada a duas prostitutas:
"Que espantos! Um rapaz servente de pedreiro!"
Bisonhos, devagar, passeiam uns recrutas
E conta-se o que foi na loja dum barbeiro.

Era enjeitado, o pobre. E, para não morrer,
De bagas de suor tinha uma vida cheia;

Levava a um quarto andar cochos de cal e areia,
Não conhecera os pais, nem aprendera a elr.

Depois da sesta, um pouco estonteado e fraco,
Sentira a exalação da tarde abafadiça;
Quebravam-lhe o corpinho o fumo do tabaco
E o fato remendado e sujo da caliça.

Gastara o seu salário - oito vinténs ou menos -
Ao longe o mar, que abismo! e o sol, que labareda!
"Os vultos, lá em baixo, oh! como são pequenos!"
E estremeceu, rolou nas atracções da queda.

O mísero a doença, as privações cruéis
Soubera repelir - ataques desumanos!
Chamavam-lhe garoto! E apenas com seis anos
Anda a apregoar diários de dez-réis.

Anoitecia então. O féretro sinistro
Cruzou com um coupé *seguido dum correio,*
E um democrata disse: "Aonde irás, ministro!
Comprar um eleitor? Adormecer num seio?"

E eu tive uma suspeita. Aquele cavalheiro
- Conservador, que esmaga o povo com impostos -
Mandava arremessar - que gozo! estar solteiro! -
Os filhos naturais à roda dos expostos ...

Mas não, não pode ser ... Deite-se um grande véu ...
De resto, a dignidade e a corrupção - que sonhos!
Todos os figurões cortejam-no risonhos
E um padre que ali vai tirou-lhe o solidéu.

E o desgraçado! Ah! Ah! Foi para a vala imensa,
Na tumba, e sem o adeus dos rudes camaradas:
Isto porque o patrão negou-lhe a licença,
O inverno estava à porta e as obras atrasadas.

E antes, ao soletrar a narração do facto,
Vinda numa local hipócrita e ligeira,
Berrara ao empreiteiro, um tanto estupefacto:
"Morreu!? Pois não caísse! Alguma bebedeira!"

Esplêndida

Ei-la! Como vai bela! Os esplendores
Do lúbrico Versailles do Rei-Sol
Aumenta-os com retoques sedutores.
É como o refulgir dum arrebol
Em sedas multicores.

Deita-se com languor no azul celeste
Do seu landau *forrado de cetim;*
E os seus negros corcéis, que a espuma veste,
Sobem a trote a rua do Alecrim,
Velozes como a peste.

É fidalga e soberba. As incensadas
Dubarry, Montespan e Maintenon
Se a vissem ficariam ofuscadas.
Tem a altivez magnética e o bom tom
Das cores depravadas.

É clara como os pós à marechala.
E as mãos, que o Jock Club *embalsamou,*
Entre peles de tigres as regala;
De tigres que por ela apunhalou,
Um amante, em Bengala.

É ducalmente esplêndida! A carruagem
Vai agora subindo devagar;
Ela, no brilhantismo da equipagem,
Ela, de olhos cerrados, a cismar
Atrai como a voragem!

Os lacaios vão firmes na almofada;
E a doce brisa dá-lhe de través
Nas capas de borracha esbranquiçada,
Nos chapéus com roseta, e nas librés
De forma aprimorada.

E eu vou acompanhando-a, corcovado,
No trottoir, *como um doido, em convulsões,*
Febril, de colarinho amarrotado,

Desejando o lugar dos seus truões,
Sinistro e mal trajado.

E daria, contente e voluntário,
A minha independência e o meu porvir,
Para ser, eu poeta solitário,
Para ser, ó princesa, sem sorrir,
Teu pobre trintanário.

E aos almoços magnífico do Mata
Preferiria ir, fardado, aí,
Ostentando galões de velha prata,
E de costas voltadas para ti,
Formosa artistocrata!

Heroísmos

Eu temo muito o mar, o mar enorme,
Solene, enraivecido, turbulento,
Erguido em vagalhões, rugindo ao vento;
O mar sublime, o amor que nunca dorme.

Eu temo o largo mar, rebelde, informe,
De vítimas famélico, sedento,
E creio ouvir em cada seu lamento
Os ruídos dum túmulo disforme.

Contudo, num barquinho transparente,
No seu dorso feroz vou blasonar,
Tufada a vela e n'água quase assente,

E ouvindo muito ao perto o seu bramar,
Eu rindo, sem cuidados, simplesmente,
Escarro, com desdém, no grande mar!

Merina

Rosto comprido, airosa, angelical, macia,
Por vezes, a alemã que eu sigo e que me agrada,

Mais alva que o luar de inverno que me esfria,
Nas ruas a que o gás dá noites de balada;

Sob os abafos bons que o Norte escolheria,
Com seu passinho curto e em suas lãs forrada,
Recorda-me a elegância, a graça, a galhardia
De uma ovelhinha branca, ingênua e delicada.

Num Bairro Moderno

Dez horas da manhã; os transparentes
Matizam uma casa apalaçada:
Pelos jardins estancam-se as nascentes,
E fere a vista, com brancuras quentes,
A larga rua macadamizada.

Rez -de- chaussée *repousam sossegados,*
Abriram-se, nalguns, as persianas,
E dum ou doutro, em quartos estucados,
Ou entre a rama dos papéis pintados,
Reluzem, num almoço, as porcelanas.

Como é saudável ter o seu conchego,
E a sua vida fácil! Eu descia,
Sem muita pressa, para o meu emprego,
Aonde agora quase sempre chego
Com as tonturas duma apoplexia.

E rota, pequenina, azafamada,
Notei de costas uma rapariga,
Que no xadrez marmóreo duma escada,
Como um retalho de horta aglomerada,
Pousara, ajoelhando, a sua giga.

E eu, apesar do sol, examinei-a:
Pôs-se de pé; ressoam-lhe os tamancos;
E abre-se-lhe o algodão azul da meia,
Se ela se curva, esgadelhada, feia,
E pendurando os seus bracinhos brancos.

Do patamar responde-lhe um criado:
"Se te convém, despacha; não converses.
E não dou mais." E muito descansado,
Atira um cobre lívido, oxidado,
Que vem bater nas faces duns alperces.

Subitamente - que visão de artista! -
Se eu transformasse os simples vegetais,
À luz do sol, o intenso colorista,
Num ser humano que se mova e exista
Cheio de belas proporções carnais?!

Bóiam aromas, fumos de cozinha;
Com o cabaz às costas, e vergando,
Sobem padeiros, claros de farinhas;
E às portas, uma ou outra campainha
Toca, frenética, de vez em quando.

E eu recompunha, por anatomia,
Um novo corpo orgânico, aos bocados.
Achava os tons e as formas. Descobria
Uma cabeça numa melancia,
E nuns repolhos seios injetados.

As azeitonas, que nos dão o azeite,
Negras e unidas, entre verdes folhos,
São tranças dum cabelo que se ajeite;
E os nabos - ossos nus, da cor do leite,
E os cachos de uvas - os rosários de olhos.

Há colos, ombros, bocas, um semblante
Nas posições de certos frutos. E entre
As hortaliças, túmido, fragrante,
Como alguém que tudo aquilo jante,
Surge um melão, que me lembrou um ventre.

E, como um feto, enfim, que se dilate,
Vi nos legumes carnes tentadoras,
Sangue na ginja vívida, escarlate,
Bons corações pulsando no tomate
E dedos hirtos, rubros, nas cenouras.

O Sol dourava o céu. E a regateira,
Como vendera a sua fresca alface
E dera o ramo de hortelã que cheira,
Voltando-se, gritou-me, prazenteira:
"Não passa mais ninguém!... Se me ajudasse?!"

E eu acerquei-me dela, sem desprezo,
E, pelas duas asas a quebrar,
Nós levantamos todo aquele peso
Que ao chão de pedra resistia preso,
Com um enorme esforço muscular.

"Muito obrigada! Deus lhe dê saúde!"
e recebi, naquela despedida,
As forças, a alegria, a plenitude,
Que brotam dum excesso de virtude
Ou duma digestão desconhecida.

E enquanto sigo para o lado oposto,
E ao longe rodam umas carruagens,
A pobre, afasta-se, ao calor de agosto,
Descolorida nas maçãs do rosto,
E sem quadris na saia de ramagens.

Um pequerrucho rega a trepadeira
Duma janela azul; e, com o ralo
Do regador, parece que joeira
Ou que borrifa estrelas; e a poeira
Que eleva nuvens alvas a incensá-lo.

Chegam do gigo emanações sadias,
Ouço um canário - que infantil chilrada!
Lidam ménages *entre as gelosias,*
E o sol se estende, pelas frontarias,
Seus raios de laranja destilada.

E pitoresca e audaz, na sua chita,
O peito erguido, os pulsos nas ilhargas,
Duma desgraça alegre que me incita,
Ela apregoa, magra, enfezadita,
As suas couves repolhudas, largas.

E, como as grossas pernas dum gigante,
Sem tronco, mas atléticas, inteiras,
Carregam sobre a pobre caminhante,
Sobre a verdura rústica, abundante,
Duas frugais abóboras carneiras.

PROH PUDOR!

Todas as noites ela me cingia
Nos braços, com brandura gasalhosa;
Todas as noites eu adormecia,
Sentindo-a desleixada e languorosa.

Todas as noites uma fantasia
Lhe emanava da fronte imaginosa;
Todas as noites tinha uma mania
Aquela concepção vertiginosa.

Agora, há quase um mês, modernamente,
Ela tinha um furor dos mais soturnos,
Furor original, impertinente ...

Todas as noites ela, oh! sordidez!
Descalçava-me as botas, os coturnos,
E fazia-me cócegas nos pés ...

FORTUNA CRÍTICA SOBRE CESÁRIO VERDE

Apresentamos algumas análises em ordem cronológica para que o leitor possa ter uma visão geral da crítica literária.

1892 – Alberto de Oliveira – Sciencias, Artes e Lettras

CESÁRIO VERDE

Um admiravel temperamento litterario, uma intensa imaginação physica, muitos nervos, alma pequena e doce encolhida dentro d'uma vontade saudavel e robusta, visões frescas, e coloridas do campo, fórma secca e dura mas amoldando-se ao poeta: tal me parece Cesario Verde, atravez do seu livro. As qualidades litterarias, observação, impressão, comprehensão das nuanças, riqueza de episodios, tem-nos n'um alto grau e são caracteristicas e excepcionaes; as qualidades poeticas faltam-lhe quasi todas. Cesario Verde era mais um pintor impressionista, que um poeta; os seus poemas mais quadros de genero, miudas folhas seccas de suggestão, pormenores interminaveis de paysagem, rural ou urbana, do que poderosos estados e monologos de alma. Não sendo só um parnasiano "preocupando-se exclusivamente com a forma", como injustamente o classifica, n'um engraçado canon poetico, o sr. Theophilo Braga, Cesario nem tinha a sensibilidade profunda, nem a razão alta, nem a imaginação violenta dos verdadeiros poetas. É um trecho de Goncourt em verso, subtilsinho e fraco, com um pouco mais de meiguice portuguesa. As suas preocupações da vida são todas mesquinhas, com o universo não se importa, as suas dôres todas breves como picadas de alfinete. Nos versos de Cesario, a alma nunca se impôs ao poeta, só muito escassamente rompe a constante scenographia do mundo exterior. Por isso faltam amplos vôos de imaginação lyrica, o caracter sujectivo da obra é nenhum, e entretanto sobram pormenores originaes, adjectivos justos. Foi talvez o mesmo feitio extravagante de Cesario que desnorteou os seus criticos. No poeta ha uma affectação e um partido feito de impressionar pelo estranho das coisas que conta, das côres que emprega, e não pelo sincero e humano das suas emoções e dôres. Tendo uma intelligencia critica e pittoresca, admiraveis qualidades de colorista, um grande amor da verdade, enojou-o o assucar lyrico, precioso e banal dos poetas mediocres que via brotar de todos os lados. Se fosse um poeta, teria protestado enchendo os seus versos da alma que faltava nas dos outros; como era quasi apenas um litterato, suppoz que na simples mudança de scenario estava o remedio, e que, desde que em vez do mar falasse da lavoira, e em vez de anemia e do romantismo choroso cantasse a saúde, a alegria, a plenitude das seivas, teria trazido para a poesia uma emoção nova. Certo, era uma boa medida de therapeutica litteraria, continuava com efficacia o processo de Ramalho, nas suas paysagens e descripções das *Farpas*; mas em poesia não é o assumpto, mas o modo de o ver e de o sentir, que dá a prova real do talento. Ora Cesario via a paysagem como um paysagista de imaginação exterior, e da sua vida cerebral, das suas fundas torturas de alma o livro diz-nos muito pouco, signal de que havia muito pouco a dizer.

***

Saltemos por cima das poesias denominadas *romanescas*, e mesmo de algumas das *naturaes*, cheias, na forma e nos assumptos, de impressões de leituras de Gomes Leal e Baudelaire. Vejamos primeiro a forma, que é característica. Secca, angulosa, quebrada, lembra o proprio retrato do poeta que acompanha o livro. Os hendecasyllabos, forma metrica dominante, teeem todos um rythmo antipathico, sem doçura, e ou a recital-os com uma toada morta de ladainha, ou com uma voz sonora e cheia de apotheose, de qualquer dos modos soam falso. Lembram-me fatos à ingleza, caindo sem uma ruga. Os adjectivos veem constantemente em fileiras rigidas, separados por virgulas, sem uma copulativa para adoçar a transição; os finaes de estrophe são verdadeiramente pontos finaes, na pontuação não encontraes uma reticencia, nem na pintura um tom ambiguo a diluir-se n'outro. As composições estão tão cheias de mobilia e de pormenores, que cada um não tem muito logar onde se acoite: assim uma imagem, ou uma evocação, ou um sentimento, nunca occupam mais de dois versos, e por grande excepção uma quadra inteira.

Esta forma é toda inventada por Cesario, e documenta rigorosamente o seu temperamento. Não conheço, em poeta nenhum, maneira equivalente. É difficilima de usar: por isso afugenta seguidores, e o proprio auctor d'ella algumas vezes se vê forçado a lançar mão de *cunhas* para acabar de encher a estrophe, como nos últimos versos da primeira sextilha a pag. 55, como a pag. 75 quando chama aos ladrões *homens de quem me espanto* e em alguns outros lugares, de resto poucos. Mas será uma forma natural, humana, vale a pena o trabalho enorme de realisal-a? De modo algum. É toda de esforço, toda em difficuldades e em equilibrios perigosos. Incommoda e irrita os nervos como as partes d'um funambulo. Ao fim de se ler uma poesia fica-se cansado e sem emoção, a propria belleza de certas imagens e o imprevisto de algumas impressões desmaia. Depois, como os episodios são aos rosarios, como o poeta não pode conversar comnosco sem citar, citar, citar aspectos, como fazendo sequito a um caso suggestivo e livido veem cardumes de impressões seccas e litterarias, a alma não chega a prender-se, desgosta-se d'um verso por causa de todos os outros, e a unica emoção que a leitura deixa, ainda diminuida pela hostilidade da forma,, é a das finas *trouvailles* artisticas, para alguns gulosos educados. Se Cesario escrevesse em prosa devia conseguir effeitos admiraveis, e a mesma sua regidez lhe forneceria tintas de crueldade e de frio desespero, impressionantes. Pois não é Fialho um poeta sublime (e o seu conto, posto em verso, seria insignificante) na *Madona de Campo Santo*? Quem tem a visão tão complexa e miuda, não pode aspirar á synthese empolgadora e superior dos versos.

Devo citar exemplos. Na poesia *Noite fechada* surge esta quadra lindissima:

E para te seguir entrei comtigo
N'um pateo velho que era d'um canteiro,
E onde, talvez se faça inda o jazigo
Em que eu irei apodrecer primeiro!

e a seguir a esta impressão, que devia deter o poeta cinco minutos, veem logo mil outras, futeis, hecterogeneas, postas quasi sem escolha e tornando inivisivel a sua companheira.

Mais. No *Sentimento d'um occidental* colhe-se, entre descriptivos frios, esta commovida estrophe:

Toca-se as grades, nas cadeias. Som
Que mortifica e deixa umas torturas mansas!
O aljube em que hoje estão velhinhas e creanças,
Bem raramente encerra uma mulher de "dom"!

E Cesario vae-nos indispondo em seguida, com as suas notulas exquisitas, vistas pela *luneta d'uma lente só*. E a estrophe final da secca poesia *Contrariedades*? E quando diz, com uma ingenuidade logo em versos seguintes desmentida:

Ai de aquelles que nascem n'este cahos,
E, sendo fracos, sejam generosos!
As doenças assaltam os bondosos,
E - custa a crer - deixam viver os maus!

***

Estudemos agora algumas das melhores poesias. Os assumptos repartem-se entre pequenos aspectos da cidade, e visões de campo e de lavoira. As melhores poesias cidadãs parecem-me *Humilhações* e o *Sentimento d'um occidental*, das campezinas prefiro *Nós* e *Provincianas*.

Ha muita gente que entende haver muito menos filão poético no ruido d'uma cidade, que n'um panorama simples de aldeia. Não acho. Desde que o mineiro tenha talento, encontra oiro de lei por toda a parte. Cesario, porém, não satisfaz nem se impõe. Certo, pequenos encantos e humildes elegias da rua, promenores emocionados á Coppée, são por elle tocados com delicadeza e meia-tinta quasi justa; mas não ha tragedia nem crime, não ha terror no fundo das suas evocações de misantropho. Casos admiravelmente colhidos, mas a que falta a ajuda d'um Poeta para lhe dar as azas de sonho sem as quaes ficam gelados para a emoção. Cesario vê tudo, mas a sensibilidade é phtysica. Assim, os versos

Eu sonho o Colera, imagino a Febre,
Nesta accumulação de corpos enfezados

davam logar a uma poesia toda em tintas estranhas e allucinadas; mas o poeta indifferentemente segue catalogando observações, e logo se vê que se *sonhou o colera e imaginou a Febre* foi com o sonho calmo e a imaginação incapaz de tomar o freio, de algum cirurgião reflectido e sabio. O seu livro, em vez de *exacerbado* (como elle queria) fica impassivel; agora como amostra de naturalismo zolista applicado á obra poetica, é um desastre. Escreve:

E sujos, sem ladras, febris, errantes,
Amarelladamente, os cães parecem lobos

e logo depois d'estes versos admiraveis, continua:

E os guardas que revistam as escadas
Caminham de lanterna e gemem de chaveiros.
Por cima, as immoraes, nos seus roupões ligeiros,
Tossem, fumando, sobre a pedra das saccadas.

O effeito é horrivel. As poesias teem o aspecto d'um mosaico, cada ladrilho de um estylo e d'um ornato diversos, de modo que da combinação não resulta um desenho unido. Na poesia *Contrariedades*, diz a serio, dos jornalistas:

A critica segundo o methodo de Taine
ignoram-n'a.

Emfim, e porque o espaço foge, a minha resumida impressão é esta: a de alguem, com as mãos cheias de estrellas e pyrilampos, com umas e outras brincando da mesma forma. Se tivesse estrellas, um grande Poeta lembrar-se-ia logo de fazer um ceu; pois Cesario toma de cada estrella e espeta-as na gravata, em alfinete.

Nas poesias do campo, o mesmo defeito naturalmente avulta. *Nós* é uma bucolica a espaços deliciosa; entretanto, na maioria das estrophes, falta o Poeta, não ha mais campo, nem frescura, nem elevação. A inspiração embarga-se de considerações sobre agricultura, e observações até comicas. Exemplo:

Das courelllas, que criam cereaes,
De que os donos - ainda! - pagam foros ...

e quando falla na difficuldade de crear as cepas, por causa das lagartas, e da *concorrencia com os hespanhoes*. Até em cotações a poesia falla. Como poderia uma imaginação de poeta resignar-se a este choito de mula de medico?

A poesia incompleta *Provincianas* é a mais perfeita do livro, e dá a esperança de que Cesario, com o seu conhecimento da vida do campo e da paisagem, iria transformar-se, afinada a sua alma e aguçada a sua emoção pelos conflictos da vida, n'um admiravel poeta bucolico, cheio de frescura; de pittoresco e de caracter. Nunca, porém, no meu entender, Cesario poderia vir a ser um grande poeta. Faltava-lhe inspiração, faltava-lhe imaginação, faltava-lhe alma. Soffria pouco, sentia a superfície, e o que ha de eterno e de serio na vida não o tocou. Nem espiritualista, nem inclinado a estudos abstractos e a ideas geraes: precisava de episodio, como tropego da muleta. Tinha, entretanto, um temperamento originalissimo e uma requintada visão. Sobejava-lhe em subtil o que lhe escasseava em grande. Via curto, mas via minucioso. Não era um mystico, nem um anacreontico, mas um satanico. Aos seus versos falta desequilibrio, falta genio. Teria dado um prosador cheio de originalidade e de caracter. Eis o que n'este curto artigo quiz accentuar, com promessa de mais largo trabalho para algum dia.

***

Ha dia, eu affirmava que o recente livro *Só*, de Antonio Nobre, era a mais notavel obra poetica que tem apparecido em Portugal, para cá de Junqueiro e de Gomes Leal. Objectaram-me que eu esqueci Cesario Verde. Não esqueci. Em Antonio Nobre ha um extraordinario temperamento de poeta, que se confessa no seu livro, e nos communica, com uma intensidade que doe quasi, as suas torturas e emoções profundas. Certas poesias, certos gritos, são como os monologos tragicos de Hamlet, provocam estremecimentos. Ha muito que a poesia portugueza, estancada pelas bonitices dos parnasianos, não saia de entranhas humanas (como n'esse admiravel *Só*) assim vivia a escorrer sangue. Livro intimo e subjectivo como as inconfidencias das creanças que dizem tudo, ao fim de o ler diz-se esta coisa mais rara que um diamante negro: Aqui está um poeta.

Não esqueci Cesario: estudara-o com attenção até resolver pol-o em plano secundario, e desde alguns mezes que vinha buscando a opportunidade de escrever ácerca d'elle estas palavras sinceras e creio que justas.

Coimbra - 1892.

ALBERTO DE OLIVEIRA (Oliveira 1892: 3)

1912 (?) – Fernando Pessoa

[SOBRE A MODERNA LITERATURA PORTUGUESA]

A TRANSFORMAÇÃO social que se tem estado a operar em Portugal nas últimas três gerações e que culminou na implantação da República tem sido acompanhada, como é natural, de uma transformação concomitante na literatura portuguesa. Os dois fenômenos têm uma origem comum nas modificações essenciais que, com rapidez crescente, se têm verificado nas próprias bases da consciência nacional. Atribuir a transformação literária à política, ou a política à literária, seria igualmente errôneo. Ambas são manifestações que a consciência nacional tem experimentado e pela qual está ainda passando.

Da transformação literária, representada por um rompimento definido com as tradições literárias portuguesas, pode-se considerar ponto de partida Antero de Quental e a Escola de Coimbra, embora necessariamente precedida de prenúncios e tentativas de tal modificação remontando até 1770, ao esquecido José Anastácio da Cunha (poeta superior ao exageradamente apreciado e insuportável Bocage); José Anastácio, com a sua cultura complexa (além do costumeiro francês, sabia inglês e alemão e traduzia Shakespeare, Otway e Gessner), representa o primeiro lampejo da alvorada no horizonte da literatura portuguesa, pois constitui a primeira tentativa de dissolver a forma endurecida da estupidez tradicionalista pelo processo usual dos múltiplos contatos culturais.

Os Românticos levaram avante esta obra à suma maneira lânguida e morna; o poder insuficiente da sua ação pode-se medir pela circunstância de a influência mais forte que trouxeram à literatura ter sido o decadente classicista Castilho, cujo império nefasto abrange com a sua influência plúmbea, alguns trinta anos da literatura portuguesa, uma pequena recriação da Idade Média no Português moderno se não fosse a existência paralela de autênticas forças renovadoras subindo de Garrett a Guilherme Braga, a Antero de Quental, Guerra Junqueiro (primeira fase) (maneira) e Cesário Verde, que foi o primeiro a *ver* na poesia portuguesa, a visão mais clara das coisas e da sua autêntica presença que é possível encontrar na literatura moderna.

A nova introdução de contatos culturais teve lugar à volta de 1890, com a entrada de influências simbolistas e decadentes através de Eugênio de Castro e Antônio Nobre, Guerra Junqueiro (segunda maneira). Como a primeira, foi recebida com violenta desaprovação, como o é tudo quanto é novo.

A partir de Antônio Nobre, o movimento panteísta (representado pelo mensário portuense *A Águia*) adquiriu vigor crescente de Afonso Lopes Vieira (que, desde então, tombou na imbecilidade) a Antônio Correia de Oliveira, até ao pleno panteísmo transcedentalista de Teixeira de Pascoaes, um dos maiores poetas vivos e o maior poeta lírico da Europa atual se, ao menos, se lhe pudesse fazer justiça. Graças à sua extraordinária (e bem portuguesa) adptabilidade a novas circunstâncias, Guerra Junqueiro, como de costume, seguiu também na esteira deste movimento, e a *"Oração à Luz"*, embora ímpar na poesia moderna se excetuarmos a grande Ode de Wordsworth, não consegue, no entanto, atingir o vôo puro e a espiritualidade indomada da grande Elegia de Pascoaes (em *Vida Etérea*).

O defeito principal dos saudosistas, porém, foi que perdiam em extensão o que ganhavam em profundidade; que, enquanto que o seu grande mérito e originalidade eram alcançados mediante um mergulhar (sem precedente) nas profundezas da consciência nacional – que os poetas antigos nunca logravam, pois Camões é italiano e Gil Vicente só superficialmente (...) (Pessoa 1974: 419-420)

1914 – Mário de Sá-Carneiro

Qual a mais bela obra dos últimos 30 anos?

Resposta de Mário de Sá-Carneiro a um inquérito do jornal República

O mais belo livro

"Os últimos 30 anos foram bem visivelmente, uma etapa literária. Pois bem: qual é, dentre as obras criadas nesse brilhante ciclo, a mais bela?"

- A minha vibração emocional, a melhor obra de Arte - escrito nos últimos trinta anos (que a Arte timbra-se para os nervos a vibrarem e não para a inteligência medi-la em lucidez) é um livro que não está publicado - seria com efeito aquele, imperial, que reunisse os poemas inéditos de Camilo Pessanha, o grande ritmista. Ouvindo pela primeira vez os seus versos, fustigou-me sem dúvida uma das impressões maiores, mais intensas a Ouro e gloriosas de Alma da minha Ânsia de Artista. Rodopiantes de Novo, astrais de Sutileza os seus poemas engastam mágicas pedrarias que transmudam cores e músicas, estilizando-se em ritmos de sortilégio - cadências misteriosas, leoninas de miragem, oscilantes de vago, incertas de Íris. Pompa heráldica, sombra de cristal zebradamente roçando cetim.

No entanto, para falar de obras impressas, citarei, como preferidas o *Só* de Antônio Nobre nas suas ternuras de pajem, saudades de luar, febres esguias e ainda, frisantemente, o livro do futurista Cesário Verde, ondulando de certo, intenso de Europa, ziguezagueante de Esforço.

13 de abril de 1914 (Carneiro 1995: 623)

1986 – Helena de Carvalhão Buescu

PINCELADAS
A propósito de Cesário Verde

O. "Mas subitamente chegam-me dúvidas, descrenças, terrores do futuro. Curo-me? Sim, talvez. Mas como fico eu? Um cangalho, um canastrão, uma grande cesto roto, entra-me o vento, entra-me a chuva no corpo escangalhado" [1].

Em Cesário Verde, tudo, mesmo a sua própria morte, se assume nas dimensões reais (mas por isso simbólicas) de um espaço formalizado através de imagens cuja articulação se quer (e é) distinta, precisa e rigorosa; "[fico] um grande cesto roto, entra-me o vento, entra-me a chuva no corpo escangalhado"- assim se vê, em espetáculo de antecipação, o espectro de uma morte que é, antes do mais, física, e portanto, *visual*. Ora, *espacalização* e

[1] Cesário Verde, Carta de 16 de Junho de 1886 a Macedo Papança, in Joel Serrão, *Obra Completa de Cesário Verde*, Lisboa, Horizonte, p. 222. Refiram-se também, desde já, algumas das reflexões determinantes que estiveram presentes na elaboração deste texto: Óscar Lopes, 'Cesário Verde, ou do Romantismo ao Modernismo', in *História Ilustrada das Grandes Literaturas - Literatura Portuguesa II*, Lisboa, Est.Cor, 1973, po. 622-631; David Mourão-Ferreira, *Hospital das Letras*, Lisboa, Imp. Nac.-Casa da Moeda, s/d, po. 67-95; Jacinto do Prado Coelho, 'Um clássico da Modernidade: Cesário Verde', 'Cesário e Baudelaire', 'Cesário Verde, Escritor', *Problemática da História Literária*, Lisboa, Ática, 1961, pp. 219-239; do mesmo Autor, "Verso e Frase em 'O Sentimento dum Ocidental'", "Alguns Temas da Moderna Poesia Portuguesa', in *A Letra e o Leitor*, Lisboa, Moraes, 1977, pp. 195-203 e 329-365; 'Cesário Verde, Poeta do Espaço e da Memória', in *Ao Contrário de Penélope*, Lisboa, Bertrand, 1976, pp. 195-198; Joel Serrão, "O Sentido do Tempo na Poesia de Cesário Verde', in *Temas Oitocentistas I*, Lisboa, Ática, 1959, pp. 205-214.

visualidade, já várias vezes apontadas e estudadas na obra deste Poeta, enformam relações genéricas e, até, a introdução de temas como o da "pintura", mais do que mera auto-referência da poesia de Cesário a si própria, mais do que apenas sugestão do seu funcionamento e dos pressupostos estéticos sobre os quais se organiza. Tentaremos aqui apontar, em forma de "esboço" ou "pinceladas", algumas reflexões originadas a partir do que acabámos de referir - ou seja, de que modo a vertente "espacial" e, consequentemente, "visual" desta poesia se molda (e se emoldura) através de uma concepção estética em que a apreensão pictórica é vector dominante, desdobrando-se ao que nos parece em três gestos fundamentais: *a pintura como atitude, a pintura como metáfora, a pintura como processo*. A primeira questão reflecte a atitude do sujeito para com o mundo (da sua poesia, e do real que a forma), a segunda a atitude do sujeito para com o seu universo estético e particularmente poético, a terceira a atitude desse mesmo sujeito para consigo próprio, enquanto foco polarizador das relações entre o "mundo" e a "poesia".

1. A PINTURA COMO ATITUDE

Cesário Verde encara o mundo da sua actividade através de uma perspectiva pictórica, isto é, assume perante o real literário uma posição que passa por uma compreensão da pintura enquanto atitude. Em que sentido, e como, se é também dado adquirido[2] que ele é fundamentalmente definido pela actividade de *deambulação*, e a pintura parece exercer-se através de uma certa fixidez postulada pela visão do quadro e da sua moldura? Em primeiro lugar, acentue-se o quanto o movimento deambulatório é necessário à compreensão do que a poesia de Cesário é: trata-se efectivamente de deambular exterior e interiormente, um pouco como Garrett tinha já antes sabido, e em prosa, dizer e fazer; percursos exteriores, são-no os de 'Num Bairro Moderno', por exemplo, ou os apresentados nos quatro andamentos de 'O Sentimento dum Ocidental'; os percursos interiores encontram-se afinal combinados com os primeiros (veja-se ainda 'O Sentimento dum Ocidental'), ou ainda transcritos na atitude da "contemplação" ('Deslumbramentos', 'Esplêndida', 'A Débil'), que só aparentemente é, em Cesário Verde, passiva: na realidade, examinar e contemplar são ainda formas de exercer um olhar móvel, passeando-se a visão, como sinédoque do corpo, por entre as figuras e as cenas que se lhe apresentam. Mas, em segundo lugar, deambular permite a Cesário Verde a apresentação, afinal, de uma

[2] Ver nomeadamente o artigo já citado de David Mourão-Ferreira.

nova atitude para com a poesia: com efeito, em toda a tradição poética ocidental podemos reconhecer como característico o facto de o poeta se definir, normalmente, mais por uma certa *fixidez* de posição (ele é o que estuda, o que trabalha, o que restringe o seu espaço físico) do que por uma deambulação. E, se por acaso deambula, é para poder narrar, contar histó- ricas, ordenar personagens em tempos - atitude em que podemos apontar como protótipo (herança e inovação) *A Divina Comédia* de Dante. Ora, em Cesário, o poeta utiliza a deambulação, fundamentalmente, não para narrar, mas para *descrever, conjugar fragmentos de espaço* ("Cristalizações"), o que é de facto já bastante diferente. A dimensão de que se reclama é, não tanto a da articulação temporal, própria da épica tradicional, como a da justaposição de cenas, justaposição espacial, portanto, na origem da descrição. E, afinal, o pintor desta segunda metade do séc. XIX não é também, o que, herdeiro de uma tradição de "pose" e imobilismo (a pintura histórica, por exemplo), se vai justamente caracterizar por sair do seu *atelier* e deambular (o campo, a Natureza) procurando e instituindo a paisagem como assunto, por oposição ao grandioso e ao histórico, anteriores?

2. A PINTURA COMO METÁFORA

"Eu penso ver", "E julgo ver", expressões que se podem referir como características da actividade poética de Cesário Verde. Elas indiciam, é claro, como Jacinto do Prado Coelho[3] aponta, a actividade de transformação levada a cabo pelo poeta, consistindo na poetização de um real à primeira vista aparecendo como prosaico, quase irremediavelmente prosaico. Mas elas acabam também por funcionar como a justaposição de dois quadros, duas composições visuais - ou, se quisermos, com mais rigor, a justaposição de um quadro e de um esboço: o quadro (é claro, predominantemente visual) que "impressiona" fotograficamente os sentidos, fruto da deambulação já referida, e o quadro/esboço que os sentidos interiores, lugar de poesia, assim subitamente acordados, compõem sobre o primeiro. A ligação entre os dois é estabelecida muitas vezes pela cor[4], mas também pelas linhas ("Cercam-me as lojas, tépidas. Eu penso / Ver círios laterais, ver filas de capelas ..."), pelas formas e pelos volumes ('Num Bairro Moderno'), até mesmo pela movimentação, que é ainda forma de preencher um espaço, atravessando-o (os mestres carpinteiros, "os que partem", as varinas d"O

[3] Ver sobretudo os artigos citados, insertos na obra *Ao Contrário de Penélope*.
[4] Cite-se de novo David Mourão-Ferreira, que magistralmente analisa este aspecto.

Sentimento dum Ocidental'). E é também ainda neste sentido que pensamos poder falar-se, se bem que sempre prematurametne, de uma componente próxima do que Pessoa depois designará como interseccionismo[5] - não apenas porque existe o cruzamento, mais até, a fusão de dois mundos visuais, espaciais e temporais (pela reiterada "vista de poeta", ou "visão de artista"), mas porque essa fusão se revela como inextricável e é assumida, conscientemente, enquanto *modo de produção poética*, implicando uma clara opção estética. Com efeito, não é apenas de vez em quando que o sujeiro "julga ver" e, portanto, vê e nos faz ver, mas com uma persistência (diríamos obstinação) que, numa obra caracterizada pela sua reduzida extensão, como esta, não pode deixar de ser notada como significativa. Claro que permanecem, de modo geral - e por aí se estabelece, a nosso ver, uma das distinções em relação ao interseccionismo-, as explicitações sintácticas da sobreposição dos dois quadros - o que, em termos pictóricos seria o equivalente a dizer que numa única moldura alternam e se agitam dois quadros diferentes, e no entanto estreitamente relacionados; enquanto que no interseccionismo, e para usar a mesma metáfora, talvez devêssemos falar de um único quadro, para além de uma única moldura.

3. A PINTURA COMO PROCESSO

Referimos já a idéia de *transformação* como elemento polarizador a partir do qual a imagem da pintura vai orientar toda a prática poética de Cesário, bem como as reflexões estéticas que inevitavelmente postula. Gostaríamos agora de apontar de que modo a *actividade pictórica*, acentuando a questão da *transformação*, se institui como processo de pôr em evidência um sujeito distribuído por (mas não diluído em) uma realidade objectual com que se confronta, e onde por vezes foi dito perder-se ... Com efeito, a pintura aparece como meio de dar, em sobreposição já um pouco interseccionista, os dois quadros de que o poema pode ser composto, acentuando as modificações que permitiram passar de um a outro, actividade de transformação que é não apenas a exploração do ponto de chegada, resultado do processo, mas também a apresentação do ponto de partida e, mais ainda, do que pôde permitir que deste se chegasse àquele. Do produto passamos ao processo, actividade móvel que, de forma aparentemente paradoxal, é figurada no texto através da "fixidez" pictórica.

[5] E lembre-se que já Óscar Lopes, no texto citado, refere várias vezes de que modo a poesia de Cesário Verde se aproxima de uma atitude interseccionista.

Mas as interrogações, postas por este tipo de translação, são significativamente todas do mesmo tipo sintáctico, privilegiando de modo singular uma categoria bem precisa. Poderemos alinhar algumas, sabendo-se que elas seriam multiplicáveis, reiterando afinal o que aqui queremos pôr em evidÊncia; "Quem vê? Quem julga ver? Quem transforma? Quem escreve (e pinta)?". Com efeito, se o "quê" é minuciosamente descrito, ocupa pormenores, se desdobra - de tal modo que não é difícil falar da vertente "concretista" e material desta poesia -, onde reside o "quem", inevitavelmente postulado por uma reflexão deste tipo? Negar este último, efectivamente, não pode deixar de ser negar o primeiro - ele costuma ser aceite enquanto vector dominante em Cesário Verde. Assim, é possível dizer que a metáfora pictórica constitui, na medida em que permite acentuar a transformação, o que permite também a postulação desse sujeito inevitavelmente dentro e fora do objecto de que se ocupa; porque *transformar* é sempre *exercer-se enquanto sujeito* (*e também objecto*), através desta metáfora é ainda o sujeito que se materializa enquanto forma textual, tanto como materializa, pelo mesmo gesto, os dois quadros, de que parte e a que chega. Desta poesia poderemos pois dizer que utiliza o mundo da sua referência como processo de circunscrição, não de um sujeito, mas de uma *atitude (interrogação) de sujeito*, de novo um pouco como, mais tarde e de forma obsessiva, F. Pessoa também dirá, fragmentando-se por olhos e olhares ... Onde e como poderemos, afinal, dar esse sujeito enquanto desaparecido, se constantemente se desenha (esboça) omnipotente - mas uma plenitude institui sempre um vazio - agente do seu dizer poético? (Buescu 1986: 69-73)

1987 – Vasco Graça Moura[6]

Um poema de Cesário

Na poesia "De tarde", Cesário introduz logo uma *relação com a pintura*, ao pretender apresentar-nos a cena como uma *aguarela*.

Temos:

um granzoal azul *de grão-de-bico*
um ramalhete rubro *de papoulas,*
a nota escura *duns penhascos,*

[6] (Moura 1987: 22-25)

uma série de sugestões de tons *doirados* e de *amarelo*:

o sol,
talhadas de melão,
damascos,
pão de ló molhado em malvasia,
cinzentos*: a comparação às rolas,*
e outra vez os tons de vermelho, púrpura *e* rubro.

Cesário soube evitar certos riscos e não transformou o poema num catálogo de cores; nuns casos, os dos tons mais vivos, azul e vermelho, menciona-as; nos outros, sobretudo quanto aos tons de amarelo, refere coisas que relacionamos logo com as suas cores, e até com as gradações de tonalidade e manchas próprias da aguarela, como se passa a partir de cinco notas diferentes (sol, melão, damasco, pão de ló, malvasia), tal como, quanto ao vermelho, na parte final do texto, temos púrpura e rubro.

Poderia dizer-se que Cesário não quer que vejamos a cena directamente, através da descrição verbal, mas sim através da sua representação plástica, isto é, já pintada e pintada a *aguarela*, técnica mais modesta e mais despretenciosa ("coisa simplesmente bela (...) sem ter história nem grandezas (...) tu, sem imposturas tolas") e mais transparente do que, por exemplo, o óleo. Deste são próprios o acabado, o empastado, a opacidade, a matéria espessa, ao contrário da leveza da execução, da mancha, da fluidez e da rapidez que caracterizam a aguarela e a tornam num meio ideal de captação de um *fait-divers* burguês como o que serviu a Cesário do ponto de partida.

E a maneira como realiza o seu intento também poderia reconduzir-se a um processo cinematográfico *avant la lettre*, um pouco como um filme colorido cuja montagem possa ser feita pelo encaixar ou encadear sucessivo de quatro secções de estrutura semelhante, em que se parte sempre do mais para o menos, do todo que enche o campo visual para o pormenor nele contido e posto em destaque, até à transcrição final do grande plano para a mancha (de cor) pura e simples, havendo ainda a notar os contrastes de cor que se vão sucedendo e ainda que até não falta o "genérico" inicial. Temos assim:

1. *Um grupo - o pique-nique de burguesas/conjunto*
   uma pessoa - a rapariga desce do burrico/pormenor
2. *Uma grande superfície azul - o granzoal/conjunto*
   Uma mancha vermelha - ramalhete/pormenor

3. Outra vez o grupo (nos penhascos) - tom escuro/conjunto
O melão, os damascos, o pão de ló em malvasia - amarelo/pormenor
4. O peito da rapariga - cinzento/grande plano
O ramalhete na renda do decote - púrpura e rubro/mancha colorida.

Estes movimentos de zoom, do grupo à natureza morta (e só por si esta é um quadro dentro do quadro), da grande extensão azul à mancha rubra final, completam-se, como, creio, David Mourão-Ferreira também já observou, com o processo de focagem determinativa que leva o rigor ao ponto de transformar um ramalhete rubro *de* papoulas, do oitavo verso, *no* ramalhete rubro *das* papoulas, do último.

De Tarde

Naquele "pic-nique" de burguesas,
Houve uma coisa simplesmente bela,
E que, sem ter história nem grandezas,
Em todo o caso dava uma aguarela.

Foi quando tu, descendo do burrico,
Foste colher, sem imposturas tolas,
A um granzoal azul de grão-de-bico
Um ramalhete rubro de papoulas.

Pouco depois, em cima duns penhascos,
Nós acampámos, inda o Sol se via;
E houve talhadas de melão, damascos,
E pão de ló molhado em malvasia.

Mas, todo púrpuro a sair da renda
Dos teus dois seios como duas rolas,
Era o supremo encanto da merenda
O ramalhete rubro das papoulas.

Seria importante analisar, na poesia portuguesa, a evolução histórica de certos elementos relacionáveis com o real, na conexão das atitudes que supõem nos respectivos autores e épocas; tratar-se-ia de ver como se dá o recurso à convenção e ao estereotipo e a passagem destes a tentativas de rigor descritivo, sem esquecer a notação impressionista e humoral; de tentar medir o *écart* entre o fim prático de utilização das palavras na linguagem de todos os dias e o fim poético dessa utilização em autonomia progressivamente conquistada e as ambíguas relações que, até modernamente se emancipar ou pretender emancipada, a palavra poética veio mantendo com a linguagem prática, independente ou dependentemente da verdade havida como das próprias coisas ou acontecimentos da vida real e até independentemente de *um* pensamento lógico.

É possível que tenha terminado com Cesário, em termos de periodologia aproximadamente significativa, a utilização "realista" da cor na poesia portuguesa. Pensemos que, a partir de Baudelaire, todo o explorar de imagens e sensações imprevistas, de sonoridades, de efeitos coloridos, na correspondência de uma crescente libertação da palavra que, num certo sentido, é também uma crescente *perversão* (no bom sentido) da sua funcionalidade prática, põe a *maîtrise* técnica ao serviço de equivalências procuradas sinestesicamente. Baudelaire fala na correspondência dos perfumes, das cores e dos sons, Rimbaud escreve o soneto das vogais, Gomes Leal fez a cor explodir com violência e ganhar como que uma metalização de sonoridade, em textos de grande riqueza sensorial, procurando em "toda a parte a música das cores":

Há gemidos no azul, gritos no carmesim ...
A magnólia é uma harpa etérea e perfumada.
E o cacto, a larga flor, vermelha ensanguentada
Tem notas marciais, soa como um clarim.

Eis o propósito de, através do som e da cor, nos serem transmitidas impressões, sentimentos e sensações de outro tipo. A cor ganha um valor alucinatório e também uma qualidade poética só por si. E se Pessanha é capaz de transcrever com grande perícia toda uma série de tonalidades irisadas, translúcidas, pouco definidas, de uma grande delicadeza nos matizes e transparências de pequenos detritos desgastados (e desengastados) pela água (a mostrar a grande importância da focagem da visão sobre restos de pequenas coisas sem importância), é também capaz de escrever versos do tipo "fulgurações azuis, vermelhos de hemoptise", como, entre as audácias verbais de Sá Carneiro, viremos a topar, por exemplo, "zebram-se armadas de cor", "insónia roxa", "ruiva a sala do trono/ecoa roxa nos meus passos", "sons cor de amaranto", "vícios de marfim", "frenesis vermelhos", "bocejos amarelos".

A "cor contente" de que falava Camões (Lus. V, 29) - e com ela as outras - deixara entretanto de servir, quer a convenção quer a notação do real, para assumir a violência da tragédia interior numa utilização da palavra como oposição ao mundo ...

TRIBUTO A CESÁRIO VERDE: DE UM POETA PARA OUTRO

À medida que a fortuna crítica ia sendo lida e anotada, várias poesias foram surgindo e criando, em nossa mente, uma espaço para que elas fizessem parte do livro. Decidimos, então, juntá-las, da mesma maneira que a revista *Colóquio/Letras* fez na edição de 1986, em homenagem ao centenário de falecimento do poeta.

Esta coletânea representa um tributo a Cesário Verde e simboliza a maneira com que carinhosamente ele permaneceu na memória dos amigos de todos os tempos, os artistas da palavra.

Alberto Caeiro/ Fernando Pessoa[7]

III

AO ENTARDECER, debruçado pela janela,
E sabendo de soslaio que há campos em frente,
Leio até me arderem os olhos
O livro de Cesário Verde.

Que pena tenho dele! Ele era um camponês
Que andava preso em liberdade pela cidade.
Mas o modo como olhava para as casas,
E o modo como reparava nas ruas,
E a maneira como dava pelas cousas,
É o de quem olha para árvores,
E de quem desce os olhos pela estrada por onde vai andando
E anda a reparar nas flores que há pelos campos ...

Por isso ele tinha aquela grande tristeza
Que ele nunca disse bem que tinha,
Mas andava na cidade como quem anda no campo
E triste com esmagar flores em livros
E pôr plantas em jarros ...

[7] Pessoa 1980: 140.

Alberto de Monsaraz[8]

LÁ ONDE ...

- para a Alma de Cesário Verde -

Acabo de reler-te, meu Cesário ...
Poeta, pintor, acabo de admirar-te:
Graça, frescura, novidade ... e que arte
Nesse génio, raiz do teu fadário!

Só não rezavas ... Nunca, ó visionário,
Sentiste Deus as lágrimas secar-te,
De mágoas foi-te a Vida em toda a parte
Sem Christo e irmão de Christo no Calvário!

Possam-te os infortúnios ter bastado
Para clarear, das sombras do pecado,
Teus caminhos no Mundo Espiritual ...

E haja assim, nessa Estância em que acredito,
Lá numa outra Lisboa do Infinito,
Outro Cesário - o místico, o imortal!

- Álvaro de Campos / Fernando Pessoa[9]

DOIS EXCERTOS DE ODES
(FINS DE DUAS ODES, NATURALMENTE)

(...)
II
Ah o crepúsculo, o cair da noite, o acender das luzes nas [grandes cidades
E a mão de mistério que abafa o bulício,
E o cansaço de tudo em nós que nos corrompe
Para uma sensação exata e precisa e ativa da Vida!
Cada rua é um canal de uma Veneza de tédios
E que misterioso o fundo unânime das ruas,

[8] Monsaraz 1956:36.
[9] Pessoa 1983: 35.

Das ruas ao cair da noite, ó Cesário Verde, ó Mestre,
Ó do "Sentimento de um Ocidental"!

- Antonio de Macedo Papança[10]
(Conde de Monsaraz)

A CESÁRIO VERDE

Ai daqueles que nasçam neste caos
E sendo fracos sejam generosos!
As doenças assaltam os bondosos
E, custa a crer, deixam vier os maus.
C. VERDE.

Sim, custa a crer! Quando escrevias isto,
Tu, que eras magro e louro como um Cristo,
Ó meu pálido artista visionário,
Cismando, ergueste o olhar em pranto amargo
E viste, ó doce mártir, muito ao largo,
A cruz no teu calvário.

A tua casta irmã tinha partido.
Levava lírios brancos no vestido
E rosas entre as mãos frias de neve;
E, como era inocente, ingénua e boa,
O teu irmão mais novo acompanhou-a
E disse-te: Até breve!

Ao ver chumbar o último ataúde,
Na pujança da força e da saúde,
Ergueste a fronte e desafiaste a morte.
Travou-se então uma renhida luta:
Ela implacável, traiçoeira, astuta,
Tu destemido e forte.

Ai, custa a crer! Numa sombria noite
A tísica invencível subjugou-te,

[10] Monsaraz 1956: 31-32.

Prostrando-te na arena bruscamente!
Tu, que eras generoso e bom, caíste!
Como a fatalidade é rude e triste,
Sarcástica e inclemente!

caíste como as pombas fulminadas
Num tapete de rosas orvalhadas,
Golfando sangue, exausto de cansaço;
E o teu último olhar de moribundo
Circunvagou, nostálgico do mundo,
Errante pelo espaço!

Caíste - ai, custa a crer, amigo, custa! -
Sob a garra indomável e robusta
Desse flagelo a que ninguém resiste;
Eras rico, gentil, inteligente,
E muito vigoroso e muito crente,
E entretanto caíste!

O grande forte cérebro que havia
Em ti gerado a loura fantasia
Dessa musa impassível e fecunda,
Sobre um mármore duro esmigalhado,
Esse fino cristal, ei-lo apagado
Na escuridão profunda!

O astro altivo mergulhou no poente;
Parou de todo o coração valente,
Heróico e generoso coração;
Pêndula de ouro que em tão curta idade
Só marcava minutos de bondade
E horas de inspiração!

Faz-me bem ler o livro que deixaste:
Eterna flor aberta, cuja haste
Frágil, delgada, apodreceu tão cedo!
Flor que um sopro de génio descerrara
Com essa forma caprichosa e rara
Que foi o teu segredo.

Caíste em plena Primavera, quando
Arfavam soltos pelo azul, em bando,
Os rouxinóis da tua fantasia,
Que em largo voo, à luz inspiradora,
Iam de trilos constelando a aurora,
Que corava e sorria.

Cantaste o amor nevrótico, selvagem,
Das forças naturais, que em nós reagem
Contra a moral hipócrita e cruel;
Da tua pena em lágrimas molhada
Caiu em cada via amargurada
Uma gota de mel.

Amaste a natureza ervosa e rica,
O ar puro que os corpos tonifica,
A paisagem que as almas retempera;
De manhã cedo erguias-te do leito
E a passos largos, dilatado o peito
Sorrindo à Primavera,

Lá ias tu de varapau sozinho.
Espreitava-te a rir pelo caminho
A bela musa rústica e pagã;
Diziam-te em voz baixa, dentre as sebes,
Segredos cheios de ironias leves
Os faunos da manhã.

Como as ondinas, emergia, claros,
Corpos feitos de mármore de Paros,
Nos tanques, sob a copa das nogueiras;
Chapinhavam, cantando nas vertentes,
De pernas nuas e ancas resistentes,
Magotes de ceifeiras.

Em torno à bonne *que lhes grita e ralha,*
Saltam crianças de chapéus de palha;
Cortam o azul as veias dos moinhos;
E ao sopro das rajadas passageiras
Estremecem os cachos nas parreiras
E os pássaros nos ninhos.

Nos troncos das florestas seculares,
Na corrente motora dos lagares
Que entre duras represas se contorça,
Tu, sacerdote da mais pura ciência,
Amas a seiva, a vida, a resistência,
E celebras a força!

Se caem nas vielas, nos atalhos,
Os vencidos dos ásperos trabalhos,
Os magros da doença e da pobreza,
Tu, homem generoso e são, procuras
Fazer luz nas profundas desventuras
E exaltas a fraqueza!

Olhas a terra e inspiras-te na flores;
Tens o culto das formas e das cores,
Ó frágil e bizarra compleição!
Uma criança, uma mulher, uma ave,
São a música escrita cuja clave
Foi o teu coração.

Detestas a rotina e amas a arte.
Artista, segues num caminho à parte,
Impassível às vaias e aos motejos;
Por cada lufa uma eléctrica corrente
De suspiros e beijos!

E sorris ao destino que te leva,
Pobre existência, ao desamparo, à treva
Do eterno sono, o corpo agonizante!
Porque da morte a onda transitória
Rouba o cadáver, mas entrega à história
A alma triunfante!

Por isso abro o teu livro, e enquanto o leio
Beijo-te o rosto, aperto-te ao meu seio,
Sinto pulsar teu coração cativo,
Oiço-te a fala na leitura absorto ...
....
Ah! sim, tu estás eternamente morto
E eternamente vivo! ...

António Manuel Couto Viana[11]

verso VERDE viril

O verso natural
Que, de repente, fixa, outras vezes se perde
Na busca exacta das imagens
De um sentimentalismo ocidental,
Foi ele quem mo deu, o senhor Verde,
Empregado do comércio de ferragens
E poeta maior de Portugal.

Ei-lo, o verso, a angústia da cidade
Que o cerca, o envolve e o descora,
Nocturna, sepulcral, de obscura fome,
Sedento de beber a claridade
Dos sumos acres dos pomares de outrora,
Na cor sadia e fresca do seu nome.

Verso verde, viril! Eu imagino-o
Capaz de celebrar, com perfeição,
Uma terra de esperança,
A confinar o mar, como destino,
A semear, honesto, o pão,
A erguer do solo ao sol uma criança.

Assim o sei, sábio de ser subtil,
Por isso, o elegi coloquial,
No verbo que, sem névoa, me renova.
Verso verde, viril,
Que o punhado final, cruel, de cal
Não secará na minha cova.

António Ramos Rosa[12]

Tudo é terrestre na transparência em que
se alonga a vista em silenciosa intimidade

[11] Viana 1986: 98.
[12] Rosa 1986: 99.

Tudo está sendo na espessura do país
as figuras que vivas e redondas cristalizam
Toda a sua luz matinal ou nocturna
é fruto de uma álgebra rapidíssima e limpa
É então que a nitidez das ruas
os movimentos cintilações rumores
vão entre as sombras das casas ritmando
o que na página há-de ser a transparência
que é luz em que vemos sobre a mesa
a ágil lucidez a prumo da pupila
que do real retira o contorno e o peso
e a justa densidade e o fulgor da matéria
E então o ritmo vinca as figuras verticais
que timbram a visão entre madeiras e árvores
e sabe-se real ao desposar as coisas
até chegar à síntese cristalina
Tão fundo vai que declina em melancolia
num grande espaço errante em que se condensa a noite
e um escuro floco oscila

Eugénio de Andrade[13]

EM LISBOA,
COM CESÁRIO VERDE

NESTA cidade, onde agora me sinto
  mais estrangeiro do que os gatos persas;
  nesta Lisboa, onde mansos e lisos
  os dias passam a ver as gaivotas,
  e a cor dos jacarandás floridos
  se mistura à do Tejo, em flor também,
  só o Cesário vem ao meu encontro,
  me faz companhia, quando de rua
  em rua procuro um rumor distante
  de passos ou aves, nem eu sei já bem.
  Só ele ajusta a luz feliz dos seus
  versos aos olhos ardidos que são

[13] Andrade 1986: 97.

os meus agora; só ele traz a sombra
de um verão muito antigo, com corvetas
lentas ainda no rio, e a música.
o sumo do sol a escorrer da boca,
ó minha infância, meu jardim fechado,
ó meu poeta, talvez fosse contigo
que aprendi a pesar sílaba a sílaba
cada palavra, essas que tu levaste
quase sempre, como poucos mais,
à suprema perfeição da língua.

Henrique Segurado[14]

CESÁRIO a corpo inteiro

Tiveste nome de cor,
De César um quase nada.
A cidade em teu redor
Era uma quinta fechada.

Faltava-te o cheiro a estrume,
No vento tão natural,
Só no espaço dum tapume
O musgo dum edital ...

Se murchava algum lilás
Tomava a rosa o lugar
Ou não fosse a luz do gás
Um farrapo de luar ...

Se te faltavam papoulas
Havia sangue espalhado;
E as gaivotas eram rolas
Que tinham bico salgado.

Muda tudo de tamanho
A teus olhos desmedidos,
Sob um céu de cor de estanho
Que te pesa nos sentidos.

[14] Segurado 1986: 100.

Há arados e charruas,
Até há medas de trigo,
Na insónia dessas ruas
Do sonho que vai contigo.

Há sorrisos nas sacadas,
Tudo tão subentendido,
E conversas abafadas
Do visitante escondido.

Assim vivem as mundanas,
Feitas senhoras na sala,
Nestas paisagens humanas
Tão feitas à nossa escala!

Passam trens, são os muares,
Que levam Curas d'aldeia,
Receitas alimentares
Entre uma missa e a ceia ...

Passam dandies e janotas
Que a teu riso só dão aso
E nos frascos de compotas
Vai ficando fruta a prazo.

E nas montras dos ourives
Vais pesando a injustiça
Desses bandos de petizes
Carregados d'hortaliça!

A rua tinha o tamanho
Dum poema desdobrado;
A populaça um rebanho
Que já não quer ser guardado.

As igrejas, frente a frente,
São peças do mesmo quadro
Que te lembra de repente
A falta que faz um adro.

Num jardim inesperado,
Posto a meio do caminho,

Pensas tu já ter entrado
Na herdade dum vizinho ...

Tudo muda num momento,
É paraíso alcançado ...
Porém, o gradeamento
Logo te quer acordado!

É a sina dum poeta
Que não renega ao que nasce:
Com os nervos na paleta,
Faz do seu sangue guache.

Mário Cesariny de Vasconcelos[15]
homenagem a cesário verde

Aos pés do burro que olhava para o mar
depois do bolo rei comeram-se sardinhas
e depois do pudim, para um último cigarro
um feijão branco em sangue e rolas cosidas

Pouco depois cada qual procurou
com cada um o poente que convinha.
Chegou a noite e foram todos para casa ler
Cesário
Verde
Que ainda há passeios ainda há poetas cá no
país!

Pedro Tamen[16]

CESÁRIO

Diónisos de Apolo disfarçado,
que passa atrás da nítida visão
do teu olho de vidro embaciado

[15] Vasconcelos 1961: 138-139.
[16] Tamen 1986: 101.

por essa meia-lágrima na mão
menos segura do que tu dizias?

O sentimento de um ocidental
que torna quentes as palavras frias
é que te faz tão basto e tão frugal.

Mestre que sabes como disfarçamos
em tão soberbos partos demasias,
que de frugalidades nós criamos!

Fevereiro 1986

Salette Tavares[17]

CESÁRIO
in disciplinada mente

À memória de João Pinto de Figueiredo

Eu, que já não gosto de dar respostas certas,
Vou hoje celebrar antigas descobertas
Minhas, margens úteis, práticas e correctas.

São elas o parafuso ideal que uso
Cravado no pêndulo de metal
intruso
Entre o cristal e o veludo.

Pudera eu dobrar aquela dobradiça
Compassar-lhe o som de estrela movediça
Que pelas cordas de um piano me espreguiça!

Por entre o balcão e a gaveta do poeta
Ondulam espigas.
Do ferro, a linha recta
Passa. Dizendo às curvas não lhe escorre a letra.
E engoma para fora ...

[17] Tavares 1986: 95-96.

Em folha de Flandres o paletó janota
Talha de espelhos. E a cortiça, nova nota
Suspira.
É Pierre Henry num ranger de porta.

Oh! quem ligar os vinte
ao vinte que nos dá
Um outro Mais, que pinte
no cabaré Dada
Vrá como De Tarde
despede a noite já.
Os longos filamentos
cortados a alicate
Deixam que a Mackintosh
precocemente ate
Os cubos de Chardin
contidos no remate.

Se um pre-rafaelita
o rosto te modela
No gosto da Teoria
sacodes da lapela
O cravo da agonia
que viste dentro dela.

Quando escolheste esta cidade que me voa
Porque nela armaste cilada a um Pessoa
A gesta alada já
não foi cantada à toa!

Quem não perde a licença de ser, tal e qual
Em Verde?
Picasso doendo o azul do mal?
Ou um Ravel que pede a faca a João Cabral
Antirrimadamente?

E Max Ernst que das frutas engenheiras
'scolhe duas brutas abóboras carneiras
Ou Klee que ouve e vê nas obras calceteiras?

Real doença a mim me late e a ti me prende. m
Sinal é
meu escarlate
que o rubro rende
A maré verde e colossal deste duende.

Véspera maior no rigor de um mundo vário,
Firme, poisando o pé p'ra além do calendário,
Ei-lo: poeta, precursor e visionário
Consecutiva mente.

Fev.-Março de 86

Sophia de Mello Breyner Andresen[18]

Quis chãmente dizer o mais corrente
Com precisão em lúcida esquadria
Ser e dizer na justa luz do dia
Falar claro falar limpo falar rente

Porém nas roucas ruas da cidade
A nítida pupila se alucina
Cães se miram no vidro da retina
E ele vai naufragando como um barco

Amou vinhas searas e campinas
Horizontes honestos e lavados
Mas bebeu a cidade a longos tragos
Deambulou por praças por esquinas

Fugiu da peste e da melancolia
Livre se quis e não servo dos fados
Diurno se quis - porém a luzidia
Noite assombrou os olhos dilatados

Reflectindo o tremor da luz nas margens
Entre ruelas vê-se ao fundo o rio
Ele o viu com seus olhos de navio
Atentos à surpresa das imagens

---

[18] Andresen 1986: 94.

Bibliografia

De Cesário Verde: obra e antologias

BARBOSA, Osmar (org.) [1987]. *Poesias completas de Cesário Verde.* RJ, Ediouro.

CECCUCCI, Piero (org.) (1982). *J. J. Cesário Verde: poesie: saggio introduttivo, traduzione e note di ___.* Perugia, Umbria Editrice.

FERREIRA, Maria Ema Tarracha (org.) (1983). *O livro de Cesário Verde.* Lisboa, Editorial Verbo.

KHOURI, Omar (org.) (1992). *Não muito mas muito da poesia em língua portuguesa: uma antologia.* SP, Nomuque Edições, p. s/nº.

LIMA, Alceu Amoroso (org.) (1958). *Nossos clássicos: Cesário Verde.* RJ, Agir.

MELLO, Martinho Nobre de (org.) (1958). *Cesário Verde: antologia.* RJ, Agir.

MENDES, Margarida Vieira (org.) (1987). *Poesias de Cesário Verde.* Lisboa, Editorial Comunicação. (Textos Literários, 11).

MOISÉS, Carlos Felipe (org.) (1982). *Cesário Verde: Poesia completa e cartas escolhidas.* SP, Cultrix/EDUSP.

NASCIMENTO, Cabral do (org.) (s/d). *O livro de Cesário Verde, seguido de algumas poesias dispersas.* 11.ed., Lisboa, Minerva.

QUARESMA, Custodio (org.) (1951). *Primores da poesia portugueza.* 2.ed., RJ, Livraria Quaresma, p.173-178.

SERRÃO, Joel.

(org.) - s/d - *O livro de Cesário Verde seguido de algumas poesias dispersas.* 15.ed., Lisboa, Minerva.

(org.) - 1957 - *Cesário Verde: interpretação, poesias dispersas e cartas.* Lisboa, Editorial Minerva.

1986 - *O essencial sobre Cesário Verde.* Lisboa, Imprensa Nacional/Casa da Moeda. (Essencial, 17).

(org.) 1992 - *Obra completa de Cesário Verde.* 6.ed. Lisboa, Livros Horizonte.

Sobre Cesário Verde: fortuna crítica

ABDALLA Jr, Benjamin e PASCHOALIN, Maria Aparecida (1985). *História social da Literatura Portuguesa.* 2.ed., SP, Ática, p.114-6.

ALMEIDA, Ana Peixoto d' (1998). Eugênio de Andrade. Portugal, CiTi, Temas de Cultura, in http://www.citi.pt/cultura/literatura/poesia/e_andrade/corpo.html/

ALTAVISTA. Cesário Verde. Portugal, in http://altavista.digital.com.

AMARO, Luís (1986). Evocação de Cabral do Nascimento, admirador de Cesário, em *Colóquio/Letras*, revista, Lisboa, setembro 1986, v.93, p.150.

ANDRADE, Eugénio de (1986). Em Lisboa, com Cesário Verde, em David Mourão-Ferreira (dir.), *Colóquio/Letras*, revista, Lisboa, Fundação Calouste Gulbenkian, nº 93, p.97.

ANDRADE, Miranda de (1955). Sobre o lirismo de Cesário Verde, em *Ocidente*, revista, Lisboa, v. xviii, nº 205, maio 1955, p.161-173.

ANDRESEN, Sophia de Mello Breyner (1986). Cesário Verde, em David Mourão-Ferreira (dir.), *Colóquio/Letras*, revista, Lisboa, Fundação Calouste Gulbenkian, nº 93, p. 94.

ANTONIO, Jorge Luiz.

1997 - Impressões da cidade em palavras-pinceladas de uma poesia-pintura de Cesário Verde". *Letras & Letras*, jornal, Portugal, Projecto Geira, Universidade do Minho / Instituto Pedro Nunes.

http://www.ipn.pt/literatura/letras/ensaio23.htm

1999 - Infopoesia: a poesia no (do) computador. Castro, E. M. de Melo e (org). Novos infopoetas de São Paulo. *Dimensão: Revista Internacional de Poesia*, Uberaba, MG, ano XIX, nº 28/29, p.277-280.

1999a - *Cores, forma, luz, movimento: o pictórico na poesia de Cesário Verde*. São Paulo, 1999. 276p. Dissertação (Mestrado em Comunicação e Semiótica) - Programa de Comunicação e Semiótica da Pontifícia Universidade Católica de São Paulo.

1998 - Impressões da cidade em palavras-pinceladas de uma poesia-pintura de Cesário Verde, in Revista do Ceunsp, Centro Universitário N. S. do Patrocínio de Itu e Salto, Itua, São Paulo, maio/agosto 1999, v. 1., n. 3, p. 103-140.

1999b - Impressões da cidade em palavras-pinceladas de uma poesia-pintura de Cesário Verde, in *Revista do Ceunsp*, Centro Universitário N. S. do Patrocínio de Itu e Salto, Itu, São Paulo, maio/agosto 1999, v.1., n.3, p.103-140.

2000 - Cesário Verde e a cidade de Itu, in *Revista da ACADIL*, Itu (SP), Academia Ituana de Letras, n. 2, ano 2000, ano II, p. 82-84.

2000 - *Tribute to Cesario Verde*, in *A room without Walls - Millennium Project: new works oj art, literature, communication by invited guests*. USA, Site de Ted Warnel, dezembro 2000, http://warnell.com./room/ali_mil.htm

2001 - Os pontos e as brumas de um Cesário -Seraut, in *Ciberkiosk*, revista eletrônica, Lisboa, http://w.w.w.ciberkiosk.pt/ensaios/jluizantonio.html

A PHALA: publicação trimestral: edição especial. (1988). *Um século de poesia: 1888-1988*. Lisboa, revista, dezembro 1988.

ASCHER, Nelson (1983). Corbière autopsico - /grafado por Pessoa, em Bóris Schnaiderman et al (ed.), *Através*, revista, SP, Martins Fontes, nº 1, p. 9.

ATKINSON, Dorothy M. (1968). Notas sobre a Estilística de Cesário Verde, em *Ocidente*, revista, Lisboa, Editorial Império, v. LXXV, p.202-210.

AZEVEDO, Ávila de (1964). O nosso Cesário Verde e a influência de Charles Baudelaire na literatura portuguesa da sua época, em *Boletim de Angola*, revista, Luanda, janeiro/abril 1964, nº 18, p.41-49.

B., H. C. (Helena Carvalhão Buescu) (1986). *Livros sobre a mesa: Cesário Verde: ampla divulgação*, em *Colóquio/Letras*, revista, Lisboa, nº 93, setembro 1986, p.130.

BARRETO, Costa (org.) [1958]. *Estrada larga: Antologia dos números especiais relativos a um lustro do Suplemento Cultura e Arte de "O Comércio do Porto"*. Porto, Porto Ed., v.I, p.379-417.

BARROS, Elenir Aguilera de (1986). Introdução, in ___ (org.). *Conto realista: Literatura Portuguesa*, SP, Global, p.13.

BARROS, João de [1926]. *Pátria esquecida*, Lisboa, Bertrand, p.63-80.

BENTO, José (1988). A poesia portuguesa entre dois séculos, em *A PHALA: publicação trimestral: edição especial, Um século de poesia: 1888-1988*. Lisboa, revista, dezembro 1988, p.15-20.

BOSLEY, Keith (1986). On Beeing a Westerner: A Translation of 'O Sentimento dum Ocidental' by Cesário Verde. In *Portuguese Studies: an annual journal published by the Modern Humanities Research Association*. London, UK, ed. Helder Macedo, v.2, 1986, p.120-124.

BRANDÃO, Júlio (1986). Anedota sentimental, em *Prelo*, revista, Lisboa, julho/setembro 1986, nº 12, p.51-54.

BRASIL, Reis (1972). Cesário Verde a poesia moderna, em *O Primeiro de Janeiro*, jornal, Porto, 01 Março 1972, ano 104, nº 59, Supl. Das Artes Das Letras, p.8.

BUESCU, Helena Carvalhão.

1983 - Dois poetas da evocação: Cesário Verde, António Nobre, em *Colóquio/Letras*, revista, Lisboa, Fundação Calouste Gulbenkian, nº 75, setembro 1983, p. 28-39.

1986 - Pinceladas: a propósito de Cesário Verde, em *Colóquio/Letras*, revista, Lisboa, Fundação Calouste Gulbenkian, nº 93, setembro 1986, p.69-73.

1986a - Recensões críticas: Helder Macedo: Nós: uma leitura de Cesário Verde, em *Colóquio/Letras*, revista, Lisboa, Fundação Calouste Gulbenkian, nº 93, setembro 1986, p.144.

1986b - Cesário essencial, em *Colóquio/Letras*, revista, Lisboa, Fundação Calouste Gulbenkian, setembro 1986, nº 93, p.129-130.

CASTRO, E. M. de Melo e.

1973 - *O próprio poético: ensaio de revisão da poesia portuguesa atual.* SP, Quiron, p.46,127-129. (Logos, 2).

1984 - *Literatura portuguesa de invenção.* SP, Difel, p.41-57.

CECCUCCI, Piero (org.) (1982). Saggio introduttivo, in ___, *J. J. Cesário Verde: poesie: saggio introduttivo, traduzione e note di* ___. Perugia, Umbria Editrice, p.ix-xiii.

CHAVES, Thais Maria Vinci Mendonça (1993). *O estilo irônico na obra de Cesário Verde.* Campinas, SP, 1993. 196p. Dissertação (Mestrado em Teoria Literária) - Instituto de Estudos da Linguagem, Universidade Estadual de Campinas.

CIDADE, Hernâni (1957). *O conceito de poesia como expressão da cultura: sua evolução através das literatura portuguesa e brasileira.* 2ª ed. Coimbra, Arménio Amado, p.248-50.

CiTi. Cesário Verde. Portugal, *Temas da Cultura.*
http://www.citi.pt/cultural/literatura/poesia/e_andrade/ces_ver.html

COELHO, Jacintho do Prado.

[1958] - Cesário e Baudelaire em Costa Barreto (org.). *Estrada larga: Antologia dos números especiais relativos a um lustro do Suplemento Cultura e Arte de "O Comércio do Porto".* Porto, Porto Ed., v.I, p.399-402.

1961 - *Problemática da História Literária.* 1.ed. Lisboa, Ática, p.231-239.

1969 - Verso e frase em "O Sentimento dum Ocidental, in ___. *A letra e o leitor*, Póvoa de Varzim, Portugália Editora, p.195-203.

1969a - José Joaquim Cesário Verde, em __ et al (dir.). *Dicionário de literatura*, RJ, CBP, vol. II, p. 1139-1141.

1976 - Cesário Verde, poeta do espaço e da memória, in ____. *Ao contrário de Penélope*, Lisboa, Amadora /Bertrand, p. 195-198.

CÓIAS, Elisa Lopes (1983). Cesário Verde, poeta realista?, em *Cadernos de Literatura*, revista, Coimbra, nº 16, p. 43-50.

CUNHA, Carlos [1955]. *Cesário, poeta moderno*. Braga, Of. Gráficas Livraria. Cruz. (Quatro Ventos).

CUSTÓDIO, Jorge (1986). A indústria fabril em Portugal e em Lisboa na época de Cesário, em *Prelo*, revista, Lisboa, julho/setembro 1986, nº 12, p.55-88.

DAUD, Roberto (1999). *O Livro de Cesário Verde: leituras e comparações*. São Paulo, 1999. 220p. Tese (Doutorado em Estudos Comparados em Literatura e Língua Portuguesa) - Faculdade de Filosofia, Letras e Ciências Humanas da Universidade de São Paulo.

DAUNT Neto, Ricardo Gumbleton (1992). *Cesário Verde: um trapeiro nos caminhos do mundo*. São Paulo, 1992. 257p. Tese (Doutorado em Literatura Portuguesa) - Faculdade de Filosofia, Letras e Ciências Humanas da Universidade de São Paulo.

DIAS, Marina Tavares (1988). Vates e tertúlias dos cafés de Lisboa, em *A PHALA: publicação trimestral: edição especial, Um século de poesia: 1888-1988*. Lisboa, revista, dezembro 1988, p.244-249.

ENCICLOPÉDIA BARSA (1987). RJ, Encyclopaedia Britannica do Brasil, v.15, p.366.

ENCICLOPÉDIA MIRADOR INTERNACIONAL. RJ, Encyclopaedia Britannica, v.20, p.11.366.

FERREIRA, Maria Ema Tarracha (1983). Introdução, in *O livro de Cesário Verde*, Lisboa, Editorial Verbo, p.9-37.

FERREIRA, Vergílio (s/d). Relendo Cesário, em *Colóquio/Letras*, revista, Lisboa, Fundação Calouste Gulbenkian, 31 maio, p.46-58.

FIGUEIREDO, Fidelino de.

1941 - *Literatura portuguesa: desenvolvimento histórico das origens à atualidade*. RJ, A Noite, p.316.

1960 - *História literária de Portugal: séculos XII-XX*. 2.ed. RJ, Fundo de cultura, p.425.

FIGUEIREDO, João Pinto de.

1981 - *Cesário Verde: a obra e o homem*. Lisboa, Arcádia.

1986 - *A vida de Cesário Verde*. 2.ed., Lisboa, Editorial Presença.

FRANÇA, José-Augusto (1976). Poesia, de Cesário Verde ao fim do século, em *Diário Popular*, jornal, Lisboa, 22 janeiro 1976, A. 34 (11 838), Suplemento Letras e Artes, p.1.

GALHOZ, Maria Aliete (1982). Fernando Pessoa, encontro de poesia, em Pessoa, Fernando. *Ficções do interlúdio/2-3: odes de Ricardo Reis/ Para além do outro Oceano, de C(oelho) Pacheco*. 3.ed. RJ, Nova Fronteira, p.35.

GOMES, Álvaro Cardoso (1989). *O poético: magia e iluminação*, SP, Perspectiva/EDUSP, p.139-154. (Debates, 228)

GRIECO, Agripino.

1988 - *Gralhas e pavões*. RJ, Record, p.47.

1995 - Um livro imortal", em *Augusto dos Anjos: obra completa: volume único*, org. Alexei Bueno, RJ, Nova Aguilar, p81-89.

GUIMARÃES, Fernando.

1982 - *Simbolismo, modernismo e vanguardas*. Lisboa, Imprensa Nacional/Casa da Moeda, p.26,35,38,40.

1986 - Notas e comentários: Romantismos... , in David Mourão-Ferreira (dir.), *Colóquio/Letras*, revista, Lisboa, Fundação Calouste Gulbenkian, nº 93, p. 114-118.

1994 - *Os problemas da Modernidade*. 1.ed., Lisboa, Editorial Presença, p.89-94.

HADDAD, Jamil Almansur (1984). Baudelaire e o Brasil, in Charles Baudelaire, *As Flores do Mal*. Trad. ____. SP, Abril, p.7-78.

HOUAISS, Antônio (ed.) (1982). *Pequeno dicionário enciclopédico Koogan Larousse*. RJ, Larousse do Brasil, p.1610.

JUDICE, Nuno (1988). Campos e contracampo na poesia portuguesa do princípio do século, em *A PHALA: publicação trimestral: edição especial, Um século de poesia: 1888-1988*. Lisboa, revista, dezembro 1988, p.47-50.

KHOURI, Omar (1992). *O fenômeno poético na tradição luso-brasileira: uma amostragem*. São Paulo, 1992. 232p. Dissertação (Mestrado em Comunicação e Semiótica) - Pontifícia Universidade Católica de São Paulo.

LAIDLAR, John (1986). Na encruzilhada: Desastre de Cesário Verde, in David Mourão-Ferreira (dir.), *Colóquio/Letras*, revista, Lisboa, Fundação Calouste Gulbenkian, nº 93, setembro 1986, p.50-56.

LIND, Georg Rudolf (1986). O real e a análise: o mundo poético de Cesário Verde, in David Mourão-Ferreira (dir.), *Colóquio/Letras*, revista, Lisboa, Fundação Calouste Gulbenkian, nº 93, setembro 1986, p.29-40.

LISBOA, Silva (1887). O livro de Cesário Verde publicado por Silva Pinto, em *Correio da Manhã*, jornal, Lisboa, 11 de abril de 1887, IV anno, nº 717, p. 1-2.

LOPES, Óscar

[1958]. Tolentino e Cesário, in Costa Barreto (org.). *Estrada larga: antologia dos números especiais relativos a um lustro do Suplemento Cultura e Arte de "O Comércio do Porto"*. Porto, Porto Ed., v.I, p.414-417.

1967 - Cesário ou do naturalismo ao modernismo, em *Vértice: revista de cultura e arte*, revista, Coimbra, maio 1967, v. xxvii, nº 284, p.257-265.

1988 – Alguns nexos diacrónicos na poesia novecentista portuguesa, em *A PHALA: publicação trimestral: edição especial, Um século de poesia: 1888-1988*. Lisboa, revista, dezembro 1988, p.208-222.

LOPES, Silvina Rodrigues (1986). Como quem escreve com sentimentos, em *Prelo*, revista, Lisboa, julho/setembro 1986, nº 12, p.31-35.

LOURENÇO, Eduardo (1988). Entre o ser e o silêncio: cem anos de poesia portuguesa, em *A PHALA: publicação trimestral: edição especial, Um século de poesia: 1888-1988*. Lisboa, revista, dezembro 1988, p.202-207.

M., H. (Helder Macedo) (1986). Livros sobre a mesa: Cesário essencial, em *Colóquio/Letras*, revista, Lisboa, Fundação Calouste Gulbenkian, nº 93, setembro 1986, p.129.

MACEDO, Helder.

1986a - *Nós: uma leitura de Cesário Verde*. 3ª ed. Lisboa, Dom Quixote.

1986b - Cesário Verde: o bucolista do realismo, em David Mourão-Ferreira (dir.), *Colóquio/Letras*, revista, Lisboa, Fundação Calouste Gulbenkian, nº 93, p. 20-28.

MAGMA (1994). Evento: encontro com o poeta Melo e Castro: por Ana Maria Salles Mariano et al. SP, DTLLC/FFLCH/USP, revista, outubro 1994, nº 1, ano 1, p.15-16

MALPIQUE, Cruz (1967). *Cesário Verde: poeta do quotidiano ou dos cinco sentidos*. Castelo Branco, *Estudos de Castelo Branco*, revista, 01.04.1967, nº 22, separata, 75 p.

MARGARIDO, Alfredo (1986). A dicotomia branco-negro na poesia de Cesário Verde, in David Mourão-Ferreira (dir.), *Colóquio/Letras*, revista, Lisboa, Fundação Calouste Gulbenkian, nº 93, setembro 1986, p.57-69.

MARQUES, Henrique (1935). *Memórias de um Editor*. Lisboa, s. n., p.127-129.

MARTINHO, Fernando J. B. (1988). A poesia portuguesa dos 50, em *A PHALA: publicação trimestral: edição especial, Um século de poesia: 1888-1988*. Lisboa, revista, dezembro 1988, p.118-125.

MARTINS, Albano et al. (1986). Inquérito: Cesário Verde visto hoje por poetas portugueses, em David Mourão-Ferreira (dir.), *Colóquio/Letras*, revista, Lisboa, Fundação Calouste Gulbenkian, setembro 1986, nº 93, p.102-112.

MARTINS, J. Cândido (1997-1999). A paródia carnavalesca no surrealismo português e a teorização de Mikhail Bakhtine, em *Letras & Letras*, jornal, Lisboa, Projeto Geira da Universidade do Minho e do Instituto Pedro Nunes, p.4-5, in http://www.ipn.pt/literatura/letras/.

MARTINS, J. Cândido (1997-1999). Recepção parodística de Cesário Verde, Sá-Carneiro e F. Pessoa no intertexto surrealista, em *Letras & Letras*, jornal, Lisboa, Projeto Geira da Universidade do Minho e Instituto Pedro Nunes, p.2-5, in http://www.ipn.pt/literatura/letras.

MARTINS, Wilson.

1977-1978 - *História da Inteligência Brasileira: v.V: 1897-1914*. SP, Cultrix/EDUSP, p.309.

1978 - *História da Inteligência Brasileira: v.VI: 1915-1933*. SP, Cultrix/EDUSP, p.223.

MELO Neto, João Cabral (1975). *João Cabral de Melo Neto: antologia poética*. 3.ed. RJ, Livraria José Olympio, p.47.

MENDES, Murilo (1970). *Convergência*. SP, Duas Cidades, p. 84-85.

MENDONÇA, Henrique Lopes de (1986). Quando se soube em Lisboa da morte de Victor Hugo, em Pedro da Silveira (org.), *Cesário Verde: 1855-1886*, Lisboa, Ministério da Educação e Cultura/Secretaria de Estado da Cultura/Biblioteca Nacional, catálogo 18, p.131-132.

MERQUIOR, José Guilherme (1980). *O fantasma romântico e outros ensaios*. Petrópolis, RJ, Vozes, p.50.

MOISÉS, Carlos Felipe (1986). Cesário Verde, o poeta do instante que passa, em *O Estado de São Paulo*, jornal, Suplemento Cultural, 06 setembro 1986, p.6-7.

MOISÉS, Massaud.

1972 - *A literatura portuguesa*. 10.ed. SP, Cultrix, p.215-221.

1984 - *Romantismo-Realismo: III*. 6.ed. SP, Difusão Editorial/DIFEL, dir. Antônio Soares Amora, p.180-88. (Presença da Literatura Portuguesa III).

1989 - *A literatura portuguesa através dos textos*. 18.ed. SP, Cultrix, p.298-307.

1995 - *História da Literatura Brasileira: Modernismo*. SP, Cultrix/EDUSP, p.105,429.

MÓNICA, Maria Filomena (1986). O dia em que Cesário Verde morreu, em *Prelo*, revista, Lisboa, julho/setembro 1986, nº 12, p.7-15.

MONSARAZ, Alberto de (1956). *Cesário Verde e Macedo Papança*, em *Revista Municipal*, revista, Lisboa, nº 66 (separata).

MONTEIRO, Adolfo Casais (1948). *Perspectiva da Literatura Portuguesa do século XIX*. Dir. João Gaspar Simões. Lisboa, Ática, v.II, p. 333-341.

MOREIRA, Alberto (1952). Cesário Verde: o poeta infeliz elogiado por Guerra Junqueiro, em *O Primeiro de Janeiro*, ano 84, nº 236, agosto 1952, Supl. Das artes Das Letras, p.3.

MOURA, Vasco Graça (1987). *Várias vozes*. 1.ed. Lisboa, Editorial Presença, p.22-25.

MOURÃO-FERREIRA, David.

1949 - Acerca de uma trajectoria na poesia de Cesário Verde, em *Ocidente: revista portuguesa mensal*, Lisboa, agosto 1949, vol. XXXVII, nº 136, p.71-77.

1949a - Acerca de uma trajectoria na poesia de Cesário Verde, em *Ocidente: revista portuguesa mensal*, Lisboa, agosto 1949, vol. XXXVII, nº 137, p.124-131.

1952 - Os críticos de Cesário Verde, em *Távola Redonda*, revista, Lisboa, fasc.15, 31 dezembro 1952, p.7-8.

1967 - *Hospital das Letras*. 2.ed. Lisboa, Imprensa Nacional - Casa da Moeda, p.67-95.

1986a (dir.) - *Colóquio/Letras*, revista, Lisboa, setembro 1986, nº 93, Fundação Calouste Gulbenkian.

1986b - Sobre o decassílabo e o alexandrino na poesia de Cesário Verde, *Colóquio/Letras*, revista, Lisboa, Fundação Calouste Gulbenkian, setembro 1986, nº 93, p.74-81.

MURICY, Andrade (org.) (1987). *Panorama do Movimento Simbolista Brasileiro*. 3.ed. SP, Perspectiva, v.I, p.84,90,380,585. (Textos, 6)

NASCIMENTO, Cabral do (1947). Poesia sem mistério, em *Aléo*, semanário, ano 50, nº 50, 27.02.1947, Supl. Arte, Letras, Cultura, p. 4, 5.

NEVES, João Alves das (s. d.). Apresentação de Mário de Sá Carneiro, em *Mário de Sá-Carneiro: antologia moderna*. SP, Íris, p.7.

OLIVEIRA, Alberto de (1892). Cesário Verde, em *Novidades*, jornal, Lisboa, nº 2471, 06 Maio 1892, p.3.

OLIVEIRA, Luís Amaro de.

1944 - *Cesário Verde: novos subsídios para o estudo da sua personalidade*. Coimbra, Nobel. (Perfil e Ensaio).

1949 - *Três sentidos fundamentais na poesia de Cesário*. Lisboa, Edição do Autor.

[1958] - Para uma biografia de Cesário, em Costa Barreto (org.), *Estrada larga: antologia dos números especiais relativos a um lustro do Suplemento Cultura e Arte de "O Comércio do Porto"*, Porto, Porto Editora, p.381-385.

ORTIGÃO, Ramalho (1890). *As farpas: tomo X: aspectos vários: da sociedade, da política, da administração*. Lisboa, Companhia Nacional Editora, p. 226-233.

PASCHOALIN, Maria Aparecida (1980). *Poesia de Cesário Verde: lirismo e realidade social*. São Paulo, 1980. 144p. Dissertação (Mestrado) - Faculdade de Filosofia, Letras e Ciências Humanas da Universidade de São Paulo.

PEREIRA, José Carlos Seabra.

1958 – Para uma biografia de Cesário, em Costa Barreto (org.). E*strada larga: Antologia do Suplemento "Cultura e Arte" de O Comércio do Porto*. Porto, Porto Ed., v.I, p.381-385.

1986 - Um roteiro do caminhar poético, em *Colóquio/Letras*, revista, Lisboa, Fundação Calouste Gulbenkian, setembro 1986, nº 93, p.82-93.

1986a - Em demanda da perfeição das Coisas, em *Prelo*, revista, Lisboa, julho/setembro 1986, nº 12, p.16-25.

PEREIRA, José Paulo (1998). Cesário em Pessoa: pré-figurações intersecciónistas de uma terminologia da criação poética. In *Ciberkiosk*, revista on-line, Lisboa, junho 1998, nº2. http://www.ciberkiosk.pt/arquivo/ciberkiosk7/index.html

PERRONE-MOISÉS, Leyla (1986). Introdução ao Desassossego, em Pessoa, Fernando, *Livro do Desassossego por Bernardo Soares*. SP, Brasiliense, p.17.

PESSOA, Fernando.

1974 - *Fernando Pessoa: obras em prosa*. 1.ed. RJ, Aguillar, p.116,129,384,385,419-420.

1980 - *Ficções de interlúdio/1: poemas completos de Alberto Caeiro*. 6.ed. RJ, Nova Fronteira, p.28,36,140.

1983 - *Ficções de interlúdio/4: poesias de Álvaro de Campos*. 3.ed. RJ, Nova Fronteira, p.33-37.
1986 - *O livro do desassossego* por Bernardo Soares. SP, Brasiliense, p.81-82,121.
PINHEIRO, Célio (1991). *Introdução à Literatura Portuguesa*. SP, Pioneira, p.182-4.
PORBASE. Cesário Verde. Lisboa, in http:/sirius.biblioteca-nacional.pt/
RAMOS, Feliciano (1940). *Meditações históricas*. Porto, Machado & Ribeiro, p.5-25.
RAMOS, José Júlio da Silva (1986). Tempos de Lisboa, em Pedro da Silveira (org.), *Cesário Verde: 1855-1886*, Lisboa, Ministério da Educação e Cultura/Secretaria de Estado da Cultura/Biblioteca Nacional, catálogo 18, p.137-140.
RECKERT, Stephen (1986). O mistério da Rua das Trinas, em David Mourão-Ferreira (dir.), *Colóquio/Letras*, revista, Lisboa, Fundação Calouste Gulbenkian, nº 93, p.41-49.
RÉGIO, José (José Maria dos Reis Pereira).
1925 - *As concorrentes e as individualidades na moderna poesia portuguesa*. Vila do Conde, Soc. de Tipografia, p. 36-38.
[1958] - Sobre o Realismo de Cesário, em Costa Barreto (org.). *Estrada larga: Antologia do Suplemento "Cultura e Arte" de O Comércio do Porto*. Porto, Porto Ed., vol. I, p. 392-395.
REMÉDIOS, Mendes dos (1902). *História da Literatura Portuguesa desde as origens até a actualidade*. Coimbra, F. França Amado, vol. XIII, p.474-475.
ROCHA, Andrée Crabbé.
[1958] - A presença do real na poesia de Cesário Verde, em Costa Barreto (org.). *Estrada larga: Antologia dos números especiais relativos a um lustro do Suplemento Cultura e Arte de "O Comércio do Porto"*. Porto, Porto Ed., v.I, p. 396-398.
1971 - Cesário Verde poeta barroco, em *Colóquio/Letras*, Lisboa, Fundação Calouste Gulbenkian, março 1971, nº 1, p.31-33.
ROCHA, Clara (1986). O boi e a cabra: para uma análise de "Cristalizações", em *Prelo*, revista, Lisboa, julho/setembro 1986, nº 12, p.26-30.
RODRIGUES, Fátima (1999). *Cesário Verde: Recepção Oitocentista e Poética*. 1.ed. Lisboa, Edições Cosmos. (Cosmos Literatura 30).
ROSA, António Ramos (1986). A CESÁRIO VERDE, em David Mourão-Ferreira (dir.), Colóquio/Letras, revista, Lisboa, Fundação Calouste Gulbenkian, nº 93, p. 99.
SÁ-CARNEIRO, Mário de (1995). *Obra completa: volume único*. Org. Alexei Bueno. RJ, Nova Aguilar, p. 623.
SACRAMENTO, Mário.
1957 - Lírica e dialética em Cesário Verde, em *Vértice*, revista, Coimbra, abril 1957, v.17, nº 163, p.166-176.
1957a - Lírica e dialética em Cesário Verde, em *Vértice*, revista, Coimbra, junho 1957, v.17, nº 165, p.30-313.
1957b - Lírica e dialética em Cesário Verde, em *Vértice*, revista, Coimbra, julho 1957, v.17, nº 166, p.366-373.
1959 - *Ensaios de Domingo*, Coimbra, Coimbra Ed., p.93-137.
SALGADO Júnior, António (1958). Introdução ao estudo de Cesário, em Costa Barreto (org.). *Estrada larga: Antologia do Suplemento "Cultura e Arte" de O Comércio do Porto*. Porto, Porto Ed., vol. I, p.386-391.
SARAIVA, António José (1994). *Iniciação na Literatura Portuguesa*. 1.ed., Lisboa, Gradiva, p.133-138.
SARAIVA, António José & LOPES, Óscar (1989). *História da literatura portuguesa*. 15.ed., Porto, Porto Ed., p. 654, 728, 831, 963, 966, 985, 989-992, 997-999, 1030-1031, 1072, 1126, 1147.

SARAIVA, Arnaldo (1988). O extinto e inextinguível Orpheu, em *A PHALA: publicação trimestral: edição especial, Um século de poesia: 1888-1988*. Lisboa, revista, dezembro 1988, p.46.

SEGOLIM, Fernando (1992). *Fernando Pessoa: poesia, transgressão, utopia*. SP, EDUC, p.147.

SEGURADO, Henrique (1986). Cesário a corpo inteiro, em David Mourão-Ferreira (dir.), *Colóquio/Letras*, revista, Lisboa, Fundação Calouste Gulbenkian, nº 93, p.100.

SENA, Jorge de.

[1958] - A linguagem de Cesário Verde, em Costa Barreto (org.). *Estrada larga: antologia dos números especiais relativos a um lustro do Suplemento Cultura e Arte de "O Comércio do Porto"*. Porto, Porto Ed., v.I, p.409-413.

1959 - *Da literatura portuguesa*. Lisboa, Ática, p. 87-93.

1982 - *Estudos de literatura portuguesa*. Lisboa, Edições 70, v.1, p.155-162.

SERRÃO, Joel.

(s/d) - *Portugueses somos*. Lisboa, Livros Horizonte, p.246.

1957 - *Cesário Verde: interpretação, poesias dispersas e cartas*. Lisboa, Editorial Minerva.

[1958] - Sobre o sentido da morte na poesia de Cesário Verde, em Costa Barreto (org.). *Estrada larga: antologia dos números especiais relativos a um lustro do Suplemento Cultura e Arte de "O Comércio do Porto"*. Porto, Porto Ed., v.I, p.403-407.

1962 - *Temas oitocentistas - II: para a história de Portugal no século passado*. Lisboa, Portugália, p.103.

1980 - *Temas oitocentistas - I: para a história de Portugal no século passado: ensaios*. Lisboa, Livros Horizonte, p.155-160.

1986 - Tábula biobibliográfica de Cesário Verde, em David Mourão-Ferreira (dir.), *Colóquio/Letras*, revista, Lisboa, Fundação Calouste Gulbenkian, nº 93, p.5-19.

1986a - *O essencial sobre Cesário Verde*. Lisboa, Imprensa Nacional/Casa da Moeda. (Série Essencial,. 17).

1992 - org. - *Obra completa de Cesário Verde*. 6.ed. Lisboa, Livros Horizonte.

SILVA PINTO, António da.

[1900]. *Pela vida fóra: 1870-1900*. Lisboa, Livraria Editora Guimarães, Libanio & Cia., p.33-47.

[1958] – No livro de Cesário Verde, em Costa Barreto (org.). *Estrada larga: Antologia dos números especiais relativos a um lustro do Suplemento Cultura e Arte de "O Comércio do Porto"*. Porto, Porto Ed., vol. I, p.379-

1983 - Pós - fácio da 1ª edição, em Maria Ema Tarracha Ferreira (org.), *O livro de Cesário Verde*, Lisboa, Editorial Verbo, p.181-190.

1986 - Recordando..., em Pedro da Silveira (org.), *Cesário Verde: 1855-1886*, Lisboa, Ministério da Educação e Cultura/Secretaria de Estado da Cultura/Biblioteca Nacional, catálogo 18, p.135-136.

SILVEIRA, F. M.

1986 - Cesário Verde, um poeta preso em liberdade, em *Visão*, revista, São Paulo, v. 35, nº 32, agosto 1986, p.78-81.

1994 - *Realismo: 1865-1890: Cesário Verde*, em Carlos Alberto Vechi et al (org.). *Romantismo, Realismo*, SP, Atlas, v.3, p.123-4 (Literatura Portuguesa em Perspectiva).

SILVEIRA, Pedro da.

1966 - Sobre a colaboração de Cesário Verde em três revistas de Coimbra" em *Vértice: revista de cultura e arte*, revista, Coimbra, v.26, nº 273, junho 1966, p.398-408.

1967 - Ainda à roda de Cesário Verde colaborador de revistas, em *Vértice: revista de cultura e arte*, Coimbra, maio de 1967, vol. xxvii, nº 284, p.266-275.

1986 (org.). *Cesário Verde: 1855-1886: catálogo da exposição comemorativa do primeiro centenário da sua morte*. Lisboa, Ministério da Cultura, Secretaria de Estado da Cultura, Biblioteca Nacional.

SIMÕES, João Gaspar.

1964 - *Literatura, literatura, literatura ...: De Sá de Miranda ao concretismo brasileiro*, Lisboa, Portugália, p.204-215.

1971 - *O mistério da poesia*. 2.ed. Coimbra, Imprensa da Universidade, p.77-94.

TAMEN, Pedro (1986). Cesário, em David Mourão-Ferreira (dir.), *Colóquio/Letras*, revista, Lisboa, Fundação Calouste Gulbenkian, nº 93, p.101.

TAVARES, Salette (1986). Cesário in disciplinada mente, em David Mourão-Ferreira (dir.), *Colóquio/Letras*, revista, Lisboa, Fundação Calouste Gulbenkian, nº 93, p.95-96.

UNIBIBLI/CD-ROM. Cesário Verde. SP, Banco de Dados, 4.ed. Livros/Teses.

UNIVERSIDADE DE SÃO PAULO. Cesário Verde. SP, USP/SiBi-DEDALUS, in http://www.usp.com.br.

VARGAS, Affonso (1886). Necrologia dos novos: Cesario Verde, em *A imprensa*, jornal, Lisboa, 19 julho 1886, p.146-147.

VASCONCELOS, Mário Cesariny de (1961). *Poesia: 1944-1955*. Lisboa, Delfos, p.138-139.

VERDE, Joaquim José Cesário. Carta inédita de Cesario Verde para Silva Pinto, em David Mourão-Ferreira (dir.), *Colóquio/Letras*, revista, Lisboa, Fundação Calouste Gulbenkian, nº 93, p.113.

VIANA, António Manuel Couto (1986). verso VERDE viril, em David Mourão-Ferreira (dir.), *Colóquio/Letras*, revista, Lisboa, Fundação Calouste Gulbenkian, nº 93, p.98.

SEMIÓTICA, PINTURA, TEORIA LITERÁRIA, CINEMA, ESTÉTICA

ABRIL CULTURAL.

1978 - *Mestres da Pintura: Édouard Manet (1832-1883)*. 1.ed. SP, Abril Cultural.

1980 - *Impressionistas e pós-impressionistas*. SP, Abril Cultural.

ALDRICH, Virgil C. (1969). *Filosofia da arte*. Trad. Álvaro Cabral (original inglês). RJ, Zahar.

ALONSO, Amado (1956). Por qué el lenguaje em sí mismo no puede ser impresionista, em Charles Bally et al. (1956). *El impressionismo en el lenguaje*. 3.ed. Trad. Amado Alonso e Raimundo Lida. Universidad de Buenos Aires. (Estudios Estilísticos 2), p. 2228.05-

ALONSO, Amado e LIDA, Raimundo (1956). El concepto lingüístico de impresionismo, em Charles Bally et al. *El impressionismo en el lenguaje*. 3.ed. Trad. Amado Alonso e Raimundo Lida. Universidad de Buenos Aires. (Estudios Estilísticos 2), p. 105-205.

AMORA, A. Soares (s/d). *Presença da Literatura Portuguesa: Era Clássica: II*. Dir. Antônio Soares Amora. 6.ed. Bertrand Brasil.

ANDRADE, Mário de (s.d.). *De Paulicéia Desvairada a Café: poesias completas*. SP, Círculo do Livro.

ARGAN, Giulio Carlo (1995). *Arte e crítica de arte*. Trad. Helena Gubernatis (original italiano). 2.ed. Lisboa, Editorial Estampa.

ARNHEIM, Rudolf (1997). *Arte e percepção visual: uma psicologia da visão criadora*. Trad. Ivnonne Terezinha de Faria (original inglês).11.ed. SP, Pioneira. (Biblioteca Pioneira de Arte, Arquitetura e Urbanismo).

AUERBACH, Erich (1998). *Mimesis: a representação da realidade na literatura ocidental.* Trad. original alemão. SP, Perspectiva. (Estudos, 2).

AUMONT, Jacques et al (1995). *A estética do filme.* Trad. Marina Appenzeller (original francês). Campinas, SP, Papirus.

BALLY, Charles et al. (1956). *El impressionismo en el lenguaje.* 3.ed. Trad. Amado Alonso e Raimundo Lida. Universidad de Buenos Aires. (Estudios Estilísticos 2).

BALLY, Charles (1956A).Impresionismo y gramática, em Charles Ballly et al, *El impressionismo en el lenguaje.* 3.ed. Trad. Amado Alonso e Raimundo Lida. Universidad de Buenos Aires. (Estudios Estilísticos 2), p. 11-44.

BALZI, Juan José (1992). *O impressionismo.* SP, Ática. (Princípios 225).

BARBOSA, João Alexandre (1990). O continente Roman Jakobson, in Roman Jakobson, *Poética em ação.* Trad. diversas. SP, Perspectiva - EDUSP, (Estudos 92), p. XIII - XXIII.

BARTHES, Roland.

1974 - *Novos ensaios críticos* seguidos de *O Grau Zero da Escritura.* Trad. Heloysa de Lima Dantas et al (original francês). SP, Cultrix.

1987 - *O rumor da língua.* Trad. António Gonçalves (original francês). Lisboa, Edições 70. (Signos, 44).

1995 - *Aula: __ inaugural da cadeira de Semiologia do Colégio de França.* 9.ed. Trad. e pós-fácio de Leyla Perrone Moisés(original francês). SP, Cultrix.

BAUDELAIRE, Charles.

[1943]. *Flores das "Flores do Mal" de Baudelaire.* Trad. Guilherme de Almeida (original francês). RJ, Ediouro.

1984 - *As flores do mal.* Trad. Jamil Almansur Haddad (original francês). SP, Abril Cultural.

1993 - *Obras estéticas: filosofia da imaginação criadora.* Trad. Edison Darci Heldt (original francês). Petrópolis, RJ, Vozes.

BAUDELAIRE, Charles e ELIOT, T. S. (1996). *Poesia em tempo de prosa.* Trad. Lawrence Flores Pereira (original francês e inglês). Org. Kathrin H. Rosenfeld. SP, Iluminuras.

BERGER, John (1987) et al. .*Modos de ver.* Trad. Ana Maria Alves (original inglês). SP, Martins Fontes. (Arte e Comunicação, 3).

BERNARDET, Jean-Claude (1991). *O que é cinema.* 11.ed. SP, Brasiliense.

BOSI, Alfredo (1993). *O ser e o tempo na poesia.* SP, Cultrix.

CALABRESE, Omar (1987). *A linguagem da arte.* Trad. Tânia Pellegrini (original italiano). RJ, Globo.

CAMÕES, Luís Vaz de (s/d). *Camões: sonetos.* Dir. Maria de Lurdes Saraiva e José Hermano Saraiva. Mira-Sintra - Mem Martins, Europa-América. (Livros de Bolso 106).

CAMPOS, Augusto de et al (1991).*Mallarmé.* 3.ed. SP, Perspectiva. (Signos).

CAMPOS, Geir (s/d). *Pequeno dicionário de arte poética.* 4.ed. RJ, Ediouro.

CAMPOS, Haroldo de.

1976 - *A operação do texto.* SP, Perspectiva. (Debates 134).

1992 - *Metalinguagem & outras metas: ensaios de teoria e crítica literária.* 4.ed. SP, Perspectiva. (Debates 247).

1977 - *A arte no horizonte do provável e outros ensaios.* 4.ed. SP, Perspectiva. (Debates 16).

CARONE Neto, Modesto (1974). *Metáfora e montagem: um estudo sobre a poesia de Georg Trakl.* SP, Perspectiva. (Debates 102).

CARVALHO, André e MARTINS, Sebastião (1991). *Cinema.* 2.ed. Belo Horizonte, MG, Ed. Lê.

CASTAGNINO, Raúl H. (1971). *Análise literária: introdução metodológica a uma Estilística Integral.* Trad. Luiz Aparecido Caruso (original castelhano). 2.ed. SP, Mestre Jou.

CASTRO, E. M. de Melo e.
[1988] - *Poética dos meios e arte high tech*. Lisboa, Vega.
1993 - *O fim visual do século XX & outros textos críticos*. Org. Nádia Battella Gotlib. SP, EDUSP.
CAVALCANTI, Carlos (1981). *Como entender a pintura moderna*. 5.ed. RJ, Ed. Rio.
CHALLUB, Samira.
1988 - Meta-*linguagem*. 2.ed. SP, Ática. (Princípios 44).
1993 - *Poética do erótico*. 1.ed. SP, Escuta. (Plethos).
1995 - *As funções da linguagem*. SP, Ática. (Princípios 119).
CHKLOVSKI, V. (1971). A arte como procedimento, in Dionísio de Oliveira Toledo (org.). *Teoria da Literatura: formalistas russos*. Trad. Ana Mariza Ribeiro et al. Porto Alegre, RS, Globo, p.39-56.
COHEN, Jean (1974). *Estrutura da linguagem poética*. Trad. de Álvaro Lorencini e Ane Arnichand (original francês). SP, Cultrix/EDUSP.
CORTÁZAR, Julio (1993). *Valise de cronópio*. Trad. Davi Arrigucci Jr. e João Alexandre Barbosa (original castelhano). 2.ed. SP, Perspectiva. (Debates 104).
COUTINHO, Afrânio (1990). *Introdução à Literatura no Brasil*. 15.ed. RJ, Bertrand Brasil.
CROCE, Benedetto (1997). *Breviário de Estética / Aesthetica in nuce*. Trad. Rodolfo Ilari Jr. (original italiano). SP, Ática. (Temas 63)
D'AMBROSIO, Matteo (1989). Le avventure del segno, em *Face*, revista, SP, v. 2, nº 1, junho-julho 1989, p.83-91.
DAYDÍ, M. Olivar (1979). Édouard Manet, em Juan Salvat (dir.), *História da arte*. SP, Salvat, v.8, p. 226-252.
DENVIR, Bernard (1976). *O impressionismo*. Trad. Leila Souto de Castro Longo (original francês). Barcelona, Editorial Labor.
DONDIS, Donis A. (1991) *Sintaxe da linguagem visual*. Trad. Jefferson Luiz Camargo. SP, Martins Fontes. (Coleção a).
DUBOIS, Jean et al (1993). *Dicionário de Lingüística*. 9.ed. Trad. Frederico Pessoa de Barros et al (original francês). SP, Cultrix.
EAGLETON, Terry (1997). *Teoria da Literatura: uma introdução*. Trad. Waltensir Dutra (original inglês). 3.ed. SP, Martins Fontes. (Ensino Superior).
ECO, Umberto.
1972 - *A definição da arte*. Trad. José Mendes Ferreira (original italiano). SP, Martins Fontes.
1987 - *A estrutura ausente*. Trad. Pérola de Carvalho. SP, Perspectiva. (Estudos 6).
1989 - *Sobre os espelhos e outros ensaios*. Trad. Beatriz Borges (original italiano). RJ, Nova Fronteira.
1991 - *Obra aberta: forma e indeterminação nas poéticas contemporâneas*. 8.ed. Trad. Giovanni Cutolo (original italiano). SP, Perspectiva. (Debates 4).
EDITORA DELTA (1972). *Galeria Delta da Pintura Universal*. Dir. Marco Valsecchi. Trad. Lauro Tinoco Filho et al (original italiano). RJ, Delta, v.II, p.633-688.
EDITORIAL VERBO (s/d). *100 obras-primas da pintura européia*. 3.ed. Lisboa. (Biblioteca Básica Verbo 2).
EISENSTEIN, Sergei.
1983 - Serguéi M. Eisenstein, em Ismail Xavier (org.), *A experiência do cinema: antologia*. Trad. Vinicius Dantas, RJ, Graal, (Arte e Cultura 5). p. 185-243.

1986 - O princípio cinematográfico e o ideograma, in Haroldo de Campos (org.), *Ideograma: lógica, Poesia, linguagem*. Trad. Heloysa de Lima Dantas. 2.ed. SP, Cultrix, p. 163-185.

1990 - *O sentido do filme*. Trad. Teresa Ottoni (original inglês). RJ, Zahar.

1990a - *A forma do filme*. Trad. Teresa Ottoni (original inglês). RJ, Zahar.

EPSTEIN, Isaac (1997). *O signo*. 5.ed. SP, Ática, (Princípios 15).

FAUSTINO, Mario (1977). *Poesia-experiência*. SP, Perspectiva. (Debates 136).

FISCHER, Ernst (1977). *A necessidade da arte*. 6.ed. Trad. Leandro Konder (original alemão). RJ, Zahar.

FRANÇA, José-Augusto (1981). *O retrato na arte portuguesa*. Lisboa, Horizonte.

FRANCASTEL, Pierre.

1973 - *A realidade figurativa*. Trad. Mary Amazonas Leite de Barros (original francês). SP, Perspectiva / EDUSP. (Estudos, 21).

1988 - *O impressionismo*. Trad. Maria do Sameiro Mendonça e Rosa Carreira (original francês). Lisboa / SP, Edições 70 / Martins Fontes. (Arte e Comunicação 41).

FRIEDRICH, Hugo (1991). *Estrutura da lírica moderna: da metade do século XIX a meados do século XX*. 2.ed. Trad. Marise M. Curioni (texto) e Dora F. da Silva (poesias) (original alemão). SP, Duas Cidades. (Problemas atuais e suas fontes 3).

GIDE, André (1982). *Os frutos da terra* seguidos de *Os novos frutos*. Trad. Sérgio Milliet (original francês). RJ, Nova Fronteira.

GOETHE, Johann Wolfgang (1986). *Memórias: poesia e verdade*. 2.ed. Trad. Leonel Vallandro. Brasília, Ed. UnB, 2v.

GOMBRICH, E. H. [1979]. *História da arte*. Trad. Álvaro Cabral (original inglês). SP, Círculo do Livro.

GONÇALVES, Aguinaldo José.

1987 - *Ut pictura poésis: estudo evolutivo do topos em busca da natureza do poético*. São Paulo, 1987. V.1 (282p.) e v.2 (191p.) Tese (Doutorado no Departamento de Lingüística e Línguas Orientais) - Faculdade de Filosofia, Letras e Ciências Humanas da Universidade de São Paulo.

1989 - *Transição e permanência: Miró / João Cabral: da tela ao texto*. SP, Iluminuras.

1994 - *Laokoon revisitado: relações homológicas entre texto e imagem*. SP, Edusp.

GOWER, Roger (1996). *Past into present: an anthology of British and American Literature*. 5.ed. England, Longman.

GREIMAS, A. J. (org.)(1976). *Ensaios de Semiótica Poética*. Trad. Heloysa de Lima Dantas. SP, Cultrix, EDUSP.

GREIMAS, Algirdas-Julien (1990). *De la imperfección*. 1.ed. Trad. Raúl Dorra. México, Universidad Autónoma de Puebla / Fondo de Cultura Económica (Cuadernos de la Gaceta 71).

GUIRALDES, Ricardo (1997). *Dom Segundo Sombra*. Trad. Augusto Meyer (original castelhano). Porto Alegre, RS, L&PM.

HATZFELD, Helmut (1988). *Estudos sobre o Barroco*. Trad. Ângela Figuera (original espanhol). SP, Perspectiva/EDUSP. cap.10, p.239-255. (Stylus 8).

HAUSER, Arnold (1972). *História social da literatura e da arte*. Trad. Walter H. Geenen (original inglês). 2.ed. SP, Mestre Jou, 2 vol.

HEGEL (1974). *Estética: pintura e música*. 2.ed. Lisboa, Guimarães & C. Editores.

IVANOV, V. V. (1979). Sobre a estrutura dos signos no cinema, in Bóris Schnaiderman (org.), *Semiótica Russa*. Trad. Bóris Schnaiderman et al (original russo). SP, Perspectiva, p.255-260.

JAFFÉ, Aniela (1977). O simbolismo nas artes plásticas, em Carl G. Jung et al, *O homem e seus símbolos*. Trad. Maria Lúcia Pinho. RJ, Nova Fronteira, p.230-271.

JAKOBSON, Roman.

1970 - *Lingüística. Poética. Cinema*. Roman Jakobson no Brasil. Trad. Francisco Achcar et al. SP, Perspectiva.

1975 - *Lingüística e comunicação*. Trad. Izidoro Blikstein e José Paulo Paes. 8.ed. SP, Cultrix.

1983 - O dominante, em Luiz Costa Lima (org.) (1983), *Teoria da literatura em suas fontes*. 2.ed. RJ, Francisco Alves, v.1, p.485-491.

1990 - *Poética em ação*. Sel., pref. e org. João Alexandre Barbosa. Trad. diversas. SP, Perspectiva/EDUSP. (Estudos, 92).

1992 - *Arte verbal, signo verbal, tiempo verbal*. Trad. Mónica Mansour. 1.ed. México, Fondo de Cultura Económica. (Lengua y Estudios Literarios).

KHOURI, Omar (1996). *Poesia visual brasileira: uma poesia na era pós-verso*. São Paulo, 1996. 311p. Tese (Doutorado em Comunicação e Semiótica) Pontifícia Universidade Católica de São Paulo.

LAPA, Rodrigues (org.) (1973). *Florilégio do Cancioneiro de Resende*. 4.ed. Lisboa, Seara Nova. (Textos Literários).

LEENHARDT, Jacques (1996). Ver e descrever: a articulação entre escritura e desenho em certos textos de Stendhal ilustrados por seu autor, trad. Luciana Artacho Penna, em *Imagem*, revista, Campinas, SP, UNICAMP, nº 6, janeiro/abril 1996, p. 49-57.

LEITE JR. (José Leite de Oliveira Jr.) (1994). *O pictórico em Luzia-Homem: ensaio*. Fortaleza, CE, Secretaria da Cultura e Desporto do Estado.

LEONE, Eduardo e MOURÃO, Maria Dora (1993).*Cinema e montagem*. 2.ed. SP, Ática.

LESSING, Gotthold Ephraim.

1991 - *De Teatro e Literatura*. Trad. J. Guinsburg (original alemão). 2.ed. SP, E.P. U.

1998 - *Laocoonte ou sobre as fronteiras da Pintura e da Poesia com esclarecimentos ocasionais sobre diferentes ponto da história da arte antiga*. Trad. Rubens Rodrigues Torres Filho (original alemão). SP, Iluminuras/ Secretaria de Estado da Cultura.

LEVIN, Samuel R. (1975). *Estruturas lingüísticas em poesia*. Trad. José Paulo Paes (original inglês). SP, Cultrix/EDUSP.

LIMA, Luiz Costa (org.) (1983). *Teoria da literatura em suas fontes*. 2.ed. RJ, Francisco Alves, v.1.

LOBO, Luiza (trad., org., sel.) (1987). *Teorias poéticas do Romantismo*. RJ/Porto Alegre, RS, UFRJ-PROED/Mercado Aberto. (Novas Perspectivas em Literatura 20).

MCLUHAN, Marshall & PARKER, Harley (1975). *O espaço na poesia e na pintura através do ponto de fuga*. Trad. Edson Bini et al. (original inglês). SP, Hemus.

MAILLARD, Robert et al. (1981). *Dicionário da pintura moderna*. Trad. Jacy Monteiro. SP, Hemus.

MENEZES Neto, Philadelpho.

1991 - *Poética e visualidade: uma trajetória da poesia brasileira contemporânea*. Campinas, SP, Ed. UNICAMP. (Viagens da Voz).

1994 - *A crise do passado: vanguarda, metamodernidade*. SP, Experimento.

1996 - Poesia visual: reciclagem e inovação, em *Imagem*, revista, Campinas, SP, UNICAMP, nº 6, janeiro/abril 1996, p. 39-48.

MOISÉS, Massaud e PAES, José Paulo (org.) (1980). *Pequeno Dicionário de Literatura Brasileira*. 2.ed. SP, Cultrix..

MORRIS, Charles (1949). *Segni, linguaggio e comportamento*. Tradução Silvio Ceccato (original inglês). Milano, Longanesi.

NEIVA Jr., Eduardo (1986). *A imagem*. SP, Ática. (Princípios 87).
NIEL, André (1978). *A análise estrutural de textos*. Trad. Álvaro Lorencini e Sandra Nitrini. SP, Cultrix.
NÖTH, Winfried.
1995 - *Handbook of Semiotics*. Bloomington and Indianapolis, Indiana University Press.
1995a - *Panorama da Semiótica de Platão a Peirce*. SP, Annablume. (E, 3).
OLIVEIRA, Valdevino Soares de (1999). *Poesia e pintura: um diálogo em três dimensões*. SP, Editora UNESP.
OSTROWER, Fayga (1983). *Criatividade e processos de criação*.3.ed. Petrópolis, RJ, Vozes.
PAZ, Octavio (1990). *Signos em rotação*. Trad. Sebastião Uchoa Leite (original espanhol). 2.ed. SP, Perspectiva. (Debates 48)
PEDROSA, Israel (1982). *Da cor à cor inexistente*. RJ, Léo Christiano Editorial/MEC-FENAME.
PEIRCE, Charles Sanders.
1995 - *Semiótica*. Trad. José Teixeira Coelho Neto (original inglês). 2.ed. SP, Perspectiva. (Estudos, 46).
PESSANHA, Camilo (s/d). *Clepsidra e poemas dispersos*. Lisboa, Europa - América (Livros de Bolso 502).
PIGNATARI, Décio.
1973 - *Contracomunicação*. 2.ed. SP, Perspectiva. (Debates 44).
1977 - *Informação. Linguagem. Comunicação*. 8.ed. SP, Perspectiva. (Debates 2).
1983 - "Semiótica da montagem", em *Através*, revista, SP, Martins Fontes, nº 1, p.168-174.
1987 - *Semiótica e Literatura*. 3.ed. SP, Cultrix.
1991 - *O que é comunicação poética*. 3.ed. SP, Brasiliense.
1995 - *Letras, artes, mídia*. SP, Globo.
PINO, Dino del et al (1980). *Introdução didática à Literatura Brasileira*. SP, Redacta-Prodil.
PLAZA, Julio (1987). *Tradução intersemiótica*. SP / DF, Perspectiva / CNPQ. (Estudos 94).
POUND, Ezra.
1960 - *Literary essays of Ezra Pound*. London, Faber and Faber.
1990 - *ABC da Literatura*. Trad. Augusto de Campos e José Paulo Paes. 9.ed. SP, Cultrix.
1991 - *A arte da poesia: ensaios escolhidos*. Trad. Heloysa de Lima Dantas e José Paulo Paes. 3.e.d. SP, Cultrix.
PROENÇA Filho, Domício (1973). *Estilos de época na literatura através de textos comentados*. 4.ed. RJ/SP, Liceu.
QUEIRÓS, Eça de (s/d). *A capital*. Introd. Augusto Pissarra. RJ, Ediouro.
QUENTAL, Antero de (s.d.). *Sonetos completos*. SP, Edições Cultura. (Série Clássica Brasileiro-Portuguesa, Os Mestres da Língua, 6).
QUINTANA, Mário (1990). *Literatura comentada: Mário Quintana*. 3.ed. Sel. Regina Zilberman. SP, Nova Cultural.
READ, Herbert.
s.d. - *História da pintura moderna*. Trad. Álvaro Cabral (original inglês). SP, Círculo do Livro.
1976 - *O sentido da arte*. Trad. E. Jacy Monteiro (original inglês). 3.ed. SP, IBRASA.
1981 - *As Origens da Forma na Arte*. Trad. Waltensir Dutra (original inglês). 2.ed. RJ, Zahar.

1983 - *Arte e alienação: o papel do artista na sociedade.* Trad. Waltensir Dutra (original inglês). 2.ed. RJ, Zahar.

REIS, Carlos António Alves dos (1976). *Técnicas de análise textual: introdução à leitura crítica do texto literário.* Coimbra, Almedina.

REWALD, John (1991). *História do Impressionismo.* Trad. Jefferson Luís Camargo (original inglês). 1.ed. SP, Martins Fontes.

RICHTER, Elise (1956). Impresionismo, expressionismo y gramática, em Charles Bally et al. (1956). *El impresionismo en el lenguaje.* 3.ed. Trad. Amado Alonso e Raimundo Lida. Universidad de Buenos Aires. (Estudios Estilísticos 2). P. 45-

RODRIGUES Filho, Nelson et al (1994). *Letra e imagem: linguagem e linguagens.* RJ, Ed. UERJ.

SALVAT EDITORA DO BRASIL LTDA. (1979). *História da arte: pintura francesa pós-romântica.* SP, Salvat, v. 8, p.205-225, 253-283.

SAMUEL, Rogel (org.) (1985). *Manual de Teoria Literária.* 6.ed. Petrópolis, RJ, Vozes.

SANTAELLA, Lúcia.

1980 - *Produção de linguagem e ideologia.* SP, Cortez.

1983 - *O que è Semiótica.* 13.ed. SP, Brasiliense. (Primeiros Passos 103).

1989 - Por um classificação da linguagem visual, em *Face*, revista, SP, v. 2, nº 1, junho-julho 1989, p.43-67.

1992 - *A assinatura das coisas: Pierce e a Literatura.* RJ, Imago.

1992-1993 - Palavra, imagem & enigmas, em *Revista USP - Dossiê Palavra/Imagem*, dezembro 1992/janeiro-fevereiro 1993, nº 16, p. 36-51.

1993 - *A percepção: uma teoria semiótica.* SP, Experimento.

1994 - *Estética: de Platão a Pierce.* SP, Experimento.

1994a - A imagem pré-fotográfica-pós, em *Imagem*, revista, Campinas, SP, UNICAMP, nº 3, dezembro 1994, p.34-40.

1995 - *A teoria geral dos signos: semiose e autogeração.* SP, Ática.

SANTAELLA, Lúcia e NÖTH, Winfried (1998). *Imagem: cognição, semiótica, mídia.* SP, Iluminuras.

SCHNAIDERMAN, Boris (1971). *A poética de Maiakóvski através de sua prosa.* SP, Perspectiva. (Debates 39).

SCOTT, David (1988). *Pictorialist Poetics poetry and the visual arts in nineteenth-century France.* Cambridge, UK, Cambridge University Press (Cambridge studies in French).

SERULLAZ, Maurice (1965). *O impressionismo.* Trad. José Carlos Bruni (original francês). SP, Difusão Européia do Livro.

SILVEIRA, Francisco Maciel (1987). *Literatura Barroca: Literatura Portuguesa.* Dir. Massaud Moisés. SP, Global. (Literatura em Perspectiva).

SOURIAU, Etienne.

1973 - *Chaves da Estética.* Trad. Cesaria Abdalla Belém (original francês). RJ, Civilização Brasileira. (Chaves da Cultura Atual 7).

1998 - *La correspondencia de las artes: elementos de estética comparada.* Trad. Margarita Nelken (original francês). 3.ed. México/Buenos Aires, Fondo de Cultura Económica. (Breviarios 181).

SYPHER, Wylie (1980). *Do Rococó ao Cubismo na arte e na literatura.* Trad. Maria Helena Pires Martins (original inglês).SP, Perspectiva. (Stylus 4)

TINTELNOT, Hans (1972). *Do Neoclassicismo à Arte Moderna I.* Trad. Fernando Melro. Lisboa, Editorial Verbo. (Ars Mundi 19).

TODOROV, Tzvetan.

1971 - *Estruturalismo e poética.* Trad. José Paulo Paes (original francês). 2.ed. SP, Cultrix.

1986 - *Poética.* Trad. Carlos da Veiga Ferreira (original francês). Lisboa, Editorial Teorema.

TOLSTÓI, León (1994). *O que é a arte?* Trad. Yolanda Steidl de Toledo e Yun Jung Im. SP, Experimento.

UNESP - Universidade Estadual Paulista (1999). *Itinerários: revista de literatura: Literatura e Artes Plásticas.* Ed. Profa. Dra. Lídia Fachin. Araraquara, SP, Faculdade de Ciências e Letras, nº 14.

USPÊNSKI, B. A. (1979). Elementos estruturais comuns às diferentes formas de arte. Princípios gerais da organização da obra em pintura e literatura, in Boris Schnaiderman (org.), *Semiótica Russa,* trad. Aurora Fornoni Bernardini et al (original russo). SP, Perspectiva, (Debates 162), p.163-218.

USPÊNSKII, Boris A. (1981). Sobre a Semiótica da Arte, em Iúri M. Lotman et al, *Ensaios de Semiótica Soviética,* trad. Victória Navas e Salvato Teles de Menezes (original russo), Lisboa, Livros Horizonte, p.31-35.

USPENSKY, Boris (1973). *A Poetics of Composition: the Structure of the ARtistic TExt and Typology of a Compositional Form.* Translated int English by Valetina Zavarin and Susan Wittig. USA / UK, Los Angeles ? London, University of California Press.

VALÉRY, Paul (1991). *Variedades.* Trad. Maiza Martins Siqueira (original francês). SP, Iluminuras.

VALSECCHI, Marco (1972). Impressionistas e pós-impressionistas, em EDITORA DELTA, *Galeria Delta da Pintura Universal.* Dir. _____. Trad. Lauro Tinoco Filho et al (original italiano). RJ, Delta, v.II, p.633-688.

VERTOV, Dziga (1983). Dziga Vertov, in Ismail Xavier (org.), *A experiência do cinema: antologia.* Trad. Marcelle Pithon. RJ, Graal/Embrafilme. (Arte e Cultura, 5). p. 245-266.

VIEIRA, Yara Frateschi (org.) (1987). *Poesia medieval: literatura portuguesa.* SP, Global. (Literatura em Perspectiva).

WALTY, Ivete Lara Camargos et al (2000). *Palavra e imagem: leituras cruzadas.* Belo Horizonte, a Autêntica.

WELLEK, René e WARREN, Austin (s/n). *Teoria da Literatura.* Trad. José Palla e Carmo (original inglês). 5.ed. Mira-Sintra - Mem Martins, Europa-América. (Biblioteca Universitária, 2).

WILSON, Edmund (1993). *O Castelo de Axel: Estudo Sobre a Literatura Imaginativa de 1870 a 1930.* 9.ed. Trad. José Paulo Paes (original inglês). SP, Cultrix.

WOODFORD, Susan (1983). *A arte de ver a arte.* Trad. Álvaro Cabral (original inglês). SP, Círculo do Livro.

XAVIER, Ismail.

1984 - *O discurso cinematográfico: a opacidade e a transparência.* 2.ed. rev. RJ, Paz e Terra. (Cinema, 4).

(org.) - 1983 - *A experiência do cinema: antologia.* RJ, Graal/Embrafilme. (Arte e Cultura, 5)

ZOLA, Emile (1989). *A batalha do Impressionismo.* Trad. Martha Gambini (original francês). RJ, Paz e Terra. (Oficina das artes).

Esta obra foi composta no formato 16 x 29 cm, em fonte Agaramond 12/14 (texto) e Carleton 16/20 (títulos) e impressa nas oficinas da Gráfica Primeira Impressão, com fotolitos produzidos pela Set-up Time Artes Gráficas, em outubro de 2002, para a Editora Musa.